『삼국유사』 다시 읽기 12

『삼국유사』 다시 읽기

12

「원가」: 효성왕의 후궁 스캔들

•••• 서정목 지음

글누림

『삼국유사』는 1281~83년경 일연선사가 70세가 넘어서 편찬한 책이다. 스님으로 살면서 이 연세에 도달한다는 것은 무엇을 의미하는가? 나이 들어 생각하는 것은 젊은 날 생각하는 것과는 다르다. 사람이라면 누구나 되도록 솔직해지고 싶고, 전날에 있었던 일들 가운데 아쉬웠던 일들을 반추하여 후세들의 실수를 미연에 방지하고 싶은 마음을 갖게 마련이다. '새는 죽음에 이르러 그 울음이 애절해지고, 사람은 죽음에 이르러 그 말이 착해진다[鳥之將死其鳴也哀 人之將死其言也善].(『논어』「태백」)'고 하지 않았던가. 하물며 속인도 아닌 선사로서 몽고의 정복 통치 아래 일생을 보낸 그 분에게 있어서랴? 그런 분이 거짓말을 한다? 그런 분이 전해 온 옛 기록들을 모아서 편찬한 『삼국유사』가 믿을 수 없는 책이다? 저자는 그런 말을 믿지 않는다.

'유사'는 '남은 일들', '빠진 일들'이다. 『삼국유사』라는 서명은 그 책보다 137년쯤 전인 1145년에 편찬된 『삼국사기』에서 빠진 일들을 적었다는 뜻이다. 이로 보면 이 두 사서는 서로 보완적 관계에 있다. 『삼국유사』의 기사들은 『삼국사기』에서 빠진 일들, 『삼국사기』의 결함을 보완하는 중요한 사연들을 적은 것이다. 저자는 『삼국유사』의 이런 기사들을 찾아내어 『삼국사기』와 보완 해석함으로써 우리 역사, 특별히 통일 신라 사회에 대한 이해를 바로 잡는 일에 여생을 바치기로 하였다. 그 것이 유사 이래 최고로 학문의 자유가 신장되고 가장 번영을 누린 시대에 나라의 혜택을 입으며 살고 공부한 저자가 해야 할 최소한의 의무이고 보답이라고 생각한다.

책 제목을『삼국유사 다시 읽기 12』로 한 것은 가벼운 책으로 하여 시리즈로 낼 구상을 하였기 때문이다. 집필 중에 있는 제1권부터 제13권까지를 포함하여, 이 시리즈가 몇 권까지 이어질지, 이가 빠지지 않고 다 간행될 수 있을지는 저자도 기약하지 못한다.

이 제12권은 통일 신라 34대 효성왕 즉위년[737년]에 지어진 향가「원가」와 관련된 일들을 두 사서를 보완하여 살펴본 것이다. 이 책에서 밝히고자 하는 것은 이 시가 지어진 정치적 배경이다.『삼국사기』에는 효성왕 3년[739년] 9월에 완산주에서 흰 까치[白鵲]를 바쳤고 여우가 월성 궁중에서 울어 개가 물어 죽였다고 되어 있다. 흰 까치는 무엇을 상징하는 것이고 여우는 왜 궁중에서 울었을까?

「원가」창작의 이면에는 주(周)나라 유왕(幽王)이 멸망한 포(褒)나라 출신의 후궁 포사(褒姒)에게 빠져서 나라를 망치고, 주나라가 평왕 의구(宜臼)의 동주와 휴왕 여신(余臣)의 서주로 쪼개어져서 형제 사이에 골육상쟁을 벌이다 망한 것처럼, 효성왕이 후궁에게 빠져 정사를 망쳐서 김신충 등이 효성왕을 시해하고(?) 그 아우인 김헌영을 새로 경덕왕으로 즉위시키는 과정의 골육상쟁으로부터 통일 신라의 멸망이 초래되었다는 사평(史評)이 들어 있다. 이것이『시경(詩經)』의「각궁(角弓)」이 주는 교훈이다. 효성왕과 경덕왕, 이 형제 사이의 왕위 쟁탈전의 원인과 진행 과정, 그 결과를 밝히는 것이 이 책의 목적이다.

2016년 4월 19일에 간행한『요석』에서 저자는 이 논의를 일단 마무리 지었었다. 그러나 그 책은 주제가 여럿이라서 논의가 집중되지 못한 면이 있었다. 그리고 너무 양이 많아 독자들이 읽기에 부담이 된다는 의견이 많았다. 그리하여 그 책에서 「원가」의 정치적 배경만을 발췌하여 그것을 중심으로 역사 기록을 어떻게 읽어야 하는지에 대한 전범을 보이는 정제된 연구서를 다시 쓰기로 하였다.

내용상으로 『요석』과 이 책의 가장 큰 차이는 효성왕이 김신충과 맺은 약속을 지키지 못한 원인을, 『요석』은 김승경과 김헌영의 골육상쟁에서 찾은 데 반하여, 이 책은 「각궁」을 중시하여 그 원인을 효성왕의 후궁 총애에서 찾은 것이다. 역시 모든 사건의 배후에는 여자가 있었다. 두 번째 차이는 687년 2월에 출생한 신문왕의 원자를 김근{흠}질로 확정하고, 684년에 출생한 김사종을 효소왕대에 부군으로 책봉되었다가 폐위된 첫 번째 원자로 추정한 것이다. 728년에 당나라에 간 김사종은 무상선사가 되었고, 726년에 당나라에 간 김근{흠}질은 당나라 숙종의 백고좌 강회에 초대받은 영하 하란산 백초곡의 석 무루가 되었다.

나이 들어 바라는 바는, 한국학 각 분야가 학문의 정도로 돌아가서 문헌을 원문으로 읽고 문헌 속의 글자들을 그 시대의 그 글자의 뜻대로 해석하여 구절과 문장의 뜻을 제대로 알고 글 전체의 의미를 올바로 파악하는 태도를 회복하는 것이다. 글자의 뜻을 잘못 해석한 번역서나 선학들이 잘못 쓴 국사학 논저에서 재인용한 자료에 바탕을 두고 세운 논지는 여지없이 무너지게 되어 있다. 글자 하나하나가 중요하다. 이 시리즈가 앞으로 우리 국학의 기초 체질을 바꾸는 데에 작은 디딤돌이라도 된다면 더 바랄 것이 없다.

2018년 8월 24일
心遠齋에서 저자

제4장 효성왕의 생모는 누구인가

제5장 혜명왕비의 아버지는 누구인가

제6장 「원가」 창작의 정치적 지형과 교훈

제1장

「신충 괘관」은
'신충이 벼슬을 버림'이 아니다

「신충 괘관」은 '신충이 벼슬을 버림'이 아니다

1. 이야기의 전체 구도

원문과 번역문, 그리고 해설

일연선사가 1281~83년 경에 편찬한『삼국유사』권 제5「피은 제8」에는「신충 괘관」이라는 이야기가 실려 있다.[1] (1)에서 (3)까지가 이「신충 괘관」조의 모두이다. 번역은 저자가 직접 하였다. 세주는 *{　　}* 속에 넣어 구분하였다.

(1) a. 효성왕이 태자 시절에 현사 신충과 더불어 궁정의 잣나무 아래에서 바둑을 두면서 일찍이 일러 말하기를 [孝成王潛邸時 與賢士信忠 圍碁於宮庭栢樹下 嘗謂曰], 훗날 경을 잊는다면 이 잣나무가 있어 증거가 되리라 [他日若忘卿 有如栢樹] 하였다. 신충이 일어나서 절하였다 [信忠興拜].

b. 몇 달 뒤에 왕이 즉위하여 공신들에게 상을 줄 때 신충을 잊어

---

1) 이 장은『요석』의 제2장을 새로 쓴 것이다. 같은 부분도 있다.

버리고 명단에 넣지 못하였다 [隔數月 王卽位賞功臣 忘忠而不
第之]. 신충이 원망하여 노래를 지어 잣나무에 붙이니 나무가
홀연히 누렇게 시들었다 [忠怨而作歌 帖於栢樹 樹忽黃悴].

c. 왕이 이상히 여겨 사람을 시켜 알아보게 하였더니 노래를 얻어
서 바쳤다 [王怪使審之 得歌獻之]. 크게 놀라 말하기를 [大驚
曰], 만기[임금 일]을 앙장하느라 거의 각궁을 잊을 뻔하였다
[萬機鞅掌 幾忘乎角弓]. 이에 불러서 관작과 봉록을 하사하였
다 [乃召之賜爵祿]. 잣나무가 되살아났다 [栢樹乃蘇].

d. 노래는 말하기를 [歌曰],

질 좋은 잣이 [物叱好支栢史]
가을에 말라 떨어지지 아니 하매 [秋察尸不冬爾屋支墮米],
너를 중히 여겨가겠다 하신 [汝於多支行齊敎因隱]
우러러보던 낯이 변해 버리신 겨울에어 [仰頓隱面矣改衣賜乎
隱冬矣也].
달이 그림자 내린 연못 갓 [月羅理影支古理因淵之叱]
지나가는 물결에 대한 모래로다 [行尸浪 阿叱沙矣以支如支].
모습이야 바라보지만 [皃史沙叱望阿乃]
세상 모든 것 여희여 버린 처지여 [世理都 之叱逸烏隱第也].
후구는 잃어 버렸다 [後句亡].[2]

e. 이로 하여 총애가 두 조정에서 두드러졌다 [由是寵現於兩朝].

(2) a. 경덕왕*/왕은 즉 효성왕의 아우이다./* 22년 계묘년에 충이 두
벗과 더불어 서로 약속하여 벼슬을 그만 두고 남악[지리산]에
들어갔다 [景德王*/王卽孝成之弟也./* 二十二年癸卯 忠與二友

---

2) 여기서의 「원가」의 해독은 김완진(1980:137-44)을 따랐다. '후구망(後句亡)'은 뒤에 제9
행, 제10행이 있었으나 전해 오지 않는다는 뜻이다. 이 노래가 원래는 10행 향가인데
지금은 8행만 전해 온다는 말이다. 그런데 이 후구망은 좀 깊이 생각해야 할 필요가
있다. 지금 남은 맨 뒤의 두 행은 제9행과 제10행이다. 망실된 두 개의 행은 그 앞에서
찾아져야 할 것으로 보인다. 해독에 관한 모든 문제와 시의 형식에 관해서는 제3장에
서 논의한다.

相約掛冠入南岳]. 다시 불렀으나 나아오지 않고 머리를 깎고
사문이 되어 왕을 위하여 단속사를 창건하고 은거하여 평생 골
짜기에 살며 대왕의 복을 봉축하기를 원하였다 [再徵不就 落髮
爲沙門 爲王創斷俗寺居焉 願終身立壑以奉福大王]. 왕이 허락
하였다 [王許之]. 남은 진영이 금당 뒷벽에 있는데 이 사람이
다 [留眞在金堂後壁是也]. 남쪽에 이름이 속휴인 마을이 있는
데 지금은 와전되어 소화리라 한다[南有村名俗休 今訛云小花
里].

b. */「삼화상전」에 의하면 신충봉성사가 있는데 이와 더불어 혼
동된다[按三和尙傳 有信忠奉聖寺 與此相混]. 그러나 그 신문
왕의 시대는 경덕왕으로부터 백년이나 떨어졌고, 하물며 신문
왕과 그 신충의 일은 전생의 일이니, 즉 이 신충이 아님이 분
명하다[然計其神文之世 距景德已百餘年 況神文與信忠 乃宿
世之事 則非此信忠明矣]. 마땅히 상세히 살펴야 할 것이다[宜
詳之].]*

(3) a. 또 『별기』에 말하기를[又別記云], 경덕왕 때에 직장 이준*/『고
승전』에는 이순이라 함*이 있어 일찍이 발원하기를 나이가 쉰
[지명]에 이르면 꼭 출가하여 절을 짓겠다고 하였다[景德王代
有直長李俊*/高僧傳作李純]* 早曾發願 年至知命 須出家創佛
寺].3) 천보 7년 무자년에 나이가 쉰에 이르자 조연의 작은 절
을 큰 절로 새로 지어 단속사라 이름 짓고 몸은 역시 머리를 깎
고 법명을 공굉장로라 하고 20년 동안 절에서 살다가 죽었다
[天寶 七年戊子 年登五十矣 改創 槽淵 小寺 爲大刹 名斷俗

---

3) 『논어』 「위정」 편에 "子曰 吾十有五而志于學 三十而立 四十而不惑 五十而知天命 六十而耳
順 七十而從心所欲不踰矩[공자께서 말씀하시기를 '내가 열 하고도 다섯이 되었을 때 배
움에 뜻을 두었으며, 서른에 학문적 자세가 확립되었으며, 마흔에는 미혹되지 않게 되
었으며, 쉰에는 천명을 알게 되었으며, 예순에는 귀가 순하게 되었으며, 일흔에는 마음
의 하고자 하는 바를 따라 하여도 법도를 벗어나지 않게 되었느니라.'고 하셨다." 하였
다. 여기서의 '지천명'을 줄여서 '지명(知命)'이라 쓴 것이다.

寺 身亦削髮 法名孔宏長老 住寺二十年乃卒].

    b. 앞의『삼국사』에 실린 내용과 같지 않아 두 가지 다 적어 둔다
      [與前三國史所載不同兩存之]. 잘 모르는 것에 대해서는 말하
      지 않는다[闕疑].

 (4) 찬양하여 말하기를[讚曰],

    공명 못 다 이루었는데 귀밑 털 먼저 세고[功名未已鬢先霜]

    임금 은총 비록 많으나 한평생 바쁘도다[君寵雖多百歲忙]

    저편 언덕 산 자주 꿈속 들어오니[隔岸有山頻入夢]

    죽어서도 향불 피워 우리 임금 복 빌리라[逝將香火祝吾皇].

    〈『삼국유사』 권 제5 「피은 제8」 「신충 괘관」〉

  (1)은 신충의 「원가(怨歌)」 창작과 관련된 배경 기사이다. (1a)는 효성
왕이 태자 시절 신충에게 잣나무를 두고 맹서[有如栢樹]하였음을 적고
있다. (1b)에서 효성왕은 즉위 후 공신들을 상 줄 때 신충을 공신록에
넣지 못하였고, 신충이 이를 원망하여 「원가」를 지어 그 잣나무에 붙였
더니 잣나무가 누렇게 시들었다. (1c)는 이에 놀란 효성왕이 신충에게
관작과 봉록을 하사하였고 잣나무가 다시 살아났다고 적었다. (1d)에서는
향찰로 적힌 「원가」의 가사를 볼 수 있다. 여기서는 현대 한국어로의 해
석을 일별하는 것으로 충분하다. (1e)를 보면 신충은 효성왕, 경덕왕 양
조에 총애를 크게 입었다.

  (2a)는 경덕왕 22년[763년]에 신충이 두 벗과 더불어 벼슬을 그만 두
고 남악[지리산]에 들어가 속세를 피하여 은둔하였고, 왕이 다시 불렀
으나 나아오지 않고 머리를 깎고 스님이 되어 왕을 위하여 단속사를 창
건하고 은거하여 평생 골짜기에 살며 대왕의 복을 봉축하기를 원해서,
(경덕)왕이 허락하였는데, 그를 그린 초상화가 금당 뒷벽에 남아 있다고

한다. 그런데 이 이야기는 나중에 보는 대로 『삼국사기』에 적힌 기사와 매우 다르다. (2b)는 신충봉성사에 대한 기록이 있는데 이 신충은 경덕왕보다 100년쯤 더 전인 신문왕 때, 그것도 신문왕의 전생의 일이므로 이 신충과 그 신충은 동명이인이 분명하다는 것이다.

(3a)는 『별기』라는 기록에, 천보 7년[경덕왕 7년[748년]]에[4] 직장 이준*{또는 이순}*이 나이 '50에 이르러[至知命]' 벼슬을 그만 두고 조연의 작은 절을 큰 절 단속사로 고쳐 짓고 20년 동안 살다가 죽었다는 기록이 있음을 적었다. (3b)는 앞에 보인 『삼국사』에 있는 내용과 달라 둘 다 적어 두고 '궐의'한다고 하였다. '궐의(闕疑)'가 무슨 뜻일까? 이 궐의의 뜻을 정확하게 아는 것이 이 기록을 올바로 읽는 데에 필수적이다.[5]

이를 보면 (2a)는 『삼국사』에 있는 내용인 모양이다. 그 (2a)와 「별기」의 (3a)가 서로 다른 것이다. (2a)는 '신충이 두 벗과 더불어 괘관하고 지리산에 피세하여 단속사를 지었다.'는 내용이고, (3a)는 '직장 이준{혹은 이순}이 조연의 작은 절을 단속사로 고쳐 짓고 피세하였다.'는 내용이다. 그러니 두 기록이 서로 다른 것은 틀림없다.

(4)는 책의 편자 일연선사가 직장 이순의 괘관, 피세를 '찬양하여' 지은 시이다. 그 시의 내용은 나이든 신하가 속세를 떠나 승려가 되어 수도하면서 저승에 가서도 임금의 복을 빌고자 하는 변함없는 마음을 지니고 있었음을 읊었다. 이 시가 신충을 찬양하기도 했을까? 신충도 일연선사의 찬양의 대상이 되었을까? 절대로 '그렇지 않다.' 지금까지 이

---

4) 천보(天寶)는 당 현종의 세 번째 연호이다. 현종이 즉위하던 712년 9월 8일에 그의 아버지 예종은 선천(先天)이라는 연호를 지었다. 현종은 이듬해인 713년 연호를 개원(開元)으로 바꾸었다. 그리고 다시 741년에 천보로 바꾸었다.

5) '궐의(闕疑)'는 '의심스러운 것에 대해서는 적지 않는다. 즉, 잘 모르는 것에 대해서는 주관적인 판단을 하지 않고 문헌 기록 그대로를 적어둔다.'는 의미이다. 후술한다.

시를 신충을 찬양한 시이고 이 단속사의 금당 벽에 솔거가 그린 초상화가 신충의 초상화라고 설명한 논저는 모두 틀린 것이다.

2. 신충의 「원가」 창작, 이순의 괘관 피세

신충의 「원가」와 이순의 괘관

이 기사의 제목 「신충 괘관」에 대하여 대부분의 논저들은 '신충이 괘관하다.'처럼 설명한다. '괘관(掛冠)'은 '모자를 벗어 걸었다.'는 뜻으로 암군이나 폭군 아래 벼슬을 살지 않고 '의관(衣冠)을 풀어 성문에 걸고' 초야에 묻혔음을 뜻한다.6) 그리하여 모든 책이 이 제목을 '신충이 벼슬을 그만두다.'로 번역한다. 그러나 이것은 틀린 번역이다.

「원가」에 대한 연구 논저들에서 우리는 '신충이 젊은 사람이고, 벼슬하기 전에 태자 승경과 약속하고, 그 약속이 지켜지지 않아 「원가」를 지어 잣나무에 붙이고, 잣나무가 시들고 효성왕이 놀라서 벼슬을 주고, 잣나무가 되살아나고—'와 같이 설명한 글들을 볼 수 있다. 그러나 이러한 설명이나 번역은 틀린 것이다. 전후 사정을 고려하지 않고 글을 잘못 읽어 역사적 사실을 잘못 파악한 것이다. 왜 이런 오해가 생겼을까?

---

6) 『후한서(後漢書)』 「봉맹전(逢萌傳)」에 있는 말이다. 전한의 12대 왕 애제(哀帝)가 죽고 왕망(王莽)이 평제(平帝)를 세웠다. 평제에게는 어머니 위희(衛姬)가 있었으나 왕망은 그녀가 도읍으로 들어오는 것을 막았다. 장남 왕우가 부당하다고 간하였으나 왕망은 왕우를 죽였다. 이를 전해 들은 봉맹은 친구에게 '삼강(三綱)이 끊어졌으니 우리들에게도 화가 미칠 것이다.' 하고는 의관을 벗어[解衣冠] 도성의 성문에 걸고[掛] 집으로 돌아가 가족들을 끌고 바다 건너 요동으로 갔다. 이로부터 10여년 후에 김알지와 김수로가 한반도에 나타났다. 왕망이 세운 신 나라가 후한 광무제에게 망하였기 때문이다.

그것은 「신충 괘관」 조가 두 가지 주제로 이루어져 있기 때문이다.

하나는 태자 승경에게 '앞으로 경을 잊지 않기를 잣나무를 두고 맹서하리라[他日若忘卿 有如栢樹].'는 맹서를 받고 효성왕의 즉위를 허여한 신충이, 왕이 공신들을 상 줄 때 그 명단에 끼이지 못하여 효성왕이 즉위한 해[737년] 봄에 왕을 원망하는 「원가」를 지었다는 것이다. (1a~e)까지가 이 내용이다.

다른 하나는 경덕왕 22년[763년] 8월에 직장 대내마(大奈麻[10등관위명]) 이순(李純)이 나이 지천명(知天命[50세])에 이르러 벼슬을 사직하고 남악으로 숨어들어 속세를 피하였다는 기사이다. 즉, 이순이 피세하였다는 이야기이다. 이 이야기는 (3a, b)에 들어 있다.

이 두 이야기는 전혀 별개의 것으로 서로 대조적인 일화이다. 『삼국유사』에는 이렇게 대조적인 두 일화를 적어 한 쪽의 '안 좋음'과 다른 쪽의 '좋음'이 돋보이게 한 기사가 여럿 있다.7) '공신록에 들지 못하여 원망하는 시를 짓고 작록을 받은 신충'과 '관직을 버리고 지리산에 은둔하여 왕의 복을 빈 이순'은 대조적인 두 인물인 것이다. 나아가 『삼국사기』 권 제9 「신라본기 제9」의 「효성왕」 조를 고려하면 신충은 효성왕에 대한 '불충'의 대표적 사례로 기록된 것이고, 이순은 경덕왕에 대한 '충직'의 대표적 사례로 기록된 것이다.

그런데 (2a)에서는 엉뚱하게 '신충이 경덕왕 22년[763년]에 두 벗과 더불어 괘관하고 남악[지리산]에 들어가서 단속사를 짓고 승려가 되어

---

7) 『삼국유사』 권 제3 「탑상 제4」에 실린 경남 창원의 불모산(佛母山)을 배경으로 하는 「남백월 이성(二聖) 노힐부득 달달박박」, 역시 권 제3 「탑상 제4」에 실린, 고구려 보장왕이 도교를 믿자 보덕이 절을 남쪽으로 옮겨 고구려가 멸망했다는 「보장봉로 보덕이암(寶藏奉老 寶德移庵)」, 「원왕생가(願往生歌)」가 실린 권 제5 「감통(感通) 제6」 「광덕(廣德) 엄장(嚴莊)」 등이 그러하다.

피은한 것'처럼 적고 있다.

이제 (1)과 (3)이 옳은지, 아니면 (2a)가 옳은지를 결정해야 한다. 그 결정을 할 관건은 단속사를 창건한 사람이 신충, 김옹, 이순의 3인인지, 이순 1인만인지를 알면 된다. (2a)가 옳으려면 단속사를 신충, 김옹, 이순 3인이 창건해야 한다. 그런데 그 확증이 될 근거인 단속사 금당 벽에 솔거가 그렸다고 말로만 전해 오는 진영[초상화]가 사라져 버렸다. 어쩔 수 없이 이 기사에 등장하는 일들과 관련된 여러 역사적 사실들을 참고하여 어느 것이 옳은지 판단할 수밖에 없다. 이 책에서 저자는 이 일을 하고자 한다.

앞에서 본 대로 『삼국유사』는, 33대 성덕왕의 태자 승경이 즉위하기 몇 달 전에 신충에게 궁정의 잣나무 아래에서 바둑을 두면서 '훗날 경을 잊지 않기를 잣나무를 두고 맹서하리라[他日若忘卿 有如栢樹].'고 다짐하였으나 왕으로 즉위하여 공신들을 상 줄 때 그를 공신록에 넣지 못하여 신충이 왕을 원망하여 「원가」를 지었다고 적었다.

국문학계의 통설은, 신충이 아직 벼슬길에 나가지 않은 백면서생이라고 말하지만 그것은 상식에 어긋나는 주장이다. (1a)에서 명백하게 태자 승경은 신충을 '경(卿)'이라고 칭하고 있다. '경'은 조선 시대에는 6조의 판서를 가리키는 말이다. 중국 고제에서도 시대에 따라 다르지만 적어도 중앙 행정 부서의 장관급을 경이라 하였다. '경'은 '공(公)-경(卿)-대부(大夫)-사(士)'의 엄격한 위계질서가 적용되는 관인을 가리키는 말이다.[8]

---

8) '경'은 중앙 부처 장관을 가리키는 말이다. 조선조에 3정승을 3공, 6조 판서를 6경이라 불렀다. 당제(唐制)에 따르면 3성 6부 아래 태상시, 위위시, 종정시, 태복시, 대리시(大理寺), 홍려시, 사농시, 태부시(太府寺) 등 9시가 있고, 각 시(寺)에는 장관으로서 경(卿)과 차관으로서 소경(少卿)을 두었다. 신라도 적어도 병부령, 승부령, 선부령 등의 령을 경이라고 불렀다고 보아야 한다. 신충은 병부령이었을 것이다.

신충은 태자의 왕위 계승 여부를 논의하는 위치에 있는 고위 관리로서 그 당시의 권력 실세 그룹의 일원이다. 저자가 보기에는 실세 중의 실세로 병부령 정도의 관직에 있는 사람이다. 신충이 이 시를 그 잣나무에 붙였더니 잣나무가 누렇게 시들었다.

이에 크게 놀란 효성왕이 신충에게도 작과 녹을 내리자 잣나무가 다시 살아났다고 한다. 이에 대하여 학계에는 '신충에게 처음으로 관직을 주었다.'는 학설이 통용되고 있다. 그리고 그 관직이 중시라고 한다. 최초의 벼슬이 중시라는 말인가? 중시가 얼마나 높은 자리인 줄 알기나 하는가? 그것도 「원가」를 지은 737년 2월로부터 중시가 되는 739년 정월까지 23개월이 흐른 뒤에 '벼슬'을 주었다고 하였다. 그리고 잣나무가 되살아났다고 하고 있다.

이런 거짓말을 하다니. 무슨 잣나무가 2년 동안 시름시름 시들다가 되살아난다는 말인가? 그대들은 나무 한 그루, 풀 한 포기도 키워 보지 않았는가? 가뭄에 타들어 가는 논밭의 작물을 살리기 위하여 농부들이 물 대기에 얼마나 애를 태우는지나 아는가? 2년 후에 다시 살릴 수 있다면 왜 밤을 새워 논에 물을 대겠는가?

'작'과 '녹'을 내렸다고 하였지 '벼슬'을 주었다고 하지 않았다. '작'은 관등을 말하는 것이고 '녹'은 급료를 말한다. 이미 관직에 있는 귀족에게, 예컨대 소판을 이찬으로 올려 주고 조(租) 몇 석을 더 얹어주는 것을 뜻하는 말이다. 신충은 적어도 소판으로 병부령 정도의 관직에 있는 높은 벼슬아치이다. 그러니까 태자가, '즉위하면 경을 잊지 않겠다.'고 맹서하지. '경의 말'을 잊지 않겠다는 뜻이다.

문제의 핵심

여기서 제기되는 핵심 문제는 세 가지 정도로 정리된다. 그 속에는 노래를 지어 잣나무에 붙였더니 잣나무가 시들었다든가, 작과 녹을 하사하니 시들던 잣나무가 소생하였다는 신비스러운 이야기들은 들어 있지 않다. 그것은 중요한 것이 아니다.

첫째, 왜 태자가 신하에게 맹약을 하면서까지 즉위를 허여해 주기를 애원하는 것일까? 이 문제는 성덕왕 말년의 정치 세력 구도를 밝힐 것을 요구한다. 정상적인 정치적 상황에서 35년 동안이나 왕위에 있었던 부왕이 위독하고 10년 이상을 태자 지위에 있었던 장자가 있는 상황이라면 이런 일이 생길 수 없다. 태자는 부왕의 곁에서 극진히 병 간호를 하고 부왕을 대리하여 청정하면서 국정을 운영해 가면 된다. 그런데 그것이 안 되는 것이다. 태자 승경에게는 아버지 사후 왕위를 이어받기 어려운 결격 사유가 있었을 것이다. 최소한 정치 세력 구도가 그를 지지하지 않는 유력자들이 많은 상황으로 짜여 있었을 것이다.

둘째, 효성왕은 즉위 후 논공행상 과정에서 왜 신충을 공신록에 넣지 못했을까? 신충이 결격 사유를 지녔을 수도 있다. 그러면 입 다물고 국으로 있어야지 「원가」 따위 지어 불평하면 안 된다. 모반으로 몰아 죽이면 그만이다. 이것은 신충이 아니라 효성왕에게 신충을 공신록에 넣지 못한 사정이 있었음을 뜻한다. 누군가가 반대했을 것이다. 왜 반대했을까? 신충의 세력이 더 커지는 것을 두려워하는 세력이 있을 수 있다. 그 세력을 어떤 사람들로 잡는가에 따라 설명 방법이 달라질 것이다.

셋째, 왜 효성왕은 그 「원가」를 읽어보고 바로 신충을 공신록에 넣어 작과 녹을 하사하였을까? 이유는 '만기앙장 기망각궁'이다. '임금 일이 바빠서 각궁(角弓)을 잊을 뻔하였다.'는 것이다. '각궁'은 무엇인가? 도대체 '뿔활'이 무엇이기에 그 '각궁'을 잊을 뻔하여 그 '각궁' 때문에 신충을 공신록에 넣고 작록을 하사하였다는 말인가? 이 의미심장한 '각궁'은 무엇을 뜻하는 말일까?

3. 효성왕의 시대

모든 사건의 뒤에는 여인이 있다

현존하는 기록들을 토대로 하여 앞에서 제기한 세 가지 문제에 대한 답을 추구하기로 한다. 이 답을 통하여 이 시의 작가 신충이 어떤 인물인지, 그리고 그로 하여금 이 시를 창작하게 한 효성왕은 어떤 왕이었으며 그를 이어받은 경덕왕은 또 어떤 왕이었는지도 밝혀질 것이다.

태자 김승경은 왜 신하인 신충에게 '他日若忘卿 有如栢樹' 하고 맹서했을까? 이 믿기 어려운 이야기의 이면에는 어떤 역사적 진실이 들어 있는 것일까? 이 불행한 왕, 효성왕의 삶을 이해하기 위해서는 짧은 그의 재위 기간 중의 일들을 적은 『삼국사기』의 기록을 면밀하게 살펴볼 필요가 있다.

이 책의 핵심 주제는 <u>효성왕을 죽이고 경덕왕을 즉위시킨 왕위 교체가 통일 신라를 멸망의 구렁텅이로 몰아간 주된 요인이라는 것이다.</u> 모든 왕국의 멸망 원인은 왕의 문란한 성 생활과 복잡한 혼인 관계, 그리고 그로부터 야기되는 후계자 다툼에서 찾아야 한다. 그 역으로 후계자를 전혀 세우지 못하는 집단도 망하게 되어 있다. 정복당하지 않은 모든 집단의 멸망은 이 두 요인을 벗어날 수 없다.

효성왕은 태자 시절 후궁에게 빠져 있었다. 그 당시의 권력 실세인 신충 세력은 태자 승경이 즉위하면 후궁의 아버지 영종의 세력이 발호하여 자신들이 권력을 유지하기가 어려울 것으로 보고 태자의 즉위를 달갑지 않게 생각하고 있었다. 그리고 자신들이 조종할 수 있는 왕자 헌영을 즉위시키려는 계략을 가지고 있었다.

김승경과 김헌영, 이 두 왕자의 아버지는 33대 성덕왕이다. 성덕왕은

〈**오대산 상원사 문수전:** 31대 신문왕의 셋째 왕자 효명이 33대 성덕왕으로 즉위하기 전 692년이나 693년 8월부터 702년 7월까지 약 10여 년 동안 수도한 터 근방이다. 성덕왕은 즉위 4년 [705년]에 자신이 수도하던 효명암을 다시 지어 진여원을 열었다. 그 진여원 터 위에 지은 절이 상원사이다. 이 절에「명주 오대산 봇내태자 전기」의 원본이 전해져 와서 그것을 토대로 일연선사가 「대산 오만 진신」을 재구성하였다. 이 기록이 없었으면 저자가 신문왕 이후 36대 혜공왕까지의 통일 신라 망국사(亡國史)를 밝히는 것은 불가능한 일이었을 것이다. 문수동자가 조선조 세조의 등을 씻겨 주었다는 전설이 전하는 관대(冠帶)걸이와 자객으로부터 세조를 구해 주었다는 고양이 전설도 함께 전해 온다. 사진: 2018년 5월 13일 저자〉

692년 7월에 큰형 효소왕이 32대 왕으로 즉위한 692년이나 693년 8월 5일 둘째 형 봇내와 함께 오대산에 숨어 들어가서 승려가 되어 있었다.

그런데 700년 5월에 서라벌에서 효소왕을 폐위하고 그의 아우인 부군을 즉위시키려는 '경영의 모반'이 일어났다. 700년 6월 1일 신목왕후가 사망하고 702년 7월에 효소왕이 승하하였다. 이에 국인은 부군을 폐하고 오대산에서 수도하고 있던 왕자 효명을 데려와서 즉위시켰으니 이이가 성덕왕이다.[9]

성덕왕은 702년에 22세로 즉위하여 35년 동안 재위하고 737년에 57세로 승하하였다. 그는 704년에 엄정왕후와 혼인하였고 720년에 소덕왕후와 다시 혼인하였다. 엄정왕후의 사망 여부나 폐비 여부는 기록에 남아 있지 않다. 이 두 번에 걸친 혼인이 효성왕의 모든 불행의 요인이다.

이 혼인의 배경에는 681년 8월 8일의 '김흠돌의 모반', 신문왕의 선비의 폐비, 후비 신목왕후와의 재혼, 그리고 신문왕과 신목왕후의 혼전, 혼외자 효소왕과 봇내태자, 성덕왕의 존재 등이 있다. 그리고 그 이면에는 신목왕후의 어머니, 태종무열왕의 딸인 김흠운의 아내가 있다. 김흠운은 655년 1월 백제와의 전쟁에서 전사하였다. 젊어서 전장에서 남편을 잃은 이 요석궁의 홀로 된 공주, 세칭 요석공주가 통일 신라 정치에 미친 영향이 이 모든 사건의 원천적 배경이다.[10]

원래 『요석』의 제1 주장은 737년에 즉위하여 5년 후인 742년에 승하

---

9) 이는 『삼국유사』의 「대산 오만 진신」, 「명주 오대산 봇내태자 전기」와 『삼국사기』를 종합하여 추출한 성덕왕의 즉위 과정을 요약한 것이다. 이에 대한 자세한 논의는 서정목(2016a) 『요석』의 제6장을 참고하기 바란다.

10) 서정목(2014a), 『향가 모죽지랑가 연구』의 제5장, 제6장에서 신목왕후의 어머니가 요석공주일 것이고, 그녀가 당나라 측천무후와 손잡고 문무왕 때[661년~681년]부터 성덕왕 중반기[720년]까지 약 60년의 통일 신라 정치계를 주름잡았을 것이라는 추론을 전개한 바 있다.

한 '효성왕 승경은 엄정왕후의 친아들이고', 742년에 즉위하여 23년 후인 765년에 승하한 '경덕왕 헌영은 소덕왕후의 친아들로서' 이들이 이복형제라는 것이었다. 그리고 제2 주장은 '신충이 처음에는 승경을 지지하여 효성왕으로 즉위시켰으나 곧 변절하여 효성왕의 이복 아우인 헌영의 편이 되어 효성왕을 시해(?)하고 헌영을 경덕왕으로 즉위시켰다.'는 것이었다.

제1 주장은 지금도 변함이 없다. 그러나 제2 주장은 그대로 유지하기가 좀 어렵다. 제2 주장과 관련하여 그 책을 쓸 때 필자는 논리상으로 불안한 점이 셋 정도 있다고 느꼈다. 첫째, 원래 승경을 지지하는 사람이 아니었을 신충이 왜 승경을 지지하게 되었을까? 둘째, 왜 효성왕이 신충을 공신록에 넣지 못했을까? 그 답은 효신 측이 반대하였다는 것이었다. 셋째, 왜 「원가」를 지어 잣나무를 시들게 한 사건 후에 공신록에 넣어 작록을 높여 주었을까? 이 세 가지 불안했던 점은 사실 그 책의 핵심 논지를 무너뜨릴 만큼 도전적인 것이었다. 이 세 가지 의문점이 제대로 설명되지 않으면 여전히 「원가」에 대한 궁금증은 다 해소된 것이 아니다.

저자는 이 시기의 권력 구도의 중심 세력을 '자의왕후/문무왕, 김순원-소덕왕후/성덕왕, 김진종-혜명왕후/효성왕, 김충신, 효신'으로 이루어진 자의왕후 친정[신문왕의 외가] 세력을 한 축으로 하고, '운명/김오기-김대문-김신충, 의충-경수태후[만월부인]/경덕왕'으로 이루어진 신문왕의 이모 운명의 시댁 세력을 다른 한 축으로 하는 연합 세력이 형성하고 있는 것으로 파악한다. 이 연합 세력이 성덕왕 중기인 720년 3월 김순원의 딸 소덕왕후를 왕비로 들일 때까지 요석공주 세력과 대립하여 열세에 처하여 있다가 요석공주 사후 권력을 회복하게 된다.

그러므로 신충이 승경을 지지한다고 하면 그 연합 세력의 양축을 형성하고 있는 효신과 신충이 서로 대립하는 듯한 상황이 형성된다. 이것이 특별히 더 설득력이 떨어진다고 생각되었다. 즉, 원래 승경을 지지하는 사람일 리가 없는 신충이 왜 승경을 지지하게 되었을까가 쉽게 설명되지 않았다.

신충과 효신을 같은 편으로 묶어 두고 설명하는 방법은 무엇일까? 즉, 신충과 효신이 공히 헌영을 지지하고 있다면 어떤 상황이 상정되어야 할 것인가? 그것은 이 연합 세력과 대립 관계에 있는 세력을 새로이 설정하는 것이다. 즉, 효성왕이 신충을 공신록에 넣지 못한 이유가 효신 세력의 반대 때문이 아니고 다른 세력의 발호 때문이라고 보는 것이다. 그러나 이미 요석공주 후계 세력은 요석공주 사후에 궤멸되어 특별한 세력을 형성하고 있지 못하였다. 다른 세력이 있어야 한다.

왕비의 후궁 살해 사건

여기서 떠오른 것이 (5)의 '효성왕의 후궁 스캔들'이다. (5c)의 740년 8월에 일어난 '영종의 모반'은 후궁의 아버지의 반역 모의이다. 그런데 '영종이 모반으로 죽기에 앞서서 왕비가 효성왕의 총애를 입던 후궁을 질투하여 그 후궁을 죽였다.'

왕비의 질투에 의한 후궁 살해 사건. 그 사건이 일어난 시기는 740년 8월 '영종의 모반' 이전인 것만 확실할 뿐 정확한 날짜를 알 수는 없다. 그리고 '이에 앞서[先是] 영종의 딸이 후궁에 들어왔다.'고 하였으므로 이 후궁이 언제 궁에 들어왔는지도 알 수 없다. 이 사건을 적은 (5)는 사건의 시간적 순서가 뒤섞여 있다.

> (5) a. 740년[효성왕 4년] 봄 3월 당이 사신을 보내어 <u>부인 김 씨를 책봉하여 왕비로 삼았다</u>[四年春三月 唐遣使冊夫人金氏爲王妃].
>
> b. 740년[동 4년] --- 가을 7월 붉은 빛 명주 옷을 입은 한 여인이 예교 아래로부터 나와 <u>조정의 정사를 비방하며 효신공의 문을 지나다가 홀연히 보이지 않았다</u> [四年 --- 秋七月 有一緋衣女人 自隸橋下謗朝政 過孝信公門 忽不見].
>
> c. 740년[동 4년] 8월 파진찬 영종이 모반하였다[八月 波珍飡永宗謀叛]. 목 베어 죽였다[伏誅]. <u>이에 앞서 영종의 딸이 후궁에 들어왔다</u>[先是 永宗女入後宮]. <u>왕이 그녀를 지극히 사랑하여 은총을 쏟음이 날로 심하여 갔다</u> [王絶愛之 恩渥日甚]. <u>왕비가 질투를 하여 족인들과 모의하여 그녀를 죽였다</u> [王妃嫉妬與族人謀殺之]. <u>영종이 왕비의 종당들을 원망하여 이로 하여 모반하였다</u> [永宗怨王妃宗黨 因此叛].
>
> d. 742년[동 6년] 5월 – 왕이 승하하였다 [五月 – 王薨]. 시호를 효성이라 하였다 [謚曰孝成]. <u>유명으로 널을 법류사 남쪽에서 태우고 동해에 유골을 뿌렸다</u> [以遺命 燒柩於法流寺南 散骨東海]. 〈『삼국사기』 권 제9 「신라본기 제9」 「효성왕」〉

그런데 그 '영종의 모반' 앞에는 (5b)의 한 여인의 시위가 있다. 740년 7월의 일이다. 한 사람의 여인이, 그것도 붉은 빛 명주 옷을 입은 고위층의 여인이 '효신공'의 문 앞에서 '조정의 정사를 비방하며' 지나가다가 홀연히 '보이지 않았다'. '사라졌다'는 것이다. 이 기록은 왜 여기에 적혀 있는 것일까? 조정의 정사를 왜 효신공의 문 앞에서 비방한다는 말인가? 대궐문은 어디에 쓰려고? 효신공의 '公(공)'은 또 얼마나 높은 관등의 사람일까? 적어도 경(卿)인 신충보다는 높았을 것이다.

이 1 여인의 단독 시위를 (5c)와 관련 짓는 것은 너무나 당연한 논리이다. 후궁의 억울한 죽음에 항의하여 1인 시위를 하다가 쥐도 새도 모르게 행방불명된 것이다. 그녀는 누구일까? 후궁의 가족? 어머니? 할머니? 요새라면 의문사(疑問死), 특검을 임명하고 특별조사위원회를 설치하여 규명해야 할 대상이다.

그 여인은 조정의 정사를 비방하였다. 그녀가 비방한 조정의 정사는 무엇이었을까? 왕비의 후궁 살해와 무관한 일일까? 여인이 비방할 정사는 여인과 관련된 정사일 것이고, 여인과 관련된 정사로는 '왕비의 후궁 살해'보다 더 중요한 것이 기록에 없다. 아니 효성왕 4년 7월보다 전에 있었던 정사 가운데 여인의 비방을 받을 만한 것 자체가 없다.

그런데 그 여인은 조정의 정사를 비방하며 '효신공'의 문을 지나갔다. 왜 하필이면 그 집 문을 지나갔을까? 4.19 때 데모대가 이기붕의 문을 지나갔다. 이기붕의 아내 박마리아가 권력 실세였기 때문이다. 효신공은 이 당시의 권력 실세임이 분명하다. '효신(孝信)', 그는 누구일까? 그의 이름과 비슷한 이름은 '김충신(金忠信)'이 있고, 또 그것을 뒤집은 '신충(信忠)'이 있고, 이와 비슷한 '김의충(金義忠)'이 있다.

그런데 왕비는 '족인(族人: 집안사람)'과 모의하여 후궁을 죽였다. 이 후궁 살해 사건의 배후에는 왕비의 친정 집안사람들이 들어 있다. 후궁의 아버지 영종은 왕비의 종당(宗黨: 집안 일가들)을 원망하여 반란을 모의하였다. 그리고 억울하게 죽은 후궁의 원한을 호소하며 울부짖었을 1 여인의 조정의 정사 비방은 효신공을 향하고 있다. 누구라도 이 왕비의 후궁 살해 사건의 배후가 효신공이라는 것을 알 수 있다. 그런데 그 왕비는 (5a)에서 보듯이 '김 씨'이다. 효신도 '김효신'이다.

이제 이 일련의 사건의 시간적 순서가 정해졌다. 영종의 딸이 후궁에 든 것이 가장 먼저이다. 왕이 그 후궁을 총애하였다. 왕비가 후궁을 투기하여 죽였다. 한 여인이 조정의 정사를 비방하며 효신공의 문을 지나갔다. 그리고 영종이 반란을 모의하였다. 뭘 했을까? 군대를 몰고 궁궐에 난입하였을까? 그러지 않았을 것 같다. 딸을 죽인 왕비와 그 족인들을 원망하는 말을 하고 그들과 말싸움을 벌인 정도가 아니었을까? 조정은 그를 모반으로 몰아 죽였을 것이다.

아마도 8세기 중엽 서라벌의 최대 스캔들이었을 '왕비의 후궁 살해 사건'. 그것이 이렇게도 길게 『삼국사기』에 기록되어 있는 것은 특별한 이유가 있었기 때문일 것이다. 이 '왕비의 후궁 살해 사건'에 '중시 의충의 죽음', '효신공의 집 앞 한 여인의 1인 시위'를 엮으니 그 당시 서라벌 월성의 왕궁 내로부터 정가를 거쳐 시정 거리를 떠돌고 다녔을 유언비어들이 저절로 재현되었다.

거기에 안성맞춤으로 그 전 해인 739년 9월에는 '흰 까치(白鵲)'와 '여우가 월성 궁중에서 울다가 개에게 물려 죽는' 일도 일어났다. '狐鳴月城宮中 狗咬殺之'라니? 이는 후궁 살해 전에 있었던 일이다. 포사 같은 악독한 후궁 여인을 보통 여우로 상징하지 않던가? 구미호라는 말도 있다. 궁중에는 원래 구미호들이 있고 그들이 서로 왕을 독차지하려고 암투를 벌인다. 그 암투는 상대방을 꺾기 위하여 죽이는 것을 비롯하여 수단과 방법을 가리지 않는다. 측천무후, 무조(武曌)는 자신의 딸을 죽여서까지 암군, 고종의 황후 왕 씨를 폐서인하여 비궁에 유폐시키고 자신이 황후가 되고 여황제가 되었다.

'왕비의 후궁 살해 사건'은 결국 후궁의 아버지 '영종의 모반', 그리고 갑작스러운 효성왕의 승하, 왕 시신의 화장과 동해 산골로 이어졌다. 그리고 경덕왕이 즉위하였다. 이 '효성왕의 후궁 스캔들'이 이 시기 서라벌 정국을 파탄으로 몰고 간 핵심 사건이다. 마치 제정 러시아가 라스푸틴 스캔들로 무너진 것과 같은 경로로 통일 신라도 무너졌다. 이것을 2017년 7월에야 장도(長島)에서 깨닫다니.

신충이 태자 승경에게 잣나무 아래의 맹서를 받고 반대파에서 지지파로 돌아선 이유, 효성왕이 즉위 후 신충을 공신록에 넣지 못한 이유의 해명이 미진하여 편집을 끝낸 채 묵혀 두었던 초고의 부분 부분을 '가파산하재(家破山河在)'의 심정으로 손질하는 작업이 진행된 롱 아일랜드 스토니 브룩의 그 여름은 불타는 듯하였다.

신충이 태자 승경에게 '훗날 경을 잊지 않기를 이 잣나무를 두고 맹서하리라.'는 다짐을 받고 즉위를 허여한 것은, 후궁에게 빠져 있는 태자로부터 자파 세력의 미래의 권세를 보장받으려는 정치적 행위였을 것이다. 그리고 효성왕이 즉위한 후 신충을 공신록에 넣지 못한 까닭은 효성왕의 총애를 독차지하였던 후궁 집안 세력의 반대 때문이었을 것이다. 효성왕은 즉위 전부터 여자 문제에 얽혀 있었을 가능성이 크다. 성덕왕이 승하하고 효성왕이 즉위한 후에 그 후궁이 왕권의 그늘에서 아버지 영종과 더불어 국정을 농단하고 있었을 것이다.

왕비와 왕비 집안

그렇다면 도대체 이 왕비는 어떤 사람일까? 남편 왕이 후궁을 총애한다고 질투를 하여 친정 사람들과 모의하여 그 후궁을 죽이고 결국 남편을 죽여서 화장하여 동해 바다에 유골을 뿌린 이 악독하기 짝이 없는 것으로 보이는 이 왕비는 어떤 여자일까? 한 집안을 망쳐 놓고, 한 나라를 망쳐 놓은 이 왕비는 어떤 여자인가?

자고로 여자 하나가 잘못 들어오면 그 집안이 망한다고 하지 않았던가? 왜 여자가 잘못 들어오는가? 처음부터 잘못 들어온 여자가 어디에 있는가? 더욱이 왕실에서 왕비를 고를 때에야 자질이 출중한 여자를 고르고 골랐을 거 아닌가? 그런 잘 들어온 여자가 잘못 들어온 여자로 바뀌는 것은 순전히 아들, 손자가 못났기 때문이다. 시원찮은 자식을 가지고 아무리 좋은 여자를 골라 보아라. 그 집안이 남아나나. 결국은 자식을 잘못 키웠기 때문에 망하는 것이다.

교육되지 않은 자식은 결국 자기를 망치고 자기 아내를 망치고 집안을 망치고 후손에게 씻을 수 없는 때를 남기고 죽어가게 마련이다. 교육은 시킨다고 되는 것이 아니다. 자신이 배우지 않겠다고 눈과 귀를 닫으면 아무도 눈속에 귓속에 넣어줄 수 없다. 스스로 공부하여 깨달아 나가는 것이 교육이지 옆에서 집어넣어 주는 것은 교육이 아니다.

그런데 효성왕의 이 왕비는 좀 다른 면이 있다. 구조적으로 여자가 잘못 들어온 것으로 볼 수밖에 없다. (5)와 같은 왕비의 후궁 살해 사건이 생기게 되는 과정을 (6)에서 살펴보기로 한다.

(6) a. 737년[효성왕 즉위년] 효성왕이 즉위하였다[孝成王立]. --- 이
찬 정종을 상대등으로 삼고 아찬 의충을 중시로 삼았다[以伊飡
貞宗爲上大等 阿飡義忠爲中侍].
   b. 738년[동 2년] 봄 2월 당 현종은 성덕왕이 승하하였다는 부

고를 듣고 애도하고 슬퍼하기를 오래 하였다[二年 春二月 唐 玄宗聞聖德王薨 悼惜久之].

c. [동] -- 당에서 사신을 파견하여 조칙으로 왕비 박 씨를 책봉 하였다[唐遣使詔冊王妃朴氏].

d. 739년[동 3년] 봄 정월 조부, 부의 묘에 제사하였다. 중시 의 충이 죽어서 이찬 신충을 중시로 삼았다[春正月拜祖考廟 中 侍義忠卒 以伊飡信忠爲中侍].

e. [동] 2월 왕제 헌영을 제수하여 파진찬으로 삼았다[二月 拜王 弟憲英爲坡珍飡].

f. [동] 3월 이찬 순원의 딸 혜명을 들여 왕비로 삼았다[三月 納 伊飡順元女惠明爲妃].11)

g. [동] 여름 5월 파진찬 헌영을 책봉하여 태자로 삼았다[夏五月 封波珍飡憲英爲太子].

h. 740년[동 4년] 봄 3월 당이 사신을 보내어 부인 김 씨를 책봉 하여 왕비로 삼았다[四年 春三月 唐遣使冊夫人金氏爲王妃].

i. 742년[동 6년] 5월 -- 왕이 승하하였다 [五月 -- 王薨]. 시호를 효성이라 하였다 [諡曰孝成]. 유명으로 널을 법류사 남쪽에 서 태우고 동해에 유골을 뿌렸다 [以遺命 燒柩於法流寺南 散 骨東海]. 〈『삼국사기』 권 제9 「신라본기 제9」 「효성왕」〉

더 이상 무슨 말이 필요하겠는가? 저자가 본 수많은 사서들 가운데 왕의 재위 기간이 이보다 더 비참하게 적힌 기록은 따로 없다. 그리고 신라 중대 왕들 가운데 경주에 왕릉이 없는 유일한 왕이 효성왕이다. 시해되어 동해에 산골(散骨) 당하였기 때문이다.

그러나 정작 중요한 것은 (6d~g)까지의 739년의 5개월 동안에 일어

---

11) 이 기록의 '이찬 순원'은 오기나 오각이다. 혜명왕비의 아버지는 『삼국유사』 권 제1 「왕 력」 「효성왕」 조의 '진종 각간'이 옳다(서정목(2016b) 참고).

난 일들이다. (6a)에서 737년 '아찬 의충'을 중시로 삼았다. 이것은 좀 이상하다. 아찬은 6등관위명이다. 중시는 6등관 정도가 할 수 있는 직책이 아니다. 정말로 의충이 아찬인데도 불구하고 중시를 맡았다면 이는 무리한 인사다. 의충의 세력권에서 그를 중시로 두어야 할 필요성을 느꼈을 것이다. 김의충은 (7)에서 보듯이 그 전 735년[성덕왕 34년]에 당나라에 사신으로 다녀왔다.

(7) 735년 [성덕왕 34년] 정월 --- 김의충을 파견하여 당에 들어가 하정하였다 [三十四年春正月 --- 遣金義忠入唐賀正]. 2월 부사 김영이 당나라에서 몸이 죽으므로 광록소경을 추증하였다 [二月副使金榮在唐身死贈光祿少卿]. --- 의충이 돌아올 때에 칙령으로 패강 이남의 땅을 주었다 [義忠廻勅賜浿江以南地].

〈『삼국사기』 권 제8 「신라본기 제8」 「성덕왕」〉

739년 1월 '중시 의충'이 죽어 이찬 신충이 중시가 되었다. 김의충과 신충이 가까운 사이라면 문제가 되고 먼 사이라면 별 문제가 없다고 할 수 있다. 그러나 '신의(信義)'와 '충(忠)'은 이들이 먼 사이라고 하기에는 위험이 따른다. '신충', '의충' 그것은 형제나 4촌들의 이름이다. 최대한으로 양보해도 한 집안 사람들이라 할 수 있다. 이 '김의충의 죽음'과 그를 이어 중시가 된 '신충의 취임'은 예사로 보아 넘기기 어렵다. 김의충은 왜 죽었을까? 중시의 죽음이 기록된 것이 흔한 일은 아니다.

743년[경덕왕 2년]에 경덕왕의 후비로 들어오는 만월부인이 김의충의 딸이고 그때까지도 중시가 신충임을 고려하면 의충과 신충은 가까운 사이, 형제일 수도 있다.[12] 김의충은 후궁 세력과의 권력 다툼에서 희생되었을 가능성이 크다. 그리고 신충은 김의충의 죽음에 대한 복수를 위하여 중시를 꿰차고 앉았을 것이다.

신충의 정체

신충은 739년 1월 중시가 되자 말자 2월 왕의 아우 헌영을 파진찬으로 책봉하게 한다. 그리고 3월 김순원의 딸[사실은 손녀] 혜명을 왕비로 들이게 한다. 아, 문제의 왕비가 이 혜명왕비이다. 그리고 그의 할아버지가 김순원이다. 김순원은 698년[효소왕 7년]에 중시에 임명되었다. 그리고 700년[효소왕 9년] 5월의 '경영의 모반'에 연좌되어 중시 직에서 파면되었다. 김순원이 경영의 모반에 연좌된 것을 보면 경영과 순원이 가까운 친척임을 알 수 있다.

(5a=6h)에서 보듯이 이 혜명왕비는 김 씨이다. 이로 하여 혜명왕비의 친정이 김 씨임을 알 수 있다. 김순원, 김효신까지 (5)와 (6)에 등장하였다. 그 외에도 줄줄이 성이 밝혀지지 않은 채 이름만 적힌 통일 신라 권력 실세들이 김 씨임이 드러날 것이다.

그런데 매우 중요한 사실은 (6c)에서 보면 738년에 당나라가 박 씨 왕비를 책봉하였다는 사실이다. 효성왕과 박 씨 왕비는 이미 738년 당

---

12) 737년 의충이 중시가 될 때의 관등은 아찬[6등관위명]이다. 관등이 좀 낮다는 생각이 든다. 그리고 739년에 죽었다. 그런 그가 743년에 서불한[=각간: 1등관위명]으로 관등이 올라 있다. 어찌 된 일일까? 아찬이 이찬[2등관위명]의 오식일 수도 있다. 그러나 이 경우는 서불한을 추증한 관등으로 보는 것이 옳을 것이다. 딸이 왕비가 되면서 아버지의 관등을 올려 준 것으로 보인다. 이런 일을 할 수 있는 사람은 신충처럼 막강한 권세를 가진 왕실 출신의 진골 귀족일 것으로 보인다. 이로써 신충과 의충이 매우 가까운 사이라는 것을 짐작할 수 있다. 그러지 않으면 두 의충이 동명이인이라 할 수밖에 없다. 그러나 그럴 가능성은 매우 낮다. 참고로 698년에 순원이 중시가 될 때는 대아찬[5등관위명]이었다. 왕의 비서실장 격인 중시가 관등보다는 집안 배경에 따라 선택되고 있었을 가능성이 크다.

나라에서 온 사신 형숙에 의하여 당 현종의 책봉을 받은 것이다. 그러면 효성왕에게는 즉위하기 전에 태자비가 있었다는 말이다. 그 박 씨 왕비를 어떻게 했는지 아무 기록 없이 (6f)의 재혼이 추진된 것이다.[13]

그 후에 일어난 일이 가장 이상한 일이다. (6g)에서 보듯이 효성왕은 혜명왕비와 혼인한 지 2달 후에 이복 아우 헌영을 태자로 책봉한다. 효성왕은 이미 왕비와의 사이에 아들을 낳을 수 없는 사람으로 판정받은 것이다. 성적 불구자였을까? 그런 사람이 후궁을 총애하기를 날로 심하게 하였을까? 그럴 리가 없다. 효성왕은 혜명왕비에게는 성적 매력을 느끼지 못한 것이다. 왜? 후궁과의 섹스가 혜명왕비와의 그것보다 훨씬 더 좋아서? 그랬을 수도 있다. 그러나 그것만으로는 이복 아우를 태자로 책봉할 만한 명분이 못 된다. 단 한 번의 동침에도 혜명왕비는 원자를 낳을 수 있다. 아예 왕비의 몸에 접근조차 할 수 없는 상황에 효성왕은 처했던 것일까?

이 혜명왕비는 '자의왕후, 운명, 순원-소덕왕후, 진종-혜명왕비, 충신,

13) 이 문제에 대하여 국사학계 일각에서는 이 박 씨 왕비가 후궁으로 강등되었고 그 후궁의 아버지가 740년 8월에 모반을 일으킨 '영종'이라고 설명하고 있다. 그리고 이 '영종의 모반'을 진골 귀족 세력을 거세하고 전제 왕권을 강화하는 데에 대한 반발이라고 설명하고 있다. '왕비를 후궁으로 강등시킨다?', '효성왕은 세에 밀려서 새 왕비와 혼인하였지만 후궁이 된 전 왕비를 잊지 못하고 총애하여 혜명왕비가 전 왕비 출신인 후궁을 죽였다?' 만약 그들 주장대로라면 자의왕후 친정 집안이, 박 씨 왕비를 후궁으로 강등시키고 자신들의 딸인 김 씨 혜명왕비를 들인 것이고 그 두 왕비 집안이 싸운 것이 된다. 그렇다면 '영종의 모반'은 왕비 자리 다툼이 된다. 그것을 진골 귀족 세력 거세와 전제 왕권 강화, 그리고 그에 대한 반발이라고 설명하는 것은 또 얼마나 엉뚱한가? 후궁의 아버지 영종이 박영종인지 김영종인지만 밝혀지면 진실이 드러난다. 그런데 그 후궁의 아버지가 박영종인지 김영종인지 기록이 없다. 기록의 관행은 앞에 성명을 적은 사람은 그 다음에는 명만 적는다. 그리고 김 씨인 경우 성 없이 이름만 적기도 한다. 당나라에서 책봉까지 한 왕비를 강등시켜 후궁으로 삼는 것이 가능할까? 효성왕과 후궁, 왕비들, 그리고 효성왕의 죽음, 이 좋은 흥밋거리 주제가 왜 아직 본격적으로 논의되지 않고 있는 것일까? 그 속에 통일 신라 망국 과정의 진실이 들어 있는데.

효신'으로 이어지는 신문왕의 외가 쪽 5촌 조카이다. '태종무열-문무-신문-효소, 성덕-효성, 경덕'으로 이어지므로 신문왕은 효성왕의 할아버지이다. 효성왕에게는 혜명이 7촌 아주머니 뻘이 된다. 저자의 추리가 옳다면 신충은 '김오기/운명-대문-신충, 의충-경수태후[만월부인]'으로 이어지는 신문왕의 이모집 5촌 조카이다. 그러므로 신문왕의 5촌 조카인 신충은 혜명왕비와는 6촌이다. 이 두 집안이 연대하여 최대 세력을 형성하고 있었다.

혜명왕비의 친정 세력에 대한 효성왕의 반감도 작용하였을 수 있다. 그러나 그것도 충분하지는 않다. 효성왕은 신충의 허여를 받아 즉위하였다. 신충은 헌영의 외사촌인 효신의 집안사람도 설득하여 승경을 즉위시켰고 가까운 김의충을 중시로 앉히는 것에도 관여하였을 것이다. 신충 자신도 김효신과 같은 연합 세력을 이루고 있었을 것으로 보인다. 그러므로 효성왕이 그 막강한 연합 세력과 원천적으로 불화를 빚었다고 하기는 어렵다.

효성왕이 혜명왕비에게 가지 못한 이유는 따로 있었을 것이다. 그것은 자의가 아니었다. 마치 주나라 유왕이 후궁 포사에게 빠져 태자 의구를 폐하고 포사의 소생 백복을 태자로 세운 것과 같이 효성왕도 후궁에게 잡혀서 왕비 곁에 가지 못하였다. 후궁은 새 왕비 혜명을 물 먹이기로 작정하였다.

마치 측천무후가 황후 왕 씨를 물 먹였듯이. 혜명왕비는 소박을 맞았고 밤마다 독수공방으로 이를 갈았다. 그러면 의구의 외할아버지 신후에게 보복당하여 견융[犬戎: 흉노]에게 살해된 유왕, 백복처럼 되게 되어 있다. 포로가 된 유왕의 후궁 포사는 흉노의 여자가 되었다. 무자비한 보복이 뒤따르게 되어 있는 것이다.

이 후궁 살해 사건의 사연은 그 후궁의 아버지 영종이 모반하여 죽은 후에 (5c)에 '이에 앞서[先時]'라는 부사어와 함께 기록되어 있다. '이'는 영종의 죽음 시점이다. '이에 앞서 왕비가 후궁을 죽인 시점'은 언제일까? (6f)에서 보듯이 혜명왕비가 대궐에 들어온 것은 739년 3월이다. 그리고 '영종의 모반'은 740년 8월이다. 그러므로 왕비가 후궁을 죽인 시점은 739년 3월부터 740년 8월 사이에 위치한다. 그 1년 6개월 사이에 왕비가 후궁을 죽였다.

그런데 저자에게는, 왕비 김 씨가 왕비가 된 것이 먼저인지 영종의 딸이 후궁에 든 것이 먼저인지 그것이 가장 궁금하였다. 이 두 여인 중 누가 먼저 효성왕과 사랑을 나누었을까? 후궁이 먼저 나누었으면 왕비가 둘 사이에 끼어 든 것이고, 왕비가 먼저 나누었으면 후궁이 둘 사이에 끼어 든 것이다. 왕비와 후궁이라는 지위를 떠나서 여와 남이라는 차원에서 볼 때 누가 효성왕에 대한 쾌락의 우선권을 가지는 것일까?

효성왕, 이 왕이 색마이라서 739년 3월에 막강한 권세를 가진 김충신, 효신, 신충, 의충의 집안 딸을 왕비로 들여놓고 첫날밤을 지낸 지 얼마 되지도 않아서 또 영종의 딸을 후궁으로 들였다는 말일까? 그러면 영종의 딸은 경국지색이고 혜명왕비는 추녀이었을까? 그럴 수도 있을 것이다. 그러나 정상적으로라면 신혼의 단꿈에 빠져 있어야 할 허니문 기간에 효성왕이 후궁에게 빠져서 나날이 그 후궁에게 승은을 입히기에 바빴다고 해석하는 것은 무리하다.

이 경우에는 왕비가 육체적 쾌락의 우선권을 가진다고 하기 어렵다. 후궁이 새로 들어온 왕비에게 데리고 놀던 효성왕을 빼앗긴 것이라고 보는 것이 더 합리적이다. 혜명왕비가 739년 3월에 혼인하기 전에 이미 영종의 딸은 후궁이 되어 있었을 것이다. 그 기간은 박 씨 왕비와 후궁 사이의 사랑 쟁탈전이 진행된 시기이다. 박 씨 왕비가 졌을 가능성이 크다. 박 씨 왕비가 살해당하거나 죽었을 것이다. 후궁은 왕비 자리를 노렸을 것이다.

그런데 후궁과 그 아버지 영종이 측천무후처럼 권력을 잡는 것을 두려워하는 세력이 있었다. 자의왕후-소덕왕후를 거치면서 통일 신라의 권력 중심축을 이루고 있던 김순원 집안이다. 그 집안이 권력을 계속 누리기 위하여 이 후궁으로부터 효성왕을 차단하려 했을 것이다. 그 수단이 자신의 집안 딸인 혜명왕비와 효성왕의 정략결혼이었다. 그러나 혜명왕비는 후궁의 색공(色供) 앞에 무력하였다. 이미 남편 왕은 헤어날 수 없이 후궁에게 깊숙이 빠져 있었다. 어떤 남자도 이 늪에 걸려들면 빠져나올 수 없다. 상(商)나라 주(紂)왕은 달기(妲己)에게 녹았고, 주나라 유왕은 포사에게 빠졌다. 항우(項羽)도 우(虞) 미인에게 걸려들었고, 동탁(董卓)도, 여포도 초선(貂蟬)에게 녹았다. 방법이 없다. 한 무제를 녹인 경국지색 이(李) 부인도 있지만, 주로 멸망한 나라의 딸이거나 오랑캐가 바친 여인들인 이 후궁들의 국정 농단을 떠나서 역사 속의 흥망성쇠를 운위하는 것은 겉만 보고 속은 보지 못하는 일이다.

영종의 딸이 후궁이 된 것은 효성왕 즉위 전부터일 수도 있고 즉위 후부터일 수도 있다. 재위 3년의 일이므로 즉위 후라면 2년도 채 안 되는 시간에 녹은 것이다. 2년만에 한 여인에게 그렇게 빠져들 수 있을까? 그것도 수많은 아리따운 여인들이 득시글거리는 궁중에서 태자로 살고 갓 즉위한 왕으로 산 이 사나이가. 후궁과 효성왕의 관계는 효성왕 즉위 전부터 맺어져 있었다고 보는 것이 더 합리적이다.

나이 많아야 서른 살 정도인 그가 왜 이렇게 허망한 선택을 한 것일까? 아무리 여자가 좋아도 그렇지. 천하와 바꿀 만한 여인이 어디에 있다고. 아무리 강고한 권력도 훌륭한 집안도 이렇게 손자 하나가 잘못 태어나면 망하게 되어 있다.

효성왕 승경은 즉위 전부터 후궁과의 사이에 관계를 맺고 있었다. 박씨 왕비나 혜명왕비에게 정을 붙이기 어려울 만한 러브 어페어에 빠져 있었던 것이다. 그러니 736년 가을 성덕왕이 위독히여 차기 왕위 계승 문제가 대두되었을 때 신충은 태자 승경에게 다시는 그러지 않으리라는 다짐을 받고 그의 즉위를 허여하기로 하였을 것이다. 태자 승경은 신충에게 '앞으로 후궁과의 관계를 끊고 외척 세력인 그들과 손을 잡고 정국을 운영하기로 굳게 다짐하고' 비로소 왕위에 오를 수 있었다. 그러나 그들은 사실은 새어머니 소덕왕후의 친정 세력으로 효성왕의 외가 세력이 아니다.

효성왕 즉위 후, 효성왕의 총애를 등에 업은 후궁이 자의왕후와 그 여동생 운명의 후예들로 이루어진 연합 세력에 맞섰다. 신충의 공신록 등재를 방해하고 급기야 신충과 형제인 것으로 보이는 중시 김의충을 죽이는 데까지 나아갔다. 김의충이 죽은 뒷자리를 신충이 이어받았다는 것도 치열한 권력 투쟁이 이루어지고 있었음을 뜻한다. 정상적으로 중시가 사망하여 후임 중시를 고르는 과정이라면 같은 집안 사람을 앉히는 것은 껄끄러운 일이다. 정상적인 머리로는 이해할 수 없는 일이 가득 차 있는 것이 효성왕 즉위 초기의 서라벌 정국이다.

후궁 세력에 대한 연합 세력의 보복은 무자비하다. (5c)에서 보듯이 혜명왕비는 족인과 모의하여 후궁을 죽였다. 그 족인은 (5b)에서 보는 한 여인이 그 앞에서 1인 시위를 벌이다가 쥐도 새도 모르게 사라진 집의 주인 효신공이다. 김효신. 그가 혜명왕비의 오라비일 것이다. 그 여인은 누구일까? 억울하다고 1인 시위하다가 행방불명되는 것이야 흔한 일 아닌가? 후궁의 어머니일 가능성이 크다. 그리고 (5c)에서 보듯이 후궁의 아버지 영종은 740년 8월 모반하여 복주되었다. 누가 목을 자르라는 명령을 내렸을까? 효성왕? 그럴 리가 없다. 그 명령은 그의 이름으로 되어 있었겠지만 그렇게 그렇게 하도록 한 사람은 혜명왕비이고 그 오빠 김효신이고 중시 신충이다. (6h)는 당나라가 부인 김 씨를 왕비로 책봉하였다고 적었다. 혜명왕비가 김 씨이고 그의 오빠 효신도 김 씨임이 분명하다. 그리고 혜명의 할아버지 순원도 김순원임이 확실하다.

그리고 (6i)는 이 바보 같은 왕의 최후를 적었다. 갑자기 사인도 없이 죽었다. '유명으로[以遺命]' 구(柩, 관곽(棺槨))을 태우고 뼈를 동해에 뿌렸다.

이것을 불교식 장례를 치른 것으로 해석할 수 있을까? 효성왕이 독실한 불교 신자라는 기록이 있는가? 그 시기부터 모든 신라 왕의 장례가 불교식으로 치루어졌는가? 효성왕의 아버지 33대 성덕왕의 왕릉은 유교식 무덤의 상징이 아닌가? 35대 경덕왕릉, 38대 원성왕릉은 불교식으로 되어 있는가? 지금 다 경주에 남아 있는 대표적 유교식 왕릉들이다.

34대 효성왕의 큰아버지 32대 효소왕의 왕릉은 또 어떠한가? 그것은 왕릉인지조차 의심받으며 초라하게 아우 성덕왕의 왕릉 곁에 놓여 있다. 이를 보면 왕릉의 규모와 장식의 화려함 여부는, 생전의 그 왕의 위세와 사후의 그 왕의 후손들의 세력에 달려 있지 그가 생시에 어떤 종교를 가지고 있었는지에 달려 있지 않음을 알 수 있다.

〈32대 **효소왕릉:** 경주 조양동 산 8, 월성에서 울산으로 가는 7번 국도의 동쪽에 있다. 신라 중대 왕릉 가운데 가장 초라해 보인다. 하기야 그의 조카 34대 효성왕은 화장 후 동해에 산골되어 왕 릉을 남기지도 못하였다. 북서쪽 인접한 곳에는 그의 아우 33대 성덕왕의 능이 최초로 둘레석과 난간을 두른 전형적인 유교적 왕릉의 모습으로 턱 하니 앉아 있다. 역사의 승자와 패자의 모습이 이렇게 무덤에 그 흔적을 남기고 있다. 사진: 2016년 2월 8일 저자〉

　　효성왕의 왕릉이 경주에 없는 것은 유해를 불 태워 뼈를 갈아 동해에 뿌렸기 때문이다. 왜 왕의 시신을 태우는가? 증거를 인멸하기 위해서다. 시해되는 왕이 무슨 유명을 남기는가? 조선의 경종이 유명을 남겼는가? '유명'은 시해의 흔적을 지우기 위하여 왕이 시해되던 날 그 주변을 지키던 세력들에 의하여 만들어진다. 혹시 '유명'이 있었다 하더라도 그것은 지워지고 주변 인물들에게 유리하게 조작된다.

　　누가 효성왕의 죽음을 지키고 있었을까? 첫째 후보는 왕비이다. 혜명왕비. 그리고 그 다음 후보는 비서실장 격인 집사부의 중시이다. 그 당시의 중시는 혜명왕비의 6촌인 신충이다. 결국 효성왕의 마지막을 지키고 있었을 사람들은, 효성왕의 태자로 책봉된 이복동생 헌영의 외사촌 누이 혜명과 6촌으로 보이는 신충이다.

〈**33대 성덕왕릉:** 경주시 조양동 산 8, 월성에서 울산으로 가는 7번 국도 동쪽에 있다. 큰 비석이 있었던 듯, 100여 미터 남쪽에 머리가 잘린 귀부(龜趺)가 남아 있다. 가까이에 있는 형 32대 효소왕의 능과는 달리, 상석과 둘레석, 삼각형의 받침석이 있고 십이지상의 조각, 난간, 문인석과 사자상 등도 잘 갖추어져 있다. 신라 왕릉에서부터 조선 왕릉에까지 이르는 전형적인 유교적 왕릉의 모습이 출발한 시점을 보여 준다. 사진: 2016년 2월 8일 저자〉

〈**성덕왕릉 비의 귀부:** 왕릉으로부터 100여 미터 남쪽에 남아 있는 머리가 잘린 귀부(龜趺).〉

〈35대 **경덕왕릉:** 경주시 내남면 부지리 산 8, 『삼국유사』에 '처음 경지사 서쪽 봉우리에 장사 지내고 돌을 다듬어 능을 만들었으나 뒤에 양장곡에 이장하였다.'고 되어 있다.〉

나에 대한 반성

『요석』에서는, 신충이 처음에는 효신 등과 헌영을 옹립하려는 세력을 형성하고 있었는데 잣나무 아래의 맹약으로 헌영을 미는 편을 배신하고 승경을 미는 편으로 왔고, 효성왕 즉위 후에 논공행상에 불만을 품고 다시 헌영을 미는 편으로 돌아갔다는 논지를 폈다. 그리고 신충을 배신자, 변절자로 보았다. 그러나 그것은 아무래도 어색한 설명이다.

그렇게 고위 관등으로 중요 관직에 있고 배경이 막강한 사람이 공신록에 이름이 들지 않았다고 가벼이 배신을 하기는 어렵다. 무엇보다 그것은 기록에 토대를 둔 논지라 하기 어렵다. 기록에 토대를 두지 않은 논의는 위험하다. 아마도 일연선사는 신충을 배신의 대표격으로 내세운 것이 아니라 '불충'의 대표격으로 내세운 것일 가능성이 더 크다. 그러면 이순의 '충직'과 좋은 대조를 이루게 된다.

〈**괘릉:** 38대 원성왕릉이다. 경주 외동읍 괘릉리 산 17. 월성에서 울산으로 가는 7번 국도의 동쪽에 있다. 왕릉을 지키고 있는 무인석의 얼굴이 우리 얼굴이 아니다. 눈은 움푹 들어갔고 코는 우뚝하니 높다. 마치 중앙아시아의 거인들을 보는 듯한 느낌이다.〉

헌영을 미는 효신 측에서 신충을 다시 받아들였다는 것도 합리적이지 않다. 배신자를 다시 받아들이는 집단은 없다. 한 번 배신한 놈은 다시 배신한다. 그러므로 어떤 조직이든 조직을 한 번 떠난 자는 보복의 대상이 되지 다시 원조직으로 복귀하여 살아갈 수 없다. 이것은 조직이 존재한 이래 만고의 진리이다. 아니 아이들의 놀이터에서도 한 모둠을 떠나 이웃 모둠에서 놀던 아이가 다시 원래의 모둠으로 돌아가는 것은 불가능한 일이다.

거기에 김의충의 죽음이 전혀 고려되지 않은 것도 약점이다. 김의충이 누구인가? 당나라에 사신으로 갔다가 현종에게 패강 이남 땅을 얻어서 가져온 사람이다. 그리고 중시이다. 관등도 아찬이다. 4~50대의 젊은 사람으로 보인다. 그런 사람이 갑자기 죽었다. 병사일 수도 있지만 살해의 가능성도 배제되지 않는다. 그러니 그와 이름이 매우 비슷한 신충이 그 자리를 다시 이어받고 들어오지.

나아가 신충이 헌영을 미는 세력에 합류한 후 헌영을 즉위시키는 데에 중추적 역할을 하는 것을 설명하기도 어렵다. 신충은 중시가 되자마자 헌영을 파진찬으로 책봉하게 하고 헌영의 외사촌 누이 혜명을 효성왕의 계비로 들이고 이어서 헌영을 태자로 책봉하게 한다. 왜? 의충, 신충, 혜명, 효신 등이 한 그룹이기 때문이다. 그들은 김순원의 딸 소덕왕후를 중심으로 성덕왕의 처가 세력, 헌영의 외가 세력으로 굳건한 세력을 구축하고 있었다. 문무왕비 자의왕후 때부터---.

그러므로 『요석』의 그런 설명은 기록을 충분히 활용한 것이라 할 수 없다. 그리하여 그런 논지를 반성하고 이 책은 다시 새로운 탐색의 길을 나설 수밖에 없었다. 그 결과 다음과 같은 논지에 이르게 되었다.

신충은 원래 김의충, 김충신, 효신 등과 자의왕후 친정 후계 세력으로 소덕왕후의 아들인 헌영을 지지하고 있었다. 태자 승경은 엄정왕후 소생으로 요석공주 후계 세력의 지원을 받으며 태자로 책봉되었다. 그러나 그는 후궁과 정이 들었고 후궁의 아버지 영종의 영향권에서 벗어나지 못하고 있었다. 태자 승경이 즉위할 때 신충이나 의충, 충신, 효신 등의 동의를 얻지 못하면 사실상 즉위하기 어려웠다. 잣나무 아래의 '他日若忘卿 有如栢樹[훗날 경을 잊지 않기를 이 잣나무를 두고 맹서하리라].'의 맹서는 태자 승경이 신충을 중심으로 한 그 세력에게 한 것이다. '경(卿)'은 조선조로 말하면 6조 판서를 일컫는 말이다. '공(公)'은 영의정, 좌의정, 우의정의 3정승을 일컫는 말이다. 신충은 딱 경이다. 그는 병부령이었을 것이다.

그런 맹서 아래 신충의 도움을 받아 즉위한 효성왕은 후궁 세력의 반대로 논공행상을 비롯한 정사를 제대로 할 수 없었다. 역시 그의 후궁도 포사(褒姒) 같은 여인의 범주를 벗어나지 못하였다.[14] 이 세상 어디

14) 『요석』 118면에는 '효성왕도 주나라 유왕(幽王)처럼 포사(褒姒) 같은 여인을 만난 것일까? 그 포사를 웃게 하기 위하여 봉화에 불을 피우고, 자꾸 피어오르는 봉화 때문에 매번 군대를 출동시켰던 제후들이 나중에는 왕을 불신하고, 그리하여 막상 신후(申候)가 견융(犬戎)을 불러들여 호경(鎬京)에 쳐들어왔을 때는 아무 제후도 군대를 출동시키지 않는 늑대 소년이 되어 포사의 아들 백복(伯服)과 함께 살해된 유왕처럼, 그도 그런 포사를 만났을까? 가능성이 있다. 그러나 그의 죽은 후궁이 포사일 가능성은 없어 보인다. 만약 그 후궁 때문에 그가 그들과 사이좋게 지내지 못했다면, 그 후궁이 죽은 뒤에는 그들과 사이좋게 지낼 수도 있었을 것이다. 그러나 그러지 않은 것은 후궁이 포사가 아니라 그 후궁을 질시하는 세력이 있었음을 암시하는 것이다. 후궁은 효성왕의 사랑을 너무 많이 받아 다른 사람에게 피해를 입은 것이다. 당연히 그 다른 사람은 왕비 혜명의 친정 집안사람이다.'가 있다. 그 책을 쓸 때만 하여도 사람 삶을 보는 눈이 좀 더 선량했던가 보다. 후궁의 죽음을 억울하게 보고 동정하는 마음을 가지고 있었던 것이다. 2016년 겨울을 보내고, 2017년을 살면서, 최○○을 보고 온갖 잡놈들을 보면서, 사람 삶을 보는 눈은 한층 더 성악설로 기울어 악독해지고 있다. 인간은 용서받지 못할 동물이다. 이 세상에는 선량한 인간이 하나도 없고, 탐욕에 찌들어 사람의 도리를 하지 않는 인간들밖에 존재하지 않는다. 특히 21세기

에 절대 권력자의 총애를 독차지하며 권력의 단맛을 알고도, 다른 여인
[왕비 등]의 그늘에서 제2인자 역할을 하는 것으로 만족할 여인이 있겠
는가? 장희빈, 장녹수 등이 생기는 이유가 다 있다.

초반 이 땅에는. 이것을 잊으면 역사도 문학도 제대로 연구되지 않는다.

제 2 장

낱말의 뜻과 글 바로 읽기

낱말의 뜻과 글 바로 읽기

1. '유여'와 「각궁」

현사, 타일약망경

제1장에서 본 『삼국유사』의 「신충 괘관」 기사에는 번역하고 해석하기 까다로운 말들이 많이 있다. 그 말들은 모두 이 기사의 중요 단어들이다. 이 말들에 대한 번역과 해석이 잘못됨으로써 이 시 「원가」의 해석이 올바른 길로 들어서지 못하였다. 차례로 중요 단어들에 대하여 설명하기로 한다.

신라 제34대 효성왕의 재위 기간은 737년 2월에서 742년 5월까지 5년 3개월 동안이다. 31대 신문왕의 손자이고 30대 문무왕의 증손자이다. 효성왕은 『삼국사기』의 (1)에서 보듯이 휘(諱)가 승경이다.[1] 33대 성덕왕의 제2자이고 어머니는 소덕왕후라고 기록되어 있다.

---

[1] 휘(諱)는 '꺼리다, 피하다'의 뜻으로 돌아가신 어른의 생시의 이름을 말한다.

(1) 737년, 효성왕이 즉위하였다[孝成王立]. 휘는 승경이다[諱承慶]. 성덕왕의 제2자이다[聖德王第二子]. 어머니는 소덕왕후이다[母炤德王后]. 널리 사면하였다[大赦]. 3월에 사정승과 좌우의방부승(의 승을) 나란히 좌로 바꾸었다[三月 改司正丞及左右議方付丞並爲佐].[1] 이찬 정종을 상대등으로 삼고 아찬 의충을 중시로 삼았다[以伊湌貞宗爲上大等 阿湌義忠爲中侍]. 〈『삼국사기』권 제9「신라본기 제9」「효성왕」〉

효성왕이 성덕왕의 제2자라는 것과 소덕왕후의 아들이라는 것은 문자 그대로 해석해서는 안 된다. 뒤에서 논증하는 대로 그의 생모는 소덕왕후가 아니고 엄정왕후이다. 소덕왕후는 법적인 어머니이다.

제2자는 차자(次子)와 다르다. 차자는 모든 아들을 헤아려서 둘째라는 뜻이다. 제2자는 무복지상[7세 이전에 죽음] 이상의 수를 누린 아들만 헤아려서 둘째라는 뜻으로 보인다. 이는 형이 한 사람 이상 사망하였음을 함의한다. 효성왕 승경은 형 중경이 715년에 태자로 책봉되었으나 717년에 죽고 그에 이어 724년에 태자로 책봉되었다. 그런데 이름으로 보아 중경(重慶[두번째 경사])은 첫아들의 이름이 아니다. 그가 차자이다. 그런데 첫아들은 무복지상으로 죽어서 그러했는지 기록에 없다. 따라서 효성왕 승경은 중경에 이어 성덕왕의 제2자이다.

'잠저(潛邸) 시'는 '왕이 되기 전'이다.[2] '태자 시절에'라는 뜻이다. 신라

---

1) 『삼국사기』권 제8「효소왕」조에는 '왕은 左右理方府(좌우이방부)를 左右議方府(좌우의방부)로 고쳤는데 고친 까닭은 '理(이)' 자가 이름[理洪] 자를 범하기 때문이었다.'는 기록이 있다. 여기서 '丞(승)' 자를 '佐(좌)' 자로 고친 것도 왕의 이름 承慶(승경)의 承(승)과 丞이 음이 같아 피휘한 것이라 할 수 있다.

2) 잠저(潛邸)는 나라를 세운 임금이나 종실에서 들어온 임금이 왕위에 오르기 전에 살던 집을 뜻한다. 효성왕은 성덕왕의 태자였으므로 이 잠저는 태자궁, 즉 동궁을 가리킨다. '잠(潛)'은 '잠기다'는 뜻으로 용이 승천하기 전에 물속에 잠겨 있는 상태를 뜻한다. '잠

의 태자궁은 이름이 '월지궁(月池宮)'으로 월지[지금의 안압지(雁鴨池)]와 임해전 등이 포함된 월성 동쪽의 궁을 말한다. 이 동궁은 문무왕 19년 [679년] 8월에 창건되었다. 아마도 정명태자와 그의 정부 김흠운의 딸, 그리고 그들이 낳은 아이들을 위하여 문무왕이 마련해 준 것으로 보인다.

'현사'는 '어진 선비'로 번역하여 관직에 나가지 않은 선비로 보는 경향이 있다. 그러나 신라 시대의 사(士)는 무사도 포함하는 개념이다.[3] '현사'는 '어진 (고위) 인사, 지략이 있는 무사'의 뜻이다. 신충은 효성왕과 궁정의 잣나무 아래에서 바둑 둘 때 이미 높은 고위 관리이다.

〈월지궁: 조선조 문인들이 안압지라 이름붙인 이 연못의 이름은 월지였다. 30대 문무왕 19년[679년] 8월에 동궁을 창건하였다고 되어 있다. 정명태자, 김흠운의 딸, 이홍, 봇내 등을 위하여 지은 것으로 보인다. 사진: 2016년 2월 8일 저자〉

룡(潛龍)'이라는 말이 여기서 나왔다.

3) 신라 시대의 '士(사)'의 개념을 정립해야 한다. 『삼국유사』 권 제2 「기이 제2」, 「효소왕대 죽지랑」 조에는 '죽지랑의 사를 중시하는 풍미를 아름다이 여기고[美郞之重士風味]'라는 말이 나온다. 여기서의 士(사)는 득오를 가리키는 말이다. 득오가 문사였겠는가, 무사였겠는가? 그는 '죽만랑지도(竹曼郞之徒)'에 속한 낭도(郞徒)였다. 무사다. 『삼국사기』, 『삼국유사』의 '사'는 문사보다는 무사를 가리키는 경우가 더 많다.

신충은 바둑 둔 지로부터 2년 반쯤 지난 후인 739년[효성왕 즉위 3년] 정월에 이찬[2등관위명]으로서 중시가 되어 744년[경덕왕 3년] 정월까지 만 5년 동안 중시 직에 있었다. 그리고 757년[경덕왕 16년] 정월에 상대등이 되어 763년[경덕왕 22년] 8월까지 6년 8개월을 상대등 직에 있었다.

그런 사람을 736년[성덕왕 35년] 가을 태자 승경과 바둑 둘 때 초야의 글 읽는 선비로 본 엉터리 학설이 이 시 「원가」의 해석에 대한 치명적인 방해가 되었다. 신충은 736년 가을에 소판[3등관위명] 정도의 관등으로 병부령[국방장관] 정도의 높은 관직에 있는 무관이었을 것이고, 왕위 계승의 향방을 결정지을 만한 위치에 있었음에 틀림없다.

태자 승경이 신충에게 잣나무를 두고 맹서를 한 것은 언제쯤일까? 제1장의 이야기 (1b)에서는 태자와 신충이 궁정의 잣나무 아래에서 바둑을 두면서 맹서한 몇 달 뒤에 효성왕이 즉위하였다고 하였다. 그러니 그 일은 34대 효성왕이 즉위하기 몇 달 전이고 33대 성덕왕이 승하하기 몇 달 전이다. 『삼국사기』의 권 제8 「신라본기 제8」 「성덕왕」 편은 (2)처럼 끝난다.

(2) 737년[성덕왕 36년] 봄 2월, 사찬 김포질을 당에 파견하여 하정하고 또 *{旦은 且의 잘못이다.}* 토산물을 바쳤다 [三十六年 春二月 遣沙湌金抱質入唐賀正 旦*{且恐且之訛}*獻方物]. 왕이 승하하였다 [王薨]. 시호를 성덕이라 하였다 [諡曰聖德]. 이거사의 남쪽에 장사 지내었다 [葬移車寺南]. 〈『삼국사기』 권 제8 「신라본기 제8」 「성덕왕」〉

〈**월성 안:** 태자 승경과 신충이 그 아래에서 바둑을 둔 잣나무가 있었던 대궐의 궁정이다. 5대 파사임금 22년[101년] 2월에 궁성을 쌓아 월성이라 이름하고 7월에 왕이 월성으로 이주하였다. 왕이 있는 성이라는 뜻에서 재성(在城)이라고도 한다. 사진: 2016년 2월 8일 저자〉

성덕왕은 737년 2월에 승하하였다. 그렇다면 그 맹서는 736년 가을부터 겨울 사이쯤에 있었던 일이다. 가을에도 시들지 않는 푸른 잣나무를 직접 보면서 맹서한 것이다.

그 잣나무를 걸고 맹서한[有如栢樹] 내용은 무엇이었을까? 그 맹서는 누가 누구에게 한 것이었을까? 맹서의 내용은 '훗날 경을 잊지 않기를 이 잣나무를 두고 맹서하리라[他日若忘卿 有如栢樹].'에 들어 있다. '훗날 경을 잊지 않겠다.'가 맹서 내용이다. '훗날'은 아마도 '내가 왕이 된 뒤에'를 뜻할 것이다. 그러면 이 맹서는 태자 승경이 신충에게 한 것이다. 태자가 왜 신하에게 잣나무를 걸고 미래의 중용을 맹서해야 하는가? 잣나무는 상록수이다. 변치 않음을 상징한다. 태자는 앞으로 변치 않을 것을 신하에게 맹서하고 있다.

'경을 잊지 않겠다.'는 것은 '그대에게 한 맹서를 잊지 않겠다.'는 뜻이다. '신충이 일어나서 절하였다[信忠興拜].'는 신충이 태자의 그 맹서를 받아들였다는 말이다. 이제 강자와 약자가 정해졌다. 맹서의 경우 맹서를 하는 자가 약자이고 그것을 받아들이는 자가 강자이다. 이 태자는 약자가 되어 있다. 왜? 그는 태자이기는 하지만 부왕 사후 왕위를 승계할 수 있을 것인지 승계하지 못할 것인지 기로에 서 있기 때문이다.

이를 통하여 부왕인 성덕왕이 병이 깊어 곧 이승을 떠날 것이 예측되고, 물밑에서 왕위 계승을 위한 권력 투쟁이 이루어지고 있었음을 감지할 수 있다. 태자가 왕이 되는 것을 막는 요인은 무엇이었을까? 그가 온전한 태자라면 있을 수 없는 일이다. 이 시점의 태자 승경은 부왕의 왕위를 승계하기 어려운 처지에 있었다. 이유는 무엇이었을까?

그것은 신충의 정치적 위치를 어떻게 보는가에 달려 있다. 그는 그 당시 권력의 실세로서 태자의 즉위를 도울 수도 있고 방해할 수도 있는 위치에 있다.

태자는 후궁에게 빠져 후궁의 꼭두각시가 될 가능성이 크다.4) 그러면 후궁의 집안에서 정사에 관여하게 된다. 아니 후궁이 측천무후처럼 왕비를 죽이고 새 왕비가 되면 왕비의 친정은 박살이 난다. 그때까지 권세를 누리던 부왕의 처가이라고 온전하겠는가? 후궁과 왕비, 부왕의 처가 사이에 목숨을 건 싸움이 전개되게 되어 있다.

부왕의 처가 집안은 681년 8월 '김흠돌의 모반'으로 문명왕후 세력을

---

4) 『요석』에서는 이 대목이 승경과 헌영 형제 사이의 암투로 그려져 있다. 34대 효성왕 사후에 즉위한 35대 경덕왕은 효성왕의 이복 아우이다. 성덕왕 사후의 왕위 계승을 두고 이 두 왕자 사이에 권력 암투가 벌어지고 있었을 가능성도 있다. 그러나 「각궁」을 중시하여 일단 후궁 스캔들이 먼저 있고, 그로 하여 신충 등이 효성왕을 시해하고 경덕왕을 즉위시키는 것으로 줄거리의 방향을 바꾸었다. 기록은 이 방향이 더 옳음을 보여 준다.

결딴낸 자의왕후 이래 왕권보다 더 강한 권세를 누리며 천하를 호령하였다. 그러나 700년 5월 '경영의 모반'에 연좌되어 김순원이 파면됨으로써 요석공주 세력에게 짓눌려 지냈다. 그러다가 720년 3월 성덕왕의 계비 소덕왕후를 들인 이래 다시 통일 신라 정치권력을 좌지우지해 왔다. 이 소덕왕후의 친정 집안은 후궁의 권세를 절대로 용납할 수 없었다. 후궁의 집안에 권세를 빼앗기고 몰살당하는 우(愚)를 범할 사람들이 아니었다. 그들은 자의왕후 이후 내내 왕의 처가였고 외가였다. 화(禍)의 뿌리는 애초에 잘라야 한다. 그 방법은? 후궁을 죽이는 길 하나밖에 없다. 외가를 우습게 보다가 당한 사람이 한 둘인가?

그렇다면 그 맹서의 구체적 내용은 무엇이었을까? 그것은 아마도 '내가 왕이 되면 후궁과의 관계를 정리하고 부왕의 처가붙이인 그대들을 부왕 때처럼 중용하겠다.'는 것이었으리라.

'유여○○'는 '○○를 두고 맹서한다'의 뜻이다

제1장의 (1a)에는 태자 승경이 (3)과 같이 말하면서 즉위를 허여해 줄 것을 청하였다는 내용이 있다. 이 구절은 어떻게 이해하는 것이 가장 상식적일 것인가? '훗날 만약 그대를 잊는다면'은 쉽다. 그러나 '유여백수하리라.'는 무슨 뜻일까?

(3) 他日若忘卿 有如栢樹

이 '유여'는 '(잣나무가) 있어 같을 것이다', '잣나무[너]같이'의 뜻이 아니다. 앞의 것이야 직역이니 틀렸다 할 수는 없다. 그러나 '잣나무

[너]같이'라고 해석하는 것은 문제가 있다.

이 구절의 원문 '유여백수(有如栢樹)'의 '유여'는 『시경』「왕풍(王風)」
편의 3장 장4구의 부(賦)「대거(大車)」에 나오는 말이다.

(4) 대거[큰 수레] – 『시경』「왕풍」 번역 : 저자

大車檻檻(대거함함)	큰 수레 덜커덩 덜커덩
毳衣如菼(취의여담)	갈대 싹처럼 푸른 딜옷 입은 이
豈不爾思(기불이사)	어찌 그대 생각 않을까만
畏子不敢(외자불감)	그대 두려워 감히 못 가네

大車啍啍(대거톤톤)	큰 수레 덜커덩 덜커덩
毳衣如璊(취의여문)	문옥처럼 붉은 털옷 입은 이
豈不爾思(기불이사)	어찌 그대 생각 않을까만
畏子不奔(외자불분)	그대 두려워 감히 가지 못하네

穀則異室(곡즉이실)	살아서는 다른 방을 써도
死則同穴(사즉동혈)	죽어서는 한 구덩이에 묻히리라
謂予不信(위여불신)	날더러 믿기지 않는다 하면
有如曒日(유여교일)	밝은 해 두고 맹세하리. [3장 장4구]

[단어 풀이 : 毳衣: 천자와 대부의 옷, 菼: 갓 돋은 갈대의 푸른 잎,
爾: 淫奔者가 서로 부르는 말, 璊: 옥의 붉은 색, 穀: 곡식 먹고 삶,
曒日: 밝은 해]

이 시에 대한 해석은 (5a)와 (5b)로 나뉘어 있다. 여기서는 어느 것이
든 상관없다. 그러나 시대적 배경으로 볼 때는 (5a)가 더 진실에 가까울

것으로 보인다. 그렇긴 하지만 2000년 이상을 살아서 숨 쉬는 시가 되려면 (5b)와 같이 애절한 사연을 품고 있다고 하는 것이 더 그럴 듯한 면도 있다.

(5) a. 주나라가 쇠하였는데 대부가 폭정을 하였다. 백성들이 대부가 무서워 도망가서 가족끼리도 뿔뿔이 흩어져 살았다. '살아서는 다른 방을 쓰지만 죽어서는 한 구덩이에 묻히자.' 하며 나를 믿지 못하겠거든 '밝은 해[曒日]를 두고 맹서한다.'는 것이다.

b. 남녀가 미천할 때 서로 사랑을 나누었다. 남자는 출세하여 대부가 되었다. 여인은 옛 정인이 큰 수레를 타고 가는 것을 먼 발치에서 바라보면서, '살아서는 다른 방을 쓰지만 죽어서는 한 무덤에 묻히고 싶다.'는 애절한 심정을 읊고 '나를 믿지 못하겠거든 밝은 해를 두고 맹세한다.'고 하였다.

처음에는 (5a)로 말미암아 지어졌지만 후세에 오면서 민중들의 삶으로부터 (5b)와 같은 해석이 추가되었을 가능성이 크다.

'유여'는 『삼국사기』에 이 용법으로 3번 나온다. (6a)는 김춘추가 고구려에 가서 감금되어 있을 때, 선도해(先道解)의 귀토설화(龜兎說話)를 듣고 고구려 보장왕에게 거짓으로 영토 반환의 노력을 하겠다는 맹서를 하는 서한에 있는 문장이다. '謂予不信 有如曒日(위여불신 유여교일)'의 '유여'의 용법이 『시경』과 똑같다.

(6) a. 글을 왕에게 보내어 말하기를 [移書於王曰], (마목현, 죽지령) 두 영은 본래 대국의 땅이니 신이 귀국하여 우리 왕에게 그것을 돌려주기를 청하리이다 [二嶺本大國地分　臣歸國請吾王還

之]. 나를 일러 믿지 못한다면 밝은 해를 두고 맹서하리이다
[謂予不信 有如曒日]. 〈『삼국사기』 권 제41 「열전 제1」 「김유
신 상」〉

b. 거칠부가 말하기를 [居柒夫曰], 만약 스승의 말과 같다면 스승
과 더불어 좋은 일을 나누기를 밝은 해를 두고 맹서하리이다
[若如師言 所不與師同好者 有如曒日]. 〈『삼국사기』 권 제44
「열전 제4」 「거칠부」〉

c. 윤충이 말하기를 [允忠曰], 만약 이와 같다면 공과 더불어 좋
은 일을 나누기를 흰 해를 두고 맹서하리라 [若如是 所不與公
同好者 有如白日]. 〈『삼국사기』 권 제47 「열전 제7」 「죽죽」〉

(6b)는 김군관의 증조부 거칠부(居柒夫[荒宗])가 고구려의 스승 혜량대
사에게 나중에 우리나라에 오시면 잘 모시겠다고 맹서하며 한 말이다.5)
(6c)는 김춘추의 큰 딸 고타소가 사망한 대야성 전투에서, 백제 장군
윤충이 김품석의 부하인 아찬[6등관위명] 서천(西川)과 항복하면 살려
주겠다는 맹서를 하면서 한 말이다. 이것이 거짓이라고 주장한 사지[13
등관위명] 죽죽(竹竹)의 말을 듣지 않고, 김품석은 성문을 열고 항복하
러 나가다가, 윤충이 항복한 장졸들을 다 죽인다는 말을 듣고 황급히
돌아와 가족을 죽이고 자살하였다. 이렇게 죽은 고타소의 원한을 갚겠
다고 고구려로, 당나라로 군사를 빌리러 가서 백제를 멸한 것이 김춘추
이다. '유여백일(有如白日)'이라 한 것이 특이하다.
『삼국유사』에는 '유여'가 지금 보는 「신충 괘관」에서 '유여백수(有如栢

---

5) '荒(황)'은 '거칠 荒'이다. '荒宗(황종)'은 훈독자로 그의 이름을 적은 것이고, '居柒夫'는
'음독자+음독자+훈독자'로 그의 이름을 적은 것이다. '夫(부)'가 문제인데 현대적 훈으
로는 '지아비 夫'이다. '宗'과 '夫'가 '집+아비'로 이루어진 신라 시대의 우리말을 적는
훈차자임을 알 수 있다.

樹)'로 딱 한 번만 나온다.

'유여'의 뒤에 오는 말은 이렇게 상황에 따라 달라질 수 있다. 그것이 '잣나무'이든 '백일'이든 '교일'이든 아무 문제가 안 되는 것이다. 일연선사는 태자 승경이 신충과 맹서할 때 한 말인 "이 잣나무가 사철 변하지 않듯이 '경의 말을 잊지 않겠다.'는 나의 이 마음은 영원히 변치 않을 것이오."를 『시경』의 '유여교일'에 유래하여 이미 관용구화 되어 있는 이 표현에서 '교일' 자리에 '백수'를 넣은 것이다.

그러므로 「원가」 제3행의 '汝於多支行齊'를 '너다히 녀겨'로 해독하고 '너(잣나무)처럼 가져'로 해석하는 것은 시의 의미 맥락을 올바로 파악하지 못한 것이다. 그리고 설화의 내용도 제대로 파악하지 못한 것이다. 이 행은 '너를 아름다비 너겨 녀겨[경을 아름다이 여겨 가리].'로 해독해야 한다.

그러면 그 맹서가 지켜졌는가? 지켜지지 않았다. '몇 달 뒤에 태자가 왕으로 즉위하여 공신들을 상 줄 때 신충을 잊고 부제(不第)하였다.'고 되어 있다. 이 '부제'가 또 문제를 일으켰다. 대부분의 논저가 이 '부제'를 '벼슬을 주지 않았다.'로 해석하였다. 그러면 신충은 잣나무 아래서 태자 승경과 바둑 둘 때 벼슬이 없었고 「원가」를 지을 때도 벼슬이 없었다는 말이 된다. 그래서 벼슬 없는 사람에게 벼슬을 주지 않았다는 말이 된다.

이것은 조금만 생각해 보면 상식에 어긋난 말임을 알 수 있다. 태자가 즉위할 때 공을 세운 사람들은 현직 고위 신하들이다. '공신들을 상 준다.'고 하였다. 부왕 성덕왕이 승하하여 태자 승경이 정상적으로 즉위하는 데에 공을 세운 사람들은, 장례식도 하고, 귀족 회의도 열어 다음

왕을 결정하고, 즉위식도 하는 일 등등 수많은 일을 한 고위 신하들이다. 그 고위 신하들 가운데 일정한 숫자를 1등 공신, 2등 공신, 3등 공신 등으로 나누어 적절히 작을 높여 주고 녹을 올려 주는 것이 '공신들을 상 준다.'는 말이다.

만약 태자가 아닌 사람이 벼슬 없는 불한당들을 몰고 와서 쿠데타를 일으켜 왕을 죽이고 자신이 자립하여 왕이 되고 나서 공신들을 상 준다고 하면 그때는 벼슬 없는 산적 같은 자들에게 '벼슬을 주었다'고 할 수 있다. 그러나 이 상황은 그런 왕조 교체의 혼란기가 아니다. 724년[성덕왕 23년] 봄에 정상적으로 책봉된 태자가 13년 뒤 부왕이 승하하자 737년[성덕왕 36년] 2월 정상적이고 정해진 절차에 따라 왕위에 오르는 상황이다. 무슨 벼슬 없는 백면서생이 공을 세운다는 말인가? 있을 수 없는 일이다. 신충을 벼슬 없는 젊은 선비일 것으로 보는 것은 적절하지 않다. 신충이 벼슬 없는 선비라고 보고 '부제'를 '벼슬을 주지 않았다'로 번역하여 진행된 논의는 상식을 벗어난 논의이다.

저자가 확인한 사전에는 아무 데에도 '부제'를 '벼슬을 주지 않음'이라고 뜻풀이 한 것이 없다. '공신들을 상 줄 때 신충을 잊고 부제하였다.'에서 '제(第)'는 '집, 차례, 순서, 등급, 과거, 급제. 시험에 합격함'의 뜻이다. '부제'라는 말은 '급제하지 못했다. 등급에 들지 못했다. 공신록에 이름이 오르지 않았다.'는 뜻이다.

여기서의 이 '부제'라는 말도 공신들을 상 줄 때 '그 등급에 들지 못했다'는 뜻이다. 신충은 이미 높을 대로 높은 이찬에 가까운 고위 관등[소판 정도]로 핵심 관직을 맡고 있었을 것이다. 그 관직은 왕위 계승을 좌우할 수 있는 병부령 정도의 직책이라야 어울린다. 그 정도 되니까

신충이 태자를 특별히 만나서, 태자로부터 '내가 즉위하면 조신하게 정
사에 충실하고, 그대의 집안은 아버지 때와 마찬가지로 중히 대우할 테
니 걱정 말고, 원로 귀족 회의에서 나를 지지하여 달라.'고 '잣나무를 걸
고 다짐[有如栢樹]'을 받고 있는 것이다. 이것이 태자 승경이 신충에게
한 '맹서의 구체적 내용'이다.

이렇게 공신록에 이름이 들지 못한 신충은 「원가」를 창작하여 그 잣
나무에 붙였다. 잣나무가 누렇게 시들었다. 이상히 여긴 왕이 사람을 시
켜 알아보게 하였더니 노래를 얻어서 바쳤다. 그 노래를 읽어 본 왕은
크게 놀라서 '만기를 앙장하느라고 거의 각궁을 잊을 뻔하였다[萬機鞅
掌 幾忘乎角弓].'고 하였다. '임금의 많은 일을 관장하느라고'야 어떻게
이해하든 틀리지는 않는다. 그러나 '각궁(角弓[뿔 활])'은 그렇게 넘길 일
이 아니다.

「각궁」은 유왕과 포사의 이야기이다

대부분의 논저가 '幾忘乎角弓'을 '거의 공신을 잊을 뻔하였다.'로 번
역하고, 그 공신이 '신충'을 가리키는 것으로 해석하고 넘어갔다. 어찌하
여 '각궁'이 '공신'인가? '뿔 활'이 어떻게 하여 공신이 되는가? 이렇게
번역한 사람들은 '각궁'을 사전에서 찾아보기나 했을까?

저자가 보기에는 이 '각궁'이 「원가」를 이해하는 데에 가장 중요한 단
어이다.[6] 이것이 효성왕의 실체, 그리고 태자 승경이 신충에게 한 맹서

---

6) 이병도(1975:417)에서는 '각궁(角弓)'을 번역하지 않고 그대로 두고, 주를 붙이기를 "『시
경』 「소아」의 편명인데 주의 유왕이 구족을 멀리 하고 간사한 신하를 좋아하므로 골
육이 서로 원망하여 이 시를 지었다고 함. 여기서는 '공신'이라는 뜻"이라 하였다. 이
번역과 주석은 정확한 것이다. 다만 '각궁'에 대한 설명이 좀 더 필요하다. 효성왕이 후
궁에 빠져서 정사를 그르쳐서 그를 죽이고 그의 아우 경덕왕을 세우는 과정이 있었다

를 이해하는 데에 키 워드이다. 맹서와 약속 위반, 공약의 공(空)약화, 신의와 배신, 충절과 변절, 충성과 불충 등 왕과 신하 사이의 모든 관계가 이 단어 '각궁' 속에 들어 있다.

「각궁(角弓)」은 『시경』 「소아(小雅)」 편의 8장 장4구로 된 부(賦)의 이름이다. 시의 내용은 (7)과 같다.

(7) 각궁 [뿔 활] -『시경』 「소아」 번역 : 저자

騂騂角弓[성성각궁]	길 잘 든 뿔 활도
翩其反矣[편기반의]	줄 늦추면 뒤틀리네
兄弟昏姻[형제혼인]	친형제 혼인척
無胥遠矣[무서원의]	멀리하지 말지어다.
爾之遠矣[이지원의]	그대가 멀리하면
民胥然矣[민서연의]	백성들 따라하고
爾之教矣[이지교의]	그대가 가르치면
民胥傚矣[민서효의]	백성들도 본받으리.

는 설명이 붙었으면 더 좋았을 것이다. 그런데 그 뒤의 번역서들이 '각궁을 거의 잊을 뻔하였다.'를 '공신을 거의 잊을 뻔하였다.'로 번역함으로써 사태는 악화되기 시작하였다. 그 최악의 예를 김원중(2002:557-58)에서 볼 수 있다. 이 번역서는 '각궁'을 '가깝게 지내던 사람'이라 번역하고, ≪시경≫ <소아>의 편명. 주나라 유왕은 간사하고 아첨을 일삼는 신하들을 가까이 하고 골육지친을 멀리하였다. 이로 말미암아 생긴 혈육 간의 불신과 원망을 이 시에 적고 있다.'로 주석하였다. '각궁'이 어떻게 하여 '가깝게 지내던 사람'이라는 뜻을 가지는가? 이런 번역서를 보고 자라고 연구할 한문 모르는 후손들이 '각궁'의 진정한 뜻을 어떻게 알 수 있겠는가? 효성왕의 이 말은 「각궁」의 시가 주는 교훈을 잊고 있었다는 말이다. 후궁에게 빠지면 나라를 잃는다는 교훈을 잊고, 후궁에게 빠져서 신충을 공신 등급에 넣어 작과 녹을 올려 주는 일을 실행하지 못했다는 말이다. 이런 의미가 '가깝게 지내던 사람을 잊을 뻔하였다.'라는 번역에서 어떻게 간취되겠는가? 오히려 눈가리개가 되어 진실을 보지 못하게 방해만 할 뿐이다.

此令兄弟[차령형제]　　이 의좋은 형제들
綽綽有裕[작작유유]　　너그럽고 겨르롭게 지내지만
不令兄弟[불령형제]　　우애 없는 형제들은
交相爲癒[교상위유]　　서로가 배 아파하네.

民之無良[민지무량]　　백성 가운데 안 좋은 자
相怨一方[상원일방]　　서로 원망하여
受爵不讓[수작불양]　　벼슬 받아도 겸양 모르고
至于己斯亡[지우기사망]　　제 몸 망치는 지경 이르렀네.

老馬反爲駒[노마반위구]　　늙은 말 도로 망아지 되어
不顧其後[불고기후]　　뒷일 생각 않고
如食宜饇[여식의어]　　남보다 배 불리 먹으려 하고
如酌孔取[여작공취]　　더 많이 마시려 하네.

無敎猱升木[무교노승목]　　잔나비에게 나무 타는 법 가르치지 말라
如塗塗附[여도도부]　　진흙에 진흙 바르는 꼴이리니
君子有徽猷[군자유휘유]　　군자 빛나는 도 지녔으면
小人與屬[소인여속]　　소인들 이를 따르리.

雨雪瀌瀌[우설표표]　　눈비 펄펄 내리지만
見晛曰消[견현왈소]　　햇빛 보면 녹아 버리는데
莫肯下遺[막긍하유]　　몸 굽혀 따르려 하지 않고
式居屢驕[식거루교]　　늘 교만하게 구네.

雨雪浮浮[우설부부]　　눈비 펄펄 내리지만
見晛曰流[견현왈류]　　햇빛 보면 녹아 흐르는데
如蠻如髦[여만여모]　　그대 오랑캐 같이 하니

我是用憂[아시용우]   나는 늘 이것이 근심이라네. [8장 장4구]

이 시의 창작 배경으로는 (8)에 보인 몇 가지 학설이 있다. 더 있을
수도 있다. 그 가운데 가장 타당해 보이는 것은 (8a)이다. (8b)는 실제
노래에 그런 내용이 없다. (8c)도 군신들의 불화는 맞는 말이지만, 형제
사이의 골육상쟁을 정식으로 지적하여 말하고 있지는 않다. 노래의 내
용은 '형제 사이의 다툼'을 말하고 있음에 틀림없다. 그런데 그 형제 사
이의 다툼은 어디에서 유래하는 것인가? 포사, 여자가 그 답이다.

(8) a. 주나라 말 포악한 유왕(幽王)이 후궁 포사(襃姒)에게 빠져 태
자 의구(宜臼)를 폐하고 포사의 소생 백복(伯服)을 태자로 삼
았다. 이에 의구는 어머니의 친정 나라인 서신(西申)으로 달
아났다. 외할아버지 신후(申侯)는 기원 전 771년 흉노의 일파
인 견융(犬戎)을 불러들여 유왕과 백복을 죽였다. 신후와 노
후(魯侯) 등은 의구를 추대하여 왕으로 삼고 견융이 황폐화시
킨 수도 호경(鎬京)을 떠나 낙읍(洛邑[낙양])으로 천도하였다.
이를 동주(東周)라 하고 의구를 평왕(平王)이라 한다. 이에
주나라 고토 호경에서는 천도를 반대한 괵공(虢公) 한(翰)이
다른 왕자 여신(余臣)을 왕으로 추대하였다. 이를 서주(西周)
라 하고 여신을 휴왕(携王)이라 한다. 평왕과 휴왕은 친형제
간이다. 기원 전 760년[평왕 11년]에 진문후(晉文厚) 희구(姬
仇)가 휴왕을 살해하여 이왕병립의 시대는 10여년 만에 끝이
났다. 이 시에서 말하는 형제는 이 두 왕이다. 노마는 신후와
괵공을 뜻한다. 이 시는 이왕병립으로 평왕과 휴왕 사이에서
누구를 따라야 할지 모르고 우왕좌왕하는 공경(公卿)들과 형
제간의 불화로 인륜이 무너지는 현실을 보고 '원숭이에게 나

무타기를 가르치지 말라.'고 풍자한 것이다.

b. 「모서(毛序)」에는 이 시에 대하여 '주 왕실의 부형들이 주 유왕을 풍자했다. 구경(九卿)을 친애하지 못하고 참소와 아첨을 좋아하여 골육(骨肉) 사이에 서로 원망했으므로 이 시를 지었다.'고 하였다. 이 설에 대하여 방옥윤(方玉潤)은 '시 중에 아첨이나 참언에 대하여 풍자한 말은 없고 오로지 형제들과는 소원하고 소인배들과는 친근하다는 언사만 있으니 이것이 이 시의 대지이다'고 했다.

c. 『한서(漢書)』「유향전(劉向傳)」에는, 유향이 황제에게 봉사(封事)를 올려 말하기를, "여왕(厲王)과 유왕(幽王) 시절 조정의 군신들은 서로 불화하여 비방하며 원망했다. 그래서 시인이 '선량하지 못한 백성들이 서로 상대방을 원망했다[民之無良相怨一方].'라고 하였습니다."고 되어 있다.

이 시는 주나라 유왕이 포(褒)나라를 정복하고 빼앗은 포국 출신 후궁 포사(褒姒)에게 빠져서 태자를 폐위하고 후궁 포사의 아들 백복(伯服)을 태자로 책봉한 데서부터 출발한다. 폐위된 태자 의구(宜臼)는 외할아버지 신후(申侯)에게 얹혀서 자신의 나라를 세우고 도읍을 옮겼다. 이에 또 다른 늙은 신하 괵공(虢公) 한(翰)은 다른 왕자 여신(余臣)을 왕으로 옹립하였다. 이른바 동주(東周), 서주(西周)의 이왕병립(二王竝立)이다. 이렇게 두 왕이 서로 반목하며 싸우는 바람에 신하들이 갈피를 잡지 못한 것이 주나라 말의 정치 상황이다. 이 시는 주나라 멸망을 초래한 이 정치 상황을 풍자한 것이다.

시 「각궁」은 후궁으로 초래되는 정사의 난맥으로 인하여 생긴 형제 사이의 다툼을 풍자한 것이다. 그런데 그 다툼은 포사로부터 시작되었다. 아버지 유왕이 후궁 포사에게 빠져서 그녀의 아들 백복을 태자로 책봉하는 바람에 원래의 태자 의구가 외할아버지 신후와 함께 동쪽 낙양으로 가서 동주를 세웠다. 그리고는 흉노족을 불러들여 유왕과 백복을 죽였다. 포사는 흉노족들이 끌고 갔다. 초원의 유목민들은 여자를 약탈하는 것이 타민족 정복 목표의 하나이다. 그러자 원래의 수도 호경에는 괵공 한이 유왕의 또 다른 아들 여신을 업고 서주를 세우고 이왕이 병립하였다.

효성왕이 신충에게 말한 '각궁을 잊을 뻔하였다'는 말은 포사 같은 후궁에게 빠져 맹서를 지키지 못하였다는 말이다. 즉, '각궁의 교훈'을 잊고 있었다는 뜻이다. 효성왕은 즉위 후에 신충에게 맹서한 후궁 문제를 처리하지 못하고 우유부단한 정사를 하고 있었다. 후궁 집안의 세력에 눌려서 신충을 비롯한 아버지 성덕왕의 처갓집, 소덕왕후의 친정에 대하여 제대로 배려할 수 없었던 것이다.

이에 이복 아우를 지지하는 세력과 알력을 빚었다. '이왕병립(二王並立)'까지는 아니라 하더라도 왕의 눈치를 보아야 할지, 왕의 아우와 그의 외삼촌, 외사촌들의 눈치를 보아야 할지,[7] 신라의 신하들은 형제 사이인 동주의 평왕과 서주의 휴왕이 대립하여 이러지도 저러지도 못했던 주나라 신하들과 같은 상황에 놓였던 것이다.

일연선사는 이 「각궁」을 통하여 후궁의 득세와 효성왕과 경덕왕의 골육상쟁, 그 사이에서 자기네 세력의 힘을 늘리기 위한 신충의 효성왕 압박과 작록을 탐한 늙은 말 같은 행위를 절묘하게 풍자하고 있다. (7)의 제5장(章=聯)인 다음 4구(句=行) (9)를 다시 읽어 보자.

---

7) 소덕왕후가 경덕왕의 어머니이므로 경덕왕에게는 소덕왕후의 형제가 외삼촌이 되고 소덕왕후의 친정 조카가 외사촌이 된다.

(9) 老馬反爲駒(노마반위구)　늙은 말 도로 망아지 되어
　　　不顧其後(불고기후)　　　뒷일 생각 않고
　　　如食宜饇(여식의어)　　　남보다 배 불리 먹으려 하고
　　　如酌孔取(여작공취)　　　더 많이 마시려 하네

　원래의 시는 서주의 휴왕을 옹립한 괵공 한과 동주의 평왕을 옹립한 신후를 풍자한 것이라 한다. 「각궁」은 원래 주나라 말기 암군 유왕이 후궁 포사에게 빠져서 후궁의 아들 백복을 태자로 책봉하는 바람에 생긴 동주의 평왕과 서주의 휴왕이 이왕병립하여 형제가 서로 싸움으로써, 인륜이 무너지고 이 왕 눈치 저 왕 눈치를 보느라 이리 붙고 저리 쏠리는 벼슬아치들의 딱한 모습을 풍자한 시이다. 특히 휴왕을 민 괵공 한과 외손자 평왕을 민 신후를 노마에 비유하여 작록을 탐하고 재물을 탐하지만 뒷일을 감당하지 못하는 무능한 신하들을 풍자한 시이다. 그리고 주나라는 서서히 쇠망해 갔다. 그것이 「각궁」의 진정한 교훈이다.

　737년 2월 성덕왕 승하를 전후하여 후궁에게 빠진 태자 승경과 그의 아우 헌영 사이에 왕위를 두고 치열한 골육상쟁이 벌어졌었다. 특히 효성왕 즉위 후 5년 동안에 일어난 형제 사이의 골육상쟁은 거의 일방적으로 아우의 공격에 형이 당하는 모양새를 보인다. 그것은 아우 헌영을 미는 강력한 세력이 효성왕을 몰아내고 정권을 찬탈하여 헌영을 즉위시키려고 하는 움직임이다. 거대한 세력이 큰 아들, 태자, 그런 모든 명분을 밀치고 자신들의 외손자 헌영을 밀고 있었다.

　그 후궁 스캔들과 골육상쟁에 통일 신라라는 그 당시까지의 민족사 최대의 호기(好機)가, 단군 이래 가장 좋은 기회를 맞았다고 하는 지금의 대한민국처럼 서서히 기울어 가고 있었다. 어떻게 하여 한 집안이

망하고, 왕가라면 그 집안의 망함이 어떻게 하여 한 나라의 망함으로 이어지는지 이보다 더 적나라하게 보여 주는 예가 따로 없다.

이 시 「원가」는 한 나라가 외적의 침공으로 망하기 전에 안에서 서로 싸우다가 스스로 망한다는 것을 보여 준다.[8] 이 통일 신라의 형제 사이의 골육상쟁은 어디에서부터 비롯하는 것일까? 그 최초의 원인 제공자는 누구일까? 대부분의 경우 자식들의 골육상쟁은 아버지가 마련해 준다. 마치 모든 권력의 멸망에는 선대가 저지른 업보가 관여하고 있듯이. 그러나 이 싸움은 단순히 아버지의 두 아내가 만든 싸움이 아니다. 더 긴 시간, 더 복잡한 역사를 거치면서 형성된 구조적인 싸움이다. 이 싸움은 어떤 과정을 거쳐 어떻게 마무리될 것인가? 그거야 뻔하다. 서로 죽이고 죽는 피투성이 싸움을 벌이다가 모두 멸망하게 되어 있다.

'사작록'은 벼슬을 준 것이 아니다

이 시를 읽고 놀란 효성왕은 신충을 불러서 '작과 녹을 주었다[賜爵祿].' 그랬더니 잣나무가 되살아났다. 그런데 이 '사작록'이 또 문제를 일으켰다. 모두 '벼슬을 주었다'고 번역한 것이다. '작록'이 어떻게 벼슬이 되는가? 벼슬은 무엇인가? 관직인가? 관등인가? 신라 시대에는 관등과 관직이 엄연히 구분되어 있다. 관등은 17관등이고, 관직은 필요한

---

8) 고구려의 멸망이 명확하게 이런 사정을 보여 준다. 고구려는 당나라와 신라가 쳐들어 오자 변변히 맞서 싸워 보지도 못하고 연개소문의 아들들끼리 서로 싸우다가 당나라 영국공 이적(李勣)에게 항복하였다. 이적은 후에 조카 서경업(徐慶業)의 모반으로 부관 참시되고 하사받은 성 이 씨마저 박탈당하고 원래의 성과 이름인 서적(徐勣)으로 되돌 아갔다. 친구의 딸 무조(武照)를 당 태종에게 소개하여 그 측천무후의 빽으로 승승장 구한 그의 인생도 사후에는 속세의 무상한 권세의 부침을 피해 가지 못하였다. 한때 의 득세에 희희낙락하는 자들, 살아서든 죽어서든 역사의 평가를 피해가지 못한다.

관공서에 일정한 수의 인원을 배치하고 있다. 각간, 이찬, 소판, 파진찬, 대아찬, 아찬, 일길찬, 사찬, 급찬, 대내마, 내마 등은 관등이고 상대등, 중시, 병부령, 승부령, 선부령 등은 관직이다. '작'은 '관작(官爵)'이다. '녹'은 봉록(俸祿)이다. 급료를 말한다. '사작록'은 공신록에 넣어 '관작'을 높여 주고 '봉록'을 올려 주었다는 말이지 '벼슬'을 새로 주었다는 말이 아니다.

그리고 대부분의 논저들은 이렇게 '벼슬 받지 못하고 무관(無冠)으로 있던' 신충이, 효성왕 3년[739년] 정월에 처음 벼슬길에 나간 것으로 해석하였다.

박노준(1982:140)은 "원가의 산문 기록에는 문자로 표현된 것 이상의 사실이 내재해 있는 듯하다."고 효성왕 즉위 시의 정치적 상황을 정밀하게 분석하고 있다. 그 당시의 국사학계의 연구 결과 가운데 취사선택하여 최대한 수용하면서 진행된 선생의 연구 결과는 아직도 「원가」의 창작 배경에 대한 최고의 연구서로 인정받는 것일까? 그런데 그런 최고의 연구서마저 (10)에서 보듯이 「원가」에 의한 잣나무 황췌 사건으로 신충이 처음 관직에 나간 것으로 보고 있다.

(10) a. 애당초 왕이 신충을 즉위 즉시로 발탁치 못한 이유는 신충을 반대하는 세력 때문이라고 봄이 어떨까. 이 노래 가사에 의하면 신충이 흔들리는 물결 때문에 왕의 모습을 보지 못함을 한탄하고 있는데, 이로 보면 신충 그도 자기가 관직에 오르지 못하는 원인을 왕의 소홀이나 불찰에다 돌리지 않고 세사의 불여의에 돌리고 있는 인상을 강하게 풍겨 주고 있다(146면).

b. 신충은 정치적으로 많은 기복을 겪은 인물이다. 처음에 관로에 발을 들여놓을 때도 그러하였고, 후에 경덕왕 말년 관직에

서 면직당할 때 또한 반대파에 의해서 물러나게 되었다. <u>원가</u>
<u>는 그러한 인물이 처음 관직에 오르기 위해서 몸부림쳐 본 흔</u>
<u>적으로서 의의가 있는 노래로 해석되어야 할 것이다</u>(156면).

c. 요컨대 이 노래는 <u>조선조의 사림파 선비의 기품을 연상하게</u>
<u>하는 작품</u>이라고 보았다(161면).

그렇긴 하지만 그 책에서도 신충이 "왕족 중에서도 이른바 거물급에
속해 있었던 인물임은 분명한데(154면)"로 적어 정치적 비중이 큰 인물
임을 인정하고 있다. 젊을 때의 일인지 나이든 후의 일인지에 대해서는
말하지 않고 있다. 여기까지는 상당히 타당한 설명을 한 것이다.

그러나 그 책은 "처음 관직에 오르기 위해서 몸부림쳐 본 흔적으로서
의의가 있는 노래로 해석되어야 할 것이다."나 "조선조의 사림파 선비의
기품을 연상하게 하는 작품이다."고 함으로써 갑자기 올바른 궤도에서
일탈해 버렸다. 이로써 이 노래는 원 의미와는 전혀 다른 의미로 해석
되기 시작하였다. 왜 그러한가?

(11)에서 보듯이 효성왕은 즉위 3년에 '이찬 신충을 중시로 삼았다.'
그러나 이 기사가 신충이 첫 벼슬길에 나갔음을 보장하지 않는다.

(11) (효성왕) 3년[739년] 봄 정월, --- <u>중시 의충이 죽어 이찬 신충</u>
<u>을 중시로 삼았다</u> [春正月 --- 中侍義忠卒 以伊湌信忠爲中侍].
--- 2월 왕제 헌영을 제수하여 파진찬으로 삼았다 [二月 拜王弟
憲英爲波珍湌]. 〈『삼국사기』 권 제9 「신라본기 제9」 「효성왕」〉

이찬[2등관위명]은 각간[1등관위명] 바로 아래 관등으로서 왕자, 원
로 고위 진골 귀족들이나 가질 수 있는 작(爵)이다. 이어지는 기사에서

보듯이 2월에 왕자 헌영[나중의 경덕왕]이 파진찬[4등관위명]으로 책봉된다. 왕자도 처음에는 4등관위인 파진찬밖에 안 된다. 문무왕도 즉위 시의 기록에 보면 태종무열왕이 즉위하여 파진찬으로서 병부령을 맡은 것으로 기록되어 있다.[9] 4등관위인 파진찬이 그 정도이다. 김유신의 아들 삼광도 파진찬이다. 이찬은 첫 벼슬길에 나가는 자가 받을 수 있는 관등이 아니다.

더욱이 집사부의 중시는 왕명의 출납과 왕의 시위를 담당한 핵심 관직이다. 관직은 관등과 달라서 신분이나 연륜이 비슷한 여러 사람이 갖는 지위가 아니다. 이 중시는 현대의 대통령 비서실장이 하는 일과 경호실장이 하는 일, 거기에 관리들을 통할하는 총리가 하는 일을 합친 정도의 역할을 하는 핵심 요직이다. 신라 중대에 중시를 맡은 사람들은 대부분 왕실 최측근들로서 권력 실세라 할 만한 인물들이다.[10]

그리고 신충의 전임 중시는 '의충'이다. 의충이 죽어서 신충을 중시로 삼은 것이다. 김의충은 성덕왕 34년[735년]에 당나라에 사신으로 갔던 사람이다. 그가 돌아올 때 당 현종은 패강 이남 땅을 신라에 주었다. 그런 김의충이 '아찬'으로서 중시가 된 것이 효성왕 즉위 직후이다. 그런

9) 『삼국사기』 권 제6 「신라본기 제6」 「문무왕」 즉위 시의 기록에 '太宗元年以波珍湌爲兵部令[태종 원년[654년]에 파진찬으로서 병부령이 되었다].'고 기록되어 있다. 그리고 655년 2월에 태자로 봉해졌다.

10) 양희철(1997:513)은 739년에 중시 의충이 죽자 신충이 중시가 되는 것이, 신충이 첫 관직을 받은 것은 아니라고 정확하게 해석하고 있다. 이것이 효성왕이 '잣나무 황췌 사건' 후에 신충에게 첫 관직을 준 것처럼 해석했던 그 앞의 연구자들보다는 훨씬 나아간 점이다. 그것은 옳다. 그러나 그도, 신충이 태자 승경과 바둑을 둘 때에는, 그리고 신충이 「원가」를 지을 때에는 그에게 벼슬이 없었다고 본다는 점에서는 아무런 차이가 없다. 「원가」를 지은 후에 중시가 아닌 어떤 관직을 받은 것으로 보고 있다. 그것은 틀린 것이다. 저자의 주장은, 신충은 그 전인 성덕왕 때부터 파진찬, 소판 정도를 거치고 이 시기에 이찬이 되는 고위 관등의 사람이라는 것이다.

데 그 의충이 갑자기 죽어서 '이찬'인 신충이 중시가 되었다. 이 중시가 신충이 처음 받은 벼슬이라고? 신충이 벼슬이 없었는데 잣나무 황췌 사건으로 비로소 벼슬길에 나갔다는 말은 있을 수 없는 말이다. 첫 벼슬로 중시를 받은 사람은 있을 수 없다.

나아가 김의충의 딸이 만월부인이다. 만월부인은 경덕왕의 계비이다. 경덕왕은 즉위 후에 아들 없다고 선비 삼모부인을 폐하고 의충의 딸 만월부인을 계비로 들였다. 15년 동안이나 아들을 낳지 못하던 만월부인은 경덕왕 17년[758년] 7월에 적자 건운을 낳았다. 이 건운이 혜공왕이 되었다. 그러니 의충도 왕비를 배출할 수 있는 세력을 가진 집안 사람이다.

신충은 739년 중시가 된 후 742년 효성왕이 승하하고 난 뒤에도 계속 중시 직에 있었다. 그리고 경덕왕 3년[744년] 정월에 유정에게 중시 자리를 물려 줄 때까지 만 5년 동안 중시로 재직하였다. 이 사실은 신충의 출신 성분과 권력 구도상의 위치를 가장 정확하게 보여 주는 증거이다. 신충은 「원가」를 지은 737년 2월로부터 2년이 흐른 후에 처음 관직에 나간 것이 아니다.

739년[효성왕 3년] 3월에 효성왕은 이찬 순원(?)의 딸인 혜명왕비와 재혼하고 5월에 헌영을 태자로 책봉하였다.[11] 이 헌영이 742년 즉위하여 경덕왕이 되었다. 경덕왕은 즉위 16년[757년] 정월에 이찬 신충을 상대등으로 삼는다. 신충은 757년부터 763년[경덕왕 22년]까지 무려 6년 동안 최고위 관직인 상대등으로 재임하였다. 상대등은 60대 이상은 되었을 원로가 맡는 것으로 보이는 최고위 관직이다.[12] 상대등은 귀족

---

11) 혜명왕비의 아버지가 김순원이라는 것은 이상하다. 여러 가지 사정으로 보아 손녀라야 정상적이다. 후술한다.

회의를 주재하고 의결 사항을 왕에게 아뢰어 실행하게 하는 직책이다. 이 귀족회의는 한 사람이라도 반대하면 의결되지 않는 화백 제도를 채택하고 있어서 왕권에 대한 강력한 통제 기능을 하였다.

신충이 어느 정도 지위의 인물이고 몇 살 정도의 인물인지 이로써 알 수 있다. 중시가 된 739년에는 50대이고 상대등이 된 757년에는 60대 후반이나 70대라고 보아야 정상적이다. 737년 봄 「원가」를 지을 때의 신충이 젊은 선비였다고 설명하는 것은 상식에 어긋난다. 어찌 739년에 이찬으로 등장하는 신충이 736년 가을에 백면서생이었겠는가? 백면서생에게 무슨 권한과 권력과 세력이 있어서 태자에게 '훗날 경을 잊지 않기를 이 잣나무를 두고 맹서하리라.'는 다짐을 요구했겠는가?

신충이 선비라는 보장도 없다. 신라 시대의 '사(士)'는 문사를 가리키는 말만은 아니다. 그 말은 무사도 포함한다. 오히려 무사를 가리키는 경우가 더 많다. 그러므로 이 시를 지을 때의 신충은 50대의 노회한 원로 귀족 무관 출신 정객으로 33대 성덕왕[35년 재위], 34대 효성왕[5년 재위], 35대 경덕왕[23년 재위] 시기의 파란만장한 서라벌 정가를 주름잡은 집권 세력의 핵심 인물이다.

---

12) 대부분의 상대등은 이찬이나 각간 급이었다. 그런데 720년[성덕왕 19년] 상대등 인품(仁品)이 죽어 그 후임으로 아주 특이하게 대아찬(大阿湌) 배부(裵賦)가 상대등이 되었다. 대아찬은 5등관위명이다. 이로 보면 배부는 6부의 하나인 한지부 출신의 귀족으로 상대등을 맡을 정도의 위치이지만 관위는 파진찬으로 올라가지 못하는 한계를 가진 것으로 보인다. 727년에 배부가 노쇠하여 사직을 원했으나 허락하지 않고 궤장을 내린 것으로 보아 그는 매우 나이가 많았음을 알 수 있다. 728년 상대등 배부가 노쇠로 사직을 청하므로 허락하고 이찬 사공(思恭)을 상대등으로 삼았다. 732년에는 각간 사공, 이찬 정종, 윤충, 사인이 장군이 되었다. 상대등이 장군을 겸하는 것이다. 그리고 효성왕이 즉위하여 737년 3월에 이찬 정종을 상대등으로 삼았다. 이로 보면 737년 2월 성덕왕 승하 시에 귀족 회의를 주재하여 태자 승경을 즉위시킨 상대등은 사공이라고 보아야 한다. 신충은 이 회의의 구성원이었을 가능성이 매우 크다.

'잣나무 황췌' 사건 후에 '작록을 하사하니[賜爵祿] 잣나무가 다시 살아났다'의 '사작록(賜爵祿)'은 새로 처음 벼슬을 주었다는 말이 아니다. 이미 벼슬하고 있는 사람에게 이미 있는 '작위'에 작위를 더 올려 주고 [예컨대 소판을 이찬으로 올림], 이미 받고 있는 '녹'에 더 많은 녹을 얹어 주었다는 말이다. 신충은 태자 승경과 바둑 둘 때 이미 높은 관작에 있었고 많은 봉록을 받는 인물이다.

'부제'와 '사작록'이 들어 있는 이 이야기를 '공신들에게 상을 줄 때, 신충에게는 벼슬을 주지 않았다. 신충이 「원가」를 지어 그 잣나무에 붙였다. 잣나무가 시들었다. 왕이 놀라 신충에게도 벼슬을 주었더니 잣나무가 다시 살아났다.'와 같이 해석하면 절대로 안 된다.

'공신들을 상 줄 때 신충을 공신록에 넣지 못했다. ----- 신충을 공신록에 넣어 작을 높여 주고 녹을 올려 주었더니 잣나무가 다시 살아났다.'로 해석해야 한다. '부제'를 '벼슬을 안 준 것'처럼 번역하거나 해석하고, '사작록'을 '벼슬을 주었다'고 번역하거나 해석한 것은 이 시에 대한 올바른 이해와 감상을 가로막고 있는 장애물이고 오도된 지식이다.[13]

---

13) 한문 구절 하나를 잘못 번역하면 어떤 결과에 이르는지 이 시는 뼈저린 교훈을 준다. 글자 하나 잘못 읽어 '元子'와 '王子'를 구분하지 못하고, 687년 2월에 출생한 '신문왕의 원자'가 691년 3월 1일에 태자로 책봉된 '왕자 이홍'과 동일인이어서 효소왕이 6살에 즉위하여 16살에 승하하였으므로 '효소왕이 692년 16살에 즉위하여 702년 26살에 승하하였다.'고 한 『삼국유사』권 제3 「탑상 제4」「대산 오만 진신」을 믿지 않고, 나아가 『삼국유사』의 기사들을 믿지 않은 결과 신라 중대, 통일 신라라는 그 중요한 역사적 고비의 연구를 엉망진창으로 만들어 버린 신종원(1987)이 이를 가장 잘 보여 주는 사례라 할 것이다. 그런 자가 쓴 책이 『삼국유사 새로 읽기』라는 제목을 달고 있는 것을 보고 저자는 헛웃음을 웃었다. "'새로' 읽기 전에 '바로' 읽으라." '새롭다'고 다 진실인 것은 아니다. '새로운' 것은 다른 사람이 생각하지 않은 것이고 다른 사람이 그렇게 생각하지 않은 것은 틀린 생각이기 때문일 가능성이 크다. 이 시리즈의 제목을 『삼국유사 바로 읽기』라고 붙이려 했더니 제자들이 '선생님 읽은 것

'첩어백수 수홀황췌(帖於栢樹 樹忽黃悴)'는 '잣나무에 붙였더니 나무가 홀연히 누렇게 시들었다.'로 번역된다. 이는 '백수내소(栢樹乃蘇)[잣나무가 이에 다시 살아났다.]'와 관련하여 이해된다. '蘇'는 '소생(蘇生:거의 죽어가다가 다시 살아나다.)'의 뜻이다. 그러나 현실적으로 갑자기 누렇게 시들던 잣나무가 다시 살아난다는 것은 상식을 벗어난다. 시들던 잣나무의 소생, 그것은 적어도 '시들던'이 아니라 '시드는 것처럼 보였던'으로 이해해야 한다. 죽는 것이 아니라 죽는 것처럼 보였을 뿐이다. 생생한 식물을 죽는 것처럼 보이게 하는 것, 그것이야 그 분야 전문가들에게는 여반장(如反掌)이다.

2. '免(면)'에서 한 단락이 끝난다

신충은 괘관도, 피은도 하지 않았다

제1장의 이야기 속의 (12a)는 '경덕왕 22년[763년]에 신충이 두 벗과 함께 벼슬을 그만 두고 남악[지리산]에 들어가 단속사를 지었다.'는 것이다. 그의 '진영'이 (단속사의) 금당 뒷벽에 있고, 남쪽 마을 이름이 속휴리였다고 한다.[14] 이 기록이 문제의 이야기이다. 이 이야기는 사실이

___

이 다 바르다는 보장이 어디 있습니까?' 하였다. 시리즈 제목이 『삼국유사 다시 읽기』가 된 까닭이다. 이 시리즈의 생각들이 틀렸음이 밝혀지면 그때는 그대들이 『삼국유사 또 다시 읽기』를 써야 할 것이다. 한국학, 특히 한국 고대사, 한국 고전문학을 전공하거나 하려는 연구자들에게 한자, 한문 공부를 철저히 다시 시켜야 한다.
14) 단속사에 있었다는 진영, 이 그림이 누구를 그린 그림인지를 밝히면 이 문제는 결판난다. 신충을 그린 것일까? 이순을 그린 것일까? 현재까지 국문학계에서 통용된 학설대로 신충이 단속사를 지었다면 신충을 그린 그림일 것이다. 그러나 이 책의 주장

아니다. 이와 같은 잘못된 이야기가 생긴 까닭은 무엇일까?

(12) a. 경덕왕*/왕은 즉, 효성왕의 아우이다./* 22년 계묘년에 충이
　　　　두 벗과 더불어 서로 약속하여 벼슬을 그만 두고 남악[지리
　　　　산]에 들어갔다[景德王*/王即孝成之弟也./* 二十二年癸卯
　　　　忠與二友相約掛冠入南岳]. 다시 불렀으나 나아오지 않고 머
　　　　리를 깎고 사문이 되어 왕을 위하여 단속사를 창건하고 은거
　　　　하여 평생 골짜기에 살며 대왕의 복을 봉축하기를 원하였다
　　　　[再徵不就 落髮爲沙門 爲王創斷俗寺居焉 願終身立壑以奉福
　　　　大王]. 왕이 허락하였다[王許之]. 남은 진영이 금당 뒷벽에
　　　　있는데 이 사람이다[留眞在金堂後壁是也]. 남쪽에 이름이 속
　　　　휴인 마을이 있는데 지금은 와전되어 소화리라 한다[南有村
　　　　名俗休 今訛云小花里].
　　b. */「삼화상전」에 의하면 신충봉성사가 있는데 이와 더불어 혼동
　　　　된다[按三和尙傳 有信忠奉聖寺 與此相混]. 그러나 그 신문
　　　　왕의 시대는 경덕왕으로부터 백년이나 떨어졌고, 하물며 신문
　　　　왕과 그 신충의 일은 전생의 일이니, 즉 이 신충이 아님이 분
　　　　명하다[然計其神文之世 距景德已百餘年 況神文與信忠 乃
　　　　宿世之事 則非此信忠明矣]. 마땅히 상세히 살펴야 할 것이다
　　　　[宜詳之]./* 〈『삼국유사』 권 제5 「피은 제8」 「신충 괘관」〉

이것은 『삼국사기』 권 제9 경덕왕 22년[763년] 조의 (13)과 같은 기

　　　　대로 신충은 괘관하지도, 지리산에 은둔하지도 않았다면 그 그림은 대내마 이순을
　　　　그린 것이다. 저자는 그 그림이 신충을 그린 것이 아니라 이순을 그린 것이라고 생
　　　　각한다. 성호경 교수의 제보에 의하면 이류의 문집 『청파집』에는 단속사에 대한 기
　　　　록이 있는데, 그 기록에는 그 절에 솔거가 그린 면류관을 쓴 두 왕, 효성왕과 경덕왕
　　　　의 그림이 있고, 이순의 진영이 있다고 적혀 있었다고 한다. 『삼국유사』가 말하는
　　　　진영은 신충의 진영이 아니라 이순의 진영인 것이다.

록과 관련되어 있다.

(13) a. 경덕왕 22년[763년], 가을 7월 서울에 큰 바람이 불어 기와를
날리고 나무를 뽑았다 [秋七月 京都大風飛瓦伐樹].

b. 8월 복숭아와 오얏이 다시 꽃이 피었다 [八月 桃李再花].

c. 上大等信忠侍中金邕免大奈痲李純爲王寵臣忽一旦避世入山
累徵不就削髮爲僧爲王創立斷俗寺居之.

d. 후에 왕이 음악을 즐긴다는 말을 듣고 즉시 궁문에 와서 간하
여 아뢰기를 [後聞王好樂 卽詣宮門 諫奏曰], 신이 듣기에 옛
적에 걸과 주가 주색에 빠져서 음탕한 음악이 그치지 않고 이
로 인하여 정사가 무시되고 늦어져서 드디어는 나라가 패멸하
였다 합니다 [臣聞 昔者桀紂 荒于酒色 淫樂不止 由是 政事
浚遲 國家敗滅]. 앞에 있는 수레 자국을 밟으며 뒷수레는 마
땅히 경계해야 합니다 [履轍在前 後車宣戒]. 엎드려 바라건
대 대왕께서는 과오를 고치고 스스로 새로워져서 영원한 국가
의 수명을 누리게 하소서 [伏望 大王改過自新 以永國壽]. 왕
이 그 말을 듣고 감탄하여 곧 음악을 좋아하는 것을 그치고
그를 정실로 이끌어 왕도의 묘리와 세상을 다스리는 방책을
설하는 것을 듣기를 며칠 동안 하였다 [王聞之感歎 爲之停樂
便引之正室 聞說道妙 以及理世之方 數日乃]. 〈『삼국사기』
권 제9 「신라본기 제9」 「경덕왕」〉

(13c)는 한문 원문만 제시하였다. 문장도 구분하여 끊지 않고 원전 그
대로 붙여 적었다. 어떻게 끊어 읽을 것인가? 첫 문장의 주어는 '上大等
信忠侍中金邕[상대등 신충, 시중 김옹]이다. 서술어는 무엇일까? '免(면
하다)'이다. 주어가 '상대등 신충, 시중 김옹'이니 그 뒤에 나온 '免'은 동

사이다. 타동사인가, 자동사인가?

타동사이면 '免' 뒤에 나오는 '대내마 이순(大奈麻 李純)'이 목적어가 된다. '신충, 김옹 등이 대내마 이순을 면직했다.'가 된다. 가능할까? 그럴 수도 있을 것이다. 그러면 그로써 문장이 끝나고 다음 문장이 시작되어야 한다. 이어지는 말은 '위왕총신(爲王寵臣)'이다. 이것이 다음 문장의 주어가 되는가? 안 된다. 이 말은 '왕의 총애하는 신하가 되다.'이다. 주어가 없다. 이 문장의 주어는 '대내마 이순'이 되어야 한다. '대내마 이순이 왕의 총애하는 신하가 되다.'라는 말이다. 무엇이 잘못되었는가? '免'을 타동사로 본 것이 잘못된 것이다.

그러면 자동사라고 보고 해석해 보자. '免'이 자동사나, 피동사이면 '상대등 신충, 시중 김옹이 면직되었다.'가 된다. 혹은 타동사라 하더라도 그 목적어는 생략되어 있어 '상대등 신충, 시중 김옹이 직을 면하였다.'가 된다. 따라서 (13c)의 첫 문장은 '免'에서 종결되어야 한다. '대내마 이순'은 다음 문장의 주어이지 결코 첫 문장의 목적어가 될 수 없다.

그런데 제1장 이야기 속의 (12a)에는 '신충'이 주어가 되어 있고, 그 보충어가 '두 벗과 더불어'라고 되어 있다. 두 벗이 누구누구이겠는가? '시중 김옹'과 '대내마 이순'일 것이다. '김옹'이야 같은 급인 이찬이니 신충과 벗이 될 수 있다. 그러나 대내마는 10등관위명이다. 그도 이찬 신충과 벗이 될 수 있었을까? 불가능한 일이다. 그리고 '두 벗과 더불어'에 해당하는 전치사와 그 목적어 '여이우(與二友)'와 비슷한 말도 (13c)에는 아예 없다.

그러므로 제1장 이야기 속의 (12a)는 내용상으로도 완전히 틀린 문장이다. (13c)의 문장 구조상 절대로 그런 해석이 나올 수 없다. (13c)를 이야기 속의 (12a)와 비슷한 내용으로 이해하는 것은 올바른 해석이 아니다. '免' 뒤에는 문장이 나뉘는 정도가 아니라 단락이 나뉘는 정도의 큰 간격이 있다.[15)]

(13c)의 바로 앞 (13b)에는 '8월에 복숭아와 오얏이 다시 꽃이 피었다.'가 있다. 그 앞 (13a)에는 '가을 7월 서울에 큰 바람이 불어 기와를 날리고 나무를 뽑았다.'가 있다. 기상 이변이다. 경덕왕은 이 기상 이변에 대하여 정치적 책임을 질 희생양이 필요하였다. 그래서 상대등과 시중을 면직시킨 것이다. 따라서 단락은 (13a)의 '秋七月京都大風'부터 시작되어 (13c)의 '上大等信忠侍中金邕免'까지 이어진다.

그 다음에 '免'에서 한 단락이 끝나고 나서, '大奈麻李純'부터는 새로운 문장이 시작될 뿐만 아니라 새로운 단락이 시작된다. '免'과 '大' 사이에는 단락의 경계가 있다. 그러므로 (13a~c)는 (13')으로 번역되어야 한다.

---

15) 「원가」를 가르치다가 하도 이상하여 『삼국사기』를 보았다. 그랬더니 이렇게 되어 있었다. 『삼국유사』의 (12a)가 '免(면)' 자를 빠뜨린 것이었다. 서정목(2015d)에서 이 해석을 하고서는 새로운 발견을 한 것으로 알고 의기양양해 있었다. 그 논문을 투고했을 때 한 심사자가 양주동(1942, 1981)에도 그런 해석이 있다고 지적하였다. 바로 찾아보았더니 그 책(1981:609-11)에는 『삼국사기』 권 제9 「경덕왕」 22년의 '八月桃李再花上大等信忠,侍中金邕免大奈麻李純---'에서, 선사(禪師)가 '免'을 빠뜨리고 『삼국유사』에 옮겨 적었다고 되어 있었다. 그 책은, 또는 시중의 이름을 '金邕免(김옹면)'으로 읽었을 수도 있다고 하여 우리를 빙긋이 웃게 한다. 그러니까 '免(면)'에서 한 문장이 끝나고 '大奈麻(대내마)'부터는 다른 문장이 시작되는데 이 '免'을 보지 못하고 마치 '상대등 신충이 시중 김옹(면)과 대내마 이순이라는 두 벗과 함께 세상을 피하여 산에 들어 간 것'처럼 적었다는 것이다. 저자는 『고가연구』도 제대로 안 읽어 보고 향가를 공부한 사람이기에 무척 창피한 일이었지만, 『삼국유사』의 (12a)가 『삼국사기』의 이 기록에서 '免' 자를 빠뜨렸다는 것을 발견했을 때의 나의 기쁨은, 『삼국사기』 권 제8 「신문왕」 조 687년 2월의 '元子生'과 691년 3월의 '王子理洪'에서 '元' 자와 '王' 자가 글자가 달라서 이 둘이 다른 사람이라는 것을 발견했을 때의 기쁨과 더불어 생애의 크나큰 기쁨으로 남을 것이다.

(13') 가을 7월 서울에 큰 바람이 불어 기와를 날리고 나무가 뽑혔다. 8월 복숭아와 오얏이 다시 꽃이 피었다. 상대등 신충과 시중 김 옹이 면직되었다.

　　대내마 이순은 왕의 총신이 되었는데 홀연히 하루아침에 속 세를 피하여 산으로 가서 여러 번 불렀으나 나오지 않고 머리를 깎고 중이 되어 왕을 위해 단속사를 짓고 살았다. ─────

(13') 속에는 763년[경덕왕 22년] 8월에 일어난 일 두 가지가 서로 다른 단락으로 나뉘어 적혀 있다.

첫째 일은 상대등 신충과 시중 김옹이 면직된 것이다.[16] 분명하게 적 힌 것은 아니지만 그 문장의 앞의 내용을 보면 기상 이변에 대한 정치 적 책임을 지고 최고위 관직 두 명이 면직된 것으로 보인다. 『삼국사기』 에는 상대등과 중시{시중}의 임면 기사는 자주 등장한다.

둘째 일은 대내마 이순이 괘관하고 피세하여 중이 되어 단속사를 짓 고 살았다는 것이다. 여기에 (13d)를 고려하면 누군가가 왕이 여러 번 불러도 안 나왔는데, 후에 왕이 음악을 좋아한다는 말을 듣고는 와서 올바른 정사를 간언(諫言)하였다는 것이다.

이 문맥에서 왕이 음악을 좋아한다는 말을 듣고 성문에 와서 간한 사 람이 이순이겠는가? 아니면 신충, 김옹, 이순 세 사람이겠는가? 만약 세 사람이 벼슬을 버리고 피세하여 지리산에 은둔하였다면 (13d)에서 말하 는, 후에 왕이 음악을 좋아한다는 말을 듣고 궁문에 와서 걸(桀) 임금, 주(紂) 임금의 고사를 들어 간언을 하는 사람은 누구여야 하는가? 세 사 람이라야 한다. 그러나 '왕이 그 말을 듣고 감탄하여 곧 음악을 좋아하

---

16) 경덕왕 6년[747년]에 중시(中侍)라는 관직 명칭을 시중(侍中)으로 고쳤다.

는 것을 그치고 그를 정실로 이끌어 왕도의 묘리와 세상을 다스리는 방책을 설하는 것을 듣기를 며칠 동안 하였다.'는 문맥에서 '그(之)'는 한 사람으로 보이지 세 사람으로 보이지 않는다. 그 한 사람은 대내마 이순이다. 절대로 김신충이나 김옹이 아니다. 물론 세 사람 모두 다도 아니다.

(13d)에는 주어가 없다. 이렇게 주어가 없는 문장은 생략된 주어가 있다. 그 생략된 주어는 일반적 주어, '우리' 또는 '그들'이거나 앞에서 언급된 사람이다. 일반적 주어가 올 자리는 아니다. 앞에서 언급된 사람은 명백하게 이순이다. 신충이나 김옹은 상대등과 시중에서 면직된 것으로 이야기가 끝났다. 그 뒤에 그들이 지리산으로 갔다는 말도 없다. 이것을 (12a)처럼 읽었으니 잘못되어도 한참 잘못된 것이다.17) 면밀한 글 읽기의 소중함을 알 수 있다. 이것을 처음 읽어낸 사람이 양주동 (1942, 1981)이고, 이기백(1974)도 그렇게 읽고 있다. 그런데 어찌 아직도 '신충이 괘관하고 지리산으로 피은하였다.'고 번역하고 그렇게 가르치는가? 어찌 신충이 지리산에 들어가서 단속사를 짓고 경덕왕이 면직시킨 것에 대하여 경덕왕을 원망하면서 「원가」를 지었다고 말하는가?

이것이 『삼국사기』에 있는 것 모두이다. 비슷한 기록이 다른 데에는 없다. 이러면 단속사는 이순이 창건한 것이지 신충이나 김옹이 창건한 것이 아니다. 지리산 단속사 터에서 신충의 흔적을 찾는 것은 어리석은 일이다. 더욱이 「원가」의 흔적을 찾아 단속사 터를 답사하는 것은 잘못된 일이다. 지리산 답사에서 산청의 단속사 터 부근을 지나면서 「원가」를 지은 신충이 창건한 단속사 터가 여기라고 가르치면 안 된다.

---

17) 그러나 이 잘못을 일연선사가 범한 것은 아니다. 일연선사는 다른 사람이 잘못 적은 것을 옮겨 놓은 것으로 보인다.

그런데 그 틀린 책임이 『삼국유사』에 있다 하기 어렵다. 얼핏 보면 일연선사가 『삼국사기』를 잘못 읽은 것 같지만 그래도 『별기』의 내용과 달라서 둘 다 실어 둔다고 하였으니 일연선사의 책임이라 할 수 없다. 그 책임은 『삼국사기』와 『별기』의 차이를 꼼꼼히 따져 보고 역사적 사실에 따라 어느 것이 옳은 것인지 판정했어야 할 현대 한국의 연구자들에게 있다.

(12b)는 신충봉성사에 대한 기록이 있는데 이 신충은 경덕왕보다 100년쯤 더 전인 신문왕 때, 그것도 신문왕의 전생의 일이므로 이 신충과 그 신충은 동명이인이 분명하다는 것이다.

이는 옳은 말이다. 신충봉성사에 대한 기록은 『삼국유사』 권 제5 「신주 제6」 「혜통항룡」 조에도 있는데 요약하면 (14)와 같다.

(14) a. 처음에 신문왕이 등창이 났다[初神文王發疽背]. 혜통에게 방문해 주기를 청하였다[請候於通]. 혜통이 이르러 주문을 외니 일어나 움직였다[通至 呪之立活].

b. 이에 말하기를[乃曰], 폐하께서 전생에 재상의 몸이 되어 잘못 재판하여 착한 사람인 신충을 노예로 만들었습니다[陛下曩昔爲宰官身 誤決臧人信忠爲隷]. 신충이 원한이 있어 생생이 보복을 하고 있습니다[信忠有怨 生生作報]. 지금의 나쁜 등창도 또한 신충의 소행입니다[今玆惡疽亦信忠所]. 마땅히 신충을 위하여 가람을 창건하여 명복을 빎으로써 이를 풀어야 할 것입니다[宜爲忠創伽藍 奉冥祐以解之].

c. 왕이 깊이 그러하다고 여겨 절을 창건하고 신충봉성사라고 이름을 지었다[王深然之創寺 號信忠奉聖寺].

d. 절이 이루어지자 하늘에서 노래가 있어 말하기를[寺成 空中

唱 云], 왕이 절을 창건하니 고통에서 벗어나서 하늘에 태어나 원한이 이미 풀렸도다 하였다*[혹 다른 책은 이 일을 「진표전」에 싣고 있으나 이것은 틀린 것이다.]*[因王創寺 脫苦生天 怨已解矣*[或本載此事於眞表傳中 謬*]. 그로 말미암아 그 노래 들린 땅에 절원당을 지었다 [因其唱地 置折怨堂]. 절원당과 신충봉성사는 지금도 있다 [堂與寺今存]. 〈『삼국유사』 권 제5 「신주 제6」 「혜통항룡」〉

(14)의 기록은 섣불리 말하기 어렵지만 효성왕의 조부 31대 신문왕에 대한 그 시대의 평가가 어떠했는지를 간접적으로 말해 준다. 물론 전생의 일이라는 방패막이를 설치하고 있지만 신문왕이 전생에서 재판을 잘못하여 애매한 신충을 벌주어 노예로 만들었다는 것이다. 신문왕은 전생에도 좋지 않은 재상이었다. 그런 사람이 이승에 와서 다시 '김흠돌의 모반'으로 아버지의 수많은 신하들을 죽였다.[18] 그에 대한 평가가 신라 시대에도 안 좋았음을 보여 주는 것이 전생에 범한 잘못까지 끌어다 대어 비판하고 있는 이 기록이다.

저자의 신문왕에 대한 평가도 아주 안 좋다. 신문왕은 통일 신라에서 가장 나쁜 왕이고 어쩌면 유사 이래 가장 나쁜 왕일지도 모른다. 비교적 훌륭한 왕으로 보이는 문무왕이 이런 개망나니 같은 놈을 장자로 낳다니, 사람의 운명과 팔자는 알다가도 모를 일이다.[19] 그러나 문무왕이

---

18) 신문왕 즉위년[681년] 8월의 '김흠돌의 모반'에 대한 자세한 분석은 서정목(2014a)를 참고하기 바란다. 특히 정명태자와 김흠운의 딸[훗날의 신목왕후] 사이에 혼외자로 태어난 이홍[효소왕], 보천, 효명[성덕왕]의 세 아들의 존재가 이 모반의 직접적 원인이었음을 밝힌 것은 그 책에만 있다. 16년이나 태자비로 있다가 금방 왕비가 된 무자한 딸을 둔 친정아버지가 일으킨 모반이다.

19) 신문왕 정명은 장자일 따름이다. 맏아들이 아니다. 원자가 아니라는 말이다. 장자는, 형이 죽어서 살아남은 아들들 가운데 그 아들이 가장 어른 아들이 되었다는 뜻이다.

통일 전쟁과 대당 투쟁으로 평생을 풍찬노숙하며 대궐을 비웠다는 것을 고려하면, 그에게도 제가를 잘못하여 장자가 저런 짓거리를 하게 한 원인을 제공한 잘못도 있다. 역사가가 이렇게 역사에 죄를 지은 놈들을 준열하게 꾸짖고 올바른 역사를 적어야 오늘날의 집권자들이 나라를 망칠까 두려워하여 조심하게 된다.

『삼국사기』의 역사 기록에 따라 『삼국유사』의 「신충 괘관」 조를 정확하게 읽으면, 그것은 당연하게도 '신충의 효성왕에 대한 겁박, 불충', 그리고 '이순의 피세와 경덕왕에 대한 충성'으로 나뉘어 읽힌다. 신충은 괘관한 적이 없다. '기상 이변'에 대한 정치적 책임을 지고 시중 김옹과 함께 상대등에서 면직된 것이다. 그는 충신이 아니고 효성왕을 죽인 불충의 상징이다. 이에 비하여 이순은 벼슬을 버리고 피세하였다가 경덕왕이 음란한 음악을 좋아한다는 소문을 듣고 성문에 와서 간언한 충성스러운 신하를 상징하는 인물이다.

신충은 성덕왕 말년에 이미 고위직에 있는 노정객으로서 후궁에 빠져 있는 태자 승경[효성왕]에게 다짐을 받고 즉위를 허여하였다. 그러나 효성왕은 즉위 후 후궁에게 빠져서 그 맹서를 지키지 못하였다. 이에 신충은 「원가」를 지어 태자 승경의 즉위를 허여한 것을 후회하고 그를 죽이고 헌영을 즉위시킬 심정을 내비치었다. 「원가」는 정치적 전략의 전환을 읊은 정략가(政略歌)이다.

이순의 괘관과 피세

제1장 이야기 속의 (15a)는, "『별기』에는 '천보 7년[경덕왕 7년[748년]]에 직장 이준*{또는 이순}*이 나이 50에 이르러 벼슬을 그만 두고

단속사를 짓고 20년 동안 살다가 죽었다.'는 기록이 있다."는 것이다.

(15) a. 또『별기』에 말하기를[又別記云], 경덕왕 때에 직장 이준*/『고
　　　승전』에는 이순이라 함/*이 있어 일찍이 발원하기를 나이가
　　　쉰[지명]에 이르면 꼭 출가하여 절을 짓겠다고 하였다[景德王
　　　代 有直長李俊*/高僧傳作李純/* 早曾發願 年至知命須出家創
　　　佛寺]. 천보 7년 무자년에 나이가 쉰에 이르자 조연의 작은
　　　절을 큰 절로 새로 지어 단속사라 이름 짓고 몸은 역시 머리
　　　를 깎고 법명을 공굉장로라 하고 20년 동안 절에서 살다가 죽
　　　었다[天寶 七年戊子 年登五十矣 改創槽淵小寺爲大刹名斷俗
　　　寺 身亦削髮 法名孔宏長老 住寺二十年乃卒].
　　b. 앞의『삼국사』에 실린 내용과 같지 않아 두 가지 다 적어 둔
　　　다. 잘 모르는 것은 뺀다[與前三國史所載不同兩存之 闕疑].
　　　〈『삼국유사』 권 제5 「피은 제8」 「신충 괘관」〉

　『삼국사』의 (12a)와 「별기」의 (15a)가 서로 다른 것이다. (12a)는 '신
충이 두 벗과 더불어 괘관하고 단속사를 지었다.'는 내용이고, (15a)는
'직장 이준{혹은 이순}이 조연의 작은 절을 단속사로 크게 고쳐 짓고
피은하였다.'는 내용이니 다른 것은 틀림없다.[20]
　일연선사 자신은 이 문제에 대하여 (15b)처럼 적었다. '괘관'과 관련
된 이야기가 앞에 적은『삼국사』 소재의 (12a)와 뒤에 적은 「별기」의
(15a)가 서로 달라서 둘 다 적어 두니 '闕疑(궐의)'하라는 말이다. '闕'이
무엇 뜻일까? 이 말의 뜻은 '대궐, 대궐 문, 숙이다(稽: 상고(詳考)하다, 헤

----

20) '조연(槽淵)'은 경상남도 산청군 단성면 운리의 단속사 터 근방에 있던 연못으로 추정
　　된다. 조연석(槽淵石)은 물이 흐르게 돌로 판 홈통을 뜻한다. 남명(南冥) 조식(曺植)의
　　'贈山人惟政(증산인유정)' 시에 '花落槽淵石[꽃은 조연석에 떨어지고]'가 나온다.

아리다), 파다(掘), 빼다'이다. 이 '의문을 궐하다'는 어떻게 번역해야 하는
가? 저자는 '의심스러운 점은 빼고 적지 않는다.'로 이해한다. 이렇게 서
로 다른 두 기록이 있으니 어느 것이 진실인지 모르겠다. 그러니 그 의
심스러운 내용에 대해서는 더 이상 언급하지 않고 넘어간다. 저자는 일
연선사가 사용한 '궐의(闕疑)'가 그러한 뜻일 것으로 본다.[21]

이는 (12'b)와는 대조적이다. 일연선사는 자신이 확신을 가지고 쓴
(12'b)에 대해서는 끝에 '마땅히 상세히 살피어라[宜詳之].'고 덧붙이고
있다.

> (12') b. 「삼화상전」에 의하면 신충봉성사가 있는데 이와 더불어 혼동
> 된다[按三和尙傳 有信忠奉聖寺 與此相混]. 그러나 그 신문
> 왕의 시대는 경덕왕으로부터 백년이나 떨어졌고, 하물며 신문
> 왕과 그 신충의 일은 전생의 일이니, 즉 이 신충이 아님이 분
> 명하다[然計其神文之世 距景德已百餘年 況神文與信忠 乃宿
> 世之事 則非此信忠明矣]. 마땅히 상세히 살피어라[宜詳之].
> 〈『삼국유사』 권 제5 「피은 제8」 「신충 괘관」〉

그러니 확신을 가지지 못한 채 쓰고 있는 (15)에 대해서는 '의심스러

---

21) '궐의(闕疑)'는 '의심스러운 것에 대해서는 적지 않는다. 즉, 잘 모르는 것에 대해서는
주관적인 판단을 하지 않고 문헌 기록 그대로를 적어둔다.'는 의미이다. 『논어(論語)』
「자로편(子路篇)」에 '군자가 제 알지 못하는 바에 대해서는 대개 빼 놓고서 말하지
않는 법이니라[君子 於其所不知 蓋闕如也].'에 대한 집주 '의심나는 것을 능히 뺄 줄
모르고서 경솔히 대답한 것을 책망하였다[責其不能闕疑].'에서 그 용례를 볼 수 있다.
'의심스러운 것을 빼다'의 뜻은 『논어(論語)』 「위정편(爲政篇)」의 '많이 듣되 의심스러
운 것은 빼고 그 나머지를 삼가서 말하면 허물이 적을 것이며, 많이 보되 위태로운
것을 빼고 그 나머지를 삼가서 행하면 뉘우침이 적을 것이다[多聞闕疑 愼言其餘則寡
尤 多見闕殆 愼行其餘則寡悔].'에서 그 용례를 볼 수 있다. 두 기록을 다 들어 두고
'궐의'라고 쓴 일연선사의 의도는 전자의 뜻에 가깝다.

운 것은 뺀다.'고 할 수밖에 없다. '宜詳之[마땅히 상세히 살피어라]'의 자리에 와 있는 것이 '궐의(闕疑)'이다. '잘 모르는 것에 대해서는 말하지 않겠다.' 정도의 뜻이다.

그런데 어떻게 된 셈인지 대부분의 『삼국유사』 번역서는 '의심나는 점을 없애고자 한다.'는 뜻으로 번역하고 있다.[22] 하긴 그것도 독자가 깊이 생각하면 의심나는 점을 없앨 수는 있을 것이다. 그러나 그 뒤로는 그 의심스러운 점을 없애고자 노력한 사람이 없으니 어쩌겠는가? '궐의'는 '의심스러운 것은 더 이상 말하지 않는다.'는 말이다.

『삼국유사』는 (15a)에서 보듯이, 『별기』에는 이준이 단속사를 창건하였다고 적었다.[23] 그리고 『고승전』에는 이순으로 되어 있다고 하였다. 여기까지는 별 문제가 없다. 그냥 이순과 이준이 동일인이라고 생각하면 된다. 그러나 그 연대를 천보 7년[경덕왕 7년[748년]]이라고 하여 경덕왕 22년[763년]보다 15년 더 앞선 해에 그 사람이 괘관하고 피세하여 단속사를 지은 것처럼 적은 것은 설명하기 어려운 일이다.

『삼국유사』의 (12a)는 『삼국사기』의 (13c)를 잘못 읽고 쓴 것이다. 그

---

22) 이병도(1975:417)에서 '의심을 덜고자 한다.'고 한 이래 김원중(2002:559) '의심나는 점을 없애고자 한다.' 등으로 '의문을 덜다.'로 번역한 책들이 많다. 적절하지 않은 번역이다. '두 가지 기록을 다 실어 두었으니 의문을 덜기 바란다.'는 논리상 맞지 않다. 두 가지 다 실어 두면 후세에 의문만 가중시킬 뿐이다. 일연선사가 두 기록을 다 실어 둘 때는 어느 쪽이 옳은지 판단하지 않고 후세의 독자들에게 판단을 맡긴다는 의미이다. '궐의'는 '의심나는 점은 더 말하지 않겠다.'는 뜻으로 보아야 한다.

23) 이 단속사 터 뒤에 금계사(錦溪寺)라는 절이 있다. 단속사 이름과 관련하여 믿을 수 없는 설화가 있다. 원래 절 이름이 금계사였는데, 수많은 신도에 몸살을 앓던 주지가 금강산 유점사에서 온 도승(道僧)에게 신도를 줄일 수 있는 방법을 묻자 그 도승은 절 이름을 단속사(斷俗寺)로 바꾸라고 했다 한다. 그렇게 하니 그때부터 속세의 신도들이 발길을 끊었고 절은 불에 타 망하였다. 이는 '이순이 속세를 등지고 피은하여 수도할 절을 짓고 이름을 단속사로 하였다.'는 『삼국유사』의 기록과 다르다. 아마도 앞의 설화가 잘못된 것이리라. 궐의(闕疑)한다.

렇지 않고 다른『삼국사』가 있었다면 그 책이 (13c)처럼 되어 있지 않고 '신충이 두 벗 김옹, 이순과 더불어 피세하여 단속사를 지었다.'고 되어 있었을 것이다.『삼국사기』에는『삼국유사』의 (12a)처럼 '신충이 두 벗과 더불어 괘관하고 피은하였다.'는 기록이 없다.

일연선사가 '궐의'한 것을 필자가 추적해 보니 진실은 (12a)가 아니고 (15a)이다. 그러나 연대는, 만약 이준이 이순이라면 (12a)의 763년이 진실이고, (15a)의 748년이 잘못된 것이다.[24] 단속사를 이순이 지은 것이 확실하다면 763년이 진실이고 748년이 잘못된 것이다. 만약 748년이 옳고 763년이 틀렸다면 단속사를 지은 사람은 이순이 아니고 이준이라야 한다. 그러나 단속사를 지은 것은 이순일 것이다. 이준은 단속사를 짓지 않았을 것이다. 왜 그런가?『삼국사기』가 그렇게 적고 있기 때문이다.『삼국유사』는 여기에 관한 한 잘못한 것이 없다.『삼국유사』는『별기』가 그렇게 적고 있다고 인용하였을 뿐이다.『별기』가 잘못되었을 확률이 큰가,『삼국사기』가 잘못되었을 확률이 큰가? 당연히『별기』쪽에 혐의를 둘 수밖에 없다.

이제「신충 괘관」후반부의 (12a)는, 신충이 상대등에서, 김옹이 시중에서 면직된 것이 이순이 괘관하고 피세한 것과 거의 동시인 763년 8월에 일어남으로써 두 이야기를 섞어서 '신충이 김옹, 이순 두 벗과 더불어 괘관하고 피은한 것처럼 잘못 만들어진 조작된 이야기'이라는 결론에 이르렀다. 이렇게 한 것이 일연선사의 실수라 하더라도 선사에게

---

24) 이순의 괘관 연대가 경덕왕 7년[천보 7년]일 수도 있다. 혹시 괘관한 사람이 천보 7년의 직장 이준과 경덕왕 22년의 대내마 이순 두 사람일 수도 있다. 현재로서는『삼국사기』의 기사대로 할 수밖에 없다. 그것은 경덕왕 22년에 대내마 이순이 괘관하고 피세하여 지리산에 들어가 단속사를 지었다는 것이다. 신충은 단속사와 아무 관련이 없다.

는 책임이 없다. 일연선사는 "『별기』에는 '{이준, 이순}이 조연의 소사를 고쳐 지어 대찰로 만들어 단속사를 창건했다.'고 되어 있다."고 적었다. 그리고 앞 기록과 뒤 기록이 달라서 둘 다 적어 두고 '궐의한다'고 하였다. 설사 앞의 내용이 『삼국사기』를 잘못 읽어서 나온 것이라 하더라도 뒤에 『별기』의 다른 내용을 붙이고 '둘이 서로 달라서 궐의한다.'고 했으니 선사는 할 일을 다 하였다.

애초에 이찬[2등관위명] 신충과 대내마[10등관위명] 이순이 벗이라는 말 자체가 성립되지 않는 말이다. 요새로 치면 장관을 거치고 총리를 지낸 국회의장급 인물이 6급 주사 정도의 중간급 공무원과 친구가되어 함께 피세하였다는 말이니 상식에 어긋나는 이야기이다. 정상적으로는 그 앞에서 눈을 들어 제대로 쳐다볼 수도 없는 위계의 차이가 있다. (15a)가 왜 연대를 천보 7년[748년]이라고 잘못 적었는지는 아직알 수 없지만 그것은 『별기』의 오류로 볼 수밖에 없다.

'신충이 괘관하고 두 벗과 더불어 산에 들어가 단속사를 짓고 속세의더러움을 피하여 은둔하여 산 것처럼' 잘못된 해석이 70여 년 이상 이땅의 학계를 지배하고 있는 것은 무슨 까닭일까? 그것은 이 '궐의'를 '의문을 덜기 바란다.'로 번역하여 '의문을 풀기 바란다.'로 이해하고, 마치'의문이 다 풀린 듯이' 의문을 제기해 보지도 않은 우리 세대에 그 책임이 있다.

'궐의(闕疑)'는 '의심스러운 것에 대해서는 언급하지 않는다.'는 동양전래의 미덕이다. 『논어』에 그렇게 되어 있다. 『삼국사기』, 『삼국유사』에는 동양 고전 특히 『논어』에서 인용해 온 문구들이 많이 있다. 이때의 '闕'은 '빌 궐'이다. '궐위(闕位)는 어떤 자리가 비어 있음'을 뜻하는 말이지 않는가. 우리 세대가 '궐의'를 잘못 읽어 크게 의심스러운 점을 남긴 것이다.

〈**단속사 동서 삼층 석탑:** 35대 경덕왕 22년[763년] 8월 이순이 괘관하고 피은하여 조연(槽淵)의 소사(小寺)를 다시 지어 큰 절로 창건한 단속사(斷俗寺)가 있던 자리이다. 경남 산청군 단성면 운리에 있다. 사진: 산청 단속사 터 뒤에 사는 고교 동기 이상두 교수가 보내 주었다.〉

〈단속사 당간 지주: 남명 조식은 '贈山人惟政[스님 유정에게 주는 시]'에서 다음과 같이 읊었다. "花落槽淵石[꽃은 조연의 돌에 떨어지고]/ 春深古寺臺[봄은 옛 절 축대 위에 깊었네]/ 別時勤記取[헤어지는 때 잘 기억하시게]/ 靑子政堂梅[정당매 푸른 열매 맺는 이 때를]. 槽淵小寺, 조연의 작은 절, '槽淵'은 단속사 앞에 있던 작은 연못이라고 한다. 사진: 이상두 교수 제공〉

거듭 말한다. 김신충은 괘관하고 피은한 적이 없다. 그는 효성왕을 겁박하여 즉위 후에 후궁과의 관계를 끊고 새어머니의 친정 세력과 손잡을 것을 강요한 권세가이다. 그가 상대등에서 면직된 것은 피은과 관런이 없다. 그는 자연 재해에 대한 정치적 책임을 지고 시중 김옹과 함께 면직되었을 뿐이다. 그가 단속사를 창건한 것이 아니다.

〈政堂梅: 정당매로 유명한 이 지역에 터 잡고 후학을 기른 남명 조식은 '단속사(斷俗寺) 정당매'에서 다음과 같이 읊었다. "寺破僧贏山不古[절 무너지고 중 흩어지니 산도 예 같지 않은데]/ 前王自是未堪家[이로 보면 전조 임금 집안 잘못 다스렸네]/ 化工正誤寒梅事[하늘이 추위 이기는 매화 지조 그르쳤으니]/ 昨日開花今日花[어제도 꽃 피우고 오늘도 꽃을 피웠구나]." 집안 단속 잘못한 전왕조의 임금은 30대 문무왕일까, 31대 신문왕일까? 결구(結句)는 이 절에서 공부하여 여말에 급제하고 조선초까지 승승장구한 강회백(姜淮伯)을 풍자한 것이라 한다. 신충이 양조에 총애가 두드러졌다는 말과 어찌 그리 합치하는가? 두 정부에 벼슬 사는 것이 일상이 된 지금 어디서 매화를 찾으리오만, 남명은 무엇을 알고 있었음에 틀림없다. 사진: 상목 동생이 찍었다.〉

나이 50이 되어 벼슬을 버리고 지리산에 피은하여 단속사를 짓고 경덕왕의 복을 빈 사람은 신충이 아니라 이순이다. 그리고 단속사의 법당 벽에 그려져 있던 진영은 신충을 그린 것이 아니라 이순을 그린 것이다. 이순은 입산하여 절을 짓고 좋지도 않은 경덕왕을 위하여 복을 빌고, 경덕왕이 음란한 음악에 빠져 정사를 그르친다는 말을 듣고는 득달같이 대궐 문에 쫓아와서 걸왕과 주왕처럼 이 나라를 망치려 하느냐고 간언한 충성스럽고 충직한 신하이다.

그러나 그는 왕을 잘못 만난 신하이다. 충성은 아무 데나 하는 것이 아니다. 옳지 못한 왕, 이복형 효성왕을 죽이고 외가 세력에게 업혀서 왕이 되어 나라를 망친 왕, 통일 신라를 말아먹은 왕, 경덕왕 같은 나쁜 놈에게 충성할 필요는 없다.

그리고 (16)은 일연선사가 지은 찬시이다. 이 시의 내용은 무엇인가? 그것은 어떤 충성스러운 신하가 늙어서 은퇴하여 불가에서 생활하며 지난 날의 임금의 복을 비는 것이다. 임금 같지도 않은 놈의 복을.

(16) 찬양하여 말하기를[讚曰], 공명 못 다 이루었는데 귀밑 털 먼저 세고[功名未已鬢先霜] / 임금 은총 비록 많으나 한평생 바쁘도다 [君寵雖多百歲忙] / 저편 언덕 산 자주 꿈속 들어오니[隔岸有山 頻入夢] / 가서 향불 피워 우리 임금 복 빌리라[逝將香火祝吾 皇]. 〈『삼국유사』 권 제5 「피은 제8」 「신충 괘관」〉

꿈에 저편 언덕 산이 자주 들어온단다. 저승에 대한 꿈을 꾸고 있다. 누구나 나이 들면 피안의 세계를 꿈꾸는 것일까? 개똥밭에 굴러도 이승이 낫다고 하는데. 지나간 날은 좋았다. 우리가 산 시대는 참으로 좋은

시대였다. 1인 소득 100불도 안 되는 세계 최빈국을 10위권의 경제 대
국으로 키우던 시대였다. 식민 통치에 시달리며 나라 밖이 있는 줄도
모르던 무지몽매한 백성들이 온 세상 좋은 곳은 다 돌아다니며 해외여
행을 즐기던 시대였다. 마음만 먹으면 온 세계에서 발간된 언어학 책을
다 보고 우리나라에서 나온 책만큼 깊은 연구가 된 책을 가진 나라는
드물구나. 그들이 시작은 먼저 하였지만 그 이론을 되씹어 가면서 자국
어를 연구하는 데에 응용한 것은 우리 쪽이 더 앞서는구나 하는 긍지를
가질 수 있는 시대였다. 앞으로는 꿈도 못 꿀 그 날들이 그립다.

이 시가 찬양하는 대상이 신충이라고? 어림도 없는 일이다. 절대로
그렇지 않다. 이 시는 이순을 찬양하고 있는 것이지 신충을 찬양하고
있는 것이 아니다.

3. 잣나무가 중심이 아니다

시들던 잣나무의 소생

태자 승경은 왜 신하와 잣나무를 두고 맹서한 약속을 즉위한 후에 지
킬 수 없었을까? 736년[제33대 성덕왕 35년] 가을 태자 시절, 승경은
고위 관리 신충과 잣나무를 두고 '훗날 경을 잊지 않기를 이 잣나무를
두고 맹서하리라[他日若忘卿 有如栢樹].'고 다짐하였다. 그러나 737년 2
월 왕으로 즉위한 후에 신충을 '공신 등급'에 넣지 못하여 맹서를 지킬
수 없었다. 왜 그랬을까?

이 스토리를 해석할 때 가장 중시해야 할 사항은 무엇일까? 일연선사

는 무엇을 말하려고 이 기사를 『삼국유사』에 실었을까? 이에 대한 관점을 바로 세우지 못하면 이 노래에 대한 해설은 잘못된 길로 들어선다. (17a~f)를 보고 어느 항목이 가장 중요한지 곰곰이 생각해 보자.

(17) a. 737년 2월에 제33대 성덕왕이 승하하였다.
   b. 그 몇 달 전인 736년 가을에서 겨울 사이에 태자 승경이 궁정의 잣나무 아래에서 현사(賢士) 신충과 바둑을 두면서 '훗날 그대를 잊지 않으리라.'고 잣나무를 두고 약속하였다. 신충은 일어나 절하였다.
   c. 몇 달 뒤 효성왕은 즉위하였고, 공신들을 상 줄 때 신충을 잊어버리고 등급에 넣지 않았다.
   d. 신충이 이를 원망하여 「원가」를 지어 잣나무에 붙였다. 잣나무가 누렇게 시들었다.
   e. 이를 보고받은 효성왕이 크게 놀라 '내가 만기를 앙장하느라 각궁을 잊을 뻔하였다.'고 하고 신충에게 작을 높여 주고 녹을 올려 주었다. 그러자 잣나무가 다시 살아났다.
   f. 신충은 이로 말미암아 효성왕, 경덕왕 두 조정에서 총애가 현저하였다.

이 스토리에서 가장 중요하고 비상한 일은 무엇일까? 그것은 우리가 믿기 어렵다고 하는 대상이 되어야 한다. 믿을 수 있는 일이야 범상한 일이다. 범상하지 않은 일, 그것은 믿기 어려운 일이다. 무엇을 믿기 어려운가?

'원망하는 노래를 지어 잣나무에 붙였더니 잣나무가 시들었다.'를 믿기 어려운가? '작록을 주니 잣나무가 다시 살아났다.'를 믿기 어려운가? 그럴 수도 있을 것이다. 자연의 법칙에 어긋나는 이 이야기를 믿기 어려운 일이라 할 수도 있다. 그러나 그것은 자연의 문제이다. 자연의 문제는 자연과학자들에게 맡기면 된다. 그들이 해석하는 대로 하면 된다. 그러니 그것은 믿기 어려워도 중요한 일이라 할 수는 없다.

(17b)에는 '상록수인 잣나무가 지니는 영원성을 걸고, 영원히 변치 않을 금석 같은 맹서를 하였다.'가 들어 있다. 이것이 이 이야기의 시발점이다. 그런데 이 문장에서 '잣나무'가 중요한가, 아니면 금석 같은 '맹서'가 중요한가? 당연히 '맹서가 중요하다. '맹서하면서 한 약속' 그것이 이 문장의 핵심어이다.

'잣나무'는 맹서를 보증하는 증거물로서 보조적 소재에 지나지 않는다. 『시경』「왕풍」편의 부「대거」에 유래하는 이 맹서하는 약속은 '유여교일(有如曒日[밝은 해를 두고 맹세한다].)'는 말로 동양 전통 사회에서 관용구화 되어 있었다. 이것은 이 스토리의 '유여백수(有如栢樹[잣나무를 두고 맹세한다].)'에 나오는 '잣나무'도 '밝은 해'와 같아서 얼마든지 다른 말로 바꾸어 쓸 수 있음을 의미한다. 그것이 거칠부, 김춘추가 사용한 '교일(曒日)'이든, 태자 승경이 사용한 '백수(栢樹)'이든, 백제 장군 윤충이 사용한 '백일(白日)'이든 아무 문제가 되지 않는다.

그 맹서에 속아 고구려 보장왕도 가두었던 김춘추를 풀어 주었고, 그 맹서에 속아 고타소의 남편 김품석도 대야성 성문을 열고 항복하러 나갔다가 부하들을 죽게 하고 도로 성안으로 들어와 일가족이 자살하였다. 거칠부는 젊어서 고구려에 불교를 배우러 유학 갔다가 만난 스님 스승 '혜량(惠亮)법사'와의 맹서를 지켜 후일 고구려로부터 신라로 온 그를 진흥왕에게 소개하여 진흥왕으로 하여금 혜량법사를 융숭하게 대우하여 승통으로 삼고 백좌강회와 팔관회법을 설치하도록 하였다.

'하룻밤을 자도 만리장성을 쌓는다.'는 스토리에 나오는 여인은 장성 쌓으러 간 남편을 기다렸고, 그 여인과 하룻밤을 보낸 나그네는 그 하룻밤의 맹서로 평생을 그 남편을 대신하여 만리장성을 쌓았다. 나그네와 여인은 무엇을 두고 맹서를 하였을까? 그것은 '돌'이라도 좋고, '하늘'이어도 좋고, '소나무, 대나무, 금강석'이라도 좋다. 무엇이든 변하지 않는 대상이 있으면 우리는 그것을 걸고 절대로 마음 변하지 않을 것을 맹서하고, 또 맹서한다. 그러나 그 맹서를 지키는 것은 또 얼마나 어려웠던가? '지킬 수 없었던 약속, 남자는 울었지. 실패한 사랑에 내 이름을 지우고, 이별 앞에 몸을 숨긴 오빠를 잊어다오. 세월 속에서 오빠는 잘 있단다.' 잣나무, 그것은 보조적 수단일 따름이다.

'「원가」를 지어 잣나무에 붙였더니 그 잣나무가 누렇게 시들었다. 왕이 신충에게 작록을 내리니 그 시들던 잣나무가 다시 살아났다.'가 믿기 어려운가? 하나도 어렵지 않다. 한때는 그것이 참으로 믿기 어려웠다.

『삼국사기』권 제9 「신라본기 제9」 「효성왕」 조에 의하면 효성왕이 즉위한 것은 737년 2월이다. 그리고 신충이 중시가 되는 것은 739년 정월이다. 이 두 연대는 '신충이 효성왕의 즉위를 도왔다. 그런데 즉위 후에 벼슬을 안 주어 「원가」를 지어 잣나무에 붙였다. 잣나무가 시들었다. 이에 효성왕이 놀라 신충에게 벼슬을 주었다. 잣나무가 되살아났다.'고 하는 국문학계의 정설이 틀린 것임을 보여 준다. 이 설명이 왜 틀렸을까?

만약 효성왕 즉위 직후에 신충이 「원가」를 지었다면 그 잣나무는 23개월 뒤에 되살아난 것이 된다. 어떤 잣나무가 2년 동안이나 시들시들하다가 되살아날 수 있을 것인가? 이것이 마산에서 고교 시절 「원가」를 배울 때부터 품고 있던 나의 의문의 출발점이었다. 이것은 진리에 어긋난다. 난초 한 분이라도 키워 본 사람이라면 시드는 난 잎을 다시 되살아나게 할 수는 없다는 것을 안다. 그런데 그 벼슬이 무슨 재주로 2년 동안 시들던 잣나무를 소생시킬 수 있다는 말인가?

그러면 신충은 벼슬 받기 직전인 739년 정월 어느 날 아침에 「원가」를 지었고 대낮에 바로 벼슬을 받았을까? 즉위한 지 2년이나 지났는데 왜 그때 와서야 신충은 효성왕을 원망하는 「원가」를 지었을까? 2년 동안은 그 원망을 어떻게 참고 살았을까?

그나저나 시들던 잣나무가 되살아나는 기적이 일어날 수는 있는 것일까? 그래서 30년 이상을 헤매다가, 2015년 4월 초 서강(西江) 곁 삼개[麻浦] 옛 새우젓 장터 옆에 새로 지은 아파트 단지의 뜰을 지나가면서 나는 소스라치게 놀랐다.

이 아파트는 무슨 연유에서인지 포구나무[팽나무]를 정원수의 주종으로 하고 있었다. 그런데 그 많은 포구나무 중 가운데에 있는 다섯 줄기로 나뉘어 올라간 가장 큰 나무가 4월이 되었는데도 움을 틔우지 않고 있었다. 옆에 있는 다른 포구나무들은 다 새파란 싹이 돋아 새봄을 맞이할 채비를 하고 있는데 유독 이 나무만 앙상한 가지인 채로 쓸쓸하게 서 있었다. 우리는 그 길을 지나다니며, '아깝다. 너무 큰 나무를 옮겨 심었다. 노거수(老巨樹)가 멀리 왔으니 살기 어렵겠다. 아까운 나무만 죽였구나.' 하고 탄식을 하였었다.

그런데 어느 날 조경회사 사람들이 와서 그 포구나무의 줄기에 영양주사를 수없이 꽂고 뿌리에 물을 흠뻑 주어 작은 못을 만들어 놓았다. '에이, 그런다고 이미 죽은 나무가 다시 살아날까, 헛일 하고 있다.'고

혀를 끌끌 차고 지나다녔다.

그 날, 내가 놀란 그 날은 그 포구나무가 움을 틔우기 시작한 날이다. '아! 이럴 수도 있구나!' 고등학교 때로부터 치면 50년 묵은 체증이 한꺼번에 해소되었다.[25] 그리고 사흘 동안 아무 것도 못하고 옛날의 강의 카드를 꺼내 놓고 서정목(2015d)를 작성하는 일에 매달렸다.

그러니 이제 남은 믿기 어려운 내용은 (18)에 열거한 것들로 압축된다.

(18) a. 그 태자는 왜 신하에게 잣나무를 두고 맹서하며 약속하였을까?
　　b. 그 태자는 왜 왕이 되지 못할까 두려워하고 있었을까?
　　c. 효성왕은 왜 왕이 된 뒤에 약속을 지키지 못하였을까? 즉, 왜 신충을 공신록에 넣지 못하였을까?
　　d. 효성왕은 잣나무 시듦 사건 후에 어떻게 신충에게 작록을 줄 수 있게 되었을까?
　　e. 궁극적으로 효성왕은 누구이고, 경덕왕은 누구인가? 이들의 관계는 어떻게 되는가?

'태자가 왕이 되기 위하여 신하에게 맹서한 것'이 믿기 어려운가? 그릴 수도 있을 것이다. 그 맹서를 어기고 공신들을 상 줄 때 등급에 넣지 못하여 상을 주지 못한 것이 믿기 어려운가? 그럴 수도 있을 것이다. '효성왕, 경덕왕 두 조정에 걸쳐 총애가 두드러졌다.'를 믿기 어려운가?

---

25) 그 나무가 소생한 후, 다음과 같은 요지의 팻말이 세워졌다. "이 '팽나무'는 제주도 성읍 마을에서 옮겨 온 것으로 300년 이상 된 것이다. 남해안 포구에는 이 팽나무가 한 두 그루씩 서 있다. 그래서 포구나무라고도 한다. '팽나무'라는 말은 '팽' 소리를 내며 대총의 열매가 날아가는 데서 붙여진 이름이다."

아니다. 그것은『삼국사기』가 정확하게 증언하고 있다. 믿을 수 있는 일이다. 그런데 이런 일은 자연의 일이 아니다. 인간의 일이다. 인간의 일은 믿기 어려운 것이 있을 수 있다.

그 믿기 어려운 일이 믿기 어려운 일이 되는 까닭은 무엇인가? 그 일이 우리의 상식을 벗어났기 때문이다. 인간은 불가사의한 동물이고 예측불가능한 동물이다. 우리의 알량한 상식으로는 이해할 수 없는 일이 얼마든지 일어날 수 있는 것이 인간 세상이다. 그런데 상식적인 일이든, 비상식적인 일이든 인간의 일이 일어나는 데에는 인과가 있다. 즉, 원인이 있고 결과가 있는 것이다. 그러므로 아무리 비상식적이어서 우리가 믿기 어려운 일이라 하더라도 그 일의 원인을 찾아내면 그러한 비상식적인 결과가 나오게 된 과정을 설명할 수 있다.

어떻게 하면 이 믿기 어려운 희한한 이야기를 실제 있었던 역사적 사실 속으로 끌어들여 생명을 부여할 수 있을까? 어떻게 하면 이 황당한 이야기를 인간의 삶과 밀착시켜서 재생하여, 일반 독자들이 고개를 끄덕이며 1200년~1300년 전의 서라벌의 정치적 상황과 왕실의 고뇌와 피비린내 나는 골육상쟁의 비참함을 연민의 눈으로 바라볼 수 있게 하는 드라마로 재구성할 수 있을까? 지난 30여 년 동안 1년에 한 번씩 이 노래를 가르치며 나는, 그 주(週)만 되면 궁리하고 따져 보고 공상하면서 밤잠을 이루지 못하고 고뇌하였다.

이제 그 어지러웠던 생각의 흐름을 정리하고 그 생각이 스스로 보여주는 논리적 흐름에 따라 그 시대의 서라벌의 정치적 상황과 정쟁의 흐름을 재생하기로 한다. 우리 죽은 뒤 먼 훗날 다시 누가 있어, 운 좋게 향가를 가르치고 또「원가」를 가르치게 되어 이 문제에 부닥치게 되면,

다시 30년 이상을 생각해야 겨우 지금의 저자가 사고하는 수준에 올까 말까 할 것이다. 그것을 생각하니 그 30여 년의 시간이 너무나 아까웠다. 그래서 저자의 사고를 정리하고 학문 후속 세대들이 이로부터 새로운 생각을 전개하여 그 사고의 부족함을 보완하는 것으로 좀 더 쉽게 공부해 나갈 수 있게 하기 위하여 다시 이 책을 쓰기로 하였다.

역사의 현장과 유적들과의 대화

그 시대의 정치적 상황을 재구성하면서 저자가 가장 조심하였던 것은, 현대적 편견에 사로 잡혀 오늘날 저자가 경험한 좁은 시야로 본 세상을 나도 모르게 그 시대에 투영하고 있는 것은 아닐까 하는 우려이었다. 그러지 않기 위하여 가능한 한 현대적 삶을 버리고 1200년~1300년 전의 그 시대로 되돌아가서 사고하고 생활하면서 평생을 통하여 틈만 나면 경주를 중심으로 이 나라의 온 유적지를 돌아다니고자 하였다.

거기에 가면, 대왕암 앞에 서면 느낌이 왔다. 평생을 아버지 김춘추의 원한, 이복 누나 고타소의 원한을 갚기 위하여 당나라 군대를 빌어다가 백제와 고구려를 멸망시키는 전쟁터에서 풍찬노숙한 문무왕. 그의 사후 속절없이 무너져간 통일 신라의 허망한 꿈. 그 무너져 가는 집안의 아들, 손주들을 보며 비통함에 잠겼을 문무왕의 영혼이 느껴졌다.

그 대왕암에는 자의왕후도 함께 묻혔을까? 자신의 친정 질녀와 친정 손녀가 손자와 증손자의 왕비가 되어 자신의 손자와 증손자들의 왕위 다툼에 결정적인 힘을 발휘하는 외척 세도를 누리는 것을 보고 할머니는 어떤 생각을 하고 있는 것일까?

〈**30대 문무대왕릉:** 대왕암이다. 경주시 양북면 봉길리에 있다. 문무왕은 왜구의 침략을 막기 위하여 그 접근로에 호국사찰을 짓기 시작하고, 임종 시에 그 앞 바다에 묻으라고 유언하였다. 신문왕 2년에 완성된 그 절의 이름이 감은사이다. 사진: 2016년 2월 9일 저자〉

거기를 떠나 929번 도로를 타고 북상하며 감은사 두 탑을 보면, 아버지의 양장 현신들을 다 죽이고 통치에 애를 먹고 있는 신문왕의 못난 행적이 떠올랐다. 무슨 아버지의 은혜에 감사하는가? 돌아가신 아버지의 이름에 욕되는 일이나 안 하면 되지. 할아버지, 아버지가 이룬 가업을 잘 이어나가서 자식들에게 온전히 물려주기나 하면 되지. 은혜에 감사하여 감은사를 세운 것이 아니라 아버지에게 지은 죄를 사죄하기 위하여 지은 것이다. '이견대'에서 용을 보았다고 사기나 치고, 아버지 문무왕과 김유신의 영혼이 자기를 비호하고 있다고 '만파식적' 같은 헛된 상징 조작을 통하여 여론을 호도하고, 온갖 못난 짓만 골라 하는 그의 콤플렉스가 느껴졌다.

〈**감은사 석탑**: 이 탑 뒤의 법당 밑에는 용이 된 문무왕이 드나들 수 있게 동쪽으로 네모난 출입구를 마련해 두었다. 상징 조작도 이 정도면 상상을 뛰어넘는다 할 것이다. 있을 수 없는 일들을 조작하여 만백성을 우중으로 몰아가는 수법이 연면히 이어져 오고 있다. 현대에도 거기에 눈이 멀어 눈물을 흘리며 울부짖는 우중들이 있다. 사진: 2016년 2월 8일 저자〉

감은사 터를 지나 기림사로 들어가면 그 입구에는 원효대사가 거쳐 갔다는 골굴암이 있다. 마애 석불로 유명한 그 암자의 일출은 특별하다. 온 세상의 빛이 모두 그 골짜기로 쏠려드는 것 같은 착각을 하게 한다. 요석공주는 어디쯤 자리 잡았을까? 신문왕의 어가가 이 길을 오간 것은 어떤 연유일까? 알려져 있기는 부왕 문무왕의 왕릉인 대왕암과 부왕이 왜구를 물리치기 위하여 짓다가 완성하지 못한 절을 마무리하여 창건한 감은사에 들르기 위해서이다.

태자 이공을 이미 낳은 신목왕후는 원효대사를 뒷바라지 하고 있는 어머니 요석공주를 몇 번이나 찾아보았을까? 원효대사가 중창한 기림사 대적광전 앞마당엔 아담한 3층 석탑이 있다. 1400년도 더 되었을 그 탑은 모든 것을 알고 있을 것이다.

〈**기림사 대적광전 앞 3층 석탑**: 원효대사가 재건한 이 절 근처에 골굴암이 있다. 어쩐지 요석공
주가 이 근방에 머물렀고 신목왕후는 혼인 전 682년 5월에 어머니를 뵈러 이 근방으로 왔을 것
같은 느낌을 받는다. 그때 신문왕은 이견대에서 대왕암 쪽의 용을 보고 박숙청이 그 바위에 들어
가서 만파식적이라는 희한한 영험을 가진 피리를 얻어왔다고 상징 조작을 하였다. 모든 파도, 걱
정, 근심을 잠 재우는 피리라. 그런 피리 어디 있으면 지금 이 땅에 울리게 하라. 사진 저자〉

기림사 뒷길을 올라 용연 폭포 앞에 가면 그 개울에는 걸터앉기 알맞
은 바위가 있다. 682년 5월 신문왕은 문무왕릉이 바라보이는 '이견대'에
서 용을 보고 '만파식적'과 '흑옥대'를 얻었다. 대궐을 지키던 태자 이공
[효소왕]이 그 소식을 듣고 말을 타고 부왕을 마중 왔다. 태자는 옥대
에 붙은 장식 용을 보고 진짜 용이라고 하였다. 신문왕은 "네가 그것을
어찌 아느냐?"고 물었다. 태자는 "떼어내어 물에 넣어 보소서." 하였다.
그리 했더니 그 장식 용이 진짜 용이 되어 승천하였다. 그곳에 생긴 못
이 용연이다. 용이니 만파식적이니 흑옥대니 하는 것은 다 믿을 수 없
다 할 것이다. 그러나 용연만은 아직도 그 자리에 그대로 있어 이 지어
낸 이야기가 몽땅 거짓말은 아닐 것이라는 미련을 갖게 한다.

〈**함월산(含月山) 용연 폭포:** 기림사 뒤 동해안 감은사에서 월성으로의 최단 접근로 곁에 있다. 소 앞에 앉기 좋은 바위가 있다. 태자 시절의 이공[효소왕]이 682년 5월에 이곳에 왔다. 사진: 2016 년 2월 9일 저자〉

이 설화 속의 효소왕은 몇 살이나 되었을까? 이 설화는 저자에게 효소왕이 687년 2월에 태어났다고 적힌 신문왕의 원자가 아니라는 확신을 갖게 하였다. 그 확신에 『삼국유사』권 제3 「대산 오만 진신」의 '효소왕이 692년에 16세로 즉위하여 702년에 26세로 승하하였다.'는 기록이 더해져서, 부모가 683년 5월에 혼인하기 전인 677년에 효소왕이 태어났다는 사실을 밝혔다. 그 사실이 저자로 하여금 만년의 이 금쪽같은 세월을 통일 신라 정치사를 완전히 새로 쓰는 일에 통째로 바치게 하였다.

〈**월지궁**: 신라의 동궁. 30대 문무왕이 즉위 19년[679년]에 창건하였다. 이 궁에서 31대 신문왕과 김흠운의 딸, 그리고 그 사이에 태어난 32대 효소왕, 보천, 33대 성덕왕이 살았다. 김흠운의 딸이 683년 5월 정식 왕비가 되어 월성으로 떠나고 난 후에는 691년에 태자로 책봉된 이공이 살았다고 보아야 한다. 692년 7월 효소왕이 즉위한 뒤로는 그의 아우 첫 번째 원자 사종이 부군의 자격으로 살았을 것이다. 34대 효성왕 승경도 태자 시절에는 여기에 살았을 것이다. 통일 신라 모든 왕위 다툼이 이 아름다운 궁을 중심으로 펼쳐졌다.〉

아무 것도 하지 않고 은퇴 후 시기를 보내는 것보다 나을지, 아니면 헛일을 한 것인지 알 수 없다. 그것만 아니었으면, '효소왕이 16세에 왕위에 올라 26세에 죽었다.'는 『삼국유사』의 그 기록만 아니었으면 내 만년은 참 편하였을 것이다. 남들처럼 온 세상 돌아다니며 온갖 맛있는 것 먹고, 좋은 경치를 보고, 재미있는 것만 골라 하고, 1주일 내내 골프장에 가 있어도 말할 사람 아무도 없었을 것이다.

그 한 구절이 사람을 붙잡아 이렇게 아무 것도 못하고 밤잠도 못 자고 비참하기 짝이 없는 통일 신라 멸망사를 뒤적이고 있게 만들었다. 모든 것은 그 여자, 요석공주 때문이었다.

〈30대 문무왕 비편: 신라 왕실 경주 김 씨의 먼 선조를 기록하고 있다. 조상이 멀리 화관지후(火官之后)에서 나와 영이한 투후(秺侯)의 제천지윤(祭天之胤)으로 전칠엽(傳七葉)하였다고 적고 있다. 투는 산동성의 성무현을 가리킨다. 투후는 김일제(金日磾, B.C. 134~86)로 흉노 휴도왕의 태자였으나 휴도왕이 죽은 후에 한나라에 잡혀왔다. 김일제는 한 무제의 마감(馬監)으로 일하면서 신망을 받아 김(金) 씨 성을 하사받고 투후로 봉해졌다. 그 후손 상(賞)-당(當) 등이 후를 지내어 7대까지 이어졌다. 평제(平帝) 때 왕망(王莽)이 외척 위(衛) 씨를 숙청하고 실권을 잡은 후 왕망의 이종사촌인 당의 후손들이 귀하게 되었다. 그러나 후한을 세운 광무제에 의하여 왕망의 신나라가 망하자 당의 후손들이 계림(鷄林)과 가락(駕洛)으로 피신한 것으로 보인다. '十五代祖星漢王 降質圓穹 誕靈仙岳 肇臨[15대조 성한왕이 하늘로부터 내려와 신령스러운 선악에 태어나서 시작하였다.]'고 하여 문무왕의 15대조인 김알지로부터 이 땅에 살게 되었음을 적고 있다.〉

그 고개를 넘어 북상하여 월지와 동궁터를 보고 월성에 올라 보면, 그 동궁이 정명태자와 그의 정부 김흠운의 딸, 그들의 혼외 아들 이공, 보천, 효명을 위하여 자의왕후의 청에 의하여 문무왕이 지었을 것이라는 생각이 들면, 바보 같은 문무왕이 죽을 때 무덤도 남기지 말고 화장하여 동해 대왕암에 넣으라고 한 심층 심리를 알 수 있을 것 같았다. 물론 왜구를 물리치는 호국신이 되겠다는 말도 함께 하였겠지만 그의 유조는 이미 그가 삶을 체념한 듯한 느낌을 주고 있다.

그리고 서악동으로 발길을 돌려 태종무열왕릉과 그 뒤의 4개의 왕릉을 보면서, 또 그 왕릉의 주인공들이 위로부터 입종갈문왕, 진흥왕, 진지왕, 흥문대왕 용수일 것이라는 추정을 하면서, 그 밑의 태종무열왕릉과 또 그 아래의 김인문의 묘를 보면, 그리고 김유신의 흥무대왕릉을 보면 느낌이 왔다. 1000년 왕국의 흥망성쇠가 파노라마처럼 스쳐갔다.

〈**서악동 고분군**: 29대 태종무열왕이 즉위한 후 자신의 4대조를 이장하여 모신 곳으로 추정된다. 위로부터 입종갈문왕, 24대 진흥왕, 25대 진지왕, 추존된 문흥대왕 용수가 차례로 묻혀 있을 것이다. 태종무열왕 즉위 후에 아버지 용수를 문흥대왕으로 추존하였고 김인문의 묘비문에 할아버지 문흥대왕[祖文興大王]이라고 적혀 있다. 저 뒤쪽 서형산 뒤에는 멀리 입종갈문왕의 형이자 진흥왕의 외할아버지인 23대 법흥왕의 능이 있다. 사진: 2016년 2월 9일 저자〉

지금은 무디어졌지만, 소백산 너머 단양 신라 적성비 앞에 서면, 젊은 날 죽령 아래쪽에서 남한강의 물줄기를 따라 남에서 북으로 차를 몰고 천천히 흘러가서 군간교(軍看橋)를 지나 온달산성 밑에 이르면, 진흥왕대에 이사부(異斯夫),[26] 비차부(非次夫), 무력(武力) 등이 적성 사람 야

---

26) '異斯夫'는 '苔宗'이라고도 적는다. '苔'는 '이끼 태'이다. 이끼의 중세 한국어 어형은 '잇'

이차(也尒次)의 안내를 받아 죽령을 넘어 적성을 점령하고 북진하는 그림이 떠올랐었다.27)

그리고 그 빼앗긴 계립현(雞立峴[문경]), 죽령 서쪽의 고토를 회복하고자 절치부심하며 군대를 이끌고 남하하여 을아단현(乙阿旦縣)의 온달산성을 공격하다가, 그 가파른 언덕을 오르다가 유시(流矢)에 맞아 말에서 떨어져 숨진 평강왕(平岡王[=평원왕(平原王)]) 공주의 남편 온달의 최후가 떠올랐고, 그의 시신이 담긴 관이 움직이지 않자 공주가 전쟁터에까지 와서 '이제 생사가 정해졌으니, 그만 돌아갑시다.' 하니 관이 움직여 장례를 치를 수 있었다는 『삼국사기』 권 제45 「열전 제5」 「온달」 조의 이야기 (19)가 떠오르고, 가슴 저림이 느껴졌었다.

  (19) a. 전쟁터로 떠남에 즈음하여 맹서하여 말하기를 [臨行誓曰], 계립현과 죽령 이서의 땅을 우리나라로 되돌리지 못하면 돌아오지 않겠다 [雞立峴竹嶺已西不歸於我則不返也].
     b. 드디어 가서 아단성 아래에서 신라군과 싸우다가 흘러온 화살에 맞은 바 되어 길에 떨어져 죽었다 [遂行與羅軍於阿旦城之下爲流矢所中路而死].
     c. 장례를 치르고자 하였으나 영구가 움직이려 하지 않아 공주가 와서 관을 쓰다듬으면서 말하기를 [欲葬柩不肯動公主來撫棺

이다. 여기에 접미사 '-이'가 붙어 '잇기'가 되었다. '異斯'는 '잇'을 음독자로 적은 것이다. '岉'는 '잇'을 적은 훈독자이다.
27) 『삼국유사』 권 제2 「기이 제2」 「효소왕대 죽지랑」 조에는 「모죽지랑가」가 실려 있다. 이 노래의 주인공 죽지랑의 아버지가 삭주 도독사가 되어 춘천 쪽으로 부임하기 위하여 죽지령을 넘어올 때 고개 길을 닦아 주는 거사가 있었다. 죽지랑의 어머니 꿈에 그 거사가 집으로 들어왔고 죽지랑의 아버지 술종공도 같은 꿈을 꾸었다. 사람을 보내어 알아보았더니 거사가 이미 사망하였고 죽은 날과 꿈꾼 날이 같은 날이었다. 바로 그 지역이 죽지령[죽령] 북녘이다.

曰], 죽고 사는 것이 정해졌습니다. 이만 돌아갑시다 [死生決
矣 於乎歸矣] 하니, 드디어 들어서 장례할 수 있었다 [遂擧而
窆]. 〈『삼국사기』 권 제45 「열전 제5」 「온달」〉

　온달 동굴 안의 우물은 산 아래 진을 치고 끈질기게 산 정상에 있는
산성을 향하여 기어오르던 온달의 고구려 군사들이 먹던 물일 것이다.
군간교 아래 드넓은 자갈밭에 설치된 야전 병원에서 치료 받은 군사들
은 고구려 군사들이었을 것이다. 1990년대 후반 어느 날 밤에 그 곳을
지날 때는 마치 부상병들의 신음 소리가 들리는 듯이 북으로 흐르는 남
한강 물이 울었다.
　생각해 보면 이상하게도, 이 산성은 패장(敗將)의 이름을 달고 있고,
그 지방에는 패장을 중심으로 하는 온달 설화가 많이 남아 전해 오고
있다.28) 이 산성에서 온달과 맞서서 새로운 강토 한강 유역을 사수한
신라 장군이 누구였는지 역사와 설화는 전해 주지 않았다. 왜 이렇게
되었을까? 그때도 원래 고구려 백성이었던 지금의 단양군 영춘면 사람
들의 조상들은 새로운 점령자 신라보다는 원래의 주인 고구려를 그리워
한 것일까?

---

28) 온달이 전사한 곳이 서울의 아차산 아래인가, 단양의 아단산성(阿旦山城) 아래인가로
학설이 나뉘어 있다. 글자 차(旦)와 단(旦)의 문제일 것이다. 글자 하나, 획 하나에 역
사가 달라진다. 글자를 중시하되 와(訛)와 오(誤)가 있을 수 있음을 유념해야 한다.
그러나 그것은 한자, 한문을 배우지 못한 우리 세대가 잘 할 수 있는 일이 아니다.
하물며 앞으로 누가 할 수 있겠는가? 중국 사람, 일본 사람이 할 것이다. 그들이 우
리 선조들이 남긴 사서들을 마음대로 농단하는 날이 올 것이다. 이 생각을 하면 모
골이 송연해진다. 여기서는 설화의 분포를 좇아 아단성을 단양으로 비정하였다. 그
러나 평강왕의 공주가 남편의 전사지까지 왔다는 것이 마음에 걸린다. 평양에서 단
양까지 신라 영토를 가로질러 공주가 올 수 있었을까? 아차산 아래라 해도 무방하
다. 온달은 아단성 아래까지 못 가고, 한강을 건너지 못하고 전사했을 가능성도 있
다.

〈**온달산성:** 충북 단양 영춘면에 있다. 온달은 고구려 을아단현이었던 이 산성을 탈환하기 위하여 원정에 나섰다가 유시(流矢)에 맞아 말에서 떨어져 전사하였다. 아내 평강왕 공주가 움직이지 않는 관을 수습하러 전장까지 왔다. 이 성을 사수한 신라 장수가 누구였는지 역사는 전해 주지 않는다. 사진 제공: 단양군청〉

『삼국사기』는 온달이 신라에 빼앗긴 땅을 되찾기 위하여 영양왕에게 군사를 내어줄 것을 상주하는 말 속에 (20)과 같은 내용을 적었다.

(20) 唯新羅割我漢北之地爲郡縣 百姓痛恨 未嘗忘父母之國 [신라가 우리 한강 이북의 땅을 나누어 군현으로 만들어서 백성들이 통한하여 아직도 부모의 나라를 잊지 못하고 있습니다]. 〈『삼국사기』, 권 제45 「열전 제5」 「온달」〉

그렇게 조심하려 하였으나, 온달 산성 답사 때마다 저자의 머리 속에는 군 복무 시절에 들었던 이야기들이 맴을 돌았다. 최전방 부대 주변의 산간 구석구석에 산재해 있는 독립 가옥 사람들이 원래 이북 사람들이어서 그들의 가족이 북한에서 고위직에 오른 사람도 있고, 또 우리 국군에 대해서 우호적이지 않다는 소문들이었다.

〈신라 적성비: 충북 단양 적성면에 있다. 24대 진흥왕 때 고구려 땅으로 진출하는 이사부, 비차부, 무력 등의 이름이 적혀 있다. 적성인 출신 아이차가 공을 세워 벼슬을 주었고, 고구려 사람으로서 신라를 도우면 벼슬을 주겠다는 진흥왕의 약속이 들어 있다. 사진 제공: 단양군청〉

아! 그럴 수도 있겠구나. 원 이북 사람들이 대한민국과 국군에 비우호적이듯이 원 고구려 백성들은 갓 진주한 신라 군대를 점령군으로 보았을 수도 있겠구나. 그러니 신라 적성비가 옛 고구려 사람으로 우리에게 협조하는 자에게는 아이차(也尒次)처럼 대대로 관직을 주고 상을 주겠다는 진흥왕의 약속을 담고, 그런 내용을 담고 거기에 그렇게 서 있지.

그리고 양양에서 소금강을 거쳐 월정사 옆 그 옥빛 냇물을 거슬러 올라 지금의 선재길을 걸으면, 상원사 동종 앞에 서면, 그 동종의 떨어져 나간 종유(鐘乳) 하나를 바라보고 있으면 말로 다 표현할 수 없는 묘한 느낌이 왔다.

〈오대산 상원사 동종: 조선 예종 때 가장 아름다운 소리를 내는 종으로 선정되어 안동부에 있던 종을 상원사로 옮겨왔다. 소백산맥을 넘을 때 움직이지 않아 종유 하나를 떼었더니 움직였다는 설화를 담고 있다.〉

어디를 가도 부닥치는 역사 유적과 설화는 이렇게 현대적 상황과 맞물려 그 시대 우리 선조들의 삶도 또한 인간의 삶이라서 우리와 같은 현실적 삶의 고뇌와 애환을 담고 있을 수밖에 없었을 것이라는 달관적 체념에 이르게 하였다. 민간의, 백성의 역사 인식이 무서움을 깨닫게 한다.

신충은 벼슬을 버린 적도 없고 남악으로 피세한 적도 없다. 그러면 왜 그런 것처럼 가르치고 배우고 있는가? 그것은 앞에서 본 대로 국문학계가 역사 기록, 『삼국사기』와 『삼국유사』의 관련 문장을 잘못 읽었기 때문이다.

태자가 왕이 되기 위하여 신하에게 도움을 청하다니---. 그 태자는 왜 왕이 되지 못할까 두려워하였을까? 이 이야기의 이면에는 신라 중대 정치사의 중요한 비밀들이 숨어 있다. 현재까지 진행된 향가 연구는 이 비밀들을 푸는 데 실패하였다. 그리하여 「원가」라는 의미심장한 노래의 진가(眞價)를 제대로 파악하지 못하고 모두가 논리적이지도, 현실적이지도 않은 논지들을 군맹무상(群盲撫象)하듯이 펼치고 있다.

그리고 한국사 연구 논저들에도 그 당시의 왕실을 둘러 싼 정치적 상황을 제대로 기술한 논저가 없다. 그 결과 태자 승경이 왜 왕위에 오르기 위하여 신충의 도움을 필요로 했는지, 또 즉위 후에 왜 신충을 공신 등급에 넣지 못했는지, 효성왕은 왜 그렇게 불행한 삶을 살았는지, 헌영은 어떻게 형인 효성왕의 태자로 책봉되어 결국 경덕왕으로 즉위하게 되었는지에 대한 제대로 된 답을 아무 데서도 찾을 수 없다.

나아가 왜 경덕왕은 아들을 낳기 위하여 표훈대덕을 상제에게 보내어 여아를 남아로 바꾸어 오게 하는 무리수를 두었는지, 또 그렇게 태어난 혜공왕은 왜 정사를 망쳐 도적이 벌떼처럼 일어나고 결국 김지정의 반란 통에 태후, 왕비와 더불어 고종사촌 형 김양상에게 시해되었는지 등에 관한 답이 아무 데도 없다.

그 결과로 태종무열왕의 후손들이 왕위를 이은 통일 신라가 멸망한 것이 눈에 보이는데도 그에 주목하여 논의를 진행한 논저가 없다. 태종무열왕의 자손들이 왕위를 이은 신라 중대 왕실을 둘러싼 온갖 정치적 쟁투와 골육상쟁의 과정, 즉 통일 신라 망국사가 제대로 파악되어 있지 않은 것이다.

이것을 몰라도 될까? 그 속에는 우리의 삶에 도움이 될 만한 역사적 교훈이 들어 있지 않은 것일까? 그럴 리가 없다. 강력했던 통일 왕조가 고구려 멸망 시기인 668년부터 치면 112년 만에 멸망했는데 그 멸망의 직접적 원인이 없을 리 없고 그 멸망의 사연 속에 후세들에게 교훈이 될 만한 인간의 실수가 없을 리 없다.

이미 앞에서 보았듯이, 「원가」는 '괘관'이나 '피은'과 관련된 것이 아니다. 이 시는 공신록에 들지 못한 것을 원망하고 태자 승경을 도와 준 것을 후회하며 복수의 칼을 가는 정치 공작을 한 노래로 효성왕 즉위 [737년 2월] 직후에 지은 시이다.

상대등 신충이 기상 이변에 대한 정치적 책임을 지고 시중 김옹과 함께 면직된 것은 결코 깨끗한 선비가 안 좋은 왕에게 벼슬하기 싫어서 벼슬을 그만 두고 자연에 은거하여 수신에 전념하는 괘관[의관을 벗어 성문에 걸다, 즉 벼슬을 버리다]이나 피은[속세를 피하여 숨다]이라 할 수 없다.

'신충이 괘관하고 경덕왕 22년 8월 이후에 「원가」를 지었다.'는 이기 백(1974)는 틀린 학설이다. 「신충 괘관」을 '신충이 괘관하였다.'고 번역 한 것은 틀린 것이다. 「신충 괘관」은 '신충이 효성왕에게 불충하였다'와 '이순이 피세하여서도 경덕왕에게 충성을 다하였다'로 나누어 읽어야 한 다. 국문학계로서는 새로운 연구 방향을 설정해야 하는 반성이 필요하 다.

제3장

「원가」의 해독,
시의 내용과 형식

「원가」의 해독, 시의 내용과 형식

1. 해독의 원리

한국어의 통사 구조에 어긋난 해독은 틀린 해독이다

이 시 「원가」는 도대체 어떤 내용의 시이기에 잣나무에 붙였더니 잣나무가 누렇게 시들었다는 거짓말 같은 이야기를 남겼는가? 제1장에서 본 김완진(1980)의 해독이 나오기까지 이 「원가」에 대한 해독은 어떻게 이루어져 왔고 발전해 왔을까? 차례로 살펴보기로 한다.

a는 小倉進平[오구라 신페이](1929)의 해독이고, b는 양주동(1942)의 해독이며, c는 서재극(1972, 1975)의 해독, d는 김완진(1980)의 해독이다. 그 외에도 해독 상에 중요한 전진을 이룬 논저들은 따로 언급할 것이다. 특히 현재로서 가장 타당한 해독으로 인정받는 어형을 남북한 통틀어 가장 먼저 제안한 논저가 어느 것인지를 밝히는 데 주력하였다.

향찰로 표기된 향가 해독의 원리는 무엇인가? 신라 시대 우리의 선조들은 우리말의 어휘 의미소[실사, 즉 체언, 용언 어간, 부사, 관형사]는 한자의 훈을 이용하여 적고, 문법 의미소[허사, 즉 조사, 어말 어미, 선어말 어미, 접사는 한자의 음을 이용하여 적었다.[1] 그러므로 이 표기 원리에 따라 향가를 해독해야 한다. 다만 '善化公主主隱[선화공주님은]', '無量壽佛前乃[무량수불 전에]', '郎也[낭이여]'와 같은 데에 등장하는 한자어는 당연히 훈독하지 않고 한자음대로 읽는다.

어휘 의미소를 적은 것으로 판단되는 한자는 훈을 먼저 생각해야 하고, 문법 의미소를 적은 것으로 보이는 한자는 음을 먼저 생각해야 한다. 그러나 어휘 의미소를 한자의 음을 이용하여 적은 경우도 있고 문법 의미소를 한자의 훈을 이용하여 적은 경우도 있다. 그리고 그 한자의 훈에 해당하는 신라 시대의 우리말 단어가 무엇인지 모르는 경우도 많고 문법 의미소의 음도 그것을 적은 한자의 음과 거리가 먼 것도 많다. 더욱이 한자의 훈을 이용하여 그 한자와는 전혀 다른 어휘 요소를 적은 경우도 있다. 어쩔 수 없이 적절한 융통성이 있어야 한다.

어느 한자가 어휘 의미소를 적었는지, 어느 한자가 문법 의미소를 적었는지, 그것은 어떻게 판단하는가? 그 대답은 간단하다. 최소한 중세 한국어의 문법 질서에 맞게 문장 구조를 파악하고 그 문장 속에서 어느 것이 주어이고 서술어인지, 그리하여 어느 것이 체언이고 용언 어간인지, 조사인지, 어미인지, 접사인지를 결정하면 된다.

고대 한국어 문장 구조가 중세 한국어 문장 구조와 차이가 있다고 하는 사람도 있을 것이다. 그러나 고대 한국어, 특히 신라 시대 한국어는 중세 한국어보다 700년 정도 앞선 것이다. 두 언어 사이에 차이가 있는 것은 극히 일부에 지나지 않는다. 대세에 큰 영향을 못 미친다. 그러므

---

1) '한자 차용 표기'는 적절한 명명이 아니다. 빌린 것이 아니다. 더욱이 훈은 우리 것이다. 음도 그때 우리 선조들의 음이다. '한자 이용 표기'라는 술어가 더 정확하다. 이 장은 요석의 제8장을 거의 그대로 가져 왔다. 그 책과 이 책의 차이점은 시 내용 해설에서 효성왕이 신충을 공신록에 넣지 못한 까닭을 후궁 세력의 영향으로 본 것이다.

로 중세 한국어 문법 질서, 즉 문장 구조와 많이 어긋나는 것은 상당한 논리적 근거가 없으면 틀린 것이다. 그러니 해독을 검토한다는 말은 중세 한국어 문법 질서에 얼마나 어긋나지 않는가를 판정하는 것이다.

중세 한국어 문법 질서는 현대 한국어 문법 질서와 거의 같다. 중세 한국어는 현대 한국어보다 570년 정도 앞선 것이다. 몇 가지 안 되는 문법 변화만 알면, 중세 한국어 문장 구조는 누구나 이해할 수 있는 것이다. 따라서 현대 한국어 문법 질서에 많이 어긋난 해독도 문제가 있는 해독이다.

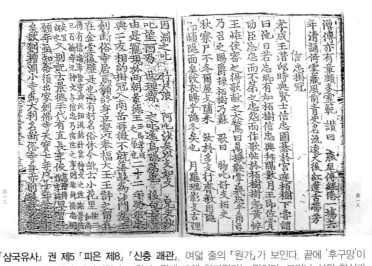

〈『삼국유사』 권 제5 「피은 제8」 「신충 괘관」. 여덟 줄의 「원가」가 보인다. 끝에 '후구망'이라 적어 뒤의 2행이 망실되었다고 한다. 원래 10행 향가였다는 말이다. 그러나 시의 형식과 내용으로 보면 끝의 2행이 망실된 것이 아니라 제5, 6행이 망실된 것으로 파악된다.〉

통틀어 말하여 한국어의 통사 구조에 어긋난 해독은 틀린 해독이다. 그런데 유감스럽게도 지금까지 해독에 종사한 분들 가운데 한국어 통사 구조를 전문적으로 연구한 분은 김완진 선생 한 분밖에 없다. 그것이

향가 해독을 불안하게 만든 근본 원인이다.[2)

2. 해독: 제1행~제4행까지

질 좋은 잣나무가

이 노래는 제1행 제1자부터 문제를 제기한다. '物叱好支'에서 '物'이 무슨 말을 적었는지 알 수 없기 때문이다. 이 '物叱好支'라는 구(句)에서 알 수 있는 것은 '꾸짖을 叱(질)'이 흔히 '-ㅅ'을 적는 데 사용되는 글자라는 것뿐이다. '가지 支(지)'는 원전을 보면 앞 말을 훈독하라는 지정문자 '攴(복)'이 아님이 분명하므로 '지, 기, 히' 정도로 읽어야 한다. '物(물)'은 '갓[=것] 물', '좋을 好(호)'는 훈독할 글자로 보인다. '栢(백)'은 '잣 栢'으로 훈독할 글자이다. '史(사)'는 음독할 글자로 보인다.

아직 이 구에 대한 해독은 완성되었다고 할 수 없다. 수많은 서로 다른 해독이 있을 수밖에 없고 의미 파악도 정확하게 할 수 없는 상황이다. 정렬모(1947)는 '문 줄기 잣이'로 '支'를 줄기로 보았다. 홍기문(1956)은 '갓 됴히 자시'로 읽었다. 현재 통용되는 '질, 것' 정도의 단어를 도입한 첫 업적으로 보인다. '갓 物'은 최세진의 『훈몽자회(訓蒙字會)』에 나온다. 유창균(1994)는 '빗 고비기 자시'로 해독하였다.

(제1행) 物叱好支栢史
a. 소창진평(1929) : 것쳐 잣(이)/걷힌 잣이

---

2) 이 장은 서정목(2015d, 2016a 제8장)을 고쳐 쓴 것이다.

b. 양주동(1942) : 믈횟 자시/무릇 잣이란

c. 서재극(1972) : 믈ㅅ 됴히 잣/모든 좋은 잣

d. 김완진(1980) : 갓 됴히 자시/질 좋은 잣이

   (제1행a)는 '物叱好支'를 '것쳐'로 해독하였다. 형식 명사 '갓 또는 것'을 훈으로 하여 '것 物'에 '꾸짖을 叱'을 음 '질'로 읽었다. '好支'는 균여전의 「수희공덕가」의 '喜好尸'를 '깃부어'로 해독하면서 활용어의 아래 붙는 동사 수식의 어미라고 한 것과 같이 처리하여 '-어'로 하고 '尸'는 같은 어미가 두 번 적힌 것으로 보았다(소창진평(1924:106면)). 그리하여 '叱好支'를 '쳐'로 본 것이다. 당연히 따르는 사람이 없다. '잣 栢'은 훈독하였고 '기록 史'는 '시'로 읽어 '잣이'라는 주격형으로 읽었다. '取, 除'를 이용하여 설명한 것으로 보아 '거둔, 걷힌, 떨어진' 등으로 본 것이다.

   (제1행b)는 '物叱好支'를 '믈횟'으로 해독하였다. '物'을 '므'로 음독하고 '叱'을 'ㄹ'을 적은 것으로 보아 '믈'로 해독하였다. '好'는 '흐'이고 '支'의 /ㅣ/와 더불어 '희'를 적은 것으로 보았다. '支'는 초성 /ㅈ/으로 /ㅅ/을 적은 것으로 보았다. 그리하여 '횟'에 대응시켰다. 이해하기 어려운 해독이다. '믈횟'은 '무릇 凡'의 고형으로 본 것이다. '잣 栢'은 훈독이고 '史'는 '시'로 음독하여 주격형으로 보았다. 의미는 '무릇 잣이', '모든 잣이'이다.

   (제1행c)는 '物'은 '믈'으로 음독하고, '叱'은 'ㅅ'으로 해독하였다. '믈'은 '무리 衆(중)'을 뜻하는 말이다. 나중에 접미사 '-ㅣ'가 접미되어 '무리'가 되었다. '둏을 好'를 훈독하고 '支'를 '히'로 음독하여 '됴히'로 해독하였다. '됴홀 好'에 대해서는 어느 정도 정상적인 해독이 이루어졌다. '잣 栢'은 '잣', '기록 史'는 음독하여 'ㅅ'을 적은 것으로 보았다.

(제1행d)는 '物'은 '갓'으로 훈독하고, '叱'은 그 받침 'ㅅ'이며, '둏을 好'를 훈독하고 '攴'를 '히'로 음독하여 '됴히'로 해독하였다. '자시'는 '자 시+ㅣ'로 보아 명사 자체가 '자시'이고 거기에 주격 조사가 통합된 것 으로 보았다. '됴히'라고 해독하고 '둏은'이라는 관형형으로 해석해야 하 는 것이 문제를 남기고 있다.

저자는 (제1행e)로 해독한다. (제1행d)와 같다.

　(제1행)e. 삿 됴흔 자시이/질 좋은 잣나무가

'자시'를 '자시이'로 적은 것은 음수율 때문이다. 제1행은 '삼구육명(三 句六名)'에 따르면 6음절로 되어야 정상이다.3) 그러려면 '栢史'는 '자시 이'로 3음절일 가능성이 높다. 김완진(1980:89)에서는 「찬기파랑가」의 제9행 '阿邪 栢史叱枝次高攴好'를 '아야 자싯가지 노포'로 해독하여 중 세 한국어의 '잣'이 고대 한국어에서는 2음절인 '자시'였을 것으로 상정 한 바 있다. 「찬기파랑가」는 성덕왕 19년[720년] 이후에 지어졌을 것 으로 추정된다.4) 「원가」는 효성왕 원년[737년]에 지어진 것이 틀림없

---

3) '삼구육명(三句六名)'은 「균여전(均如傳)」에 있는 '시는 당나라 말로 구성하되 5언 7자를
　맞추어 다듬고[詩構唐辭磨琢於五言七字], 노래는 우리말로 배열하되 3구는 6자를 맞추
　어 다듬는다[歌排鄕語切磋於三句六名].'는 향가의 형식을 논의한 대목에 나오는 말이다.
　'名'에는 '글자 名'의 훈이 있다. 이것을 김완진(1977)에서는 '10행 향가가 제1행, 제3행,
　제7행의 3구가 6자 즉, 6 음절로 되어 있다.'는 뜻으로 해석하는 학설을 제안하였다.
　현재로서는 가장 타당한 학설로 보인다. 한시의 부(賦)의 형식을 말할 때 '三章(삼장) 章
　四句(장사구)'라는 등의 말을 사용한다. '이 시는 3장(연)으로 되어 있고, 각 장은 4구(행)
　으로 되어 있다.'는 말이다. 이 '章四句'를 감안하면 '3구 6명'이라는 말은 '3구(행)는 6자
　(음절)로 되어 있다.'로 해석하는 것이 타당하다.
4) 「찬기파랑가」는 681년 8월 28일 이승을 떠난 김군관의 제가이다. 그가 역적의 누명을
　벗고 찬양의 대상이 되려면 큰 정변이 있어야 한다. 그 정변은 김순원의 딸이 성덕왕
　의 계비로 들어오는 720년 3월을 기점으로 그 전에 일어났을 것이다. 요석공주와 정적

다. 그러면 이 두 시는 거의 같은 시기에 지어졌다. 그러므로 이 두 시의 '栢史'는 둘 다 '자시'로 해독되어야 한다. 다만 「찬기파랑가」의 '栢史叱'은 속격형 '자싯'을 적은 것이고 「원가」의 '栢史'는 주격형을 적은 것이다. 중세 한국어에서 주격 조사는 '-이'이다. '-가'가 없다. 그러면 '자시'의 주격형은 '자시:'로 마지막 음절이 장음으로 발음되었을 것이다. '자시이'는 이를 표시한 것이다.

이 행의 맨 끝에는 '栢史[자시이]'가 와 있다. '자시'는 체언이다. 그러므로 그 앞에는 이 체언을 수식하는 관형어가 오는 것이 정상적이다. 그 관형어는 '好支[좋-]'을 서술어로 한다. 그러면 그 관형어절의 끝에는 관형어형 어미 '-(으)ㄴ'이나 '-(으)ㅭ'이 와야 한다. 체언 앞에 오는 형용사의 활용형은 관형어형 어미 '-(으)ㄴ', '-(으)ㅭ'밖에 없기 때문이다. 그런데 [-기정]의 의미를 나타내는 '-(으)ㅭ'이 올 자리가 아니다. 이미 '좋은 것'으로 정해져 있기 때문에 [+기정]의 관형어형 어미 '-(으)ㄴ'이 오는 것이 정상적이다. 이렇게 '용언의 관형어형 활용형+체언'의 통합 구성에서 관형어형 어미가 적히지 않는 것은 「헌화가」의 '執音乎手[잡은 손]' 같은 데서도 볼 수 있다.

이제 관형어절의 서술어 '좋은'이 정해졌다. 그러면 그 앞에는 관형어절의 주어가 와야 한다. 그 주어가 '物叱'로 적혀 있는 것이다. 물(物)은 훈독하여 '갓 物'로 해독한다. 의미는 '질, 물건'이다. '叱'은 음독하여 받침 /ㅅ/을 적은 것으로 보인다.

'叱'은 속격 조사 '-ㅅ'을 적는 데 주로 쓰인다. 속격 조사 '-ㅅ'은 체

의 관계에 있었던 김순원이 딸을 성덕왕의 계비로 들인다는 것은 요석공주가 사망하였거나 권력을 상실하였음을 의미한다. 이 문제에 대해서는 우선 서정목(2015b)를 참고하기 바란다.

언과 체언 사이에 나타나는 것이 일반적이고 아주 드물게 관형어절의 주어 뒤에 나타나는 경우도 있다. 그런데 여기서 '叱' 뒤에 오는 말은 '좋을 好'이다. 이 말은 용언이다. 그러므로 이 '叱'은 체언과 체언 사이에 나타난 것이 아니다. 1차적으로는 속격 조사 '-ㅅ'이 아니고 '갓'의 받침 /ㅅ/을 적은 것이다.

그런데 '好攴'는 관형어형으로 활용하였다. 그러면 '갓'이 관형어절의 주어가 된다. 그 뒤에는 속격 조사 '-ㅅ'이나 '-의'가 올 수 있다. '부텻 니릇샨 말쏨', '나의 살던 고향'과 같은 구성이다. 그러나 이렇게 되는 경우는 주로 '부텻 말쏨', '나의 고향'처럼 수식 구성이 이루어지는 경우이다. 이 구성은 '질ㅅ 갓'과 같은 수식 구성을 이루는 자리가 아니다. 즉, 이 자리는 관형어절의 주어가 속격으로 실현된 자리로 보이지는 않는다.

가을에 아니 말라 떨어지매

제2행에 나타난 한자의 음과 훈은 '가을 추(秋)', '살필 찰(察)', '주검 시(尸)', '아니 불(不)', '겨울 동(冬)', '너, 그, 가까울 이(爾)', '집, 마루 옥(屋)', '두드릴 복(攴)', '떨어질 타(墮)', '쌀 미(米)'이다. '너, 그, 가까울 爾'만 문제이고 나머지는 (제2행d)에서 거의 완성된 것으로 보인다. 지헌영(1947)은 'ᄀ술 안ᄃ리옷 디매'로 해독하였다. 정렬모는 '가슬 아니되 움기지메'[1947]로 해독하였고, 'ᄀ슬철 아닌 겨르리 우미기 디매'[1965]로 바꾸었다. 홍기문(1956)은 'ᄀ술 안들 이브리 디매'로 해독하였다.

(제2행) 秋察尸不冬爾屋攴墮米

a. ᄀᆞ슬 안들 갓가어오어 ᄢᅥ러디매/가을 아니 가까워 떨어지매

b. ᄀᆞ슬 안들 이울이디매/가을 아니 시들어지매

c. ᄀᆞ슬 안드리[안들 1975] 오가리[글오히 1975] 디매/ 가을 아
   니 오그라 지매

d. ᄀᆞ슬 안들곰 ᄆᆞᄅᆞ디매./가을에 말라 떨어지지 아니 하매

　(제2행a)는 '秋察尸'를 '훈독+음독+ㄹ'로 해독하여 'ᄀᆞ슬'로 읽었다.
정확하다. 'ᄀᆞ슬'이 치찰음 계통을 중간에 가지고 있으며 말음이 /ㄹ/로
끝났음을 보여 준다. '不冬'은 부사어 '아니'의 고형 '안들'을 적은 것으
로 훈독+음독한 것이다. '爾屋支'을 '가까어오어'라 한 것은, '爾'를 '가
까울 爾'로 훈독하여 '가까어'로 보고, '屋'을 음독, '支'를 '-어'로 읽은
것이다. '支'을 '-어'로 읽은 것은 적절하다 하기 어렵다. 'ᄀᆞᆺ갑-'은 /ㅂ/
불규칙 용언으로 중세 한국어에서도 '갓가ᄫᅥ'이다. 고대 한국어에서는
더 강한 /ㅂ/ 음이 그 자리에 있었다고 보아야 한다. '墮'는 '떨어지-'로
훈독하였고 '米'는 '-매'로 음독하였다. 제1행을 '걷힌 잣이'라고 해독하
였기 때문에 '가을 아니 가까워 떨어지매'와 어울리지 않는다. 가을이
아니 되어 잣이 떨어졌다는 말이 무슨 말인지 알 수 없다. 배경 설화와
너무 거리가 멀다. 내용 파악이 잘못된 것이다.

　(제2행b)는 '爾屋支'를 음독하여 '이울이'로 읽었다. '屋'의 음이 '울'로
발음되었다 하기 어렵다. 중세 한국어에서 이 '萎[시들-]'를 의미하는
단어가 '이ᄫᅳᆯ-'로 /ᄫ/을 가지고 있었기 때문에 신라 시대에는 그 자리
에 더 강한 /ㅂ/ 계통의 음이 유지되어 있었을 것이다. '支'은 '支'로 보
고 부사어형 어미 '-이'를 적은 것으로 해석하여 '디-[墮]'를 수식하는
것으로 보았다.

(제2행c)는 '秋察尸'를 'ᄀ술'로 읽은 것이 특이하다. 중세 한국어 어형 'ᄀ술'보다 더 고형을 상정한 것이다. '察'의 자음이 /△/보다는 더 강한 /ㅅ/에 가까운 자음을 나타낸 것으로 본 것이다. '爾屋攴'를 '글오히'로 읽었다.

(제2행d)는 '攴'을 앞의 '屋'을 훈독하라는 지정문자로 보아 'ᄆᆞᄅ 屋'의 훈을 이용하여 'ᄆᆞᄅ-[乾]'으로 해독한 것이 가장 특징적이다. '墮'는 훈독하여 '디-'로 보았다. 그리하여 '屋攴墮'가 'ᄆᆞᄅ-'와 '디-'를 합쳐서 'ᄆᆞᄅ디-'라는 비통사적 합성 동사를 적은 것으로 보았다. 그 다음에 '爾'를 '곰'을 적은 '錦'의 편방 '帛'의 약자로 보아 '不冬爾'로 붙여 '안들 곰'으로 해독하였다. '아니'를 강조한다는 뜻인데, 중세 한국어에서 '아니 곰'과 같은 어형이 발견되지 않았다는 것이 난관이다.

저자는 (제2행e)로 해독한다. (제2행d)와 같다.

(제2행) e. ᄀ술 안들 ᄆᆞᄅ디매/가을에 아니 말라 떨어지매

이 행의 맨 뒤에는 잎이 지는 것을 뜻하는 '墮米[지매]'가 왔다. 그러면 그 앞에는 부사어구가 와야 한다. 그런데 세 글자 지나서 '不冬[안들]'이 있다. 부정의 부사 '아니'의 고형이다. 그러면 '아니 ---어 지매'가 된다. '---어'에 들어갈 말이 '爾屋攴'인가 아니면 '屋攴'인가의 문제가 제기된다. 'ᄆᆞᄅ 屋'은 훈독하면 동사 'ᄆᆞᄅ-'로 해독할 수 있다.

'秋察尸'은 'ᄀ슗'을 적은 것이다. '주검 尸'는 흔히 관형어형 어미 '-(으)ᇙ'을 적는 데 사용된다. 그러나 여기서는 앞의 '秋察'이 용언이 아니므로 어미로 볼 수는 없다. 그렇다고 조사도 아니다. 'ᄀ슗'의 말음을 적은 것으로 보아야 한다. 「모죽지랑가」에도 '郎也 慕理尸心未 行乎尸

道尸[낭이여 그릻 무수미 녀욿 긿]'처럼 앞의 두 '尸'는 '-(으)ㅭ'을 적었지만 '道尸'은 '긿'을 적은 것이다. 의미는 '가을에 아니 시들매(시들듯이)'이다. 배경 설화 속의 태자 승경이 한 말 '유여백수(有如栢樹)', 즉 '잣나무를 두고 맹세하겠다.'를 시어화한 것이다. '가을에 아니 시듦을 증거로 하여' 정도의 뜻이니 '가을에 아니 시들므로, 가을에 아니 시들듯이'의 뜻이 된다. '爾'는 미해결로 남겨 둔다.

가장 합리적 해독은 '爾屋攴'이 하나의 용언이 되는 것이다. '攴'은 원전에 명백하게 '支'가 아닌 '攴'으로 되어 있다. 그러면 앞 말을 훈독하라는 뜻이다. 그러면 '가깝-' 쪽이 우위에 놓이지만 의미가 통하지 않는다. 그리고 '떨어질 墮(타)'의 '디-'와 '米'의 '-매'의 '디매'와 함께 'V디매'가 되는 것이다. 그런데 그런 용언이 떠오르지 않는다. 대안이 없는 것이다. 대안이 없는 경우에는 기존의 학설 가운데 가장 합리적인 것을 좇는 수밖에 없다.

너를 아름다이 여겨 녀리라 하시므로

제3행에 나타난 한자는 훈독자 '너 汝(여)', 음독자 '늘 어(於)', 훈독자 '많을 다(多)', '두드릴 복(攴)', 훈독자 '닐 행(行)', 음독자 '가지런할 제(齊)', 훈독자 '하여금, 가르칠 교(敎)', 훈독자 '말미암을 인(因)', 음독자 '숨을 은(隱)'이다. 정렬모는 '너 어다기 녀져신은'[1947]로 해독하였다가 '너 어더기 녀져 이신은'[1965]로 바꾸었다. 홍기문(1956)은 '너 어더히 니저 ᄀᆞᄅ친'으로 해독하였다.

(제3행) 汝於多攴行齊敎因隱

a. 너 어듸 녀제 이신/너 어디 가 있느냐
b. 너 엇디 니저 이신/너를 어찌 잊어 있느냐
c. 너다히 녀겨 히신/너처럼 가져 하신
d. 너를 하니져 ᄒ시ᄆ론/너를 重히 여겨 가겠다 하시기에

(제3행a)는 '너 汝'를 훈독하였는데 그 대상이 임금이다. 신하가 임금을 '너'라 할 수는 없을 것이다. '於多支'는 음독하여 의문사 '어듸'를 적은 것으로 보고, '녈 行'은 훈독, '가지런할 齊'는 음독하여 '녀제'로 해독하고 '教因隱'은 '이신'으로 읽었다. 신충이 임금에게 '너 어디 녀져 이신'이라고 물었다는 뜻인데 의미상으로 성립되지 않는다. 중세 한국어라면 '너 어듸 가 잇느뇨'가 될 문장으로, 두 문장의 거리가 너무 멀다.

(제3행b)는 '너 汝'가 목적격임을 분명히 하였다. '於多支'를 음독하여 '엇디'라는 의문사로 해독하였다. '行齊'는 '行'을 '녈 行'으로 훈독하고, '齊'를 음독하여 '저'로 읽어 '니저'로 해독하였지만 의미는 '잊을 忘'을 뜻하는 것으로 보았다. '잊을 忘'을 '녈, 갈 行'의 훈과 '齊'의 /저/ 음으로 적었다는 것은 이해하기 어렵다. '教因隱'은 '이신'으로 보아 의문형으로 보았다. 전체적으로 '너를 엇디 잊고 이신'으로 봄으로써 앞뒤가 맞지 않는 해독이 되고 말았다. 이 해독 '너를 엇디 니저 이신'으로부터 '내가 너를 앞으로 어찌 잊겠는가?'의 뜻이 나오지 않는다. 아마 효성왕이 '내 어찌 너를 잊어?'처럼 말한 것으로 이해하려 한 것 같으나, '어찌 잊어 이신'은 '어찌 (이미) 잊고 있는가?'의 뜻이지 '(앞으로) 어찌 너를 잊어?'로 볼 수 없다. 오히려 '너 어찌 잊고 있는가?'처럼 '너'를 주어로 보는 것이 더 낫다. 물론 그러면 또 신하가 임금을 '너'라고 할 수 있는가? '이신?'처럼 끝낼 수 있는가 등의 문제가 따라온다. 이 해독을 받아

들이는 사람들은 '너'가 임금인지, 신충인지 분명히 해야 한다. 설화를 통하여 보면 '너'는, '너를'로 보면 신충이고, '너가'로 보면 임금이다. 이 것을 분명히 하지 않은 해석은 문맥을 파악하지 못한 해석이다.

(제3행c)는 '多支'를 '-다히'로 보았다. 후치사 '-다히'는 '-처럼', '-다이', '-같이'를 의미한다. 즉 '多'를 음독하고, '두드릴 支(복)'을 '가지 支(지)' 자로 보아 이를 '히'로 음독한 것이다. 이 두 글자의 차이를 중시하지 않은 것이다. 그 이후로 제안된 '-다히, -다비'류의 해독은 모두 이 오독을 받아들인 것이다. 이 해독에서는 '너'를 '잣나무'로 보고 있음이 특이하다. '잣나무같이, 잣나무처럼'으로 이해한 것이다. '너'가 '잣나무'라면 '너같이, 너처럼'이 되겠지만, 이 약속은 태자가 신충에게 하는 것이므로 '잣나무같이'라고 할 말을 '너같이'라고 했다는 것이 적절하지 않다. '너'라고 하면 설화의 내용으로 보아 무조건 '신충'이 될 터인데 왜 갑자기 '너같이'라고 하는지 의미가 통하지 않는다. 설화상의 문맥은 분명히 '잣나무가 아니 시들듯이'이므로 그 잣나무에게 '너같이'라고 한다는 것은 잣나무와 약속하는 것이지 신충과 약속하는 것이 아니다. 차라리 '잣나무가 아니 시들듯이 너와 같이[더불어] 가져'라면 의미는 통한다. 그러나 '-다히'는 '--와 더불어'의 뜻이 아니고 '-답게, -같이, -처럼'의 뜻이다. 이렇게 '多支'을 '-다히'로 해독하는 것은 '支'을 '支'로 본 오독에 기인하는 것으로 의미상의 불통이 생기는 것은 당연한 일이다. 원전에는 이 '支'이 '支'가 아니라 '支'으로 분명하게 적혀 있다.

(제3행d)는 '늘 於'를 훈독하여 '늘'이 대격 조사 '-를'을 적은 것으로 보았다. '多支'의 '支'을 앞의 글자를 훈독하라는 지정 문자로 보고 '多'를 '하-'로 훈독하였다. 이 '하-'는 동사로서 '칭찬하다, 중(重)히 여기다'

는 의미를 가진다고 하였다. 이 '多'를 음독하지 않고 훈독하여, 태자가 신하에게 '앞으로 중히 여기겠다.'는 약속을 한 말로 살려낸 최초의 해독이다. 이제 이 노래는 설화 내용과 합치되는 합당한 해독을 얻게 되었다. '니-'는 지속을 나타내는 요소로 보았다. '敎'는 일반적으로 '-이시-'로 훈독되는데 사동의 '-이-'와 존경법 '-(으)시-'를 적은 것이라 하고 이를 '흐시'로 해독하였다. '因隱'의 '말미암을 因'은 훈독하여 이유를 나타내는 접속 어미 '-므로'로 해독하고, '隱'은 '-ㄴ'으로 음독하였다.

양희철(1997:519)는 '너어납'으로 해독하고 '어'를 '너'의 모음 /어/가 장음임을 표기한 것으로 설명하고 있다. '너'를 '잣나무'로 본 서재극(1974), 금기창(1992)를 따른 것인데, 그러면 '너다이 간다'가 '잣나무처럼 간다.'가 된다. 태자 승경이 신충에게 '너(잣나무)처럼 가져.'라고 말한 것일까? 이는 '유여백수(有如栢樹)'의 해석과 연관하여 실제로 태자 승경이 신충에게 무슨 약속을 어떻게 하였는가를 해결하여야 이해된다.[5] '니져'는

---

5) 양희철(1997:518-19)에는 '汝於多攴'를 논의하면서 "이 문제를 해결하기 위하여, '너다히'(汝於多攴), '너다뵈'(汝於多攴), '너를 하니져'(汝於 多攴行齊) 등으로 끊어 읽은 해독들이 나왔다. 이 해독들 중에서 후자는 그 해독 결과 작품의 의미를 설화의 내용과 거의 무관한 것으로 만들어 버리고, 동시에 다음에 이어지는 '敎因隱(-라 하신)과의 연결에서 '-라' 앞의 의미가 무엇인지를 알 수 없게 만들어 버렸다."고 적고 있다. 후자라 말한 것은 '너를 하니져'일 것이다. 이 논의의 문제점은 다음과 같다. 첫째로, "그 해독 결과 설화의 내용과 거의 무관한 것으로 만들어 버리고"는 사실이 아니다. '너같이, 너처럼'으로 해서 '너'를, 서재극(1974), 금기창1992), 양희철(1999)처럼 '궁정의 잣나무'로 보면 '너(잣나무)같이 가져 하신'이 되어 태자가 잣나무와 약속한 것이 된다. 태자가 잣나무를 청자(2인칭 너)로 하여 잣나무와 대화하듯이 하면서, 옆에 있는 신충에게 간접적으로 약속하였다는 말을 하지 않으려면 '너'를 '잣나무'로 보면 안 된다. 설화를 보면 태자 승경은 '他日若忘卿有如栢樹 [훗날 {경, 그대}를 잊지 않기를 잣나무를 걸고 맹서하리라.]'고 신충과 잣나무를 두고 맹서하며 약속하였다. 신충은 이 '경'을 자유 간접 화법으로 '너'라고 바꾸어 시 속에 넣었다. 그러므로 '해독 결과 설화의 내용과 거의 무관한 것으로 만들어 버리는 것'은 '너다히', '너다뵈', '너어납' 등의 틀린 해독이지, '너를 하니져'라는 해독이 아니다. 둘째로, "다음에 이어지는 '敎因隱(-라 하신)과의 연결에서 '-라' 앞의 의미가 무엇인지를 알 수 없게 만들어 버렸다."도 사실이 아니다. '너를 하니

'닐 行'을 훈독, '齊'를 음독한 것이다. '이시인'은 '敎因隱'을 '이신'으로 해석하고 '因'을 '"-신'의 '-인'을 장음으로 읽는 것을 표기한 것(519면)'이라 하고 있다. 현대 한국어 해석에서도 '하시인'으로 하고 있다.

여기서 양희철(1997)의 '장음'에 대하여 그 진위여부를 밝혀 둔다. 고대 한국어에서 대명사 '너'가 장음이라는 근거는 없다. 중세 한국어에서도 '너'가 장음이라는 논의가 없다. 중세 한국어에서 대명사 '너'는 성조가 특이하다. '너'가 단독으로 사용되면 '평성'이 되어 방점 없이 적힌다. 주격 조사 '-이'와 함께 주격형이 되면 '네'로 적히고 '상성'이 되어 방점이 둘 찍힌다. 이 경우의 상성은 '평성['너']+거성['-ㅣ']'인 것으로 이 '네'가 장음이거나 2음절로 계산되었음을 나타낸다. 그러므로 '너' 자체는 장음이라 할 수 없다. 속격형이 되어 '너의'로 2음절이면 '평성[무점]+거성[방점 하나]', '네'가 되면 '평성', '네의'가 되면 '평성+거성'이 된다. 목적격이 되면 '널'이 되어 '평성'으로 실현되어 방점 없이 적힌다.[6] '汝於'가 '너어'로 '於'가 '너'의 모음이 장음임을 나타낸다고 하려면 '너'가 장음임을 증명해야 한다. 그러나 그 증거를 고대, 중세 한국어에서는 찾을 수 없다.

또 '-시-'가 장음이라는 증거도 없다. 중세 한국어에서 주체 존대 선어말 의미소 '-(ᄋ/으)시-'는 성조가 특이하다. /ᄋ~으/도 알파 성조이

져 ᄒ시ᄆ론'은 'ᄒ시ᄆ론' 앞에 '너를 하니져'가 있다. "너를 하니져' ᄒ시ᄆ론'["너를 중히 여겨 가겠다.' 하신"]은 그 의미가 명확하다. '알 수 없는 것'은 자신이 무지하기 때문이고, '설화 내용과 무관한 것'은 자신이 설화 내용을 잘못 파악하고 있기 때문이다. 이것이 향가 연구의 현주소이다. 지금 저자가 이 분야를 바로 잡지 않으면 앞으로 아무도 바로 잡을 수 없을 것이다. 이 일에 목숨을 거는 이유가 여기에 있다.

6) 김완진(1972:63-64)를 참고하기 바란다. 그 외에도 중세 한국어 음운론을 논의한 논저들에서는 모두 이 현상을 다루고 있다. 그것은 1970년대 이후에는 국어사의 상식에 속한다.

고, '-시-'도 알파 성조이다. 알파 성조는 앞 음절의 성조에 따라 자신의 성조가 결정되는 음절의 성조를 일컫는다. 그리하여 /ᄋ~으/의 바로 앞 음절의 성조가 거성이면 /ᄋ~으/도 거성이 되고, 그에 따라 '-시-'도 거성이 된다. 그리고 거성이 3개 연속하여 나오면 다시 3번째 거성은 평성으로 실현되는 율동 규칙을 따른다. /ᄋ~으/의 바로 앞 음절의 성조가 평성이면 /ᄋ~으/도 평성이 되고, 그에 따라 '-시-'도 평성으로 실현된다.[7] 그러므로 '敎因隱'의 '因'이 장음표시라는 것은 성립되지 않는다.

제1행의 '자시이'에서 본 대로 분명한 장음도 그냥 '栢史'로 적었다. 향찰 표기가 장음까지 표기하였다는 것은 아직 논의된 적이 없다.[8]

현대 한국어 사전 가운데 그 어느 것도 대명사 '너'와 주체 존대 선어말 의미소 '-(으)시-'를 장음으로 표시한 것은 없다. 방언 사전도 마찬가지이다. 저자가 확인한 모든 사전에서 대명사 '너(汝)'와 수사 '너:(四)', 주체 존대 선어말 형태 '-(으)시-'와 명사 '시:(市, 時)'를 구분하여 표시하고 있다. 물론 현대 한국어를 대상으로 한 것이지만 최소한 참고의 대상은 되어야 한다.[9]

저자는 (제3행e)로 해독한다.

---

7) 김완진(1972:49-50)에 중세 한국어에서 '-(ᄋ/으)시-'의 성조 실현에 대한 자세한 기술이 있다.

8) 중세 한국어가 성조 언어이고, 고대 한국어도 성조 언어이었을 것이라는 가설이 일반적으로 통용된다. 현대 한국어도 중앙어는 음장을 가진 언어로 보지만, 경상도 방언은 성조 언어로 본다. 중세 한국어도 상성은 장음임이 확실하고, 거성과 평성 가운데에도 장음이 있다. 그러므로 음장 언어가 성조를 안 가지고 성조 언어가 음장을 안 가지는 것은 아니다.

9) 우리 국어사전들은 친절하게도 표제어의 해당 음절에 :를 찍어 음장을 표시하고 있다. 음장을 말하는 사람이 사전을 확인하지도 않았다면 그것은 불성실한 태도이다. 아마도 시적 율조를 위하여 일상어의 단음도 문학 언어에서는 길게 읽고 장음으로 적을 수 있으며, 장음도 짧게 읽고 단음으로 적을 수 있다고 말할 준비가 되어 있을 것이다. 그럴 수도 있다. 그러면 그렇다는 것을 논증해야 한다.

(제3행) e. 너를 아름다비 너겨 녀리로다 ᄒᆞ시ᄆᆞ론/너를 아름다이 여
         겨 녀리라 하시므로

'汝(여)'는 훈독하면 대명사 '너'이고, 음독하면 '여'이다. 이를 훈독하
여 대명사로 보면 그 뒤에 이어지는 '於(어)'는 무조건 조사를 적은 것이
다. 주격은 '이 是(시)'의 훈을 이용하여 적는 것이 정상적인 향찰이므로
여기서의 '너 汝'는 주어가 아니다. 이 '늘 於'는 목적격 조사를 적은 것
일 가능성이 크다. '늘 어' 할 때의 '늘'이 아마도 '-를'과 관련될 것이다.
중세 한국어에서 '너'의 대격형은 '널'이다. 이 대격형 '널'의 성조는 평
성으로 방점이 없다. 그러나 여기서는 '아름다비'와 어울려 6음절이 되
어야 한다. 그러한 까닭인지 '늘 於'를 사용하여 표기하였다. '너를'로
'汝於'가 하나의 어절을 이룬다.
  그러면 그 다음 '多攴'은 '너를'이라는 목적어를 가질 수 있는 타동사
적 표현의 일부로 해독되어야 한다. 이 행에서 가장 중요한 글자는 바
로 이 '많을 多'이다. '多攴'의 '多'는 음독하면 '다'이지만 훈독하면 여러
뜻을 가진다. 옥편에서 '多'에 대한 훈을 찾아보면 (1)과 같다.

  (1) a. 많을, 많게 할
     b. 나을
     c. 아름답게 여길, 칭찬할, 중히 여길
     d. 전공(戰功)
     e. 마침, 때마침

  위의 (1a~e) 가운데 어느 것이 태자 승경과 신충 사이에 오간 말 속
에 들어 있었겠는가? 누구나 알 수 있다. (1c)가 그것이다. (1c)가 아니라

고 할 사람은 아마 아무도 없을 것이다. 이 훈에 대하여 그 옥편이 붙이고 있는 용례는 (2)와 같은 것이다.

(2) 帝以此多之[황제가 이로써 아름답게 여겼다/칭찬하였다]. 〈후한
서〉

중국 고전에서 임금과 신하 사이에 오가는 말에 나온 '多'는 모두 '공을 치하한다', '아름다이 여긴다', '칭찬한다' 등으로 해석된다. 그러므로 이 글자는 훈독할 글자이지 결코 음독할 글자가 아니다. 저자는 이 행의 '多'를 '아름다이 너기-'라는 동사구로 해독한다. 공이 있는 신하들을 '아름답게 여기고, 칭찬하는' 동사이다. 중세 한국어에서는 '多'가 '하-'나 '많-'의 훈을 주로 가지지만, 이 경우에는 '아름다이 여기다'의 뜻이다.[10] '多'를 음독하여 '어디', '엇디'의 일부로 보거나 '-다히, -다비'의 일부로 본 해독은 다 해독 원리에 어긋난 것이다. 뒤에 오는 '녀-'가 동사임을 감안하여 부사어형 어미 '-어'를 붙여 '아름다비 너겨'로 해독한다. 현대 한국어로는 '아름다이 여겨'의 뜻이다. '두드릴 攴(복)'은 그 앞의 말, 즉 '多'를 훈독하라는 지정문자이다. 그러면 '多'를 훈독한 것으로 끝내고 '攴'은 읽지 않아야 한다. 그러므로 '多攴'은 '아름다이 너기-'라는 타동사구가 된다. '너를 아름다비 너겨'까지가 정상적인 통사적 논리에서 얻을 수 있는 어형이다.

그 다음의 '行齊'의 '갈 行'은 '녜-, 녀-, 니-'의 훈을 가진다. '닐 행'이

10) 김완진(1980:140)에는 '하-'로 훈독하고 "동사로 쓰이는 '多'는 '칭찬하다, 중히 여긴다'의 의미를 가진다. 이렇게 타동사로 쓰인 '하-'를 중세어 자료에서 예증하지는 못하지만, '多'가 나타내는 동사 형태를 달리 상정하기는 어려울 것 같다."라고 정곡을 찌른 설명이 있다.

고전적 훈이다. '가지런할, 단을 혼 상복 齊(제)'는 알 수 없는 글자이다. 현재로서는 이 글자를 어떻게 해독해야 할지 모른다. 이기문(1998: 61-64, 90)에는 「임신서기석(王申誓記石 [552년 또는 612년으로 추정])」의 (3a)의 '之', (3b)의 경주 「남산 신성비(南山 新城碑 [591년])」의 '之', 「갈 항사 조탑기 [758년]」의 '之'가 모두 종결 어미를 적은 것으로, 향찰 표 기의 '-齊'로 연결된다고 하였다.

(3) a. 若國不安大亂世 可容行誓之 [만일 나라가 편안하지 않고 크게 세상이 어지러우면 가히 모름지기 (충도를) 행할 것을 맹서한 다]. 〈「임신서기석」〉
   b. 後三年崩破者 罪敎事爲聞敎令誓事之 〈「남산 신성비」〉
   c. 兒史年數就音墮支行齊 [즈싀 해 혜나삼 허니라] 〈「모죽지랑가」〉
   d. 心未際叱肹逐內良齊 [ᄆᆞᄉᆞᆷᄆᆡ ᄀᆞᆺ 좇ᄂᆞ오라] 〈「찬기파랑가」〉

「모죽지랑가」의 (3c)를 '즈싀 해 혜나삼 허-니-라'로 해독하고, 「찬기 파랑가」의 (3d)를 'ᄆᆞᄉᆞᆷᄆᆡ ᄀᆞᆺ 좇-ᄂᆞ-오-라'로 해독하면 '齊'는 '-라' 정 도의 종결 어미로 해석된다. (3d)는 가능성이 높지만 (3c)는 불안정한 해 독이다. 저자는 「원가」의 이 제3행을 '너를 아름다비 너겨 녀-(리-로)- 다'로 해독하여 '너를 아름다이 여겨 녀리로다' 정도의 뜻으로 해석한다. 즉, '齊'는 종결 어미 '-다'를 적은 것으로 보는 것이다.[11]

---

11) 이 '之'가 국어의 평서법 종결 어미를 적는 향찰이나 이두 글자인지 고전 한문의 문 장의 끝에 나타나는 한문 문법의 어조사인지가 논의 대상이 된다. 고전 한문 문장에 는 문장이 평서문으로 끝났을 때 '之'가 나타는 경우가 많다. 후자라 하더라도 그것 을 이용하여 우리 말 평서법 종결 어미를 적는 글자로 사용하였을 가능성은 열려 있 다. 저자는 향가의 '-齊'가 '-之'처럼 우리 말 종결 어미 '-다'나 그 변이 형태 '-라'를 적는 데에 사용되었다고 본다. 한문 문장이 '之'로 끝난 경우, '之'가 문장이 평서문으 로 끝났음을 나타내는 어조사라는 것을 논증한 것은 정요일(2001)이다. 다만 덧붙일

'教'는 '하여금, 가르칠 敎(교)'의 훈을 가진다. 여기서는 '하여금 敎'로서 '--로 하여금 --하게 하-'의 뜻을 가진다.12) 이두에서 '-이시-'를 적는 데 쓰인다. 사동 접사 '-이-'와 주체 존대의 '-(으)시-'가 통합된 것이다. '因(인)'은 '말미암을 因(인)'으로 '-(으)로'로 훈독할 글자이다. '隱'은 음독자로 '-ㄴ'을 적은 것이다. 전체적인 의미는 '너를 아름다이 여겨 가리로다 하시므로'의 뜻이다.

우러르던 낯이 변하신 겨울에여

제4행의 한자들은 '우러를 仰(앙)', '조아릴 頓(돈)', '숨을 隱(은)', '낯 面(면)', '어조사 矣(의)', '바꿀 改(개)', '옷 衣(의)', '줄 賜(사)', '부를 乎(호)', '숨을 隱(은)', '겨울 冬(동)', '어조사 矣(의)', '입겿 也(야)'이다. 해독하기에 어려운 한자가 하나도 없다. 해독의 발전 과정으로 볼 때 가장 중요한 전진은 정렬모의 '改衣賜乎隱'을 '개이사온'[1947]을 거쳐 '가시샤온'[1965]으로 읽은 것이다. 이탁(1956)도 '가시ㅅ온'으로 읽었고, 서재극은 '가시샤온'[1972]를 거쳐 '가시시온'[1975]으로 해독하였다. 이후 거의 모두 '가시시온'으로 해독하고 있다. 대부분의 해독이 일치한다.

(제4행) 仰頓隱面矣改衣賜乎隱冬矣也
    a. 울워 조을은 ᄂᆞᆺ에 고티샤온들로/우럴어 조아린 낯에 바꾸

것은, 한문 문장 끝의 모든 '之'가 평서법으로 끝난 문장임을 표시하는 것은 아니라는 점이다. 한문 문장 끝의 '之' 중에는 앞의 명사를 되가리키는 대명사 역할을 하는 것도 있다.

12) '敎人如此發憤勇猛向前 [사람으로 하여금 이와 같이 발분하여 용맹하게 전진하게 한다]. <주희>'에서 '敎'가 원래 '--로 하여금 ---하게 한다.'의 뜻으로 사용된 것을 볼 수 있다.

신 들로

b. 울월던 ㄴ치 계샤온딕/우럴던 낯이 계시온데

c. 울월돈 ㄴ치 가시시온 드릭야/우럴던 낯의 변하신 달에야

d. 울월던 ㄴ치 가시시온 겨스레여./우럴던 낯이 변하신 겨울
에여

(제4행a)는 '조아릴 頓'을 훈독하여 '仰頓隱'를 '울워 조을은'으로 읽었
다. '面'은 훈독, '矣'는 음독하여 'ㄴ에'로 '改'는 훈독, '衣'는 음독하여
'고타-'를 적은 것으로 보고, '賜乎隱'은 존경법 '-(으)시-', 문말앞 형태
'-오/우-', 관형어형 어미 '-(으)ㄴ'을 적은 것으로 보았다. '冬矣也'는 '들
로'로 읽었다. 제4행까지를 모아 현대 한국어로 해석해 보면 '걷힌 잣이/
가을 아니 가까워 떨어지매/ 너 어디 가 있느냐/ 우럴어 조아린 낯에 바
꾸신 들로'가 된다. '너'가 떨어진 '잣'이 아닌 한 문맥이 전혀 통하지 않
는 이상한 내용이 된다. 의미 있는 시가 못 된다. 해독이 잘못된 것이다.

(제4행b)는 '仰'을 '우럴-'로 훈독하고 '頓'을 '-더-'와 관형어형 어미
'-(으)ㄴ'을 적은 것으로 보고 '隱'은 '-(으)ㄴ'을 중복하여 적은 것으로
해독하였다. '面矣'는 'ㄴ치'로 읽고 '改衣賜乎隱'을 음독하여 '계샤온'으
로 해독하고 '冬矣'를 /ㄷ/과 /의/의 반절로 보아 '-딕'로 읽었다. 제4행
까지를 모아 보면, '무릇 잣이/ 가을에 아니 시들므로/ 너를 어찌 잊어
있느냐/ 우럴던 낯이 계시온데'으로 연결된다. 제3행이 제1, 2행에 어
울리지 않는다. {'너를 앞으로 잊지 않겠다.' '너를 어찌 앞으로 잊겠는
가?'} 하기에, '우러르던 낯이 계신데'의 뜻이 되어야 하는데 '너를 어찌
잊어 있느냐'라고 함으로써 문맥이 전혀 통하지 않게 되었다.

(제4행c)는 '面矣'를 'ㄴ치'로 속격형으로 읽었다. '改衣'을 '변하-'를

뜻하는 '가시-'에 '賜乎隱'에 의한 '-시-오-ㄴ'이 통합된 것으로 해독하였다. '冬'을 '둘'로 음독하고 '矣也'를 '-애야'로 음독하여 '드래야'로 읽었다. 이 해독의 4개 행을 모아 보면 '모든 좋은 잣/ 가을 아니 오그라지매/ 너(잣나무)처럼 가져 하신/ 우럴던 낯의 변하신 달에야'가 된다. 태자가 잣나무와 대화하면서 '너(잣나무)처럼 가져' 함으로써, 곁에 있는 신충에게 넌지시 알아들으라는 듯이 딴 데를 보면서 약속했는다는 상황을 설정하지 않는다면 이런 류의 해독은 성립할 수 없다. 제3행의 '너처럼'이 틀린 것이다.

(제4행d)는 (제4행 c)와 거의 같고 '冬矣也'의 '冬'을 '겨슬'로 훈독하여 '겨스레여'로 해독한 것만 차이가 난다. 태자 승경과 신충의 잣나무 아래 바둑 두기가 736년 가을에서 겨울 사이의 일이고, 737년 2월에 성덕왕이 승하하고 효성왕이 즉위하였음을 감안하면 '얼굴이 변한 것'은 '가을에 한 약속을 겨울 지나며 잊었다.'는 것으로 해석되므로 '겨울'이 적절하다. 제4행까지를 모아 보면 '질 좋은 잣이/ 가을에 아니 말라 떨어지듯이/ 너를 중히 여겨 가겠다 하시므로/ 우럴던 낯이 변하신 겨울에여'의 뜻이 된다. 문맥이 완벽한 흐름을 갖추게 되었고 시의 뜻이 분명해졌다.

저자는 (제4행e)로 해독한다. (제4행d)와 같다.

(제4행) e. 울월던 ᄂᆞ치 가시시온 겨스레여/우러르던 낯이 변하신 겨
울에여

이 행의 맨 뒤에는 '冬矣[겨울에]'가 와 있다. 계절과 관련되어 있고 처격 조사가 통합되어 부사어가 된 것이다. 마지막의 '也'는 미해결이다.

잠정적으로 음독하여 '-여'로 해 둔다. '-에'로 끝난 부사어구 뒤에 다시 올 수 있는 의미소는 첨사 '-도', '-는', '-만', '-ᄾ' 그리고 '-ㅅ' 정도가 있다. '-여'는 '-ᄾ'에 가장 가깝지만 '-ᄾ'는 주로 '沙'로 적힌다. 종결 어미 '-아/어'일 가능성이 있으나 그러려면 앞에 계사 '이-'가 있어야 한다. 감탄, 호격 조사 '-여'일 수는 있지만 통사 구조상 적절하다 하기 어렵다. '冬'이 체언이므로 그 앞에 온 '隱'은 무조건 관형어형 어미 '-(으)ㄴ'을 적은 것이다. 그러면 그 앞의 '乎'는 무조건 선어말 어미 '-오/우-'를 적은 것이다. 그리고 그 앞의 주체 존대 선어말 어미 '-(으)시-'를 적는 '賜'와 함께 중세 한국어의 '-샤-'에 해당하는 '-시-오-'를 적은 것이다. 그러면 '賜乎隱'은 중세 한국어의 '-(으)샨'에 해당하는 '-(으)시-오-ㄴ'을 적은 것으로 보아야 한다. 이제 그 앞에는 동사 어간이 오거나 아니면 몇 개의 선어말 어미가 올 수 있다. '改衣'가 이에 해당한다. 중세 한국어에서 '-(으)시-' 앞에 올 수 있는 선어말 어미는 '-습-', '-거-', '-더-' 등이 있다. 그런데 '옷 衣'는 훈이나 음이 그 선어말 어미들과 다르다. '改衣' 전체가 동사 어간이라고 볼 수밖에 없다. '改'는 '고치다, 바로잡다'의 뜻을 가진다. 그에 해당하는 말로 '變'을 뜻하는 '가시-'가 있다. '改'를 훈독하여 '가시-'로 보고 '衣'는 말음 '이'를 첨기한 것으로 해독한다.

'面'은 훈독하여 '낯'이다. '얼골'은 낯[面]이 아니고 형용(形容)이다. '矣'는 관형어절의 주어가 속격형으로 나타나는 경우도 있는 중세 한국어의 질서를 감안하여 '-의/의'를 적은 것으로 본다. 향찰이 모음 조화까지 반영할 만큼 정교한 표기법이 아니므로 '어조사 矣(의)'이지만 '-익'를 적은 것으로 본다. 다시 그 앞의 '隱'은 관형어형 어미 '-(으)ㄴ'이다.

'우러를 仰'은 동사이고 '조아릴 頓'도 동사이다. '어간+어간'이 이룬 비통사적 합성어로 보아 '울워-조아리-ㄴ'으로 해독할 수도 있다. 그러나 의미상으로 이 단어는 겨울 아닌 가을에 신충이 태자에게 절하며 약속한 것을 읊고 있다. 따라서 현재의 일이 아니고 과거의 일일 가능성이 크다. 과거의 경험을 나타내는 그런 의미의 선어말 어미로는 '-더-'가 있다. '頓'이 이 선어말 어미와 '-(으)ㄴ'이 통합된 '-던'을 적었을 가능성은 매우 높다. 따라서 이 단어는 '울월던'이 적절하다. 현대 한국어로는 '우러르던'이다. 저자 해독의 4개 행을 모아 보면 (4)와 같이 된다.

(4) 질 좋은 잣나무가
   가을에 아니 말라 떨어지매
   너를 아름답게 여겨 녀리라 하시므로
   우러르던 낯이 변하신 겨울에여

3. 해독: 제5행~제8행까지

달이 그림자 내린 못 가의

(제5행)은 '달 月(월)', '벌일 羅(나)', '다스릴 理(리)', '그림자 影(영)', '두드릴 攴(복)', '옛 古(고)', '다스릴 理', '말미암을 因(인)', '못 淵(연)', '갈 之', '꾸짖을 叱'으로 되어 있다. 작은 차이를 제외하면 해독이 '古理因'에 대하여 '고인' 계통과 '옛' 계통, '나린' 계통으로 나뉜다. '고인'이 가진 가장 큰 약점은 의미상으로 '그림자가 고인다'를 받아들일 수 없다는 것이다. '옛'은 '못'을 '옛'이라는 관형어로 수식한다는 것이 약점이다.

'나린'은 '달 그림자가 못에 내리다.'로 의미는 가장 적절하지만 '古理因'을 '눍-리-ㄴ'으로 해독하여 /ㄱ/을 탈락시키고 '느리-'를 얻어야 하는 것이 난관이다. 정렬모에서 '나린'[1947]을 거쳐 '녜린' [1965]으로 제안되었다. 이탁(1956)의 '그린'이 특이하고, 홍기문(1965)의 '딘'도 독특하다. 김준영(1964)는 '녜리인'으로 해독하였다.

(제5행) 月羅理影支古理因淵之叱
      a. 둘의 그름자 고인 못을/달의 그림자가 고인 못을
      b. 둜 그림제 녠 모샛/달 그림자 옛 못에
      c. 두리 얼히고 다스른 모싯/달이 어리고 다스린 못에
      d. 두라리 그르메 누린 못 곳/달이 그림자 내린 연못 갓

(제5행a)는 '月羅理'의 '月'을 훈독하고 속격형으로 보아 '둘의'로 해독하였다. '影支'를 '그름자'로 훈독하였고 '古理因'을 음독하여 '고인'으로 읽었다. '淵'을 훈독하여 '못'으로 읽고 '之叱'은 대격 조사를 적은 것으로 보았다.

(제5행b)는 '月羅理'의 '月'을 훈독하고 속격형으로 보아 '둜'으로 해독하였다. '影支'를 '그림제'로 훈독하였고 '古理'를 훈독하여 '녯'으로 읽고 '因'을 'ㄴ'으로 보아 뒤의 '못' 앞에서 /ㅅ/이 /ㄴ/으로 자음접변하여 '녠 못'으로 발음되는 /ㄴ/을 적었다고 보았다. '淵之叱'의 '淵'을 훈독하여 '못'으로 읽고 '之'는 훈독하여 '-의', '叱'은 'ㅅ'을 적은 것으로 보아 '-앳'으로 하여 '모샛'을 적은 것으로 보았다.

(제5행c)는 '影'을 '어리고'로 읽은 것이고, '理因'을 '다순'[1972]으로 해독하였다가 '다슬-(으)ㄴ'[1974]로 바꾼 것이다. '달이 어리고 다스린

다'의 의미가 문제된다.

(제5행d)의 '月羅理'의 '드라리'는 '드랄'에 주격 조사 '- l '가 통합된 것이다. '들'이 고대 한국어에서는 2음절 명사로서 '드랄'이었을 것으로 추정하였다. '影支'의 '支'을 앞의 글자를 훈독하라는 지정 문자로 보아 '影'을 중세 한국어의 '그르메'로 훈독하였다. '古理'의 '古'를 훈독하여 '늙-'으로 읽고 '理'를 음독하여 '느라-'를 얻고, 거기에 '因'이 '-(으)ㄴ'을 적은 것으로 보아 '느린'으로 해독하였다. '달이 연못에 그림자를 내렸다.'는 의미이다. 「도천수관음가」의 '古只'도 '느라-'로 해독한 바 있다. '淵之叱'의 '淵'을 훈독하여 '못'으로 읽고 '갈 之'는 훈독하여 '가, ㄱ', '叱'은 '-ㅅ'을 적은 것으로 보아 '못 ㄱ'의 'ㄱ'을 적은 것으로 보았다. 이제 모래가 '못 가에 있는가' 아니면 '못의 물 밑에 있는가'의 차이가 부각된다. '못의 물 밑에 있는 모래'는 달밤에 보이지 않는다. '못 가에 있는 모래'가 제격이다.

저자는 (제5행e)로 해독한다. (제5행d)와 같다.

(제5행) e. 드라리 그르메 느린 못 ㄱ/달이 그림자 내린 못 가의

이 행에 등장하는 소재는 '달', '그림자', '못'이다. 그런데 이들이 모두 체언이다. 그러면 이 문장이 체언으로만 이루어졌을까? 그럴 리가 없다. 체언과 용언이 주술 관계를 이루어야 문장이 된다. 이 행에서 제일 중요한 것은 용언을 찾는 것이다. '달', '그림자', '못'으로 이루어진 문장은 '달 그림자가 못에 V' 혹은 '달이 못에 그림자를 V'일 수밖에 없다. 이제 V를 찾아야 한다. 이 행은 맨 뒤에 체언 '못[淵]'이 나왔으므로 '못'이 수식 대상이 되고 그 앞에는 관형어절이 와 있을 가능성이 크다. '못

[淵]' 앞의 '말미암을 因(인)'은 무조건 관형어절의 어미 '-(으)ㄴ'과 관련되어 해독되어야 한다. '因(인)'은 음독자인 것이다. 그런데 그 음이 '인'이므로 그 앞 의미소가 'ㅣ'로 끝난 것이 되어야 한다. 그러면 '理'나 '古理'가 동사 어간이고 '理'라고 보면 '다스리-' 쪽이 되고, '古理'라고 보면 '古'의 훈 '네'의 옛 어형으로 추정되는 '녀리'나 또 다른 훈 '늙을 古'로 보아 'ㄴ리'가 된다. 'ㄴ린[내린]'이 적절한 해독이라 할 수 있다. '月羅理'는 주격형이다, 'ㄷ랄-이'를 적은 것으로 본다. '影'은 목적어가 되어야 하고 훈독하여 '그르메'가 된다. '攴'는 '影'을 훈독하라는 지정문자이다. 이 행은 '달이 그림자를 내린 못 갓'의 의미로 해석된다.

지나가는 물결에의 모래로다

(제6행)에는 한 글자가 들어갈 공백이 있다. 한자의 음과 훈은 '갈 行(행)', '죽음 尸(시)', '물결 浪(랑)', '두던, 틈 阿(아)', '꾸짖을 叱(질)', '모래 沙(사)', '어조사 矣(의)', '써 以(이)', '가지 攴(지)', '다울 如(여)', '두드릴 攴(복)'이다. 가장 중요한 것이 '阿叱'의 처리이다. 정렬모는 '녈 물앗 모래 씨기닷기'[1947]로 해독하였다가 '녈 믈앳 모릭 빗기듯기' [1965]로 바꾸었다. 홍기문(1956)은 '녈 믌결ᄋ로 몰애의 이기다히'로 해독하였다. 서재극(1972)는 '녈 믌결 아사 그치ᄃ히'로 해독하였다가 (제6행c)로 바꾸었다. 김완진(1980)은 처격 '-아'와 '-ㅅ'으로 보아 '-앗'으로, 유창균(1994)는 '닐 믌결앗 몰기 머믈기다기'로 해독하였다.

(제6행) 行尸浪　阿叱沙矣以攴如攴
　　　　a. 녈 난 씸 모래애 머믈어/지나가는 틈에 모래에 머물어
　　　　b. 녈 믌결 애와티둣/지나가는 물결이 외치듯이

c. 녈 믈ㅅ쉼사 이히 득히/지나가는 물 틈이야 에혜 다히
d. 녈 믌겨랏 몰애로다/지나가는 물결에 대한 모래로다

(제6행a)는 '行'을 훈독하여 '닐, 녈 行'으로 읽고 'ㄹ'을 '-(으)ㄹ'로 보아 '녈'로 해독하였다. '浪'은 음독하여 '난'으로 하였다. '阿'는 훈독하여 '쉼[틈]', '叱'은 불분명하다. '沙'는 훈독하여 '모래', '矣'는 음독하여 처격 조사를 적은 것으로 보아 '모래애'로 해독하였다. '以支如支'는 '머믈어'로 읽었으나 불분명하다.

(제6행b)는 '浪'을 훈독하여 '믌결'로 해독하였다. '阿'는 음독하여 '아'[처격 조사 '-애'], '叱'은 'ㅅ'으로 읽어 '앳', '沙矣'는 'ㅅ'과 '의'의 반절로 보아 '싀', '以'는 '이'로 음독하여, 이로부터 '앳싀-'를 얻었다. 그리고 이것으로 '애와티-'라는 동사를 적은 것으로 보았다. '애와티-'는 '怨[원망], 寃[원한]'의 훈이 되는 중세 한국어 어형이다. 물론 '앳싀-'를 얻는 과정도 틀린 것이고 그로부터 '애와티-'라는 동사를 끌어내는 것도 적절하다 할 수 없다. 특히 /ㅿ/도 아닌 /ㅅ/을 가진 '沙'의 '앳싀-'의 2음절에서 '애와티-'의 2음절 '와'를 도출해 내는 것은 옳은 것이 아니다. '如'는 훈독하여 '둧'으로 읽었다. '支'는 虛字다.

(제6행c)는 '浪'을 훈독하여 '믈'로 해독하였다. '阿'는 훈독하여 '쉼', '叱'은 'ㅅ', '沙'는 '-사'로 읽어 '쉼ㅅ사'를 적은 것으로 보았다. '矣以支如支'는 '이히 득히'로 읽었다.

(제6행d)는 '浪'과 '阿' 사이의 1자 결락된 곳을 중시하였다. 이 자리에 /ㄹ/을 적는 'ㄹ'가 있었는데 결락되었다고 보고 그것이 '믌결'의 마지막 자음 /ㄹ/을 적었다고 보았다. '阿'는 음독하여 '아'[처격 조사 '-애'], '叱'은 'ㅅ'으로 읽어 '앗'[처격+속격]을 얻어 '믌겨랏[물결엣]'으로

읽었다. '믌결'은 중세 한국어에서는 '믓결'로도 적혔다. '沙矣'는 '몰애', '써 以'는 '-로써'의 '-로'로 훈독, '如'는 뒤의 지정 문자 '攴'의 지시에 따라 훈독하여 평서법 '-다'로 읽었다. 중세 한국어에서는 '몰애로다'로 적힌다. 고대 한국어에서는 '몰개로다'이었을 것이지만 '沙矣'에 '몰개'의 /ㄱ/의 흔적은 보이지 않는다.

양희철(1997:540)에서는 "이 경우의 달님 물결 모래는 천상 수면 물밑이라는 수직적 공간을 이루고", "왕과 백성 사이를 연결하는 신하를 상징한 수면은 왕의 정치를 굴절시키면서", "왕의 은총의 부분적 차단이다."라고 하고 있다. 그는 백성인 신충이 효성왕의 좋은 정치를 차단하고 있는 간신들을 원망하는 것으로 시 전체의 의미를 파악하고 있음에 틀림없다. 그 책 546면에서 "'현사'라는 표현으로 보면, 신충은 효성왕과 바둑을 두던 당시까지는 벼슬에 나간 자가 아님을 알 수 있다."고 한 것으로 보아 그는 신충이 효성왕과 약속할 때는 관직에 있지 않았는데 「원가」를 짓고 나서 중시가 된 것처럼 이해하는 과거의 설명들에 의지하고 있음을 알 수 있다. 이찬(伊湌)은 신라 17관위 중 2등관위명이다. 왕자급, 아니면 진골 고위 인사나 가질 수 있는 爵(작)이다. 효성왕은 즉위 3년[739년] 정월에 이찬 신충을 중시로 삼았다. 집사부의 중시는 왕의 최측근으로 기밀 명령 출납을 맡던 관직이다. 2월에 왕자 헌영[나중의 경덕왕]을 파진찬(波珍湌)으로 책봉한다. 왕자도 처음에는 4등관위인 파진찬밖에 안 된다. 3월에 효성왕은 이찬 순원의 딸인 혜명왕비와 재혼하고, 5월에 파진찬 헌영을 태자로 책봉하였다. 그리고 경덕왕은 즉위 16년[757년] 정월에 이찬 신충을 상대등으로 삼는다. 상대등은 귀족회의 의장이다. 상대등은 60대 원로가 맡는 것으로 보이는 최고위 관직이다. 신충이 효성왕 즉위년[737년]에 벼슬길에 나가지 않은 선비라고 보고 이 노래를 해석하는 것은 상식에 어긋난다.

저자는 (제6행e)로 해독한다. (제6행d)와 같다.

(제6행) e. 녈 믌겨렛 몰개로다/지나가는 물결에의 모래로다

맨 마지막의 '如攴'에서 '다울 如'는 종결 어미 '-다'를 적는 글자이다. '攴'은 그 앞의 '如'를 훈독하라는 지정문자이나. '沙矣以攴'의 '以攴'의 '攴'도 그 앞의 말을 훈독하라는 지정문자이다. '써 以'는 '-로서', '-로써'의 훈을 가진다. '-로-'로 해독할 수 있다. 그렇게 하여 선어말 어미 '-로-'와 어말 어미 '-다'가 나오면 그 다음 앞에 있는 것은 계사 '이-'이고 그 앞에는 체언이 온다. 'NP이-로-다'가 되는 것이다. 그런데 '몰개>몰애'는 모음으로 끝난 체언이므로 계사 '이-'가 표면상 나타나지 않는다. 그러므로 '沙矣'의 '矣'는 '몰개'의 말음을 첨기한 것이다. '行尸'에서 '녈 行'은 훈독자이고, '주검 尸(시)'는 관형어형 어미 '-(으)ㅭ'을 적는 글자이다. 그러므로 '녈' 또는 '녋'이 된다. 이 관형어 다음에 올 것은 당연히 체언이다. '물결 浪(랑)'이 그것으로 이 단어는 중세 한국어에서는 주로 '믌결'로 적히고 '믓결'로 적히는 경우도 있다. 그 다음에 한 글자가 결락되어 있고 '阿叱'이 따라 온다. 이 자리는 체언 뒤이므로 무조건 조사 자리이다. '叱'은 '-ㅅ'을 적는 글자이고 '阿'는 훈독하면 '두던, 틈'이지만 여기서는 문법 의미소 자리이므로 음독하여 처격 조사의 고형 '-아'로 해독한다. 그러면 이 자리의 조사는 '-앗'이다. 중세 한국어에서는 주로 '-앳, -엣'으로 적히어 '처격+속격'의 의미를 나타내었다. 이제 다 해독하였다. 빈 자리에는 아무런 어휘적 의미나 문법적 의미를

가지지 않는 글자가 올 수밖에 없다. 그것은 흔히 말음첨기라는 이름으로 불리는 앞 단어의 말음을 적는 글자이다. 즉 '믌결'의 마지막 음 /ㄹ/을 첨기하는 '尸'가 올 수 있다. '道'만으로 충분한 '긿'을 '道尸'로 적고, '心'만으로 충분한 'ᄆᆞᅀᆞᆷ'을 '心音'으로 적고, '밤'을 '夜音'으로 적는 것도 다 이와 같은 것이다.

모습이야 바라보나

(제7행)은 '모습, 짓 皃(모)', '기록 史', '모래 沙', '꾸짖을 叱(질)', '바랄 望(망)', '두던, 틈 阿(아)', '이에 乃(내)'로 이루어져 있다. 지헌영(1947)이 '못슷 ᄇᆞ라나'로 해독하여 '皃'를 음독하고, 마지막 '叱'을 '-ㅅ'으로 반영하고 있다. 정렬모가 '즛샛 바라나'[1947]에서 '즈시삿 ᄇᆞ라나'[1965]로 바꾸어 해독하였다. 홍기문(1956)은 '지시삿 ᄇᆞ라나'로 해독하였다. 김준영은 '즈시삿 ᄇᆞ르나'(1964)에서 '즈시삿 ᄇᆞ라나'[1979]로 바꾸었다. 유창균(1994)는 '즈시삿 ᄇᆞ라나'로 해독하였다.

    (제7행) 皃史沙叱望阿乃
        a. 짓을사 바라나/모습을야 바라나
        b. 즛ᄼᅡ ᄇᆞ라나/모습이야 바라나
        c. 즛사ㅅ ᄇᆞ라나/모습 바라나
        d. 즈싀삿 ᄇᆞ라나/모습이야 바라보지만

(제7행a)는 '皃史沙叱'를 대격형 '짓을'에 '-사'가 통합된 것으로 보았으나 '沙叱'의 순서를 바꾸지 않고는 그런 해독이 나올 수 없다. '바랄 望'은 훈독, '阿乃'는 음독하여 '바라나'를 얻었다.

(제7행b)는 '兒史沙叱'를 '즛△ㅏ'로 읽어 '叱'이 읽히지 않았다. '즛'에 '-△ㅏ'가 바로 통합되기는 어렵다. '望'을 중세 한국어의 '브라-'로 해독하여 올바른 궤도에 올려놓았다.

(제7행c)는 '兒史沙叱'를 '즛사ㅅ'으로 표기에 충실하게 읽었다. 중세 한국어의 /△/에 해당하는 고대 한국어 자리에 /ㅅ/을 두고 있음이 전 해독에서 일관되어 있다.

(제7행d)는 '兒史沙叱'를 '즛-이-△ㅏ'에 다시 '-ㅅ'이 통합된 것으로 보아 '즈싀삿'으로 해독하였나. '-이△ㅏ'는 중세 한국어의 정상적 표기이나. 그러나 마지막 '-ㅅ'은 중세 한국어 질서에는 일치하지 않는 것으로 이 행에서의 '叱'의 용법은 불가사의한 것이다.

저자는 (제7행e)로 해독한다. 제대로 된 여타의 해독과 같고 다만 '즛'의 말음을 중세 한국어 /△/의 고대 한국어 대당음으로 생각하는 /ㅅ/으로 하였다.

(제7행) e. 즈시삿 브라나/모습이야 바라보나

세상 모든 것 잃은 처지여

(제8행)은 '누리 世', '다스릴 理', '도읍, 모일, 거느릴, 모두 都(도)', 한자 결락, '갈 之', '꾸짖을 叱', '숨을, 달아날 逸(일)', '가마귀 烏(오)', '숨을 隱', '차례 第(제)', '입겿 也'로 되어 있다. 핵심은 '都'에 있다. 대부분의 해독이 '-도'로 음독하여 특수 조사로 보고 있다. 지헌영(1947)이 '누리 셔볼앳 일은뎨여'로 해독하여 '도읍 都'로 읽은 것이 특이하다. 김준영이 '누리 모둣 이론 뎨여'[1964]처럼 '모둣'[1979]로 해독하였다. 김

완진(1980)이 '都'와 '之' 사이의 1자 결락을 '隱'이나 '焉'으로 보충하고 '都隱之叱'을 '모든 갓'으로 해독하였다. 금기창(1992)가 '모도잇'으로 해독하였다. 그 외는 거의 모두 '-도'로 보았거나 엉뚱한 데서 헤매고 있다.

동사에 대한 의견도 분분하다. 지헌영(1947)이 '일온'으로 해독하였고 이를 이어받는 계통이 정렬모(1947)의 '짓 일온', 홍기문(1956), 김준영(1964), 금기창(1992)으로 이어진다. 소창진평(1929)의 '지즐온'을 이어받는 계통이 정렬모(1965)의 '지지릴 가문', 홍기문(1956)의 '지즈로 일온', 서재극(1972)의 '즛ᄃ론', 그 외에 '아쳐론' 계통은 양주동(1942)를 이어받은 것이다.

（제8행） 世理都　之叱逸烏隱第也
    a. 누리도 지즐온데요/세상도 짓누르는 제여
    b. 누리도 아쳘온데여/세상도 싫증나는 제여
    c. 누리도 즛ᄃ론데야/세상도 즛달아나는 제야
    d. 누리 모든 갓 여희온디여./세상 모든 것 여희여 버린 處地여.

（제8행a)는 '世'를 훈독, '理'를 음독하여 '누리'를 얻고 '都'를 특수 조사 '-도'를 적은 것으로 보았다. '之'는 음독, '叱逸'도 음독하여 '지즐'이라는 동사를 얻었다. 이 동사의 뜻으로 '壓迫, 虐待' 등의 단어를 사용하였다. '烏隱'은 '-오-ㄴ'으로 읽고 '第也'는 음독하였다.

（제8행b)는 '之'는 훈독하여 '-이', '叱'은 음독하여 'ㅊ'을 적은 것으로 보아 '앛-'으로 해독하였다. '逸烏隱'은 음독하여 '-ㄹ-오-ㄴ'으로 읽어,

'앛-'과 합쳐서 '아쳐론'이라는 동사를 얻었다. 이 동사는 '아쳔-'의 활용형으로 뜻은 '厭, 惡'의 한자를 이용하여 나타내었다. '염증을 내다, 싫다'의 의미이다. '앛-'는 '厭'의 뜻을 가진 고대 한국어 어형이다. '異次[잊-]頓'은 '厭[잊-]觸'으로 적은 것이 유명한 예이다. '第也'는 음독하였다.

(제8행c)는 '之'는 음독, '叱'은 'ㅅ'으로 읽어 '즛', '逸'은 훈독하여 '돋-', '-烏隱'은 음독하여 '-오-ㄴ'으로 읽어 '드론'을 얻고, '즛드론'이라는 동사를 상정하였다.

(제8행d)는 '都'와 '之' 사이의 1자 빈 칸을 중시하여 거기에 '隱'이나 '焉'이 있었을 것으로 보고 '都{隱, 焉}'을 '모든'으로 해독한 것이 특징적이다. '갈 之'는 훈독하여 '가'로 '叱'은 'ㅅ'을 적은 것으로 보아 '갓{것}'으로 해독하였다. '逸'는 훈독하여 '여히-', '烏隱'은 음독하여 '-오-ㄴ'으로 읽어 '여히-'와 합쳐서 '여히온'이라는 동사를 얻었다. 이 동사는 '잃-'의 의미이다. '第也'는 '디여'로 음독하였다.

저자는 (제8행e)로 해독한다. (제8행d)와는 '일혼'만 다르다.

(제8행) e. 누리 모든 갓 일혼디여/세상 모든 것 잃은 처지여

'世理'는 '누리'를 적은 것이다. '누리 世'는 훈독, '理'는 말음절 첨기이다. 핵심은 '都'를 어떻게 보는가 하는 것이다. 옥편에서 '都'를 찾아보면 (4)와 같이 여러 가지 훈을 가진다.

(4) 都
 a. 도읍

b. 있을

c. 모일

d. 거느릴

e. 모두, 모조리

f. 아름다울

이 가운데 (4e)를 선택한 것이다. 그러면 1자 결락된 곳을 '隱'으로 보아 '모든'이라는 관형어를 얻을 수 있다. 그러면 그 뒤에 오는 것은 무조건 체언이다. '갈 지'의 훈을 이용하여 '之叱'을 '갓'으로 해독한다. '叱'은 '갓'의 /ㅅ/ 말음을 첨기한 것이다. 이제 '모든 갓'이 찾아졌으므로 그 뒤에 오는 말에 따라 주어, 목적어, 다른 문장 성분 가운데 어느 것이 되는지의 문제만 남았다. '逸烏隱'에서 '-烏隱'은 선어말 어미 '-오/우-'와 관형어형 어미 '-(으)ㄴ'을 적은 것으로 '-온'이다. 그러면 이제 남은 것은 '逸'의 의미가 무엇인가 하는 것이다.

(5) 逸

a. 잃을

b. 달아날, 숨을

c. 즐길, 편안할

e. 놓을

f. 뛰어날

h. 그르칠

i. 음탕할

j. 빠를, 격할

(5a-k)까지에서 (5a)가 가장 낫다. 이 '逸(일)'을 '잃-'로 훈독하여 '일

혼'으로 하는 것이 아무 무리가 없다. 양희철(1997:529)에는 'ᄇ리온'으로 해독하였으나 그 책의 540-41면에서 시의 의미를 해석하면서 제시한 '잃온'이 가장 온당한 해독에 도달해 있었다. 저 앞에서 지헌영(1947)의 '일은'을 이어받은 계통이 있음을 말했거니와 음독인지 훈독인지도 모른 그런 해독으로부터 벗어나서 정확하게 '잃을 逸'로 훈독하고 있었다. 그리하여 '세상 모든 것 잃은 처지여'로써 이 마지막 행을 마무리한다. '第也'는 어차피 모르는 말이다. (제8행d)와 같이 '디여'로 해독한다.

그리고 『삼국유사』는 '후구는 잃어 버렸다[後句亡]'고 끝내고 있다. 이 '後句亡'은 뒤에 제9행, 제10행이 있었으나 전해 오지 않는다는 뜻으로 알려져 있다. 이 노래가 원래는 10행 향가인데 지금은 8행만 전해 온다는 말이다. 그러나 노래의 내용은 그렇지 않다는 데에 문제가 있다. 이 노래의 연 구성은 아주 이상하게 되어 있다.

4. 시의 구성과 망실 행, 내용

시의 형식

이제 지금까지의 논의를 모두 모아 이 노래의 향찰에 대한 저자의 해독과 현대 한국어로의 해석을 보이면 (6)과 같다.

(6) 갓 됴흔 자시시　　　　질 좋은 잣나무가
　　 ᄀ술 안들 ᄆ르디매　　가을에 아니 말라 떨어지매
　　 너를 아름다비 너겨 녀리로다　너를 아름다이 여겨 가겠다

ᄒᆞ시무론	하시므로
울월던 ᄂᆞ치 가시시온 겨스레여	우러르던 낯이 변하신 겨울에 여.
ᄃᆞ라리 그르메 ᄂᆞ린 못 ᄀᆞᆺ	달이 그림자 내린 못 가의
녈 믌겨렛 몰개로다	지나가는 물결에의 모래로다.
즈시삿 ᄇᆞ라나	모습이야 바라보나
누리 모든 갓 일흔ᄃᆡ여	세상 모든 것 잃은 처지여.

　이제 신충이 태자 승경과 잣나무를 두고 맹서한 약속이 무엇인지 훤히 드러났다. 그것은 상록수인 '잣나무가 가을에도 말라 떨어지지 않듯이' 그처럼 변함없이 나도 '그대를 아름다이 여겨 나가겠다.'고, 아버지 성덕왕 대에 새 어머니 소덕왕후의 친정 집안이 누리던 영화를 계속하여 누릴 수 있게 해 주겠다고 약속한 것이다.

　그리고 '하였으므로', '일어나 절하고 우러러 보아' 왕위에 오르는 데에 협조하였으니, 아마도 진골 출신 고위 귀족이었을 신충은 귀족 회의의 구성원이었을 것이고, 그 회의는 상대등이 주재하여 전원 찬성하여 의결하는 화백 제도를 채택하고 있었으므로, 태자 승경의 즉위를 달가워하지 않는 자의왕후 친정 후계 세력들을 설득하여, 성덕왕의 사후에 성덕왕이 책봉한 태자 승경을 즉위시키는 것이 도리이고 태자도 잣나무를 걸고 철석같이 약속하였다고 설득하여, 즉위하는 데에 지대한 공헌을 하였을 것이다.

　그러나 그렇게 약속하던 '그 낯빛이 변한 겨울'을 지나면서, 즉위한 효성왕이 공신들을 상 줄 때 후궁의 국정 농단에 의하여 신충을 공신록에 넣지 못하고 상을 주지 못한 일이 벌어졌다. 왜? 무엇 때문에 효성왕은 신충을 공신록에 넣지 못하였을까? '만기 앙장(萬機鞅掌)'하느라 바빠서 거의 '각궁'을 잊어버릴 뻔하였을까? 그렇게 생각할 사람은 아무도 없을 것이다.

그 겨울에 그는 '달이 그림자를 내리는 못 가'의 '일렁이며 흐르는 물결에' 보일락 말락 존재감 없는 존재가 되어, 조정에 함께 있어 새 임금 효성왕의 '모습을 바라보기는 하지만', 후궁 세력의 국정 농단의 그늘에 가리워 왕의 모습을 제대로 보지 못하는, 그리하여 자신의 의사를 관철시키지 못하는 '세상 모든 것을 잃은 처사'가 된 것이나. 아니 정말로 그대로 가면 그와 그의 집안은 자의왕후 이래로 쌓인 적폐 때문에 후궁의 아버지 영종의 세력에게 탄핵되어 증거도 없이 파면되고 집안이 몰살되는 참극을 맞이할 수 있었다.

그런데 『삼국유사』는 이 8개의 행을 소개하고 '후구는 잃어 버렸다 [後句亡]'고 끝내고 있다. 이 '후구망(後句亡)'은 뒤에 제9행, 제10행이 있었으나 전해 오지 않는다는 뜻으로 알려져 있다. 이 노래가 원래는 10행 향가인데 지금은 8행만 전해 온다는 말이다. 그러나 노래의 내용과 형식은 그렇지 않다는 데에 문제가 있다. 이 노래의 연 구성은 아주 이상하게 되어 있다.

과거에는 10행 향가가 4행-4행-2행으로 연[stanza]이 구분된다고 보았다. 모든 10행 향가가 이렇게 연이 구분된다. 그런데 이 노래는 8행만 남아 있고 끝에 '後句亡(후구망)'이라고 되어 있어서 과거에는 10행중 두 행이 없어져서 8행만 남은 것으로 처리되어 왔다. 그러나 없어진 두 행이 9행 10행일 가능성은 거의 없다.

없어진 두 행이 어느 것일까? 이 문제는 아직까지 제기된 적이 없다.

모두 '후구'를 9행과 10행이라고 보았기 때문에 '후구망'은 당연히 제9행, 제10행이 망실된 것을 의미한다고 보았다. 그러나 앞에서 말한 대로 해독한 내용 전체를 모아 놓고 보면 그 연 구성이 매우 이상하다. 이것은 망실된 두 개의 행이 꼭 제9행, 제10행이 아닐 수도 있음을 뜻한다. 여기서는 이를 중심으로 이 노래의 구성상의 특징을 밝히고 그 구성에 따라 노래의 내용을 파악하기로 한다.

망실 행 추정

먼저 10행 향가인 이 노래의 4행-4행-2행에서 마지막 2개 행이 망실되었다고 생각해 보자. 그러면 남은 8개의 행이 4행-4행으로 나누어져야 한다. 즉 2개 연으로 이루어져야 하는 것이다. 그래서 전체 노래를 두 개의 연으로 나누어 보면 (7)과 같다. 그러나 우리의 기대와는 달리 지금 남아 있는 8개 행은 4행-4행으로 나누어지기 어려운 구조를 가지고 있다.

(7) a. 갓 됴흔 자시시   질 좋은 잣나무가
　　　 ᄀ술 안돌 ᄆᆞᄅ디매   가을에 아니 말라 떨어지매
　　　 너를 아름다뵈 너겨 녀리로다   너를 아름다이 여겨 가겠다
　　　 ᄒᆞ시ᄆᆞ론   하시므로
　　　 울월던 ᄂᆞ치 가시시온 겨ᄉᆞ레여 우러르던 낯이 변하신 겨울
　　　　　　　　　　　　　　　　　　에여.

　　 b. ᄃᆞ라리 그르메 ᄂᆞ린 못 ᄀᆞᆺ   달이 그림자 내린 못 가의
　　　　 녈 믌겨렛 몰개로다   지나가는 물결에의 모래로다.
　　　　 즈시삿 ᄇᆞ라나   모습이야 바라보나

누리 모둔갓 일혼디여   세상 모든 것 잃은 처지여.

(7a)는 더 이상 나누어지기 어려운 내용으로 되어 있다. 제1행은 주부, 제2행은 서술부가 되어 '질 좋은 잣나무가/ 가을에 아니 말라 떨어지므로'라는 하나의 절을 이룬다. 그리고 그것은 제3행 '너를 아름다이 여겨 가겠다.'는 약속의 증거물이 된다. 설화 내용으로 볼 때 이 시행(詩行)은 실제로 태자 승경이 잣나무 아래서 신충과 더불어 바둑을 두면서 미래를 실계할 때 말한 내용을 시어화한 것이다. 태자가 한 말을 직접 인용한다면 (8)과 같은 모습이 될 것이다.

   (8) 질 좋은 잣나무가 가을에 아니 말라 떨어지듯이 경을 아름다이 여
      겨 가겠소이다.

무엇인가를 걸고 자신의 약속이 변하지 않을 것임을 맹서하고 싶은데 바로 곁에 잣나무가 우뚝 서 있는 것이다. 잣나무 아니라 큰 바위가 있었다면 그 바위를 걸고서라도 자신의 변하지 않을 마음을 내어 보이고 신충에게 지지해 줄 것을 호소하고 간절히 바라고 있는 것이 태자 승경이다. 그런 태자의 말 (8)을 간접 인용하였기 때문에 대명사가 '경'에서 '너'로 바뀌어 있다. 20여 세의 젊은 태자가 연로한 원로 조정 대신에게 '너'라는 대명사를 사용하는 것은 역적으로 몰린 범죄자를 국문할 때나 사용하는 말이다. 점잖게는, 아니 부탁을 할 때는 '경'이라고 하지 않는가?

이 '너'를 잣나무라고 하는 사람들을, 어떻게 역사를 올바로 읽고, 설화를 제대로 해석하고, 문학 작품을 감상할 줄 아는 사람이라고 할 수

있겠는가? 하물며 직접 화법, 간접 화법을 연구하고 직접 화법을 간접 화법으로 전환할 때 부사어와 대명사와 시제, 그리고 경어법을 상황에 맞게 바꾸고, 거기에서 더 나아가 자유 간접 화법이라는 것이 있어 전체는 간접 화법이지만 그 속의 일부는 이렇게 직접 화법 때의 말을 약간 바꾸거나 바꾸지 않은 채로 사용하고, 중세 한국어 문헌의 인용문은 거의 모두 자유 간접 화법이고, 등등을 다 생각해야 하는 국어학을 전공한 사람이라고 할 수 있겠는가?

이 시의 제3행 속의 인용된 문장이 '너를 아름다이 여겨 녀리로다.'로 '하라체'의 청자 대우 등급으로 맺어져 있는 것은 이 문장이 간접 인용되었기 때문이다. 신충은 태자의 말을 간접 인용하고 있다. 그러면 원래의 태자의 말인 (8)에서 '경'이라는 청자를 가리키는 높임의 명사는 엄밀한 의미에서는 1인칭인 '나'로 바뀌어야 한다. 그것을 '나'로 바꾸어야 완전한 간접 인용이 된다. 그런데 그렇게 바꾸지 않은 것이 자유 간접 화법, 반(半) 간접 화법이다.

그러므로 이 '汝多支'을 '너다히, 너다이, 너같이, 너처럼'으로 해독하고 '너'를 '잣나무'라고 하는 것은 '支(복)'을 '支(지)'로 잘못 읽었고, '多(다)'의 중국 고전에서의 용법에 따른 '아름다이 여기다'라는 훈과 어긋날 뿐 아니라, 이 시행이 태자 승경이 신충에게 잣나무를 두고 맹서하며 약속한 말이라는 설화 내용과 어긋나는 말이다.

그러나 더 중요한 것은 (7a)가 하나의 연을 이룬다는 것이다. 이렇게 '질 좋은 잣나무가/ 가을에 아니 말라 떨어지매/ 너를 아름다이 여겨 가겠다.'까지는 『삼국유사』 권 제5 「피은 8」 「신충 괘관」 조에서 태자 승경이 신충에게 '嘗謂曰 他日若忘卿 有如栢樹[일찍이 일러 말하기를,

훗날 만약 경을 잊는다면 이 잣나무가 증거가 될 것이오].' 하고 맹약한 말을 신충이 시 속에 끌어온 것이다. 이 전체가 하나의 문장으로서 더 이상 나누어질 수 없는 내용을 지니고 있다. 그 뒤의 '하시므로'는 인용 동사이다. 이 4개 행 속에는 태자 승경이 신충에게 맹약한 내용과 그에 따라 '우러르던 낯이'까지에는 '신충이 일어나 절하였다[信忠興拜].'는 내용이 들어 있기 때문에 연이 나누어지지 않는다. 따라서 전반 4개 행은 더 이상 나눌 수 없는 완전한 하나의 의미 단락을 이루어 하나의 연 [stanza]를 이루는 데 손색이 없다.

따라서 이제 남은 4개의 행이 하나의 연으로 묶이어야, 망실된 행이 제9행, 제10행이라고 할 수 있게 된다. 그런데 그 다음 남은 4개 행 즉, 다시 쓴 (7b)도 하나의 연을 이룰 수 있을까? 누가 보아도 그렇지 않다. (7b)를 면밀히 들여다보면 제5행부터 제8행까지가 하나의 단락을 이루고 있지 못함을 알 수 있다.

(7') b. ᄃᆞ라리 그르메 ᄂᆞ린 못 ᄀᆞᆺ　　달이 그림자 내린 못 가의
　　　 널 믌겨렛 몰개로다　　　　흘러가는 물결에의 모래로다.
　　　 즈시삿 ᄇᆞ라나　　　　　　모습이야 바라보나
　　　 누리 모든 갓 일혼ᄃᆡ여　　세상 모든 것 잃은 처지여.

(7b)는 두 개의 서로 다른 내용으로 이루어져 있다. 제5행과 제6행에서 하나의 내용 진술이 끝나고 있다. '달이 그림자 내린 못 가의/ 흘러가는 물결에의 모래로다.'는 그것으로 완결된 내용이다. 더 이상 다른 말이 따라 나올 필요가 없다. '달이 그림자를 내린 못 가의/ 흘러가는 물결에 어리는 모래'는 아마도 '모래'를 보조관념으로 하여 시의 화자의

처지가 보잘 것 없는 상황에 있음을 표현한 것이라 할 수 있다.

그리고 그 다음 두 행은 '모습이야 바라보나/ 세상 모든 것 잃은 처지여.'이다. 앞의 두 행과 관계없이 독립적으로 하나의 내용을 이룬다. '임금의 모습은 바라보나' 권력 실세 후궁 세력들로부터 따돌림을 당하여, '세상 모든 것을 잃은 자신의 처지'를 나타내고 있는 것이다. 이렇게 (7b)의 4개 행은 하나의 연을 이루지 못한다.

이는 마지막 2개 행이 그 앞의 행들과 구분되어 별개의 연을 이룬다는 것을 의미한다. 그러면 이 연은 10행 향가의 마지막 두 행일 수밖에 없다. 이 시에는 마지막 두 행이 남아 있다. 이것은 망실된 행이 마지막 두 행, 즉 제9행과 제10행이 아니라는 말이다.

제9행과 제10행이 남아 있다면 이제 망실된 행은 어느 행과 어느 행일까? 제7행의 '즈시샷[모습이야]'는 목적어가 특수조사 '-이야'에 의하여 초점화되어 감탄의 효과를 가져 오고 있다. 이 행은 '아아 모습이야 바라보지만'에 가까운 의미를 지닌다. 그러면 '즈시샷'이 온 자리는 10행 향가의 제9행의 첫머리, 주로 감탄사 '아아으'가 오는 자리에 해당한다. 다시 말하면 현재의 제7행의 첫머리는 일반적인 10행 향가에서 제9행의 첫머리와 같은 것이다. 그러면 제7행이 원래 시의 제9행이고, 제8행은 원래 시의 제10행이 된다.

현재의 제8행 '세상 모든 것 잃은 처지여.'는 더 이상 어떤 시어가 뒤따라오기 어려울 정도로 완결된 시상을 보이고 있다. 후궁에게 빠진 태자 승경의 즉위를 허여하여 그를 왕위에 올렸지만 후궁의 아버지 영종을 둘러싼 자들로부터 소외되어 공신의 등급에 들지 못하여 상을 받지도 못하고 따돌림 당하는 자신의 처지를 후회하고 원망하는 심정을 다

말해 버린 것이다. 높은 지위에 있지만 효성왕이 약속을 지키지 않는 바람에 실권을 가지지 못하여 곧 실권하고 집안이 몰살될 자신의 처지를 더 이상 표현할 여지가 없다. 그러므로 이 뒤에 또 다른 행이 연결되어 있다면 그것은 사족이 되고 만다.

그리고 나서 전체를 다시 보면, 제1행으로부터 제4행까지는 이미 논의한 대로 나누어질 만한 곳이 없다. (7a)의 4개 행이 그대로 하나의 의미 단락을 이루면서 제1연이 되고 있는 것이다.

(7') a. 갓 됴흔 자시시　　　질 좋은 잣나무가
　　　ᄀᆞ술 안ᄃᆞᆯ ᄆᆞᆫ디매　　가을에 아니 말라 떨어지매
　　　너를 아름다ᄫᅵ 너겨 녀리로다　너를 아름다이 여겨 가겠다
　　　ᄒᆞ시ᄆᆞ론　　　　하시므로
　　　울월던 ᄂᆞᆾ치 가시시온 겨ᄉᆞ레여　우러르던 낮이 변하신 겨울
　　　　　　　　　　　에여.

그런데 (9)에 다시 쓴 제5행과 제6행이 매우 이상하다. 특히 제6행의 '녈 믌겨렛 몰개로다[흘러가는 물결에의 모래로다.]'는 전체로써 하나의 서술어가 되고 있다. 이렇게 평서법 정동사 어미로 끝나면 그 곳에서는 큰 의미 단락이 지어져 하나의 연을 이루게 된다. 여기서 하나의 연이 끝나야 하는 것이다.

(9) 제5행: ᄃᆞ라리 그르메 ᄂᆞ린 못 ᄀᆞᆺ　달이 그림자 내린 못 가의
　　제6행: 녈 믌겨렛 몰개로다　　흘러가는 물결에의 모래로다.

더욱이 '모래(이)로다'는 서술어이기 때문에 당연히 그 서술어의 주어

가 있어야 한다. 즉 '무엇이 모래인지'를 찾아야 한다. '모래'는 앞에서 본 대로 아마도 신충이 자신의 처지가 '달밤의 못 가의' '흘러가는 물결'에 어른거려 '보일 듯 말 듯'하는 '모래'라고 은유한 말일 것이다. 그러면 그 '모래(이)로다'의 주어는 '내 신세가' 정도가 되는 신충을 뜻하는 말이 들어 있는 명사구가 되어야 한다.

제1행~제4행은 하나의 연으로 종결되어 있다. 그러므로 그 속에는 '모래로다'의 주어가 있을 수 없다. '모래로다'의 주어는 바로 앞 제5행 '드라리 그르메 ᄂ린 못 ᄀᆞᆺ'에서 찾을 수밖에 없다. '달'이 모래의 주어가 될 수 있는가? 불가능하다. 달은 '달이 그림자 내린'이라는 관형절의 주어이다. 그러면 '못 가'가 '모래로다'의 주어가 될 수 있는가? '못 가의'는 '모래'를 수식하는 관형어이지 주어가 될 수 없다. 따라서 현재 전해져 온 대로는 (9)에서 '모래로다'의 주어가 없는 셈이다.

그 주어는 무엇일까? '모래로다'의 주어는 내용상으로 보면 노래의 화자[신충]의 처지이다. 자신의 처지가, 조정에 있지만 뜻을 펴지 못하는, 고위직에 있어도 뜻이 받아들여지지 않는 위치에 있어 곧 거세될, 흐르는 물결에 어른어른 보일 듯 말 듯한 처지임을 표현하고 있다. 그것도 '달이 그림자를 내린 밤중의 못 가의', '흘러가는 물에 어른거리는 "모래" 같은 존재 가치밖에 없다는 것을 말한다. 어떤 강대한 세력의 견제에 걸려 임금을 바라보기만 할 뿐, '왕이 되면 그대를 아름다이 여겨 가리라.'고 하던 태자 시절의 왕과 잣나무 아래에서 맺은 맹약이 실현될 수 없는 처지에 왕과 시의 화자 신충은 놓여 있었던 것이다.

그러므로 현재의 이 노래의 제5행 앞에는 '모래로다'의 주어가 되는, 시의 화자의 처지가 포함된 명사구가 있어야 한다. 그 명사구를 포함하

는 행과 또 하나의 행이 원래의 제5행, 제6행이 되고 현재의 제5행과
제6행은 제7행, 제8행이 되어 이 네 개의 행이 제2연을 이루게 된다.

여기에 덧붙여서 10행 향가는 제1행, 제3행, 제7행이 6음절로 되어
있어야 한다는 김완진(1979)의 '삼구육명(三句六名)'의 가설을 고려하면,
제3행이 '너를 아름다비' 정도로 끝나고 'ᄒᆞ시ᄆᆞ론'은 그 다음 행으로 내
려가는 것이 좋다.13) 그리고 제7행과 제8행의 행 구분도 'ᄃᆞ라리 그르
메'와 'ᄂᆞ린 못 갓 녈 믈겨랏 몰애로다'로 조정되어야 할 필요가 있다.

(10) a. 갓 됴흔 자시시   질 좋은 잣나무가
     ᄀᆞᄉᆞᆯ 안ᄃᆞᆯ ᄆᆞᄅᆞ디매   가을에 아니 말라 떨어지매
     너를 아름다비/ 너겨 녀리로다 너를 아름다이/ 여겨 가겠다
     ᄒᆞ시ᄆᆞ론 울월던 ᄂᆞ치   하시므로 우러르던 낯이
     가시시온 겨ᅀᆞ레여   변하신 겨울에여.

   b. ○○○ ○○○   ○○○ ○○○
     ○○○○ ○○○○   ○○○○ ○○○○
     ᄃᆞ라리 그르메/ ᄂᆞ린 못ᄀᆞ의   달이 그림자/ 내린 못가의
     녈 믌겨렛 몰개로다.   흐르는 물결의 모래로다.

   c. 즈시사 ᄇᆞ라나   모습이야 바라보나
     누리 모ᄃᆞᆫ 갓 일흔 ᄃᆞ여.   세상 모든 것 잃은 처지여.

---

13) 한시(漢詩)의 부(賻)의 형식을 표현하는 말에 앞에서 본 '八章 章四句', '三章 章四句'라
는 말이 있다. '전체가 8연(으로 되어 있고) 각 연(이) 4행(으로 되어 있다.)', '전체가
3연(으로 되어 있고) 각 연(이) 4행(으로 되어 있다.)'는 뜻이다. '三句六名(삼구육명)'은
향가의 형식을 말하는 것이고, '章四句'처럼 '세 개의 구가 여섯 음절로 되어 있다.'는
뜻으로 해석된다.

그러면 이제 이 노래는 제1행~제4행까지가 전해져 오고, 제5행, 제6행이 망실되었으며, 제7행~제10행까지가 전해져 온다는 결론에 이르게 된다.

후구(後句)에 대한 새로운 해석

최근에 우리는 향가의 형식에 대한 괄목할 만한 진전을 보인 논문인 김성규(2016)을 접할 수 있었다. 김 교수는 '후구(後句)'가 오늘날 우리가 사용하는 '후렴(後斂)'과 같은 개념을 가진다는 것을 논증하였다. 이 학설에 따라 10구체라 불리는 향가의 형식을 「찬기파랑가」를 예로 하여 보이면 (11)과 같다.[14] 독자들이 읽기 쉽게 현대 한국어로 바꾸어 제시하였다. 이 향가에서 (11a)의 둘째 줄 마지막 부분 '기랑의 모습일 시 숲이여'와 (11b)의 첫줄 첫 부분 '모래 가른 믈시울에'는 원전에는 서로 바뀌어 있다.[15]

---

14) 「찬기파랑가」에 대한 해독은 김완진(1980, 2000)을 따른다. 그러나 선생님의 해독과 달리 한 데가 몇 군데 있다. '汀理'를 '믈시보리예'로 해독한다. 이는 '믈시울에'의 뜻으로 '모래톱과 물이 만나는 접촉면의 굽어진 선'이 입술, 활시울에 들어 있는 '시볼'과 닮아서 그렇게 해독한 것으로 서재극(1975), 백두현(1988)을 받아들인 것이다. '逸烏川'의 '逸'을 '숨을 일'로 보아 '수문 나리'로 해독한다. 관형어형 어미 '-(으)ㄴ'을 적는 '隱'은 생략되는 경우가 많다. 이는 이임수(1992, 1998)을 받아들인 것이다. '늣기며', '몰개', '좇ㄴ오라'로 한 것은 서정목(2015)에서이다. '花判'을 해독하지 않고 한자어로 두는 것은 신라 관등명 소판(蘇判) 때문이다. 김희만(2015)에 의하면 소판은 소도(蘇塗)삼한 시대에 천신에 제사 지내던 성역, 그 제사, 신당, 당산)를 관장하는 관직에서 유래하였다고 한다. 다르게는 잡찬(迊飡)이라고도 적는데 이는 迎鼓(영고[부여의 추수 감사 제사로 섣달에 지냈다.])를 관장하는 '영찬(迎飡)'에서 온 것이라 한다. 저자는 花判(화판)은 '화랑단에 관한 업무를 총괄하는 관직'으로 풍월주(風月主)를 의미하는 것으로 본다. 풍월주의 아내는 화주(花主)라 일컬었다. 이 시의 찬양 대상이 된 화랑은 제23세 풍월주 김군관이다. 그러므로 花判(화판)은 蘇判(소판)을 음독하듯이 그대로 음독하는 것이 옳다.

15) 이것을 최초로 지적한 것은 김준영(1979)이다. 그리고 문법적 특징에 따라 그것이 바뀌어 있으니, (11)에서 보는 것처럼 행을 수정하여 읽어야 한다는 것은 안병희(1987)

(11) a. 흐느끼며 바라보매/ 이슬 밝힌 달이

   흰 구름 좇아 떠간 언저리에/ 기랑의 모습일 시 숲이여

   <u>아아 잣가지 높아/ 눈이 못 짓누를 화판이여</u>

   b. 모래 가른 물시울에/ 숨은내 자갈밭에

   낭여 지니시던/ 마음의 가를 좇노라

   <u>아아 잣가지 높아/ 눈이 못 짓누를 화판이여</u>

(11a)와 (11b)에 각각 밑줄 그은 부분이 그 동안 '후구'라고 일컬어진 구(句)이다. 필자는 현재로서는 '후구'에 대한 여러 정의 가운데 김성규 (2016)의 그것이 가장 타당하다고 판단한다. 왜냐하면 그 정의는 우리 고전 시가의 형식 발전에 대하여 지금까지 존재한 어떤 정의보다 더 합리적인 설명력을 가지기 때문이다. (11a)의 석 줄은 거의 그대로 평시조의 모습을 띠고 있다. (11b)도 그 자체로서 하나의 평시조를 이루고 있다. 이제 이로써 우리는 향가와 시조가 형식상으로 동일한 장르에 속한다는 것을 말할 수 있게 된 것이다.

나아가 (11a)와 (11b)를 그대로 이어 놓으면 그것은 그대로 두 개의 평시조로 이루어진 연시조가 된다. 무엇보다도 막연하게 말해져 온 10구체 향가의 9구의 첫 머리에 3음절의 감탄사가 오는 것이 시조 종장의 첫 머리에 3음절 정도의 어사가 오는 것과 비슷하다는 장르의 형식상의 문제를 이 향가의 후구[후렴]으로써 설명할 수 있게 된다. 그 밖에도 이 학설의 설명력은 다른 데에도 미칠 것으로 예상된다.

이제 우리는 '과거에 우리가 10구체 향가라고 일컬어 온 것은, 사실은 후렴을 포함할 경우 12구체 향가이다.'는 말을 한 셈이다. 그러면 당

에서 논증되었다. 서정목(2014d)에서는 시의 내용으로 보아도 원전에는 이 두 행이 바뀌어 있으니 (11)처럼 고쳐야 한다고 주장하였다.

연히 8구체 향가는 없어진다. '8구체 향가가 없다.'는 것은 서정목 (2014a)에서 주장된 것이다. 「모죽지랑가」는 2개 행이 깎여나가 있어서 현재 8개 구만 남아 있지만 사실은 10구체 향가이다. 「처용가」는 고려 가요 「처용」을 고려하면 후구가 망실된 채로 전해 온다. 고려 가요의 후구를 살려서 생각하면 처용가도 10구체에 속한다. 4구체는 후렴 없이 완성된 향가를 말한다.

(12)는 「모죽지랑가」이다. 「모죽지랑가」는 원전에 첫 두 행이 지워져 있다. 그것은 그곳에 적혔던 가사를 뒤로 보내고 그 다음에 적힌 가사를 거기에 옮겨 적으려 한 자취이다. 즉, 그곳에 원래 제3, 4구가 적혀 있고, 제1, 2구가 그 뒤에 적혀 있는 오각을 발견하고 교정하려 한 자취가 남은 것이다. 따라서 지워진 것은 원래의 제3, 4구이고, 지금의 첫머리에 남아 있는 것은 제1, 2구이다. (12a)의 '○○○ ○○○ ○○○○ ○○○○'이 깎여나간 구를 나타낸 것이다(서정목(2014a)).

(12) a. 간 봄 장례치르매/ 못 있으시어 울 이 시름
　　　　○○○ ○○○/ ○○○○ ○○○○
　　　　<u>낭이여 그릴/ 마음의 갈 길 구렁에 잘 밤 있으리</u>
　　b. 두덩이 좋으신/ 모습이 햇수 지남에 좇니져
　　　　눈 안개 두름 없이/ 저 분 맞보기 어찌 일우리오
　　　　<u>낭이여 그릴/ 마음의 갈 길 구렁에 잘 밤 있으리</u>

이제 이에 따라 「원가」의 형식을 살펴보기로 한다. 앞에서 본 대로 이 노래의 후구[=후렴]은 '모습이야 바라나 세상 모든 것 잃은 처지여' 이다.

(13) a. 질 좋은 잣나무/ 가을 아니 말라 떨어지듯

　　　그대를 아름다이/ 여겨가리라 하시므로 우러르던 낯이 변하

　　신 겨울에여

　　모습이야 바라나/ 세상 모든 것 잃은 처지여

　　b. ○○○ ○○○/ ○○○○ ○○○○

　　　달이 그림자/ 내린 못가의 흐르는 물결에 모래로다

　　모습이야 바라나/ 세상 모든 것 잃은 처지여

이로써 이제 이 노래 「원가」에 대한 형식상의 논의는 끝난 셈이다. 모두 12행의 원 작품에서 2개 행이 망실되었다. 그 2개 행은 형식으로 보나 내용으로 보나 (13b)의 '○○○ ○○○/ ○○○○ ○○○○'으로 나타낸 행이다.

시의 내용

이 노래의 내용은 '임금 곁에 있기는 하지만 세상사 뜻대로 못하는 보잘 것 없는 처지'가 된 데 대한 후회가 들어 있다. 그 임금은 제1장, 제2장과 (10)에서 본 대로, 앞으로 왕이 되면 '질 좋은 잣이/ 가을에 아니 말라 떨어지듯이' '너를 아름다이 여겨 가겠다.'고 중용하기를 '잣나무'를 두고 맹세하였다. 그런데 무슨 사정이 있어서인지 임금은 가을이 가고 겨울이 지나 즉위하여 공신들에게 상을 줄 때 자신의 즉위를 허여해 준 신충에게 상을 주지 못하였다.

그리하여 '우러러 절하던 낯이 변해 버린 겨울에', '달이 그림자를 내린 밤중의 못 가의', 일렁이며 '흐르는 물결에' 보일 듯 말 듯 어른거리는 모래처럼 '자신의 처지가' 보잘 것 없어진 것을 한탄하고 있다. 사라

진 2개 행은 어떤 내용일까? 즉, '모래로다'의 주어는 어떤 내용일까?

'○○○ ○○○/ ○○○○ ○○○○' 2행 14자 정도의 향찰로 적혀 있었을 이 내용은, 결국 '웬만하면 새 임금과 함께/ 좋은 정사를 펴려 했는데' 정도의 뜻이었을 것이다. 그런 마음을 가졌던 자신의 뜻을 펴지 못할 만큼 새 임금은 후궁과의 음행에 빠져 헤어나지를 못하고 있었다. 그리고 즉위 후 공신들을 책봉하고 상을 주는 데서부터 후궁의 세력에 휘둘리어 올바른 정사를 펴지 못하고 있었다. 효성왕은 후궁 포사(褒姒)에게 빠져서 나라를 망친 주나라 유왕과 같은 행태를 보이었던 것이다.

이럴 바에는 차라리 왕의 아우 헌영을 옹립하는 것이 더 낫겠다는 생각을 신충은 하였다. 어느덧 후궁의 아버지 영종의 세력과 신충의 세력이 대립하고 있는 상황이 되어 버린 것이다. 새 왕 효성왕은 이 정치적 상황을 타개해 나갈 능력을 갖추지 못한 나약한 인물이었다.

후궁에 빠진 왕은 '달이 그림자 내린' 것 같은 어두운 정국에서 뜻대로 정사를 펼치지 못하고 자신의 즉위를 허여해 준 신충 같은 중신들을 '못 가의 흐르는 물에 어른거려 보일 듯 말 듯한' '모래' 같은 신세로 둘 수밖에 없는 사정이 되었다. 그래서 신충은 '모습이야 바라보나/ 세상 모든 것 잃은 처지여'라고, 자신의 처지를 한탄하면서 후회하고 있는 것이다.

이 시의 내용 속에는, 스스로 벼슬을 그만 두고[의관(衣冠)을 성문에 걸고], 속세를 등지고 피세(避世)하였다는 '괘관(掛冠)'에 관한 말이 전혀 없다. 그 내용은 오로지 '태자가 즉위하는 것을 허여해 주었으나 공신들에게 상을 줄 때 자신을 빠뜨린 데 대한 원망'과 '그렇게 될 수밖에 없었던 정치적 상황을 한탄하고 후회하는 심정'을 표현한 것이다. 그리고 그럴 수밖에 없는 사정을 '흘러가는 물결[왕 주변을 에워싼 후궁 세력]' 때문에 보일 듯 말 듯한 '모래 같은[권력 행사에서 배제된] 자신'이라는 말로 표현하고 있다.

'임금의 모습은 바라보지만 뜻을 펴지 못하는 자신의 억울한 처지'를 표현한 이 시를 신충은 전략적 전환의 수단으로 이용하여 작을 높여 받고 녹을 더 올려 받았다. 그리고 737년 의충을 중시에 앉혔다. 그 후 효성왕을 배신하고 헌영을 즉위시키는 작업으로 돌아섰다. 아니 이 시를 지을 때부터 그의 마음은 이미 헌영에게로 향하여 있었을 것이다. 아니 더 심하게 말하면 '이 시는 그 후회로 말미암아 효성왕을 폐위시키고 헌영을 즉위시키기로 결심한 자신의 심정을 자신의 세력들에게 넌지시 알린 것'에 다름 아니다.

이 시에 대하여 이렇게 해석하는 것이 옳은지 저자도 역시 많은 의구심을 가지고 있다. 이 정도의 시 해설을 하는 것도 지금까지 존재하는 이 시에 대한 그 어떤 해설보다 너무 나아간 것이다.

그렇지만 이렇게 하지 않으면 신충이 왜 효성왕 즉위 후 중시가 된 뒤에 바로 배신하여 헌영의 편으로 돌아갔는지를 합리적으로 설명할 수 없다. 신충이 태자 승경의 즉위를 허여하기로 한 것은 비교적 쉽게 설명된다. 승경이 이미 태자이므로 성덕왕 사후 즉위할 것이 거의 확실하여 그 쪽 편에 섰다고 하는 것은 합리적이다. 그러나 신충이 중시가 되고 나서 바로 헌영의 파진찬 임명과 태자[아마도 부군일 듯] 책봉, 혜명왕비의 혼인을 추진하는 것을 보면, 신충이 효성왕의 즉위를 허여하였다는 것이 의심스러울 정도로 순식간에 친헌영파가 되어 있다. 아무리 신충이 변절자의 대표적 인물이라 하더라도 그까짓 작록을 탐하여 이 편에서 저 편으로 오갔을 리야 없지 않겠는가?

이를 돌파할 수 있는 유일한 방법은 효성왕 즉위 직후의 권력 투쟁을 상정하는 것이다. 효성왕 즉위 이전의 권력 실세는 성덕왕의 처가인 김순원 집안, 즉 자의왕후 후계 세력이다. 그런데 효성왕이 즉위하여 그가 총애하는 후궁 세력이 기득권 세력에 도전하였다. 부왕의 처가와 새 왕의 준처가, 즉 후궁 집안 세력이 권력 다툼을 벌인 것이다.

「원가」의 창작과 신충의 중시 임명, 그 사이에는 의충의 사망이 있다. 이 죽음에 무엇인가 석연치 않은 것이 있다. 사망 원인이 무엇이었을까? 의충은 어떤 정치적 사건에 휩쓸려 암살당했을 가능성이 있다. 여기서 의충과 신충이 형제라고 상정하면 신충이 그 죽음에 대한 보복을 하고 있다고 볼 수 있다.

그러면 의충을 살해한 세력은 후궁 세력이다. 효성왕은 즉위 후에 후궁에게 휘둘러서 자신이 즉위하는 것을 허여해 준 신충 세력에게 충분한 논공행상을 하지 못하였다. 이에 의충을 중심으로 한 자의왕후 후계 세력이 이를 시정하려 하였고 후궁 세력은 의충을 죽였다. 의충이 피살되자 그의 형제 신충과 6촌 효신, 충신 등이 힘을 합쳐 순원의 손녀 혜명을 왕비로 넣었다. 그 후에 후궁을 죽이고 헌영을 태자로 책봉하는 등 효성왕 제거 계획을 실행에 옮겼다.

이것이 일연선사가 『삼국유사』 권 제5 「피은 제8」 「신충 괘관」 조에서 '신충'이라는 인물의 '변절과 불충'에 관해서 하고 싶었던 이야기의 진정한 뜻이다. 일연선사는 결코 '신충'의 '피은'에 대하여 말한 것이 아니다. '괘관'은, 그리고 '피은'은 대내마 이순의 이야기이지 이찬 신충의 이야기가 아니다.

제 4 장

효성왕의 생모는 누구인가

효성왕의 생모는 누구인가

1. 법적 어머니와 낳은 어머니

소덕왕후는 법적인 모

태자 승경은 왜 신하인 신충에게 '他日若忘卿 有如栢樹[훗날 경을 잊지 않기를 이 잣나무를 두고 맹서하리라.]'고 다짐했을까? 태자 승경은 왜 태자이면서도 왕이 되지 못할까 두려워하였을까? 효성왕은 왜 그렇게 일찍 사망하여 화장당하였고 동해에 산골되어 왕릉도 남기지 못하였는가?

이를 해명하기 위해서는 효성왕의 외가가 어느 집안인가를 밝히는 것이 가장 중요하다. 즉, 효성왕의 친어머니가 누구인지를 밝혀야 하는 것이다. 그러나 과거에는 아무도 효성왕에 주목하지 않았고 더욱이 효성왕의 생모에 대해서는 생각해 보지도 않았다.

왜 그랬을까? 그것은 『삼국사기』 권 제9 「효성왕」 조가 이에 대한 의문을 원천적으로 봉쇄하고 있기 때문이다. 이 책은 중요한 대목에서는 독자들이 온당한 판단을 할 수 없게 사실을 흐리고 있다. 그만큼 이 책의 기사는 의심을 가지고 정밀 검토해야 한다. 특히 「효성왕」 대의 기록은 내용을 잘 파악하기가 어렵다. (1)은 효성왕 즉위년 첫머리 기사이다.

(1) (737년) 효성왕이 즉위하였다[孝成王立]. 휘는 승경이다[諱承慶]. 성덕왕 제2자이다[聖德王第二子]. 어머니는 소덕왕후이다[母炤德王后]. 널리 사면하였다[大赦]. a. 3월에 사정승과 좌우의방부승(의 승을) 모두 좌로 바꾸었다[三月 改司正丞及左右議方付丞竝爲佐].1) 이찬 정종을 상대등으로 삼고 아찬 의충을 중시로 삼았다[以伊湌貞宗爲上大等 阿湌義忠爲中侍]. b. 여름 5월 지진이 있었다[夏五月 地震]. c. 가을 9월 유성이 대미성에 들어갔다[秋九月 流星入大微]. d. 겨울 10월 입당하였던 사찬 포질이 돌아왔다[冬十月 入唐沙湌抱質廻]. e. 12월 사신을 보내어 입당하여 토산물을 바쳤다[十二月 遣使入唐獻方物].

〈『삼국사기』 권 제9 「신라본기 제9」 「효성왕」〉

(1)을 보면 신라 중대의 다른 왕들의 경우와 확연히 차이가 난다. 다른 왕들의 경우는 맨 첫 기사인 (1) 자리에는 가족 관계가 나오고 당나라와의 외교적 사항이 기록된다. 그리고 다음에 항목을 나누어 '원년'이라고 표기하고, 원년의 일들을 월별[어떤 경우는 날짜까지]에 따라 기록한다. 그 다음에 항목을 나누어 즉위 2년의 일을 적었다.2)

그러나 효성왕의 경우는 원년 항목이 따로 없이 원년의 일이 '(1a) 3

---

1) 『삼국사기』 권 제8 「효소왕」 조에는 '왕은 左右理方府(좌우이방부)를 左右議方府(좌우의방부)로 고쳤는데 고친 까닭은 '理(이)' 자가 이름[理洪]자를 범하기 때문이었다.'는 기록이 있다. 여기서 '丞(승)' 자를 '佐(좌)' 자로 고친 것도 왕의 이름 承慶(승경)의 承(승)과 丞이 음이 같아 피휘한 것이라 할 수 있다.
2) 이하의 내용은 서정목(2016b)를 거의 그대로 가져온 것이다.

월에', '(1b) 여름 5월에' — '(1e) 12월에' 등으로 (1) 속에 섞여 들어 있다. 이런 식의 기술은 신라 하대 37대 선덕왕 이후의 어지러운 왕위 계승에 의하여 재위 기간이 짧은 왕들의 경우에서나 볼 수 있는 일이다.

(1)에서 정밀 검토가 필요한 첫 번째 사항은 효성왕의 어머니가 소덕왕후라 한 것이다. 『삼국유사』의 (2)도 어머니에 관해서는 (1)과 동일하다.[3]

(2) 제34 효성왕[第三十四 孝成王]. 김 씨이고 이름은 승경이다[金氏 名承慶]. 부는 성덕왕이다[父聖德王]. <u>모는 소덕태후이다[母炤德大后]</u>. 왕비는 혜명왕후이다[妃惠明王后]. <u>진종 각간의 딸이다[眞宗角干之女也]</u>. <『삼국유사』 권 제1 「왕력」 「효성왕」>

그러나 이것은 면밀하게 검토해야 한다. 문자 그대로 읽어서는 역사의 진실을 밝힐 수 없다. 효성왕의 어머니가 누군가 하는 것은, 737년 2월의 33대 성덕왕 사후 34대 효성왕~35대 경덕왕의 왕위 계승 과정을 이해하는 데에 핵심 사항이다. 그리고 이 사항의 정확한 실상을 아는 것은, 효성왕 즉위 시의 신충의 「원가」와 효성왕의 두 번에 걸친 혼인, 효성왕의 갑작스러운 사망, 법류사 남쪽에서의 화장과 동해 산골 등 이해할 수 없는 일들을 설명하는 데에 더 할 나위 없이 중요하다.

모든 연구자들이 『삼국사기』의 (1)과 『삼국유사』의 (2)를 읽고 태자 승경을 소덕왕후가 낳은 것으로 알았다. 그리하여 승경을 김순원의 친

---

3) 『삼국유사』 권 제1 「왕력」 「효성왕」 조가 『삼국사기』 권 제9 「신라본기 제9」 「효성왕」 조의 내용과 동일한 것은 아니다. (2)에서 '혜명왕비의 아버지가 진종 각간이라.'고 한 것은 제5장에서 보는 '이찬 순원의 딸 혜명을 들여 왕비로 삼았다.'는 『삼국사기』의 기록과 정면 배치된다. 이 문제에 관한 한 『삼국유사』가 더 정확하다.

외손자로 간주하고 있다. 그러나 그것은 잘못된 것이다.

그동안 효성왕의 생모를 소덕왕후로 보았기 때문에『삼국유사』권제5「피은 제8」의「신충 괘관」도 제대로 읽어내지 못하였고,「원가」도 제대로 해석하지 못하였으며, 신라 중대 정치사 연구도 제 자리를 잡지 못하였다.[4] (1)과 (2)에서 효성왕의 어머니가 소덕왕후라 한 것은 특별한 의미를 가진다. 여기에 적히는 어머니는 법적 어머니인 아버지의 최종 왕비이지 생모가 아니다. 이 법적 어머니와 생모의 구분은 그 아이의 운명을 가른다. 어머니가 소덕왕후라 한 것은 법적 어머니를 적은 것이다.

효성왕 승경은 생모가 누구일까? 이제부터 (3)의 명제를 논증하고자 한다.『삼국사기』,『삼국유사』의 33대 성덕왕, 34대 효성왕 시대에 대한 기록을 면밀하게 검토하여, 지금까지 통용되고 있는 '효성왕의 모가 성덕왕의 후비 소덕왕후라.'는 것은 법적인 모를 의미하는 것이고, 생모는 성덕왕의 선비 엄정왕후임을 증명하고자 한다.

(3) 효성왕의 생모는 소덕왕후가 아니고 엄정왕후이다.

---

4) 이 시대에 관한 연구 논저들은 믿을 만한 것이 없다. 특히「원가」에 대한 고전시가학계의 문학적 해석은 전면적으로 재고되어야 한다. 그리고 한국사학계에서 진행된 성덕왕 말기, 효성왕 즉위 초기의 정치적 갈등에 대한 연구도 새로운 방향으로 이루어져야 한다. 가장 최근에 이 문제를 다룬 이현주(2015:254-55)는 효성왕의 계비 혜명왕비가 이찬 순원의 딸이라고 보고 있다. 그리고 김수태(1996), 박해현(2003)의 효성왕의 첫 왕비 박 씨가 혜명왕비가 들어온 뒤에 후궁이 되었으며 그 후궁의 아버지 영종이 '진종 각간'과 동일인이라는 주장은 따르지 않고, 조범환(2011a)를 받아들여 박 씨 왕비와 후궁이 다른 인물이라고 보고 있다. 서정목(2015e:205-10)은 혜명왕비의 아버지가 순원이 아니라 '진종 각간'이고, 그 진종 각간이 순원의 아들이며 충신, 효신, 혜명의 아버지임을 논증하였다. 박 씨 왕비가 후궁이 되었는지 아닌지는 논의할 근거가 없다. 다만 중국에서는 새로 왕비가 된 여인이 전 왕비를 후궁으로 강등시켜 모욕을 하는 경우가 있긴 하다.

현재 학계는『삼국사기』,『삼국유사』기록의 글자에만 매달려 효성 왕과 경덕왕이 소덕왕후의 아들로서 동모형제(同母兄弟)라고 하고 있다. 그러면 이 둘이 왕위를 두고 서로 골육상쟁을 벌인 것을 제대로 설명할 수 없다. 이 두 왕의 아버지는 성덕왕인 것이 확실하다. 그러므로 어머니가 누구인가, 또는 생모가 누구인가 하는 것이 이 싸움을 합리적으로 설명하는 핵심 조건이 된다. 경덕왕의 생모가 소덕왕후일 것은 거의 확실하다. 그러니 효성왕의 생모가 소덕왕후인가 아닌가 하는 것이 가장 중요한 검토 대상이 된다.

효성왕의 생모가 누구인가를 따지는 것은 당연히 효성왕의 아버지 성덕왕의 혼인 과정을 살펴보는 것으로부터 시작해야 한다. 33대 성덕 왕은 (4a, b)에서 보듯이 오대산에서 승려가 되어 수도하고 있다가, (5) 에서 보듯이 형 효소왕이 702년에 갑자기 승하하는 바람에 국인에 의하여 모셔져 와서 왕위에 올랐다.

(4) a. 정신(의) 태자(가) 아우(인) 부군(과) 서블[新羅]에서 왕위를 다투다가 주멸하였다[淨神太子*(저자 주: 與 결락)*弟副君在新 羅爭位誅滅].⁵⁾ 국인이 장군 4명을 보내어 오대산에 이르러 효

---

5) 이 기록 속의 '新羅[서블]'라는 말은 매우 조심스럽게 접근해야 하는 말이다. 국명인 '新羅'가 아님은 분명하다. '新羅'는 원래 '徐羅伐, 徐伐, 東京'처럼 우리말 '새벌>셔블> 서울'을 한자를 이용하여 적은 것이다. 여기서 '새'는 '東(동)'을 뜻한다. '샛바람[東風]' 에 남아 있다. 방향을 나타내는 우리 고유어가 '높새바람[東北風]', '마파람[南風]', '하 늬바람[西風]' 등과 같이 바람의 방향을 나타내는 고유어에 들어 있는 것이다. '벌 [野]'은 '벌판'을 의미한다. 이 '동쪽 벌판'을 나타내는 '새벌'에서 '시벌', '셔블'이 나왔 고 그 말이 '서울'이 되었다. '새 新, '벌 羅'는 '새벌'을 한자의 훈을 이용하여 적은 것 이다. '徐伐'은 '새벌'을 한자의 음을 이용하여 적은 것이다. '徐羅伐'은 '새라벌'로 '得烏 谷, 得烏失[실오실]'처럼 '음독자+훈독자+음독자'로 '벌'을 한 번 더 적은 것이다. '東 京'은 '새 東, '셔블 京'으로 '서울'을 적은 것이다. 그러므로 '新羅, 徐伐, 徐羅伐, 東京'은 모두 '새벌>셔블>서울'이라는 우리 고유어를 적은 것으로 경주 지역을 가리킨다. 원

명태자 앞에서 만세를 부르자 즉시 오색구름이 오대산으로부터
서블에 이르기까지 7일 밤낮으로 빛이 떠돌았다[國人遣將軍四
人 到五臺山孝明太子前呼萬歲 卽時有五色雲自五臺至新羅七
日七夜浮光]. ----- 국인이 빛을 찾아 오대산에 이르러 두 태자
를 모시고 나라[國, 서블]로 돌아오려 했으나 봇내태자가 울면
서 돌아오려 하지 않으므로 효명태자를 나라[國]로 모시고 와
서 즉위시켰다[國人尋光到五臺 欲陪兩太子還國 寶叱徒太子
涕泣不歸 陪孝明太子歸國卽位].6) 재위 20여 년 신룡 원년
[705년] 3월 8일 비로소 진여원을 열었다(운운)[在位二十餘年
神龍元年 三月八日 始開眞如院(云云). 〈『삼국유사』 권 제3
「탑상 제4」 「명주 오대산 봇내 태자 전기」〉

b. 정신왕*[저자 주: 정신 태자의 오식, 또는 태자 결락]*의 아우가
   왕과 왕위를 다투자, 국인이 (아우를 부군에서) 폐하고 장군 네
   사람을 보내어 산에 이르러 맞아오게 하였다[淨神王之弟與王爭
   位 國人廢之 遣將軍四人到山迎之]. 먼저 효명의 암자 앞에 이
   르러 만세를 부르니 — 보천은 울면서 사양하였다[先到孝明庵

래는 도읍을 가리키던 말이 후세에 국명으로 사용된 것이 '新羅'이다.

6) 이 기록의 '國[나라]'라는 말도 깊은 사유를 필요로 한다. '나라[國]'은 원래 중국에서
왕이 있는 도읍을 중심으로 그 주변 지역을 가리키는 단어이다. '國' 字(자) 자체가 도
읍, 수도라는 뜻도 가진다〈徧國中無與立談者[도읍 안을 두루 다녀 더불어 담화하지 않
은 사람이 없다]': 『孟子』 참고). 일본의 도시 '奈良[nara]'를 보면 '나라'의 원 뜻을 알
수 있다. 이 '奈良[나라]'가 옛 야마토국[大和國]의 도읍지였다. 그러니까 '나라'는 도
읍을 중심으로 한 지역을 나타내던 말이 점점 더 큰 지역을 가리키게 되어 왕의 통치
력이 미치는 영역을 가리키는 말이 되었다. 일본에서는 '奈良'를 예전에는 '寧樂
[neiraku]'라고도 썼다. 지금도 奈良(나라)에 가면 사립 '나라미술관'을 '寧樂美術館
[Neiraku Museum]'으로 적은 것을 볼 수 있다. '寧樂'은 우리 말 '나랗'에서 유래된
[neiraku]라는 일본어를 한자의 음을 이용하여 적은 것이다. 'neiraku'라는 말, 이것은
중세 한국어의 'ㅎ 종성 체언' '나랗'에 정확하게 대응한다. 국어사에서는 중세 한국어
의 이 '나랗'이 신라 시대에는 [narak] 정도의 발음을 가졌을 것이라고 추정한다. 일본
어는 개음절어이어서 받침이 없다. 15세기의 우리 말 '나랗'이 그 후 마지막 음이 탈락
하여 '나라'가 되었듯이, 일본어에서도 그 후 'neiraku'의 마지막 음절이 탈락하고
'neira/nara'와 같은 음을 가지게 되었을 것이다. 이기문(1971)을 참고하기 바란다.

前呼萬歲---寶川哭泣以辭]. ----- 이에 효명을 받들어 돌아와 즉
위시켰다[乃奉孝明歸卽位]. 나라를 다스린 지 몇 해 뒤인[理國
有年] 신룡 원년[以神龍元年] 을사년[705년] 3월 초4일 비로소
진여원을 고쳐지었다[乙巳三月初四日始改創眞如院]. 〈『삼국유
사』 권 제3 「탑상 제4」 「대산 오만 진신」〉

(5) (702년) 성덕왕이 즉위하였다[聖德王立]. 휘는 흥광이다. 본명 융
기가 현종의 휘와 같아서 선천에 바꾸었다*(당서는 김지성이라
하였다)*[諱興光 本名隆基與玄宗諱同 先天中改焉*(唐書言 金志
誠)*].7) 신문왕 제2자로 효소왕의 동모제이다[神文王第二子孝昭
同母弟也]. 효소왕이 승하하고 아들이 없어 국인이 세웠다[孝昭
王薨無子 國人立之]. 〈『삼국사기』 권 제8 「신라본기 제8」 「성덕
왕」〉

그는 (6a)에서 보듯이 704년에 김원태의 딸과 첫 번째 혼인을 하였다.
그리고 (6b)에서 보듯이 720년 3월에 김순원의 딸과 다시 혼인하였다.

(6) a. 704년[성덕왕 3년] --- 여름 5월 승부령 소판*(구본은 반이라고
적었으나 지금 고친다.)* 김원태의 딸을 들여 비로 삼았다[夏
五月納乘府令蘇判*(舊本作叛今校正)*金元泰之女爲妃].

---

7) '선천(先天)'은 당 현종의 즉위년인 임자년[712년]을 가리키는 연호이다. 당 예종은 712
년 9월 8일[이융기의 27번째 생일]에 셋째 아들 황태자 이융기에게 황제의 위를 물려
주고 선천으로 연호를 고쳤다. 당 현종은 713년에 다시 연호를 개원(開元)으로 고쳤다.
그러므로 선천은 4개월 동안 사용된 연호이다. 당 현종은 712년 선천 4개월, 713년 개
원 원년으로부터 29년, 다시 천보(天寶)로 고쳐 14년 도합 44년, 756년까지 재위하였다.
성덕왕의 이름은 처음에 융기였다가 당 현종이 즉위한 선천[712년]에 현종의 이름 융
기를 피휘하여 흥광으로 고쳤다는 말이다. 『삼국사기』 권 제9 「성덕왕」 11년[712년]
3월 조에 '당에서 사신 노원민을 보내어 왕명을 고치라는 칙령을 내렸다[大唐遣使盧元
敏 勅改王名].'고 되어 있다. 신라 왕이 자기네들 황태자 이름과 같은 이름을 가질 수는
없다는 것이 피휘이다. '中'은 향찰이나 이두에서 처격 조사 '-에'를 적는 데에 사용되
었다. 그러므로 '선천중에'로 번역하는 것보다 '선천에'로 번역하는 것이 옳다.

b. 720년[동 19]년 3월 이찬 순원의 딸을 들여 왕비로 삼았다[三月 納伊湌順元之女爲王妃]. 6월 왕비를 책립하여 왕후로 삼았다[六月 冊王妃 爲王后].

c. 724년[동 23년] 겨울 12월에 — 소덕왕비가 사망하였다[冬十二月 — 炤德王妃卒]. 〈『삼국사기』권 제8 「신라본기 제8」「성덕왕」

〈오대산 중대의 적멸보궁: 자장율사가 643년[선덕여왕 12년] 당나라에서 부처의 진신사리를 가져와 모셨다고 한다. 사진: 2017년 3월 7일 상목 동생〉

(6c)를 보면 (6b)의 김순원의 딸은 소덕왕비이다. (6a)의 김원태의 딸은 시호(諡號)가 무엇인지 알 수가 없다.

그런데 (7)에서 보듯이 『삼국사기』의 성덕왕 15년[716년] 조에는 쫓겨나는 왕비가 있다. 이 왕비가 성정왕후이다. 이 成貞에 *{一云 嚴貞}*

이라는 주가 붙어 있다.

> (7) 716년[동 15년] 3월 --- *성정*{다른 곳에서는 엄정이라고도 한다.}*왕후를 쫓아내는데 비단 500필과 밭 200결, 조곡 1만 석, 주택 1구역을 주었다.*[三月 --- 出成貞*{一云嚴貞}*王后 賜彩五百匹田二百結租一萬石宅一區]. 주택은 강신공의 옛집을 사서 주었다[宅買康申公舊居賜之]. 〈『삼국사기』 권 제8 「신라본기 제8」 「성덕왕」〉

이 주에 대한 해석이 문제를 일으켰다. 이 '一云'은 *{ 다른 곳에서는 ○○이라고도 한다}*로 해석되는 것으로 성정왕후를 엄정왕후라 한 기록도 있다는 뜻이다. '成貞一作嚴貞'은 '성정을 엄정으로 적기도 한다.'의 뜻으로 향찰 표기와 관련하여 둘 이상의 표기가 있거나, 피휘를 위하여 다른 글자로 적거나 한 것으로 동일 인물임을 뜻한다. 그러나 '成貞一云嚴貞'이라고 한 경우는 '성정을 엄정이라 하기도 한다.'의 뜻으로 보면 동일 인물을 의미한다고 할 수 있지만, '성정을 다른 곳에서는 엄정이라 적기도 하였다.'고 해석하면 동일 인물을 의미하는 것이 아닐 수도 있다.

이 주는 『삼국사기』의 편자들이 성덕왕의 왕비의 시호가 무엇인지 정확하게 모르고 있었다는 것을 보여 준다. 그들은 성덕왕의 왕비의 시호가 무엇인지 모르는 상태에서, 성정왕후도 나오고 엄정왕후도 나오고 소덕왕후도 나오니 성정왕후가 엄정왕후와 같은 인물인 줄 알고, 성정왕후를 쫓아내었다는 기록을 하면서 성정왕후를 다른 데서는 엄정왕후라고도 하였다고 모호한 주를 붙인 것이다. 그들은 형사취수 제도를 몰랐던 것이다.

그러나 (8)에서 보듯이 『삼국유사』 권 제1 「왕력」에는 성덕왕의 선비
가 배소왕후인데 시호가 엄정이고, 후비는 점물왕후인데 시호가 소덕이
라고 하였다.[8]

> (8) 33대 성덕왕 --- 선비는 배소왕후이다 [先妃 陪昭王后]. 시호는
> 엄정이고 원태 아간의 딸이다 [諡嚴貞 元大阿干之女也]. 후비는
> 점물왕후이다 [後妃占勿王后]. 시호는 소덕이고 순원 각간의 딸
> 이다 [諡炤德順元角干之女]. 〈『삼국유사』 권 제1 「왕력」 「성덕
> 왕」〉

제33대 성덕왕의 왕비는 엄정왕후와 소덕왕후 두 사람이다. 그러므로
(7)에서 보는 쫓겨난 왕비는 엄정왕후가 아니라 성정왕후이다. 이 성정
왕후에 대해서는 후술한다.

이제 성덕왕의 왕비가 엄정왕후와 소덕왕후 두 사람인 것으로 판명
이 났다. 그리고 '효성왕은 이 두 왕비 가운데 어느 여인의 아들인가?'가
매우 중요한 문제가 된다. 경덕왕은 후비 소덕왕후의 아들임이 분명하
다. 남은 것은 효성왕이 소덕왕후의 아들인가 엄정왕후의 아들인가를

----

8) '소판과 아간이 차이가 커서 어느 쪽이 옳은지 모르겠다.' 해 버리면 안 된다. 아마도
아간은 엄정왕후가 왕비가 될 때 그 아버지의 관등일 것이다. 그때는 그가 승부령도
아니었을 것이다. 소판이라는 관등과 승부령은 김원태의 최종 관등이고 관직이다. 이
경우 『삼국사기』는 최종 관등과 관직을 적은 것이고, 『삼국유사』는 그 일이 있던 당시,
즉 딸을 성덕왕의 비로 들이던 당시의 관등을 적은 것이다. 그렇다면 아간[6등관위명]
은 왕의 장인이 되기에는 좀 낮은 관등일지도 모른다. 아니면 엄정왕후가 왕비가 될
때 그 아버지는 좀 젊었을 수도 있다. 그러면 소덕왕후가 왕비가 될 때 그의 아버지
이찬 순원은 연만했다고 보아야 한다. 성덕왕의 첫 왕비 집안은 그렇게 큰 세력을 가
진 집안이 아니다. 그에 비하여 소덕왕후의 아버지 각간 순원의 집안은 거의 최고의
세력을 가진 집안으로 보인다.

결정하는 일이다. 그런데 이 결정은 신라 중대 정치사의 핵심 문제를 푸는 열쇠가 된다. 왜냐하면 효성왕이 엄정왕후의 아들이어서 소덕왕후의 아들인 경덕왕과 이복형제이라면 「원가」를 둘러싼 이 정치적 갈등의 대립 축을 완벽하게 파악할 수 있기 때문이다.

학계의 일반적 인식

「원가」에 대하여 이 책처럼 접근하려면 필연적으로 이 시대에 관한 전망을 국사학으로부터 가져오지 않을 수 없다. 국사편찬위원회(1998), 『한국사 9』「통일신라」의 100-101면에는 (9)와 같은 기술이 있다.

(9) a. 성덕왕이 행한 왕권강화 노력은 --- 일정한 왕당파 세력의 지지와 협력을 받았을 것으로 보인다. --- 孝昭王代의 정치에 참여하였다가 몰락하여 소외당하고 있던 인물들에게 커다란 관심을 갖고 중용했다. 진골귀족세력의 영향을 벗어나기 위하여 선택한 방법이었다고 할 수 있다. --- 이들 세력은 성덕왕의 후비로 딸을 바친 金順元으로 대표되는 것으로 보인다.

   b. 그렇지만 이와는 달리 엄정왕후로서 상징되며 성덕왕의 왕권을 제약하던 진골귀족세력은 상대적으로 크게 위축되었을 것임은 틀림이 없다. 그러므로 이러한 두 세력의 대립 충돌은 필연적이었을 것이다. 이러한 두 세력의 대립 충돌을 상징적으로 보여주는 사건이 바로 성덕왕의 첫째 왕비인 엄정왕후의 出宮事件이다.

   c. 성덕왕은 19년에 가서 새로이 왕비를 맞아들이고 있는데, 바로 왕당파 세력으로 중시출신인 金順元의 딸이었다. 이 사건은 왕당파로 하여금 더욱 세력을 떨칠 수 있게 해준 것이 아닐까

한다. 3년 후 김순원의 딸에게서 난 아들을 3세의 어린 나이로 太子로 책봉하여 성덕왕은 자기의 즉위과정과는 달리 왕위계승에 있어서 발생할 수 있는 문제를 일찍부터 없애려고 하였다. 그리고 이후 丁田을 실시하고, 자기 주위의 핵심인물들을 將軍으로 임명한다든지, 또한 浿江 이남 지역의 획득 등을 통하여 정치적, 사회적 안정을 꾀하고자 하였다.

d. 그 결과 성덕왕은 이제 전제왕권의 극성기를 구가할 수 있지 않았을까 한다. 〈국사편찬위원회(1998:100-101)

이 기술은 (9d)의 추측 결론을 도출하기 위하여 길게 쓰고 있다. 그러나 (9d)를 증명할 근거는 아무 데도 없다.[9] 그리고 (9d)를 도출하는 과정에 동원한 역사적 사실들 가운데에는 틀린 것이 많다. 그러면 (9d)도 올바른 결론이 아니다. (9)는 잘못된 역사 기술이다. (9)가 가진 문제점과 명백하게 역사적 사실에 어긋난 기술들을 들면 다음과 같다.

왕당파 대 진골 귀족 세력 대립은 허구다

첫째, (9a, b)는 왕당파와 진골 귀족 세력의 대립을 설정하고 있으나 이 대립은 성립할 수 없다. 이 대립이 성립하려면 왕당파는 진골 귀족

---

9) 어떤 분야든 과학적 학문이 되려면 증거에 의한 논증이 되어야 한다. 우리 학계에는 아무 논거 없는, 논증되지 않는 주장이 난무하고 어떤 경우 그런 것들이 정설로 굳어져 있다. 그 대표적인 것이 '신충이 벼슬을 얻기 위하여 「원가」를 지었다.' '「찬기파랑가」, 「모죽지랑가」는 젊은 화랑의 기상을 노래한 시이다.' '김흠돌의 모반은 왕권 강화를 위하여 진골 귀족 세력을 거세한 것이다.'고 하는 것이다. 그리고 역사적 사실을 무시한 대표적 사례는, '신충이 벼슬을 버리고 지리산에 피은하였다.' '효소왕이 신문왕의 원자이고 6세에 즉위하여 16세에 승하하였다.' '성덕왕이 12세에 즉위하였거나, 아니면 김흠돌의 딸이 낳은 효소왕의 이복형일 것이다.' '효성왕과 경덕왕은 소덕왕후의 아들이다.'고 하는 것이다. 이런 면에서 고전시가학계와 신라 중대 정치사학계는 현재로서는 과학적 학문을 하고 있다고 할 수 없다.

일 수 없고 진골 귀족은 왕당파일 수 없다. 그런데 이 시기에 왕비를 배출하거나 높은 관등에 오르는 사람들은 모두 진골 귀족이다. 성골이 없으니 당연한 일이다. 일단 왕당파로 분류되는 사람도 진골 귀족임에는 틀림없다.

(9a, b)에서 왕당파는 딸을 왕비로 들일 때 이찬[최종관등은 각간]이었던 김순원과 그의 딸 소덕왕후로 대표된다. 진골 귀족 세력은 엄정왕후로 대표된다. 엄정왕후의 친정 아버지는 딸을 왕비로 들일 때는 아찬[최종관등은 소판]이었던 김원태이다.[10] 김순원도 김원태도 진골 귀족이다. 그러므로 진골 귀족 세력 대 왕당파의 대립은 성립 불가능한 것이다.

진골 귀족 가운데 왕당파를 제외한 인물들을 반왕당파로 보고 이 대립을 왕당파와 반왕당파의 대립으로 보기도 한다. 박노준(1982:141, 151)에 의하면, 이기백(1974:234-36)에서는 '전제주의적 왕권을 보다 견고히 다지려는 신라 중대적 왕당파와 그러한 세력을 꺾고자 하는 하대적 반왕당파가 서로 맞서서 반목을 거듭하'였는데, 이 대립에서 신충을 '왕당파의 거두'로 간주하였다고 한다. 이에 근거하여 박노준(1982)는 신충을 왕당파로, 김순원을 반왕당파[=외척]으로 분류하고 있다.[11]

---

10) 『삼국사기』 권 제8 「성덕왕」의 720년[성덕왕 19년] 3월 소덕왕후가 성덕왕과 혼인할 때의 김순원의 관등은 이찬이다. 『삼국유사』 권 제1 「왕력」에는 소덕왕후의 아버지를 '順元 角干'이라고 적었다. 상식적으로 생각하면 720년 혼인 당시에는 이찬이었으나 최종적으로는 각간이 되었다고 할 수 있다. 그런데 김원태의 경우는 『삼국사기』 권 제8 「성덕왕」의 704년[성덕왕 3년] 조의 엄정왕후 혼인에서는 승부령 '蘇判 金元泰'라 하고 『삼국유사』 권 제1 「왕력」에서는 '元太 阿干'이라 하였다. 김원태가 엄정왕후 혼인 시인 704년에 소판이었는데 최종적으로 아간으로 강등되었다고 할 수는 없을 것이다. 아간이 딸을 왕비로 들이던 때의 관등이고 소판이 최종 관등으로 보이지만 확실한 것은 알 수 없다. 이 경우 두 사서가 왜 이렇게 일관성 없이 관등을 적고 있는지 알 수 없다(자세한 것은 서정목(2016b) 참고).

(9)에서는 김순원이 왕당파로 분류되었는데, 이 설명에서는 김순원이 반왕당파로 분류되는 희한한 상황이 벌어지고 있다. 그것은 분류 기준이 잘못되었기 때문이다. 신라 중대에 왕당파, 진골 귀족 세력, 반왕당파 사이의 대립은 없었다. 아니 그런 대립에 의하여 설정된 정치권력 구도로는 신라 중대 정치 현상을 설명할 수 없다. 특히 효성왕 때 일어난 기이한 정치적 사건들은, 이런 구도로는 합리적으로 설명되지 않는

11) 박노준(1982)에도 오류가 적지 않다. 「원가」 논의와 관련된 것 몇 가지만 열거한다. 첫째, 그 책은 효성왕 승경을 소덕왕후의 아들이라고 본다. 그러나 필자는 승경이 엄정왕후의 친아들이라고 본다. 역사 기록에 적힌 왕의 모가 법적인 모인지 생모인지 구분해야 한다. 그런데 현재까지의 연구들에서는 이 문제가 경시되었다. 둘째, 그 책은 엄정왕후와 성정왕후가 동일 인물로 성덕왕의 선비라고 본다. 그러나 필자는 성정왕후와 엄정왕후는 동일 인물이 아니고 성정왕후는 효성왕의 왕비이고 엄정왕후가 성덕왕과 704년에 혼인한 김원태의 딸이라고 본다. 셋째, 그 책은 수충을 성정왕후[=엄정왕후]의 아들로 보고 승경을 소덕왕후의 아들로 보아 이 대립이 성덕왕의 선비 성정왕후 소생 수충과 후비 소덕왕후 소생 승경의 대립으로 본다. 그러면 당연히 승경은 김순원의 외손자로서 친당파인 수충과 대립한 것이 된다. 그러나 필자는 수충은 효소왕과 성정왕후 사이에 태어난 아들로서 효소왕의 '왕자 수충'이라고 생각한다. 그는 효소왕이 승하하고 난 뒤에 왕위를 오대산에 가서 승려가 되어 있던 삼촌 효명[성덕왕]에게 빼앗겼다. 그리고 중경, 승경은 성덕왕과 엄정왕후 사이에서 태어난 아들이다. 소덕왕후는 성덕왕과의 사이에서 헌영을 낳았다. 736년[성덕왕 35년] 가을의 잣나무 아래의 맹약, 그리고 737년[효성왕 즉위년]의 「원가」 창작 시기의 정치적 대립은 수충과 승경의 대립이 아니라, 승경과 헌영의 대립이다. 즉, 효성왕이 사랑한 후궁의 아버지 영종의 집안과 나중에 혜명왕비를 배출하는 순원의 집안의 대립인 것이다. 후궁 세력은 엄정왕후와 관련되어 있을 수 있다. 신충은 태자 승경에게 '후일 경을 잊지 않겠다.'는 다짐을 받고 승경의 즉위를 도왔다. 그러나 후궁 세력의 발호로 논공행상에서 공신록에 들지 못한 신충이 효성왕을 죽이고 소덕왕후의 친아들 헌영을 즉위시키는 과정이 그 뒤에 이어진다. 「원가」는 형 승경[효성왕]과 아우 헌영[경덕왕]이라는 이복형제가 왕위를 놓고 골육상쟁을 벌이는 와중에서 태어난 것이다. 외가가 약한 효성왕이 우여곡절 끝에 왕위에 있은 지 5년 3개월 만에 사망한 후 화장당하여 동해에 산골되고, 김순원 집안[자의왕후, 소덕왕후, 혜명왕비의 친정]이라는 막강한 외가를 배경으로 하는 헌영이 뒤를 이어 경덕왕으로 즉위하였다. 아마도 혜명왕비, 효신, 신충 등에 의한 효성왕 시해라고 보아야 할 것이다. 지금까지 이 사실(史實)이 제대로 파악되지 않았다. 그것이 밝혀지지 않음으로써 국사학계는 신라 중대 정치사를 제대로 기술하지 못하였고, 국문학계는 향가 「원가」의 창작 배경을 제대로 설명하지 못하였다.

다. 그것이 설명되지 않는다는 것은 「원가」 창작의 정치적 배경이 해명되지 않는다는 것과 같다.

쫓겨난 왕후는 성정왕후이지 엄정왕후가 아니다

둘째, (9b)에서 출궁되었다고 말하는 왕비는 엄정왕후가 아니고 성정왕후이다. 『삼국사기』는 '엄정왕후가 출궁하였다.'고 한 적이 없다. 아니 어떤 사서에도 엄정왕후가 출궁하였다는 기록은 없다.

(7)에서 본 대로 '出成貞*{一云嚴貞}*王后'라고 하였다. 이를 어떻게 '엄정왕후가 출궁하였다.'고 읽는가? 이 경우 '出'은 타동사이다. 그 목적어는 '성정왕후'이다. 정확하게 번역하면 '성정왕후를 쫓아내었다.'가 된다. 이것은 '출궁(出宮)'과는 다른 말이다. '출궁'이야 스스로 궁 밖으로 나간 것일 수도 있고, 나갔다가 다시 들어올 수도 있다. 그러나 '성정왕후를 쫓아내었다.'고 하면 '성정왕후는 쫓겨난' 것이고 다시는 왕궁에 들어갈 수가 없는 신분이 된다. 716년 3월에 쫓겨난 왕비는 성정왕후이지 엄정왕후가 아니다.

(9b)가 옳다고 하려면 '成貞=嚴貞'이라는 것을 증명하여야 한다. 그러나 그것은 증명되지 않는다. '成'을 피휘하여 '嚴'으로 썼다는 말도 할 수 없다. '成'과 '嚴'은 엄연히 다른 글자이다. *{一云嚴貞}*이라는 세주는 『삼국사기』의 편찬자가 성정왕후와 엄정왕후에 대하여 잘 모르고 붙인 것이다. 그들은 기록에 성덕왕의 왕비가 성정왕후, 엄정왕후, 소덕왕후 세 사람으로 나오니 성정왕후와 엄정왕후가 동일인인 줄 착각하였다. 그러나 이 둘은 동일인이 아니다. 분명한 것은 쫓겨난 왕비는 성정왕후이다. 『삼국사기』의 편찬자가 성덕왕의 왕비라고 착각하고 있던 이

성정왕후를 다른 기록에서는 엄정왕후라고도 하였다는 것이 *{一云嚴貞}*이라는 세주의 의미이다.

물론 엄정왕후의 폐비나 사망 기사는 『삼국사기』에 없다. 그러나 이것이 성정왕후가 엄정왕후라는 것을 보장해 주지는 않는다. 이것을 문제 삼는 사람도 있을 것이다. 엄정왕후의 사망이나 폐비 기록이 없는데 왜 이찬 순원의 딸 소덕왕후가 720년 3월에 왕비가 되는가 하는 의문 때문이다. 그러나 『삼국사기』에 왕비의 사망과 폐비가 꼬박꼬박 기록되는 것은 아니다. 737년 2월 이후에 즉위한 효성왕도, 박 씨 왕비의 폐비나 사망 기사 없이, 739년 3월 진종의 딸[순원의 딸은 오식] 혜명왕비를 맞이하였다. 742년 5월 이후 즉위한 경덕왕도, 선비 이찬 순정의 딸의 폐비나 사망에 관한 기록 없이 743년 4월에 서불한 김의충의 딸을 들어 왕비로 삼았다.[12] 엄정왕후의 폐비나 사망 기사가 없다고 해서 쫓겨난 성정왕후가 엄정왕후여야 한다는 논리는 성립하지 않는다.

만약 (9b)처럼 716년 3월에 엄정왕후가 출궁하였다고 보면, (9c)의 소덕왕후가 720년 3월에야 성덕왕과 혼인하는 것이 이상하다. 만 4년 동안 중전 자리가 비어 있었다. 그런 경우가 일반적일까? 그렇지 않다. 신문왕은 681년 8월 8일 장인 김흠돌을 모반으로 죽이고 왕비를 아버지의 난에 연좌시켜 폐비하였다. 그리고 683년 5월 7일 김흠운의 딸을 정식으로 왕비[신목왕후]로 들였다. 채 2년도 지나지 않았다. 그러나 이

---

12) 『삼국유사』 권 제2 「기이 제2」 「경덕왕 충담사 표훈대덕」 조에 의하면 '王 玉莖長八寸 無子 廢之 封 沙梁夫人 後妃滿月夫人 諡景垂太后 依忠角干之女也[왕은 옥경이 길이가 8촌이나 되었다. 사량부인이 아들이 없어 그를 폐하고, 후비 만월부인을 봉하였는데 시호는 경수태후로 의충 각간의 딸이다(이런 뜻을 적은 것으로 보이는데, 현재의 원문은 '無子' 앞에 있어야 할 '沙梁夫人'이 '封' 뒤로 가 있다).'고 한 데서 보듯이 김순정의 딸은 폐비되었다. 그러나 『삼국사기』는 이에 대하여 적지 않았다.

경우는 실제로는 신문왕이 태자 시절부터 신목왕후와 동거생활을 하며 이홍, 봇내, 효명을 낳아 놓고 있었기 때문에 중전 자리가 비어 있었다고 하기 어렵다. 효성왕은 박 씨 왕비가 738년 2월 당나라로부터 책봉받은 지 불과 1년 1개월 만인 739년 3월에 김진종의 딸 혜명을 왕비로 맞이하였다.13) 경덕왕도 742년 5월 이후 즉위할 때 이찬 순정의 딸이 왕비로 기록되어 있다. 그로부터 1년도 채 안 되어 743년 4월에 김의충의 딸[만월부인]을 새 왕비로 들인다. 그러므로 유독 성덕왕만 첫 왕비를 폐비시키고 4년 동안 중전 자리를 비웠다가 새 왕비를 맞이하였다는 것은 일반적이 아니다. 이 4년 동안의 상당 기간은 엄정왕후가 중전 자리를 지키고 있었을 것으로 보인다.

특히 (7)에서 보듯이 성정왕후를 쫓아낼 때에는 위자료가 지급되었음이 『삼국사기』에 명백하게 기록되어 있다. 얼른 보아도 많은 양이다. 단순한 폐비는 아니다. 폐비된 다른 어떤 왕비에게도 위자료를 주었다는 기록은 없다.

대부분의 폐비 사건은 사유가 '무자'라고 적혀 있다. 그런데 성정왕후를 쫓아낸 기록에는 사유가 없다. 성정왕후를 쫓아낸 것은 폐비 사건이 아니다. 물론 엄정왕후가 쫓겨난 것은 더더욱 아니다.

이 시기에는 아버지와 어머니가 불확실한 '왕자'가 하나 등장한다. 성덕왕 중반기의 왕실 사정을 적은 (10)을 살펴보기로 한다.

(10) a. 714년[성덕왕 13년] 2월 --- 왕자 김수충을 당으로 파견하여

---

13) 『삼국사기』 권 제9 「효성왕」 3년[739년] 조의 '3월 이찬 순원의 딸 혜명을 들여 비로 삼았다 [三月 納伊湌順元女惠明爲妃].'의 '순원'은 '眞宗'의 오기이다. 『삼국유사』 권제1 「왕력」 「효성왕」 조에서 적은 대로 '진종 각간'이 혜명왕비의 부친인 것이 확실하다. 서정목(2016b)에서 논증하였다. 이 책의 제5장이 이를 다룬 것이다.

숙위하게 하니 현종은 집과 비단을 주고 써 총애하며 조당에 서 연회를 베풀어 주었다[春二月 --- 遣王子金守忠入唐宿衛 玄宗賜宅及帛以寵之 賜宴于朝堂].

b. 715년[동 14년] 12월 --- 왕자 중경을 책봉하여 태자로 삼았다[十二月 --- 封王子重慶爲太子].

c. 716년[동 15년] 3월 --- 성정*/다른 곳에서는 엄정이라고도 한다./*왕후를 쫓아내는데 비단 500필과 밭 200결, 조곡 1만 석, 주택 1구역을 주었다[三月 --- 出成貞*/一云嚴貞/*王后賜彩五百匹田二百結租一萬石宅一區]. 주택은 강신공의 옛집을 사서 주었다[宅買康申公舊居賜之].

d. 717년[동 16년] 6월에 태자 중경이 죽어 시호를 효상이라 하였다[六月 太子重慶卒 諡曰孝殤].

e. 717년[동 16년] 가을 9월에 당으로 들어갔던 대감 수충이 돌아왔는데 문선왕, 십철, 72 제자의 도상을 바치므로 그것을 태학에 보냈다[秋九月 入唐大監守忠廻 獻文宣王 十哲 七十二弟子圖 卽置於大學]. 〈『삼국사기』 권 제8 「신라본기 제8」 「성덕왕」〉

(10a)에서 보듯이 714년 왕자 김수충이 당나라로 갔다. 그런데 그가 성덕왕의 아들일까? 그러면 715년 12월에 태자로 책봉되는 중경의 형일까 동생일까? 중경은 빨라야 705년생이다. 715년에 10세이다. 중경의 동생이 수충이라 하면 너무 어린 나이에 당나라에 간 것이 된다.

수충이 중경의 형이라면 왜 그가 태자가 되지 않았을까? 그리고 그를 당나라로 보낸 뒤에 동생을 부랴부랴 태자로 삼은 것이 이상하다. 중경이 성덕왕의 맏아들이라면 '원자'로 적혀야지 '왕자'로 적힐 수는 없다. 중경도 맏아들은 아니다.

김수충은 성덕왕의 아들이 아닐 가능성이 크다. 그러면 그는 어느 왕의 아들일까? 32대 효소왕의 아들이거나 아니면 31대 신문왕의 아들일 수밖에 없다.

그런데 성덕왕의 시대에 신문왕의 아들들로는 '왕제 사종'과 '왕제 근{흠}질'이 따로 있다. 그들은 '왕자'로 적히지 않고 '왕제'로 칭하여졌다. 그리고 '왕질 지렴'이 있는데, 이 사람은 성덕왕의 조카이므로 사종의 아들로 보인다.

김수충이, 신문왕의 아들이면 성덕왕 시대에는 '왕제'로 적혀야 하고 효소왕의 아들이라면 '왕질'로 적혀야 한다. 그런데 그는 '왕자 김수충'과 '대감 수충'으로 적히고 있다. 대감이야 당나라 관등이니 그렇다 치자. 그러나 '왕자 김수충'이라는 말은 매우 이상한 말이다. 성덕왕의 아들이 아닌데 '왕자'라 하고 있다. 그의 아버지가 왕이었던 것은 틀림없다.

716년 3월에 성덕왕은 성정왕후를 내쫓았다. 성정왕후를 쫓아내는 이 사건 뒤에는 설명하기 어려운 사연이 들어 있다. 그 사연은 32대 효소왕과 33대 성덕왕의 관계이다. 이 둘은 형제이다. 아버지는 31대 신문왕, 어머니는 김흠운의 딸 신목왕후이다. 그런데 김흠운은 태종무열왕의 사위이다. 문무왕의 매부인 것이다.

그러면 김흠운의 부인, 신목왕후의 어머니는 태종무열왕의 공주이다. 어느 공주일까? 고타소? 아니다. 지조공주? 아니다. 남은 한 사람의 공주, 그 공주는 원효대사와의 사이에 설총을 낳은 요석궁의 홀로 된 공주이다. 속칭 요석공주. 그러니까 효소왕과 성덕왕은 요석공주의 외손자들이다.

〈**31대 신문왕릉**: 경주시 배반동 453-1, 월성에서 울산으로 가는 7번 국도 동쪽에 있다. 이 왕릉에서 동남쪽으로 32대 효소왕릉, 33대 성덕왕릉이 있다.〉

효소왕은 (11)의 『삼국유사』 권 제3 「탑상 제4」 「대산 오만 진신」 조에 의하면 692년에 16세로 즉위하여 702년에 26세로 승하하였다. 그리고 이 기록에는 (5)에서 본 대로 성덕왕이 오대산에서 승려가 되어 있다가 702년 22세 때에 국인이 보낸 장군 4인에 의하여 모셔져 와서 즉위하였다고 되어 있다.

(11) 살펴보면 효조*/조는 소로 적기도 함*는 천수 3년 임진년[692년]에 즉위하였는데 그때 나이가 16세였고[按孝照*(一作昭*以天授三年壬辰卽位時年十六], 장안 2년 임인년[702년]에 붕어했으니 누린 나이가 26세였다[長安二年壬寅[702년]崩壽二十六]. 성덕이 이 해에 즉위하였으니 나이 22세였다[聖德以是年卽位年二十二]. 〈『삼국유사』 권 제3 「탑상 제4」 「대산 오만 진신」〉

692년에 16세이면 677년에 출생한 것이고 702년에 22세이면 681년에 출생한 것이다. 그런데 신문왕은 681년 7월 7일 즉위하였다. 그리고 8월 8일 '왕비의 아버지 김흠돌의 모반'으로 양장 현신들을 다 죽이고 왕비인 김흠돌의 딸을 폐비시켰다. 그 후 683년 5월 7일 김흠운의 딸과 정식으로 혼인하였다. 그러므로 효소왕과 성덕왕은 부모가 혼인 전에 혼외에서 낳은 아들들이다. 이것이 통일 신라의 불행이었다.

16세에서 26세까지 재위한 왕이 혼인을 하지 않았을 리가 없다. 효소왕에게 왕녀가 있었다는 것은 (12)의 『삼국유사』 권 제5 「신주 제6」 「혜통항룡」 조에 명백하게 기록되어 있다. 그러므로 효소왕에게는 왕비가 있었고 경우에 따라 왕자도 있었다고 보아야 한다.

(12) 왕녀가 갑자기 병이 들어 혜통을 불러 치료를 부탁하였더니 병이 나았다[王女忽有疾 詔通治之 疾愈]. 왕은 크게 기뻐하였다[王大悅]. 그러자 혜통이 말하기를, 정공은 독룡의 더러움을 입어 애매하게 나라의 벌을 받았습니다[通因言 恭被毒龍之汚濫 膺國刑] 하니, 왕은 이 말을 듣고 마음으로 뉘우쳐서 이에 정공의 처자가 죄를 면하게 하고 혜통을 제수하여 국사로 삼았다[王聞之心悔 乃免恭妻孥 拜通爲國師]. 〈『삼국유사』 권 제5 「신주 제6」 「혜통 항룡」〉

아버지도, 어머니도 분명하지 않은 '왕자 김수충'은 714년에 당나라에 숙위를 가니 아마도 그때 19세는 되었을 것이다. 그는 696년생쯤 된다. 효소왕 재위 중에 출생한 것이다. 김수충이 효소왕의 아들일 가능성이 있다. 그러면 효소왕에게 왕비도 있어야 한다. 서정목(2015e, 2016a)에서 증명하였듯이 성정왕후는 효소왕의 왕비이고, 엄정왕후는 성덕왕의 선비이다. 성정왕후와 엄정왕후는 다른 사람인 것이다.

〈32대 효소왕릉: 경주 조양동 산 8, 월성에서 울산으로 가는 7번 국도의 동쪽에 있다. 신라 중대 왕릉 가운데 가장 초라해 보인다. 하기야 그의 조카 34대 효성왕은 화장 후 동해에 산골되어 왕릉을 남기지도 못하였다. 북서쪽 인접한 곳에는 그의 아우 33대 성덕왕의 능이 최초로 둘레석과 난간을 두른 전형적인 유교적 왕릉의 모습으로 턱 하니 앉아 있다. 역사의 승자와 패자의 모습이 이렇게 무덤에 그 흔적을 남기고 있다. 사진: 2016년 2월 8일 저자〉

702년에 남편 왕이 죽고, 10여 년 전인 693년쯤에 서라벌을 떠나 오대산에 숨어 들어 승려가 되어 있던 시동생이 산에서 와서 왕이 되었다. 형수 왕비는 어떻게 되어야 할까? 그 형수에게 아들이 있었다면 새 왕은 이 형의 아들, 조카를 어떻게 해야 하는가?

어쩔 수 없이 새 왕은 형수를 책임져야 하고 조카를 보살펴야 한다. 그 가장 쉬운 길은 새 왕이 형수와 혼인하고 조카를 양자처럼 받아들이는 것이다. 이른바 '형사취수'가 이루어지는 것이다.[14]

_____

14) 이 제도의 핵심은 형이 죽으면 아우가 형수와 그 가족을 책임진다는 것이다. 이 제도가 부여, 고구려에 있었다는 것은 잘 알려져 있다. 서기 196년 고구려 고국천왕이 사망한 후에 왕비 우 씨는 시동생 산상왕을 즉위시키고 왕비가 되었다. 신라의 경우

그 시동생이 형수와 백년해로를 하면 좋을텐데, 왕이든 무엇이든 사
내들의 욕심은 또 그렇지 않아서 주위에서 다른 여자를 갖다 바치면 다
받아들이게 되어 있다. 오죽하면 열 계집 마다 할 사내 없다는 말이 있
겠는가? 성덕왕이 새로 혼인하여 새 왕비가 아들을 낳았다면 왕위는 그
두 사촌 형제 가운데 누구에게로 가는 것이 옳을까? 죽은 형 왕의 아들
인 장손에게 가는 것이 옳은가, 현직 아우 왕의 아들에게 가는 것이 옳
은가?[15] 사가에서도 이것은 만만치 않은 문제를 불러일으킨다.

　25대 진지왕 폐위 후에 왕위는 진지왕의 죽은 형 동륜태자의 아들
26대 진평왕에게로 갔다. 진지왕은 황음하여 쫓겨나는 바람에 왕위를
아들 용수나 용춘에게 물려주지 못하고 장조카에게 가게 한 것이다.[16]
이 결정은 아마도 당시의 국인 사도왕후[진흥왕비]가 하였을 것이다.
이번에는 누가 그 결정을 할 것인가? 성덕왕의 할머니인 자의왕후는
681년경 사망하였고, 어머니인 신문왕비 신목왕후는 700년 6월 1일 사

───────────

　형 김용수가 사망한 후 아우 김용춘이 형수 천명공주를 아내로 삼고 조카 김춘추를
아들처럼 돌보았다. 신문왕은 형 소명전군이 사망한 후에 형의 약혼녀였던 김흠운의
딸과 상관하여 677년에 이홍[효소왕], 679년(?)에 봇내, 681년에 효명[성덕왕]의 세
아들을 낳았다. 그리고 681년 8월 김흠돌의 모반으로 그의 딸인 왕비를 폐비시키고
683년 5월 7일에 김흠운의 딸을 새 왕비로 들였다. 이 왕비가 신목왕후이다. 신목왕
후의 어머니는 태종무열왕과 보희[김유신의 누이동생]과의 사이에서 태어난 요석궁
의 공주이다. 세칭 요석공주이다.

15) 조선조 세조의 장남 의경세자가 죽었다. 월산대군, 자을산군 두 아들을 두었다. 세조
의 둘째 아들 예종이 즉위하였다. 그의 아들이 제안대군이다. 그런데 예종은 재위 14
개월만에 사망하였다. 그때 제안대군은 겨우 4살이었다. 누가 왕위를 잇는 것이 옳
을 것인가? 그때도 세조비 정희왕후와 덕종으로 추존된 의경세자의 아내 인수대비는
월산대군과 제안대군을 제치고 자을산군을 성종으로 즉위시켰다. 월산대군은 '추강
(秋江)에 밤이 드니 물결이 차노매라/ 낚시 드리우니 고기 아니 무노매라/ 무심(無心)
한 달빛만 싣고 빈 배 저어 오노라'고 하며 풍류로 정쟁을 피해 갔고, 제안대군은 어
리석은 척 세상을 살다 갔다.
16) 진평왕에게 아들이 없어 왕위는 딸 27대 선덕여왕과 질녀 28대 진덕여왕을 거쳐 다
시 용수의 아들 29대 태종무열왕에게로 돌아갔다.

망하였다. 왕실에 후계자를 결정할 절대 권위가 드러나 있지 않다.

성정왕후는 효소왕 사후 성덕왕이 즉위하고 나서 대궁에 머물러 있었다. 그런데 성정왕후가 낳은 효소왕의 왕자 김수충이 당나라에 숙위를 가 있는 사이에 성덕왕이 엄정왕후의 친아들 중경을 태자로 책봉하였다. 성정왕후는 이에 항의하였을 것이다. 성덕왕은 항의하는 형수 성정왕후를 위자료를 듬뿍 주어 쫓아내었다. 이것이 성정왕후 쫓겨남 사건이다.

이 사건 후 717년 9월에 수충이 당나라로부터 귀국하였다. 사촌 동생 중경이 태자로 책봉되고 어머니 성정왕후가 쫓겨난 소식을 접한 수충이 귀국한 것이다. 수충이 귀국할 때 문선왕(공자)와 그의 제자들의 도상을 가져왔다는 것이 의미심장하다. 유교 도덕률에 따르면 신문왕의 장손인 자신이 태자가 되어야 한다는 것을 은근히 내비치고 있는 것일까? 아무튼 이 *{一云 嚴貞}*이라는 주는 『삼국사기』의 편찬자들이 성정왕후가 누구인지 정확하게 알지 못한 상태에서 잘못 붙인 것이다.

결론적으로 성정왕후는 성덕왕의 형인 32대 효소왕의 왕비이다. 그런데 성정왕후가 성덕왕 즉위 후에 형사취수되었다. 그리하여 기록에 따라 성정왕후를 성덕왕의 왕비처럼 적은 곳도 있었을 것이다. 이를 보고 『삼국사기』는 성덕왕의 형수인 성정왕후에 '*{엄정왕후라고 적은 곳도 있다 [一云嚴貞]}*.'는 주를 붙인 것이다. 이 주를 현대 한국의 연구자들이 '성정왕후를 엄정왕후라고도 하는 줄' 착각하고 이 두 왕비가 동일인인 것처럼 간주하는 오류를 범한 것이다.

성정왕후는 효소왕이 승하하고 성덕왕이 즉위한 후에, 형이 죽어 아우가 형수를 책임진[兄死娶嫂] 왕비이다. 수충이 성덕왕의 왕자처럼 되어 있는 것도 숙부 성덕왕의 아들처럼 자랐기 때문이다. 717년 9월 수충이 귀국하여 보니 사촌 동생 태자 중경이 6월에 죽어 서라벌은 상중이었다. 숙부 성덕왕에게 중경의 태자 책봉에 대해서 항의할 수도 없는 상황이었다.

2년여 또 다른 사촌 동생 승경과 태자 자리를 놓고 경쟁하던 그에게 설상가상으로 새 숙모의 혼인이 추진되기 시작하였다. 후보는 김순원의 딸이었다. 새 숙모가 아들을 낳으면 승경에게 태자 자리가 가기도 어려웠다. 성덕왕과 소덕왕후의 혼인이 추진되던 719년 경에 수충은 도로 당나라로 가서 불교에 귀의하였다.

남쪽 항로를 택하여 절강성에 도달한 김수충은 김교각(金喬覺)이라는 법명으로 안휘성 지주시 청양현의 구화산(九華山)에 머물면서 수도하여 794년 음력 7월 30일 99세로 열반하였다. 그의 제자들은 그 3년 후에 그의 썩지 않은 시신에 금을 입혀 등신불로 만들어 '육신보전(肉身寶殿)'에 모셨고 사람들은 오늘날까지도 김교각을 지장보살(地藏菩薩)의 화신(化身)으로 추앙하고 있다. 세계 최초의 등신불[=肉身佛]이 탄생한 사연이다.

그의 나이 99세를 기념하여 중국에서는 1999년 9월 9일 9시 9분에 99미터 높이의 동상 건립 기공식을 갖고 착공하여 2013년 8월에 지장보살 김교각의 동상을 완공하였다. 이 동상을 보러 한국 관광객들이 줄을 잇는다. 막상 그의 고향 경주에는 그와 관련된 기념물이 없고 한국 학계는 그가 누구의 아들인지 왜 당나라에 가서 고행을 하여 성불하였는지 밝히지도 못하고 있다.

〈**김교각 동상:** 높이 99미터이다. 중국 안휘성 지주시 청양현의 구화산에 있다. 2013년에 완공되었다. 김교각은 32대 효소왕의 친자인 김수충이다. 스님이 되어 성불하여 지장보살의 화신으로 추앙받고 있다. 그는 부처 바로 아래의 각자인 보살이다. 696년에 효소왕과 성정왕후 사이에 태어난 그는 702년에 아버지 효소왕이 26세로 승하하자 오대산에서 와서 22세로 즉위한 숙부 33대 성덕왕의 보살핌을 받았다. 715년 당 나라로 숙위 갔던 그는 717년 4촌동생 중경이 태자로 책봉되고 어머니 성정왕후가 쫓겨나자 귀국하였다. 그가 귀국하기 직전 태자 중경은 사망하고 그는 4촌 동생 승경과 왕위 계승전을 벌이다 소덕왕후의 혼인을 앞둔 719년 도로 당 나라로 가서 출가하였다. 사진은 중국의 김재식 선생이 보내 주었다.〉

중국 기록들에는 그를 성덕왕의 왕자라고 적고 있다. 그가 당나라에 왔을 때의 왕이 성덕왕이니 그렇게 기록할 수도 있다. 인터넷에 떠도는 추측 글들에는 그를 성덕왕의 왕자 중경이라느니 태종무열왕의 아들 문왕이라느니 하고 있다. 성덕왕의 첫 번째 태자 중경은 717년 6월에 사망하였고, 태종무열왕은 661년 6월에 승하하였다. 어떻게 717년에 죽은 중경이 지장보살 김교각이 되며, 696년생인 그가 어떻게 태종무열왕의 아들이겠는가?

역사 기록의 디테일을 면밀하게 읽지 않으면 (9b)에서 본 국사편찬 위원회(1998), 『한국사 9』「통일신라」처럼 '두 세력의 대립 충돌을 상징적으로 보여주는 사건이 바로 성덕왕의 첫째 왕비인 엄정왕후의 出宮 事件이다.'는 전혀 역사적 사실과는 다른 내용을 기록하게 된다.[17] 엄정왕후와 성정왕후는 다른 사람이고, '엄정왕후가 쫓겨나는' 것이 아니라 '성정왕후가 쫓겨나는' 것이다.

소덕왕후가 승경을 낳았다는 보장이 없다

셋째, 태자 승경을 소덕왕후가 낳았다는 보장이 없다. (9c)에서 말하는 성덕왕 19년[720년]에 성덕왕과 혼인한 왕비는 소덕왕후이다. '3년 후 김순원의 딸에게서 난 아들을 3세의 어린 나이로 太子로 책봉하여'라는 말은 724년 봄에 태자로 책봉된 '왕자 승경'을 소덕왕후가 낳은 아들이라고 보고 쓴 것이다. 그러나 성덕왕의 태자 승경을 소덕왕후가 낳았다는 것은 증명되지 않는다. 소덕왕후가 승경을 낳지 않았다면 승경

---

17) 물론 소덕왕후가 들어오려면, 엄정왕후는 언젠가는 폐비되었거나 사망하였을 수 있다. 여기서 말하는 것은 716년 3월에 쫓겨나는 그 왕비는 성정왕후이지 엄정왕후가 아니라는 것이다.

이 3세에 태자로 책봉되었다는 결과가 나오지 않는다. 소덕왕후가 승경을 낳지 않았다면 승경의 나이는 더 많아진다. 즉위 시의 나이도, 승하 시의 나이도 새로 계산해야 한다.

그리고 승경을 낳은 왕비가 소덕왕후가 아니고 엄정왕후라는 사실이 밝혀지면 이 시기의 정치권력 구도는 새로 설정되어야 한다. 이는 현존하는 신라 중대 정치사 연구물들을 모두 폐기해야 할 만큼 중대한 문제를 제기한다. 실제로 이 시기에 대립하고 있던 세력은, 엄정왕후를 지지하는 세력과 소덕왕후를 지지하는 세력이다. 선왕비를 지지하는 세력과 후왕비를 지지하는 세력 사이의 권력 다툼, 그것이야 너무나 당연하지 않은가? 이 대립은 절대로 왕당파 대 진골 귀족 세력의 대립이나 왕당파 대 반왕당파[외척]의 대립이 아니다.

다음에서 보듯이 태자 승경은 엄정왕후의 친아들이다. 따라서 그는 3세에 태자로 책봉된 것이 아니다. 그리고 경덕왕이 되는 헌영은 소덕왕후의 친아들이다. 따라서 효성왕과 경덕왕은 이복형제이다. 그러므로 신라 중대 김원태의 딸 엄정왕후와 김순원의 딸 소덕왕후의 대립은 왕당파와 진골 귀족 세력의 대립이 아니다. 엄정왕후, 효성왕을 지지하는 세력과 소덕왕후, 경덕왕을 지지하는 세력의 대립이다.

2. 효성왕의 생모가 엄정왕후인 증거들

소덕왕후는 효성왕의 법적 어머니이다

효성왕 승경의 법적인 어머니야 당연히 성덕왕의 최종 왕비인 소덕왕후이다. 그러나 성덕왕은 최소한 3명의 왕비와 관련된 것으로 보인다. 효소왕의 왕비였으나 형사취수된 성정왕후, 성덕왕의 선비 엄정왕후, 성덕왕의 후비 소덕왕후가 그들이다. 그러므로 성덕왕의 아들들이 각각 어느 왕비의 소생인지는 쉽게 판단하기 어려운 문제이다.

(1), (2)에서 본 대로 『삼국사기』, 『삼국유사』 모두에 효성왕의 모는 소덕왕후로 기록되어 있다. 이 기록이 효성왕의 생모가 소덕왕후라는 것을 적은 것일까? 아니면 법적 어머니인 성덕왕의 최종 왕비를 적은 것일까? 소덕왕후가 효성왕의 생모인지 아닌지는 논증되어야 하는 명제이지 기록 그 자체에만 의존하여 정할 일이 아니다. 조범환(2011a)처럼 『삼국사기』, 『삼국유사』의 기록 그대로 효성왕의 모를 소덕왕후라고 하면, 그 모가 생모인지 법적 모인지 불분명해진다. 그러므로 효성왕의 모가 누구인지를 따질 것이 아니라, 효성왕의 생모가 누구인지를 따져야 제대로 된 역사 연구가 된다.

효성왕의 생모가 누구인지를 밝히기 위해서는 성덕왕의 즉위 과정과 혼인 과정, 그리고 왕자들에 관하여 알아야 한다. 효성왕의 생모가 소덕왕후가 아니라면, 소덕왕후가 생모인 경덕왕 헌영과 효성왕은 동모형제가 아니다. 그러나 (13)에서 보듯이 『삼국사기』는 경덕왕이 효성왕의 동모제라고 명백하게 적고 있다.

(13) 742년, 경덕왕이 즉위하였다 [景德王立]. 휘는 헌영이다 [諱憲英]. <u>효성왕의 같은 어머니 아우이다</u> [孝成王同母弟]. 효성왕이 아들이 없어 헌영을 책립하여 태자로 삼았다 [孝成無子 立憲英 爲太子]. 그리하여 왕위 계승 지위를 얻었다 [故得嗣位]. 왕비는 이찬 순정의 딸이다 [妃伊湌順貞之女也]. 〈『삼국사기』 권

효성왕과 경덕왕이 동모형제인가 아니면 이복형제인가? 이것은 예사 문제가 아니다. 과거에는 (13)의 기록을 그대로 믿어 효성왕과 경덕왕이 동모형제라고 하였다. 또 (1)과 (2)에서도 모두 효성왕이 소덕왕후의 아들이라고 하였으므로 아무런 의심 없이 효성왕의 생모가 소덕왕후이고 효성왕은 경덕왕의 동모형이라고 해 왔다.[18]

그러나 『삼국유사』 권 제5 「피은 제8」 「신충 괘관」 조의 「원가」 창작 배경과 『삼국사기』 권 제9 「신라본기 제9」 「효성왕」 대의 기록을 잘 살펴보면 이 두 왕이 동모형제라고는 도저히 생각할 수가 없다.

(1), (2), (13)의 모든 역사 기록들은 효성왕의 법적인 모, 즉 성덕왕의 최후의 왕비를 적은 것이다. '승경의 생모'는 소덕왕후가 아니라 엄정왕후이다. 효성왕 승경은 소덕왕후의 아들도 아니고 3살에 태자로 책봉된 것도 아니다.

---

18) 『맹자』 「진심장구 하」의 한 구절을 되새겨 본다. "孟子曰 盡信書 則不如無書[맹자 가라사대 『서경』을 (글자) 그대로 믿으면 『서경』이 없는 것만 못하다]. 吾於武成 取二三策己矣[나는 「무성 편」에서 2~3책밖에는 취할 것이 없더라]. 仁人無敵於天下[어진 사람은 천하에 대적할 자가 없다]. 以至仁伐至不仁 而何其血之流杵也[지극히 어짊으로써 지극히 어질지 않음을 정벌하는데 어찌 그리 피가 흘러넘쳐 방패를 띄울 정도가 되었을까]?" 맹자가 『서경』을 그대로 믿지 않듯이 나는 『맹자』도 그대로 믿지는 않는다. 주 무왕이 아무리 어질다 한들 은나라를 멸하고 주나라가 서는데 어찌 피 한 방울 흘리지 않고 그 일이 거저 이루어지겠는가? 이 세상에 글자 그대로 믿을 만한 기록은 하나도 없다. 『삼국사기』, 『삼국유사』의 왕의 모는 생모인지 법적인 모인지 밝히지 않았기 때문에 각 왕의 개별적 사정에 따라 생모인지 법적인 모인지 가려서 헤아려야 한다. 현대에도 작은 어머니가 낳은 동생이 법적 모의 호적상의 아들로 적혀 본처의 아들과 상속 싸움을 벌일 때, 법원은 호적대로 아버지의 아들로서의 자격만 판정한다. 생모를 따져서 본처의 권리를 보장해 주지 않는다. 그러면 본처의 아들에게는 억울한 일이 생긴다. 이를 역으로 적용하여 왕자의 어머니를 법적 모인 후비로 적으면, 선비의 아들인 형 왕자가 후비의 아들인 아우 왕자에게 한 일이 모진 일이 되고 형 왕자에게 억울한 역사 기술이 된다.

중요한 점은 '소덕왕후가 효성왕의 생모가 아니라는 것'이지 '효성왕의 모가 소덕왕후라는 기록이 잘못 되었다는 것'은 아니라는 점이다. 이 기록은 법적인 모를 적은 것으로 잘못된 것이 아니다. 그러므로 이 책의 비판 대상은 『삼국사기』와 『삼국유사』의 '효성왕의 모가 소덕왕후'라는 기록이 아니다. 저자의 비판 대상은, 이를 잘못 읽어 이것이 효성왕의 생모가 소덕왕후라고 적은 것이라고 이해하고 해석하여 관련된 모든 역사적 사실을 그릇 기술한 국사편찬위원회의 (9)와 같은 책이다.

효성왕이 소덕왕후의 친아들이 아니라 엄정왕후의 친아들이라는 것이 증명되면 (9)의 왕당파 대 진골 귀족 세력의 대립이라는 허구는 무너진다. 효성왕이 3세에 태자로 책봉되었다는 것이 증명되지 않으면 효성왕이 소덕왕후의 친아들이라는 가설이 성립되지 않는다. 효성왕의 생모가 소덕왕후가 아니라는 증거는 6가지 정도를 들 수 있다.

증거 제1: 소덕왕후의 왕비 재위 기간

제1 증거는 소덕왕후가 왕비로 있은 기간이 너무 짧다는 것이다. 소덕왕후는 724년 12월에 사망하였다. 소덕왕후는 720년 3월에 혼인하였다. 소덕왕후는 몇 년 동안 왕비로 있었는가? 4년 10개월이다. 이 4년 10개월 동안 소덕왕후가 몇 명의 아이를 낳을 수 있었겠는가?

인간 출산의 가장 일반적인 터울로 계산하면, 혼인한 후 1년쯤 뒤인 721년 초에 1명, 723년 초에 1명, 724년 말에 1명, 그 정도면 최대한이다. 724년 12월에 소덕왕후가 사망하였다는 것은, 이 왕비가 마지막 아이를 낳은 후 출산 후유증으로 사망하였을 가능성이 큼을 시사한다. 쌍둥이를 낳은 경우를 감안하여도 4명 이상 낳기는 어렵다. 쌍둥이를 낳앴으면 1~2명 늘어날 수 있다.

소덕왕후의 아들임이 분명한 인물은 35대 경덕왕 헌영이다. 그런데 (14a)에서 보듯이 743년 12월에 당나라에 하정사로 파견된 경덕왕의 왕 제가 있다. 이 왕자의 어머니가 누구인지 불분명하다. 현재로서는 소덕 왕후의 아들이라 할 수밖에 없다.

(14) a. 743년[경덕왕 2년] 겨울 12월 <u>왕제를 파견하여 당나라에 가서 하정하였다</u> [二年冬十二月 遣王弟入唐賀正]. (당 현종은) 좌 청도솔부 원외장사를 수여하였다 [授左淸道率府員外長史]. 녹 포와 은대를 주고 놓아 보내었다 [賜錄袍銀帶 防還]. 〈『삼국 사기』권 제9 「신라본기 제9」 「경덕왕」〉

b. 780년. 선덕왕이 즉위하였다 [宣德王立]. 성은 김 씨이고 휘는 양상이다 [姓金氏諱良相]. 내물왕 10세손이다 [奈勿王十世孫 也]. 아버지는 해찬 <u>효방이고 어머니는 김 씨 사소부인이다</u> [父海湌孝芳 母金氏 四炤夫人]. <u>성덕왕의 딸이다</u> [聖德王之 女也]. 〈『삼국사기』권 제9 「신라본기 제9」 「선덕왕」〉

그리고 또 파진찬 김효방(金孝芳)과 혼인하여 김양상[37대 선덕왕]을 낳은 성덕왕의 딸 사소부인이 있다.[19] 36대 혜공왕을 시해하고 스스로

---

[19] 『삼국사기』는 孝芳을 孝方으로도 적었다. 상대등으로 있을 때 혜공왕을 시해하고 왕 위에 오른 '가장 나쁜 재상'인 이 37대 선덕왕을 왜 『삼국사기』는 악상이라 하지 않 고 양상[좋은 재상]이라고 적고 있는지 알 수가 없다. 원래부터 이름이 양상인지, 왕 을 죽이고 왕위에 오른 안 좋은 재상을 비꼰 것인지, 신충, 의충, 충신, 효신도 그렇 고, 효소, 효성, 효상 등 '孝' 자가 들어간 이름들은 불효한 경우가 많다. 신라 시대 인명들은 전체적인 검토가 필요할 만큼 의미심장하다. 이 이름들은 인생을 마감할 때 생애를 돌아보고 붙인 이름이지 어릴 때 붙인 이름이 아닌 것이 틀림없다. 우리 전통 사회에서 아명, 초명, 자, 호, 별호, 본명, 죽은 뒤의 시호 등 여러 호칭이 있었 음을 잊으면 안 된다. 기록에 남은 이름 가운데에는 시호와 본명이 많을 것이다. 그 렇지 않은 경우에는 '자(字)가 무엇이다. 호가 무엇이다.'를 밝히고 있는 경우가 많다.

왕위에 오른 37대 선덕왕 김양상이 (14b)에서 보듯이 성덕왕의 외손자이다. 그의 어머니가 사소부인이다. 이 공주도 소덕왕후의 딸이라고 할수 있을까? 그럴 것이다. 사소부인의 아들 김양상이 실권자가 되어 시중과 상대등이 되었다. 이 시기에 이렇게 영달할 수 있는 집안은 김순원의 집안과 연결된 집안 외에는 있기 어렵다. 김양상이 외사촌 동생 혜공왕을 시해하고 왕위에 올랐다. 이 모든 것을 보면 사소부인, 그 공주도 김순원의 외손녀, 즉 소덕왕후의 딸이라고 보아야 한다. 그러면 사소부인은 김순원의 손자 충신, 효신의 고종사촌이고 신충, 의충과 6촌이다.

이제 소덕왕후가 낳은 3명의 아이가 다 등장하였다.[20] 그러므로 헌영의 형인 효성왕이 소덕왕후의 왕비 재위 중에 태어난 아들이기는 매우 어렵다. 이것이 소덕왕후가 효성왕의 생모가 아님을 증언한다.

증거 제2: 효성왕의 형 중경은 원자가 아니다

제2 증거는 승경의 형 '태자 중경'을 '원자 중경'이라고 하지 않고 '왕자 중경'이라고 한 데서 온다.[21] 이것은 매우 중요한 사실을 말해 준다.

그동안 우리 학계가 이런 것을 돌아다 볼 여유가 없었을 것임을 모르는 바는 아니지만, 정말로 우리가 전통 사회에 대한 제대로 된 인식을 갖고 역사 기록을 읽고 있는지 의심하지 않을 수 없다.

20) 720년에 소덕왕후를 왕비로 들였을 때 건강에 문제가 있었을 리가 없다. 젊은 왕후의 갑작스러운 죽음은 출산과 관련될 가능성이 크다. 그렇다면 소덕왕후는 경덕왕의 아우나 사소부인을 낳고 그 출산 후유증으로 사망하였을 것이다.

21) 원비가 낳은 맏아들이 '원자'이고, 할아버지가 왕일 때 태자비의 아들로 태어난 맏아들은 '원손'이다. 효소왕 이홍이 원손이 아닌 것은 그가 태자비에게서 태어나지 않았기 때문이다. 서정목(2015e)는 '원자'와 '왕자'가『삼국사기』에서 한 번도 혼동되지 않고 구분되어 적혔다는 것을 입증하였다. 누구든 "687년[신문왕 7년] 2월에 태어난 신문왕의 '원자'가 691년[신문왕 11년] 3월 1일 태자로 책봉된 왕자 이홍과 같은 사람이고, 그 이홍이 효소왕이 되었으니, 효소왕이 신문왕의 원자이고 6살에 즉위하였

이 중경의 '거듭, 다시 重' 자가 중요하다. 이 이름은 '다시 있은 경사, 거듭된 경사'이다. 그러면 그 앞에 '첫 경사'가 있었다는 말이다. 그 첫 경사는 성덕왕과 엄정왕후 사이에 맏아들이 태어난 것일 수밖에 없다. 그러므로 중경은 맏아들이 아니라 둘째 아들이다. 이것이 성덕왕의 태자 중경이 '원자 중경'으로 적히지 않고 '왕자 중경'으로 적힌 이유이다.

성덕왕과 엄정왕후가 704년에 혼인하였으므로 정상적이라면 맏아들은 705년경에 태어났을 것이다. 중경은 707년생쯤 된다. 그러면 715년에 중경은 9살이고 사망할 때는 11살이다. 이 태자 중경의 시호는 앞에서 본 대로 효상(孝殤)이다. '殤은 일찍 죽을 상'이다. 그는 11살 이하의 나이에 죽은 하상에 해당한다. 성덕왕의 '원자'는 기록에 없다. 7살 이전에 무복지상으로 일찍 사망하였기 때문일 것이다.22)

그러면 승경은 710년생쯤 된다. 그는 성덕왕과 엄정왕후의 세 번째 아들이다. 2살 터울로 출산을 하던 엄정왕후가 세 번째 아이는 긴 시일이 흐른 후에 낳았다고 하기는 어렵다. 그러나 이 왕자들의 출생 터울은 어느 정도 길어서 효상태자와 효성왕의 출생년도가 더 늦어질 가능성은 있다. 그렇지만 효성왕의 출생년도는 아무리 늦어져도 720년 3월

다."고 썼거나 쓰면 그는 원자와 왕자도 구분하지 못하는 무식한 사람이 된다.
22) 중경은 성덕왕과 엄정왕후의 둘째 아들이기 때문에 빨라야 707년생이다. 717년 유월에 죽었으니 나이가 많아야 11살이다. 장상(혹은 상상[15-20세 장가가기 전에 죽음]), 중상[12-15세에 죽음], 하상[8세-11세에 죽음], 무복지상[7세 이하에 죽음] 중에 하상에 속한다. 모든 왕자가 기록에 남는 것은 아니다. 그러나 '원자'의 경우는 특별한 것으로 기록에 남을 가능성이 있다. 그런데 『삼국사기』「신라본기」에는 법흥왕, 문무왕과 신문왕의 원자 세 사람만 '원자'로 적혔다. 이로 보면 원자의 조졸이『삼국사기』에 적힌 경우와 적히지 않은 경우의 기준을 짐작할 수 있다. 아마 7세 이하에 조졸한 원자들은 무복지상이므로 기록에 남기 어려운 것으로 보인다. 이로부터 신문왕의 원자는 조졸하지 않고 오래까지 살아남아 있어서 '687년 2월 元子生'이라는 기록을 남긴 것이라고 추론할 수 있다. 그 원자 김근{흠}질 외에는 어떤 원자도 '元子生'이라는 기록을 남기지 못하였다.

소덕왕후가 성덕왕과 혼인하던 시기보다는 앞서야 한다. 그러므로 효성왕의 나이는 현재로서는 10여 세의 오차 범위를 넘지 않는다. 그는 태자로 책봉되던 724년에는 많으면 14세, 적어도 5세이다. 737년 즉위할 때는 많아도 28세 이하, 적어도 18세이다. 따라서 742년 승하할 때는 많으면 33세, 적어도 23세이다. 성덕왕의 왕자들에 대하여 자세히 아는 것, 이것이 「원가」를 이해하는 데에, 그리고 이 시기의 신라 정치사를 이해하는 데에 매우 중요하다.

증거 제3: 성덕왕의 왕자들의 이름

제3 증거는 성덕왕의 왕자들의 이름으로부터 온다. 엄정왕후의 아들인 첫 번째 태자의 이름은 중경이다. 승경은 이 이름과 비슷하다. 이미 당나라의 현종의 형제들이 융(隆) 자 돌림이라는 것이 다 알려져 있었다. 이때에는 아들들의 이름을 돌림자를 이용하여 지었을 가능성이 크다. 태종무열왕의 아들들의 이름이 법민, 인문, 문왕, 인태, 노단, 지경, 개원, 개지문, 거득, 마득 등인 것과는 차이가 난다. 문무왕의 아들들은 'ㅇ명'으로 되었을 가능성이 크다. 신문왕의 아들들의 이름은 '이공[이홍]', 봇내[寶叱徒, 보천], 효명[융기, 흥광], 사종, 근{흠}질 등 종잡을 수 없다.

성덕왕 시기의 왕자들은 '수충', 'ㅇ경', '헌영' 등으로 3개의 다른 유형을 보이고 있다. 여기서 'ㅇ경'으로 된 이름이 엄정왕후의 아들일 가능성이 매우 크다. 앞에서 본 대로 '수충'은 32대 효소왕과 성정왕후의 아들이다. 그리고 717년 6월에 죽은 효상태자 '중경'은 720년 3월에 33대 성덕왕과 혼인한 소덕왕후의 아들일 수 없다. 경덕왕 '헌영'은 소덕왕후의 아들임에 틀림없다. 그렇다면 '승경'은 누구의 아들이겠는가?

효성왕의 이름 승경과 소덕왕후의 아들의 이름인 헌영이 전혀 다른 글자를 사용하고 있다. 이와는 달리 중경과 승경은 너무나 비슷한 이름이고 사연이 있는 이름이다. 중경과 승경은 동모형제이다. 이에 비하여 승경의 아우 헌영은 이름이 너무 달라 다른 어머니 소생일 가능성이 크다. 일찍 사망한 중경의 형은 아마도 '원경'이었을 것이다. 아마 경덕왕 2년에 당나라에 사신으로 간 경덕왕의 왕제가 소덕왕후의 아들이었다면 그는 'ㅇ영', 또는 '헌ㅇ'라는 이름을 가졌을 것이다.

원경(?)[첫 경사], 중경[거듭된 경사, 두 번째 경사], 승경[이어진 경사], 이 왕자들의 이름이 예사롭지 않다. 이들은 성덕왕과 선비 엄정왕후 사이에 태어난 세 왕자이다. 원경은 일찍 이승을 떠났고 중경은 9살 쯤 태자가 되었으나 11살에 이승을 떠났다. 오죽했으면 '효상'이라 시호를 내렸겠는가? 그러므로 효성왕 승경은 효상태자 중경의 동모제이고 엄정왕후의 친아들임에 틀림없다.

증거 제4: 효성왕 승경의 나이

그 제4 증거는 승경의 출생년도로부터 온다. 성덕왕과 소덕왕후가 혼인한 것이 720년 3월이므로 그가 만약 소덕왕후 소생이라면 빨라야 721년생이다. 그러면 태자로 책봉된 724년 봄에는 4살이고, 즉위한 737년에는 17살이다.

그러면 신충과 잣나무 아래서 맹약을 하던 시점인 736년 가을에는 16살이고 신충이 「원가」를 짓던 737년 봄에는 17살이다. 노회한 조정의 중신(重臣) 신충을 대상으로 '훗날 그대를 잊지 않기를 이 잣나무를 두고 맹서하리라[他日若忘卿有如栢樹].'는 다짐을 할 만큼의 나이가 된 것일까? 되었다고 할 수도 있고 좀 어리다고 할 수도 있다.

그러나 그 어린 나이에 박 씨를 태자비로 들이고, 17세에 즉위하여 그 왕비를 어떻게 하고, 19세인 739년에 혜명왕비와 재혼하였을까?

더욱 이해하기 어려운 것은 후궁 총애 사건이다. 740년에 새로 혼인한 혜명왕비가 오라비들과 짜고 후궁을 죽였다. 효성왕은 몇 살부터 이 후궁에게 은총을 베풀기를 나날이 더 했을까? 18~19세, 그 어린 나이에? 그 결과 후궁의 아버지 영종이 모반하였다. 그리고는 742년 5월 사인도 없이 승하하여 법류사 남쪽에서 화장당하고 동해에 뼈가 뿌려졌다. 불과 22살에? 이것은 상식적으로 보아 그렇게 되기 어렵다. 그는 721년생이 아닐 가능성이 크다.

효성왕 승경은 742년 승하할 때 22살이 아니다. 더 많은 나이이다. 몇 살쯤? 아마도 그는 710년생쯤 될 것이다. 그의 형들이 705년, 707년생쯤 되고 어머니는 2살 터울로 아기를 낳은 엄정왕후이다. 그는 709년생이나 710년생이다. 그때의 성덕왕의 왕비는 엄정왕후이다. 그러므로 효성왕은 소덕왕후가 배 아파 낳은 아들이 아니다. 소덕왕후는 효성왕의 생모가 아닌 것이다. 앞에서 본 대로 효성왕이 710년생이면 그는 28세에 즉위하여 33세에 승하한 것으로 계산된다. 그러면 후궁 총애 사건도 30여세 때의 일이 되어 한창 바람피울 나이인 원기 왕성한 청년 시절로 설정된다.

증거 제5: 효성왕은 김순원의 친외손자가 아니다

제5 증거로는 소덕왕후의 아버지인 김순원이 효성왕을 지지하지 않았다는 사실을 들 수 있다. (15), (16)에서 보는 역사적 사실은 김순원 집안이 효성왕 승경을 지지하고 있지 않았다는 것이다.

그런데 지금까지는 모두 효성왕 승경을 소덕왕후의 친아들로 보고 김순원이 효성왕의 친외할아버지로서 효성왕을 지지한 것으로 보고 있다. 왜 모든 연구자들이 김순원 세력이 승경을 지지하고 있다고 오판하였을까? 참으로 알 수 없는 일이다. 필자가 보기에는 국사학자들이 효성왕 시대 5년 동안의 사서의 기록을 제대로 읽지 않았기 때문이다. 그들은 그냥 효성왕이 소덕왕후의 아들이고 김순원의 외손자라고 지레 짐작한 것으로 보인다.

효성왕이 즉위한 737년 2월로부터 2년 후 (15a)에서 보듯이 중시 의충이 죽어서 신충을 중시로 삼았다. 그 후부터 일어난 일은 효성왕의 불행을 적고 있고 헌영을 위주로 한 김순원파의 득세를 보여 준다.

(15) a. 739년 [효성왕 3년] 봄 정월 조부, 부의 묘에 제사하였다 [春正月拜祖考廟]. 중시 의충이 죽어서 이찬 신충을 중시로 삼았다 [中侍義忠卒 以伊飡信忠爲中侍].

b. 동 2월 왕제 헌영을 제수하여 파진찬으로 삼았다 [二月 拜王弟憲英爲坡珍飡].

c. 동 3월 이찬 순원의 딸 혜명을 들여 비로 삼았다 [三月 納伊飡順元女惠明爲妃].

d. 동 여름 5월 파진찬 헌영을 봉하여 태자로 삼았다 [夏五月 封波珍飡憲英爲太子].

e. 740년 [동 4년] 봄 3월 당이 사신을 보내어 부인 김 씨를 책봉하여 왕비로 삼았다 [四年 春三月 唐遣使冊夫人金氏爲王妃]. 〈『삼국사기』 권 제9 「신라본기 제9」 「효성왕」〉

(15b)에서는 효성왕의 동생 헌영이 파진찬이 되었다. (15c)에서는 순원의 딸[사실은 손녀] 혜명을 왕비로 들였다.[23] 그리고 (15d)에서는 놀랍게도 왕의 동생인 파진찬 헌영을 태자로 책봉하였다. 헌영이 누구인가? 그는 소덕왕후의 친아들로서 김순원의 친외손자이다. 정국이 완전히 헌영을 중심으로 재편되고 있는 것이 눈에 보인다.

그리고 (15e)에서는 혼인 후 만 1년이 지난 740년 봄 3월에 당나라가 새 왕비인 김 씨를 왕비로 책봉하고 있다. 혜명왕비, 소덕왕후 집안은 김 씨인 것이다. 이로써 이들과 한 집안인 사람들은 모두 김 씨임을 알 수 있다. 순원, 효신 등이 모두 김 씨인 것이다. 이 일들은 중시 신충이 중심이 되어 수행한 일로 보인다. 왜 그랬을까?

의충의 죽음이 의혹의 대상이 되는 것은 그 까닭이다. 신충과 의충은 가까운 사이이다. 의충은 나이가 많아야 50대일 것이다. 자연사가 아닐 가능성이 크다. 그의 죽음에는 김 씨 일족들이 생명의 위험을 느낄 만한 권력 투쟁의 비정함이 들어 있다. 자칫 잘못하면 다 죽게 되어 있다. 누가? 소덕왕후의 친정 집안이 다 죽게 되어 있는 것이다.

누가 죽이려 하는가? 의충을 누가 죽였겠는가? 상대 세력은 누구일까? 결과론적이지만 그것은 혜명왕비가 효성왕의 후비가 되어 제거한 세력일 수밖에 없다. 혜명왕비와 그의 친정 집안 사람들은 누구를 죽였는가? 이미 다 보았지 않은가? 효성왕이 총애한 후궁이다. 그리고 후궁의 어머니, 붉은 명주옷을 입고 1인 시위를 하며 김효신의 집 앞에서 조정의 정사를 비방하다가 홀연히 사라진 1 여인을 죽였다. 그리고 후궁의 아버지 영종을 모반으로 몰아 죽였다. 마지막으로 효성왕을 죽여

---

23) 혜명을 순원의 딸로 보면 헌영에게 혜명은 이모이다. 그러나 사실은 혜명은 진종의 딸로서 순원의 손녀이다. 그러므로 혜명과 헌영은 내외종간, 즉 4촌이다.

화장하여 뼈를 갈아 동해에 뿌렸다.

(15)의 모든 사건은 김순원 집안, 즉 헌영을 지지하는 세력이 효성왕을 옥죄어 가고 있는 과정으로 보인다. 금방 혼인한 젊은 왕이 왜 아들이 없을 것으로 미리 예측하고 아우를 태자로 책봉한다는 말인가? 효성왕의 왕권에 도전하는 이 일들은 모두 신충이 중시로 있을 때 일어났다. 중시 신충이 의충의 죽음으로 인하여 효성왕을 폐위하고 헌영을 즉위시키려는 계략을 실행하고 있다.

이는 의충의 죽음이 심상치 않은 일임을 암시한다. 의충은 성덕왕 34년 당나라에 사신으로 갔다 올 때 김의충으로 적혔다. 의충은 신충과 아주 가까운 사람이다. 그것은 신충도 김신충임을 뜻한다. 김신충이 중시로 있던 경덕왕 2년[743년]에 순정의 딸 사량부인을 폐비하고 만월부인을 들이는 것을 보면 알 수 있다. 이 만월부인이 죽은 김의충의 딸이다. 김의충은 효성왕의 후궁 세력, 즉 영종 세력에 의하여 죽임을 당하였을 것이다. 김신충은 의충의 죽음에 대한 원수를 갚기 위하여 효성왕에게 복수를 하고 있다. 효성왕 대의 전제 왕권 강화라는 말은 절대로 성립할 수 없다.

(16) a. 740년[효성왕 4년] --- 가을 7월 붉은 비단 옷을 입은 한 여인이 예교 아래로부터 나와 조정의 정사를 비방하며 효신공의 문을 지나다가 홀연히 보이지 않았다 [四年 --- 秋七月 有一緋衣女人 自隷橋下出 謗朝政 過孝信公門 忽不見].
   b. 8월 파진찬 영종이 모반하다가 복주되었다 [八月 波珍飡永宗 謀叛 伏誅]. 이에 앞서 영종의 딸이 후궁에 들었는데 왕이 그녀를 지극히 사랑하여 은총을 쏟음이 날로 심하여 갔다 [先是 永宗女入後宮 王絶愛之 恩渥日甚]. 왕비가 투기하여 족인들

과 모의하여 그녀를 죽였다 [王妃嫉妬 與族人謀殺之]. 영종
이 왕비의 종당들을 원망하여 이로 인하여 모반하였다 [永宗
怨王妃宗黨 因此叛].

c. 6년[742년] 5월 --- 왕이 승하하였다 [五月 --- 王薨]. 시호
를 효성이라 하였다 [諡曰孝成]. 유명으로 구를 법류사 남쪽
에서 태우고 동해에 유골을 뿌렸다 [以遺命 燒柩於法流寺南
散骨東海]. 〈『삼국사기』 권 제9 「신라본기 제9」 「효성왕」〉

(16)은 사건의 순서가 시간의 흐름대로 기록되지 않았다. 이를 시간
순서대로 다시 재배열해 보면 (16')과 같아진다.

(16') a. 740년 이전에 영종의 딸이 후궁에 들었는데 왕이 그녀를 지
극히 사랑하여 은총을 쏟음이 날로 심하여 갔다.

b. 740년 7월 이전에 왕비가 투기하여 족인들과 모의하여 그 후
궁을 죽였다.

c. 740년 7월에 붉은 비단 옷을 입은 한 여인이 예교 아래로부터
나와 조정의 정사를 비방하며 효신공의 문을 지나다가 홀연히
보이지 않았다.

d. 740년 8월에 파진찬 영종이 왕비의 종당들을 원망하여 이로
인하여 모반하다가 복주되었다.

e. 742년 5월 왕이 승하하였다. 시호를 효성이라 하였다. 유명으
로 구를 법류사 남쪽에서 태우고 동해에 유골을 뿌렸다.

영종의 딸이 후궁에 들고, 왕비가 투기하여 후궁을 죽이고, 한 여인
이 조정 정사를 비방하며 효신공의 문을 지나다가 없어지고, 후궁의 아
버지 영종이 모반하다 목 베이어 죽고, 드디어 효성왕이 죽어 화장당하

고 동해에 뼈가 뿌려졌다. '유명으로'가 눈길을 끈다. 그에게 무슨 '유언'을 남길 수 있는 여유가 있었을까? 화장하여 (시해의) 증거를 없애는 평계에 지나지 않을 것이다. 화장하여 동해에 산골된 유일한 신라 왕이다. 경주에 가면 효성왕은 왕릉도 없다. 이 기록을 잘 읽으면 효성왕은 김순원의 친외손자가 아니다. 효성왕은 김순원 집안의 처지에서 볼 때는 제거 대상인 것이다. 김순원의 친외손자는 헌영이다.

왕당파도, 반왕당파도, 진골 귀족 세력도, 외척도 이 역사적 사실을 설명하는 데에 적절한 개념이 아니다. 통일 신라 시대에는 그런 식으로 정의할 수 있는 정치 세력이 없었다. 김순원은 왕당파도 되고, 경덕왕의 외할아버지이므로 외척도 되고, 성골이나 육두품이 아니므로 진골 귀족 세력도 된다. 김신충도 진골이고 왕당파이다. 김신충이 외척인 김순원과 연결되면 외척도 된다. 국사학계에서 통용되는 왕당파, 진골 귀족 세력, 외척 그런 것은 실존하지 않은 상상이다. 그런 세력 구도로는 신라 중대 정치적 사건들을 제대로 설명할 수 없다.

국사학계는 '영종의 모반'을, 효성왕이 왕당파 김순원과 손잡고 진골 귀족을 거세하는 데 대한 진골 귀족의 반발이라고 본다. 이 모반에 대하여 국사편찬위원회(1998:103-104)는 (17)과 같이 적고 있다.

(17) a. 이미 헌영이 태자로 나아가는 데에는 상당한 물의가 있었을 것으로 지적되고 있지만(원 글의 주: 생략) 효성왕으로 하여금 순원의 딸을 새로이 왕비로 맞이하게 했음에도 불구하고, 왕의 첫째 왕비인 박씨왕비를 계속 가까이 하자 이들 세력은 마침내 왕위계승까지 개입하였던 것이다. 즉 김순원의 딸에서 태어난 王弟 헌영의 太子책봉을 통하여 지위를 보다 확고히

하려고 하였던 것이다.

b. 진골귀족의 이러한 반발은 첫번째 왕비의 父로 추정되는 永
宗의 세력에 의하여 8월에 일어난 모반사건으로 구체적으로
표현되었다.(원 글의 주: 생략) 그렇지만 이러한 진골귀족세력
의 반발은 쉽게 진압되었던 것 같다. 성덕왕대 이후 확고히
자리잡은 김순원을 중심으로 한 전제왕권의 옹호세력은 그만
큼 강대하였던 것이었다.

c. 한편 효성왕은 영종의 모반이 실패한 2년 후 아무런 이유도
밝혀지지 않은 채 갑자기 죽었다. 효성왕은 자신을 둘러싸고
조성된 당시의 긴박한 분위기에서 큰 역할이나 영향력을 발휘
하지 못했던 정치적 상황에 크게 영향을 받았던 것 같다. 뒤
를 이어서 김순원세력의 협력을 받아 태자가 되었던 헌영이
왕위에 오르게 되었다. 따라서 효성왕대 박씨왕비의 등장과
함께 다시 세력을 떨쳐보려고 했던 진골귀족의 움직임은 또한
좌절될 수밖에 없었다고 할 수 있다.

〈국사편찬위원회(1998:103~104)〉

(17a)를 보면, '왕당파인 김순원 세력이 혜명왕비를 들여 효성왕을 진
골 귀족 세력과 차단하려 했으나, 효성왕이 박 씨 왕비를 계속 가까이
하여, 김순원의 딸에게서 난 헌영을 태자로 책봉하게 하여 왕위 계승에
개입하였다.'고 하고 있다. (17b)는 이에 대한 진골 귀족 세력의 반발이
'영종의 모반'이라고 적고 있다. 그러나 이것은 역사 기록을 잘못 읽은
것이고 역사의 진실을 파악하지 못한 역사 기술이다.

'영종의 모반'은 그런 것이 아니다. 효성왕이 후궁 사랑하기를 너무
심하게 하여, 혜명왕비가 투기를 해서 족인들과 모의하고 효성왕이 총
애하는 후궁을 죽였다. 그래서 그 후궁의 아버지가 왕비의 종당들을 원

망하여 일으킨 것이 영종의 모반이다. 그것을 『삼국사기』가 (16b)와 같이 명백하게 적고 있다. 이 영종의 모반이 어찌하여 (17b)처럼 효성왕과 왕당파 김순원의 공격에 대하여 진골 귀족 세력이 저항한 반란으로 이해된다는 말인가? 전혀 비합리적인 역사 인식이 왕당파 대 진골 귀족 세력의 대립이라는 국사편찬위원회(1998:103-104)의 기술이다.

(17a)에서 말하는, '효성왕이 혜명왕비를 맞이한 뒤에도 박 씨 왕비를 계속 가까이 하려 했다.'는 근거가 되는 기록이 어디에 있는가? 『삼국사기』에는 (16b)에서 보듯이 '이[영종의 모반]에 앞서 영종의 딸이 후궁에 들었고, 후궁에 대한 왕의 총애가 날로 심하여 혜명왕비가 투기를 하여 족인들과 모의하여 그녀를 죽였다.'고 되어 있다. 박 씨 왕비가 후궁에 들었다는 말이 없다.

(17a)에서는 '김순원의 딸에서 태어난 王弟 헌영의 太子 책봉'이라고 하지 않았는가? 그러면 당연히 효성왕은 김순원의 딸[소덕왕후]에게서 태어난 왕자가 아니다. 왜 소덕왕후에게서 태어난 효성왕을, 소덕왕후에게서 태어난 헌영으로 견제한다는 말인가? 효성왕이 소덕왕후의 아들이 아니어야, 소덕왕후의 아들인 헌영을 태자로 책봉하여 효성왕을 견제한다는 말이 성립된다.

효성왕을 김순원의 외손자라고 하는 것은 억울하게 죽은 효성왕의 원수를 그의 외할아버지로 만드는 것이다. 엄정왕후의 친아들인 효성왕을 시해(?)하고 소덕왕후의 친아들인 헌영을 왕위에 올리기 위하여 헌영을 태자로 책봉하였다고 기술해야 올바르고 정확하며 정의의 편에 서는 역사 기술이 된다.24)

---

24) 역사가가 정의의 편에 서서 역사를 기술하지 않으면 아무도 현실의 불의에 대항하여 목숨을 버리면서까지 정의의 편에 서려 하지 않을 것이다. 하기야 정의가 무엇인지

효성왕은 김순원의 친외손자가 아니다. 효성왕과 경덕왕은 이복형제이다. 그것을 생각하지 않으면 역사의 흐름이 설명되지 않는다. 저자도 그것을 깨닫기 전에는 「원가」가 전혀 설명되지 않았었다. 아버지에게는 왕비가 둘 이상 있었고, 이름의 항렬자들이 다른 이복형제들이 있고, 그들을 둘러싼 인척들 사이에 권력 쟁취를 위한 싸움이 전개되고 있다. 인간사를 알아야, 인간의 더러운 면을 알아야 역사 기록을 올바로 읽을 수 있다.

(17b)에서 말하는 '첫 번째 왕비의 父로 추정되는 永宗'은 이상한 말이다. 첫 번째 왕비인 박 씨가 후궁이 되었다는 말인가? 당나라에서 책봉한 왕비를 폐비시켜 유폐시키거나 궁에서 내보내었을 수는 있다. 그러나 왕비를 후궁으로 삼았다는 것은 이상하다.[25]

『삼국유사』권 제1 「왕력」, 「효성왕」조의 혜명왕후의 아버지 '진종 각간'이 이 '파진찬 영종'과 동일인이거나 영종을 잘못 적은 것이라는 말은 사리에 어긋난 소리이다. 김진종은 김순원의 아들일 것이다. 효성왕의 총애를 받는 후궁을 죽이고, 후궁의 아버지 영종을 죽이고 하는 사람들이 (16a)에 '효신공'으로 명백하게 나와 있다. 그의 이름 김효신은 그가 김충신의 아우임을 뜻한다. 그 김충신이 (18b)에서 보듯이 성덕왕의 조카 김지렴을 종질이라고 지칭하고 있다.

> (18) a. 733년[성덕왕 32년] 겨울 12월 왕질[왕의 조카] 지렴을 당에
> 파견하여 사은하였다 [冬十二月 遣王姪志廉朝唐謝恩]. ---
> (이때 당 현종은) 지렴을 내전으로 불러 향연을 베풀고 속백

도 현재의 요구에 따라 달라진다는 것이 역사학이니 누가 나서려 하겠는가?
25) 중국 역사에는 왕비를 후궁으로 강등하는 경우가 있었다.

을 하사하였다 [詔饗志廉內殿 賜以束帛].

b. 734년[동 33년] 정월 --- 입당 숙위하는 좌령군위원외장군
   김충신이 (당제에게) 표문을 올려 말하기를 [入唐宿衛左領軍
   衛員外將軍金忠信上表曰], --- 신의 본국 왕은 신이 오래도
   록 당나라 조정에 모시고 머물게 되었으므로 종질 지렴을 파
   견하여 신과 교대하도록 하여 지금 여기 왔사오니 신은 즉시
   돌아가는 것이 합당할 것입니다 [臣本國王 以臣久侍天庭 遣
   使從姪志廉 代臣 今已到訖 臣即合還]. 〈『삼국사기』권 제8「
   신라본기 제8」「성덕왕」〉

　여기서의 종질은 7촌 조카를 의미한다. 그러면 성덕왕과 김충신은 6
촌이다.[26] 성덕왕의 아버지 신문왕과 김충신의 아버지가 4촌이다. 신문
왕의 어머니 자의왕후와 김순원이 남매 사이이다. 그러면 신문왕의 외
사촌이 김충신의 아버지가 된다. 그 김충신의 아버지가 김진종이다. 김
진종의 아들이 김충신, 김효신이고 딸이 혜명왕비이다.[27]

　김진종과 영종이 같은 사람이라고 하면, 억울하게 죽은 영종의 집안
[후궁의 친정 집안]이 뭐라 하겠는가? 김순원 집안 [혜명왕비 친정 집
안]은 또 뭐라 하겠는가? 어찌 원수인 두 사람을 같은 사람이라 한다는
말인가? 그러므로 국사편찬위원회(1998:101, 103-104)의 (9), (17)과 같은
기술은 사서를 제대로 읽을 줄 아는 사람이 할 말이 아니다.

　『삼국사기』가 보여 주는 역사 전개를 보면 김순원 집안이 효성왕을
지지한다는 증거가 하나도 없다. 사사건건 대립하여 효성왕을 코너로

---

26) 당나라 기록 『책부원구』는 실제로 충신을 성덕왕의 從弟(종제)라고 적고 있다.
27) 혜명왕비가 김순원의 딸이라는 『삼국사기』의 기록이 오기이고, 김진종의 딸이라는
　　『삼국유사』의 기록이 옳음은 서정목(2016b)에서 논증되었다. 김진종은 김순원의 아
　　들로 보인다.

몰고 갔을 따름이다. 왕당파 김순원 집안이 태자 김승경을 지지하고, 김신충이 태자 승경을 지지하지 않았는데 나중에 잣나무 아래의 약속으로부터 태자 승경을 지지했다고 보는 현재의 국문학계의 「원가」에 대한 설명(박노준(1982))은 역사적 사실과 전혀 합치하지 않는다. 왕당파 김순원이 효성왕의 왕권을 강화하기 위하여 진골 귀족 세력을 억눌렀고, 이에 대한 반발이 진골 귀족 세력인 영종의 모반이라는 국사학계의 설명도 전혀 역사적 사실과 일치하지 않는다.

(17b)는 740년 8월의 '영종의 모반'에 대해서도 '이러한 진골귀족세력의 반발은 쉽게 진압되었던 것 같다. 성덕왕대 이후 확고히 자리잡은 김순원을 중심으로 한 전제왕권의 옹호세력은 그만큼 강대하였던 것이었다.'고 쓰고 있다. 효성왕의 전제 왕권을 옹호한 것이 영종의 모반을 진압한 일이라는 말이다. 효성왕이 후궁을 총애하여 혜명왕비가 후궁을 투기하였고, 혜명왕비가 친정 족인들과 모의하여 그 후궁을 죽였다. 그 후궁의 아버지 영종이 억울하여 모반하였는데 그 영종을 누가 죽였겠는가? 혜명왕비의 친정 김순원의 집안이 죽인 것이다.

이것은 왕권을 신하가 능멸한 것이다. 무슨 왕권이 강화되었는가? 그리고 2년도 채 안 되어 742년 5월 효성왕은 많아야 33세 정도의 나이에 아무런 사인 없이 죽고 화장당하여 동해에 산골되었다. 『삼국사기』가 그렇게 적고 있다. 저자는 효성왕이 혜명왕비와 김헌영에 의하여 시해되었을 것이라고 추정한다. 그 하수인은 그 당시의 중시 김신충이다. 그가 「원가」를 지은 것이다.[28]

---

28) 나아가 앞선 시기에 일어난 681년 8월의 '김흠돌의 모반', 700년 5월의 '경영의 모반'은 신문왕과 효소왕이 왕권 강화를 위하여 삼국 통일 전쟁에 공을 세워 비대해진 진골 귀족 세력을 거세하기 위하여 취한 정치적 행위가 아니다. 그런 주장에는 논거가 없다. '김흠돌의 모반'은, 신문왕이 어머니 자의왕후와 미래의 장모 요석공주의 영향

이에 대하여 (17c)는 '효성왕은 자신을 둘러싸고 조성된 당시의 긴박한 분위기에서 큰 역할이나 영향력을 발휘하지 못했던 정치적 상황에 크게 영향을 받았던 것 같다.'고 적고 있다. 말이 복잡하여 무슨 소리인지 알 수 없다. 억지로 끼어 맞추면 '효성왕은 아무런 힘도 발휘하지 못하고 당했다.'는 뜻으로 읽힌다. 이 말이 효성왕이 전제 왕권을 강화하기 위하여 왕당파와 손잡고 진골 귀족 세력을 공격하였더니, 진골 귀족인 영종이 모반하여 그 모반을 진압하였다는 말과 어울리는가? 어울리려면 '그 모반이 진압되어서 효성왕의 전제 왕권은 더욱 강화되었고, 이제 진골 귀족 세력의 도전 없이 왕당파와 효성왕은 밀월 관계를 이루어 태평성대를 이루었다.'가 되어야 논리적이지 않겠는가? 그렇게 되었다면 효성왕은 저렇게 사인도 없이 갑자기 억울하게 죽음을 당하고 화장되어 산골당하지 않았을 것이다.

왜 이렇게 실패한 역사 기술이 되었을까? 이 모든 패착은 '효성왕의 모는 소덕왕후이다.'고 적은 것을 그대로 '효성왕의 생모는 소덕왕후이다.'고 해석한 데서 초래되었다. 왕의 모(母)이든, 고위 관리의 모이든 모든 '모'는 법적 모인지 생모인지 판별한 뒤에 논의해야 한다. 그리고 정치 세력 구도는 법적 모가 아닌 생모의 세력권에 따라 형성된다. 김순원 집안은 처음부터 끝까지 태자 승경의 편이 아니었다. 그들은 처음부터 헌영의 편이었고, 승경이 즉위한 후로는 효성왕을 죽이고 헌영을 즉위시키려는 음모를 꾸미면서 효성왕 시해를 감행한 것이다.

이 헌영의 편의 핵심이 김신충이다. 그러므로 「원가」의 배경 설화가

이래 혼외자 이홍, 봇내, 효명을 지키기 위하여 태자비였다가 막 왕비가 된 김흠돌의 딸을 내쫓으려고 그 왕비의 아버지 김흠돌 일파를 죽인 것이다. '경영의 모반'은, 효소왕이 외할머니의 영향 아래 '부군'인 아우 사종의 처가 사람(장인?)임에 틀림없을 경영을 죽인 것이다. 왕권 강화 같은 것은 신라 중대에 없었다.

되는 잣나무 아래의 맹약은, 김신충이 엄정왕후의 친아들인 김승경에게 후궁과의 관계를 청산하고 헌영의 편인 소덕왕후의 친정 세력을 제대로 대우하겠다는 맹서를 받아내는 이야기이다. 「원가」는 그 약속을 지키지 않고 계속 후궁에게 빠져서 소덕왕후 친정 세력을 공신록에 넣지도 못하는 효성왕을 시해하고 김헌영을 즉위시키겠다는 김신충의 결심을 드러낸 시이다. 이것이 『시경』의 「각궁」을 잊을 뻔하였다고 한 효성왕의 말 속에 들어 있는 진정한 의미이다.

증거 제6: 효성왕과 경덕왕의 갈등

제6 증거로는, 그러나 가장 중요한 증거로는 승경을 소덕왕후 소생으로 보면 다 같은 소덕왕후의 아들인 효성왕과 헌영이 불화를 빚는 현상을 설명할 수가 없음을 들 수 있다. 효성왕의 박 씨 왕비를 어떻게(?) 하고, 김순원 집안의 딸인 혜명왕비가 계비로 들어오자 말자 효성왕은 헌영을 태자로 책봉한다. 그 당시의 의술이 얼마나 발전했기에 2달 만에 혜명왕비가 '남편은 아들을 낳을 수 없다.'고 판단한다는 말인가?

더욱이 효성왕은 후궁인 영종의 딸을 사랑하였다. 그에게 남자로서 아이를 낳지 못할 만큼의 신체적 결함이 있었다고 볼 수는 없다. 혜명왕비가 투기를 하여 친정인 김순원 집안의 족인들과 모의하여 그 후궁을 죽였다. 후궁의 아버지는 왕비의 종당을 원망하여 모반하였다. 이 '영종의 모반'을 진압하고 영종을 죽인 것이 효성왕일까? 그럴 리가 없다. 그것은 혜명왕비의 친정 김순원 집안 사람들이 한 일이다.

성덕왕의 두 아들, 34대 효성왕과 35대 경덕왕 시기의 정치적 대립, 특히 736년 가을 '잣나무 아래의 맹약'부터 737년 효성왕 즉위, 그리고

739년 혜명왕비와의 재혼, 아우 헌영의 태자 책봉, 740년의 후궁 살해 사건과 영종의 모반, 742년의 효성왕의 승하와 화장, 동해 산골, 경덕왕 즉위까지의 정치적 대립은, 당연히 효성왕을 미는 세력과 경덕왕을 미는 세력 사이의 대립이다.

이 대립은 신목왕후(의 어머니 요석공주)의 후계 세력인 엄정왕후 세력과 자의왕후의 후계 세력인 소덕왕후 세력의 싸움이다. 당연히 친정의 힘이 막강한 소덕왕후 세력이 이기게 되어 있다. 비록 소덕왕후가 724년 12월에 사망하였지만 그의 친정 조카들인 김충신, 효신이 이 시기의 정계의 핵심 실세로서 자신들의 고종 4촌인 헌영을 경덕왕으로 즉위시키기 위한 정쟁을 벌이고 있는 것이다. 자고로 시집간 딸이 시가에서 큰 소리 치려면 친정이 강해야 한다. 오죽하면 성덕왕은 소덕왕후 사후 재혼도 하지 못한 채 홀아비로 살았겠는가? 그 정쟁이 「원가」의 뒤에 숨어 있는 정치적 배경이다.

효성왕의 생모는 엄정왕후이다

효성왕의 생모와 관련된 문제, 그것은 사실 효성왕의 이름 승경(承慶)과 그 아우의 이름 헌영(憲英)을 보면 다 풀린다. 이 두 왕자의 어머니는 다른 사람이다. 승경은 이어진 경사이다. 그의 출생 앞에도 경사가 있었다. 그의 형의 이름은 중경(重慶)이다. 거듭된 경사이다. 그렇다면 중경의 앞에도 또 한 번의 경사가 있어야 한다. 그것이 첫 번째 경사 원경(元慶?)의 출생이었을 것이다. 이 원자는 조졸하여 사서에 이름을 남기지 못하였다. 성덕왕의 이 세 왕자가 이어진 경사에 취해 있었던 성덕왕 전반기, 신목왕후의 어머니[요석공주]의 전성기에 선비 엄정왕후가 낳은 요석공주의 딸 쪽의 증손자들이다. 이 시기는 704년 봄부터 소덕왕후가 들어오는 720년 3월 사이의 16년이다. 그 16년 동안 엄정왕후가 아마도 705년쯤 원자인 첫 아들 원경을 낳았고, 707년쯤 둘째 중경을 낳았으며, 710년쯤에 셋째 승경을 낳았을 것이다. 중경은 태자로 봉해지던 715년에 9살쯤 되었다. 승경은 태자로 봉해지던 724년에 많으면 15살쯤 되었다. 그렇다면 이 시점에 승경의 혼인이 이루어졌을 것이다. 그 태자비가 박 씨였고 그 박 씨가 737년 승경이 효성왕으로 즉위한 뒤 당나라로부터 책봉받은 왕비 박 씨로 적힌 것이다.

효성왕 승경의 생모는 엄정왕후이다. 엄정왕후는 720년 이전에 사망하였거나 실권하였다. 승경은 소덕왕후에게는 '전처의 아들'이다. 헌영은 소덕왕후의 친아들이다. 소덕왕후의 아들인 헌영과 엄정왕후의 아들인 승경은 법적으로는 동모형제이지만 생물학적으로는 이복형제이다.[29] 이 두 이복형제 사이의 골육상쟁을 일연선사는 『삼국유사』의 「신충 괘관」 속에 포함시킴으로써 『삼국사기』가 적지 않고 인멸한 이야기, 즉 유사(遺事)를 적어 전해 준 것이다. 신충은 효성왕을 겁박한 불충의 대표로 적힌 것이고, 이순은 젊은 날의 신념대로 나이 지명[=知天命, 50세]에 괘관하고[벼슬을 버리고 관을 벗어 걸고] 늙어서까지 경덕왕에 대

---

29) 「원가」의 논의에서 가장 중요한 사실은 '성덕왕의 태자 승경' 대 '왕자 헌영'의 왕위 다툼이다. 이 다툼의 틈바구니에 효성왕의 후궁 총애라는 스캔들이 끼어들어 그의 지위를 위태롭게 하였다. 그 위태로운 태자 지위를 유지하기 위하여 승경은 신충에게 잣나무를 건 맹약을 한 것이다. 그 맹약을 믿고 신충은 태자가 즉위하는 것을 도왔다. 그러나 왕위에 오른 효성왕은 후궁 세력의 발호로 논공행상에서 소덕왕후의 친정 세력을 배려하지 못하였다. 이때 「원가」가 창작된다. 이에 소덕왕후 친정 세력은 효성왕을 죽이고 자신들의 외손인 헌영을 즉위시키려는 음모를 실행에 옮긴다. 왕위 다툼이 가장 극악한 것은 이복형제 사이이다. 그러므로 효성왕과 경덕왕이 같은 어머니의 피를 나눈 동복형제인가, 아니면 남보다 더 원수 같은 이복형제인가 하는 이 문제는 「원가」 논의의 대세를 가르는 핵심 요인이다.

한 충성을 다한 신하로 적힌 것이다. 「원가」는 이렇게 다른 이야기 속에 섞여서 운 좋게 전해져 온다. 다른 향가들도 거의 다 그렇다.

이 두 왕은 모두 친가 쪽으로는 자의왕후의 증손자이고 신목왕후의 손자이지만, 외가 쪽으로는 서로 다른 세력에 속한다. 소덕왕후는 순원의 딸이므로 헌영은 모계가 자의왕후의 친정이다. 승경은 모계가 엄정왕후의 친정으로 간다. 704년에 엄정왕후를 간택한 세력은 702년 효소왕 사후 성덕왕을 즉위시킨 국인으로서 그 세력은 요석공주를 중심으로 한 왕실이다. 결국 태종무열왕의 아들, 딸들이다. 이 싸움은 궁극적으로 문무왕의 친가 쪽 형제자매들의 후계 세력과 문무왕의 처가 쪽, 즉 자의왕후의 친정 후계 세력의 싸움으로 귀결된다. 이 싸움에서 처가가 이겼다. 항상 처가가 이긴다. 왜? 여자 문제로 약점이 많은 왕이 왕비에게 꼼짝 못하기 때문이다.

『삼국유사』 권 제5 「피은 제8」의 「신충 괘관」 조에는, 성덕왕 사망 몇 개월 전, 현명한 사(士) 신충이 태자 승경에게 잣나무 아래에서 '훗날 경을 잊지 않기를 이 잣나무를 두고 맹서하리라[他日若忘卿 有如栢樹].' 고 다짐을 받았다고 되어 있다. 승경이 소덕왕후의 아들로서 정상적으로 왕위를 계승할 수 있는 탄탄한 태자 지위에 있었다면 있을 수 없는 일이다. 승경은 왕이 되기 어려운 처지에 있었다. 왜? 그는 김순원의 외손자가 아니기 때문이다. 김순원의 외손자로는 승경의 이복동생인 헌영이 있었다. 효성왕은 즉위한 뒤에 공신들에게 상을 줄 때 후궁 세력의 견제로 김신충에게 상을 주지 않아서 신충으로 하여금 「원가」를 창작하게 하였다. 향가 「모죽지랑가」, 「찬기파랑가」, 「원가」는 신라 왕실의 권력 투쟁과 떼려야 뗄 수 없는 견고한 인연을 맺고 있다.

요석공주도, 엄정왕후도 없는 상황에서 태자 승경은 고립무원에 가까운 처지에 놓였다. 승경은 후궁과의 관계를 정리하고 새어머니의 친정 세력을 후하게 대우하겠다는 '잣나무 아래의 맹서'로 김신충에게 매달렸다. 신충은 태자 승경을 허여하여 즉위시켰다. 그러나 그 잣나무 아래의 맹서는 오래 갈 수 없었다. 화장실 가기 전과 갔다 온 후의 마음이 같을 리가 없다. 일단 즉위하여 효성왕이 된 승경은 후궁의 친정 아버지 영종의 세력의 견제로 김신충을 공신록에 넣지 못하였다. 그리하여 김신충은 효성왕을 지지한 것을 후회하는 「원가」를 짓고 배신하여 김헌영을 지지하는 세력으로 되돌아갔다. 「신충 괘관」을 '신충이 벼슬을 버렸다.'고 번역하고 설명하는 것은 큰일 날 일이다. 「신충 괘관」은 '김신충의 불충과 배신', '이순의 벼슬 버림과 충성'으로 나누어 번역해야 한다.

이후 공식적으로는 성덕왕이 다시 혼인하였다는 기록이 없다. 소덕왕후의 사망으로부터도 장장 13년이 지난 737년 2월, 태자 승경은 28세 정도 되었고 헌영은 17세쯤 되었을 때에 성덕왕이 승하하였다. 702년에 22세로 즉위하였으므로 재위 35년, 누린 수는 57세이다. 그러므로 그의 법적인 왕비는 소덕왕후이고 태자 승경, 효성왕의 법적인 모는 소덕왕후이다. 그러나 그것이 승경의 생모가 소덕왕후라는 것을 보장하지는 않는다. 앞에서 본 대로 효성왕의 생모는 소덕왕후일 수 없고 엄정왕후임에 틀림없다.

제5장

혜명왕비의 아버지는 누구인가

혜명왕비의 아버지는 누구인가

1. 혜명왕비의 아버지는 김순원이 아니다

『삼국사기』의 기록이 오류이다

이제 또 한 사람의 여인, 혜명왕비의 정체에 대하여 탐구해 보기로 한다. 혜명왕비는 남편 효성왕의 총애를 받고 있는 후궁을 투기하여 친정 오라비들[족인(族人)]과 모의하여 후궁을 죽이고 결국 남편마저 죽인 후에 시동생이자 고종사촌인 헌영의 즉위를 도우고 스스로 형사취수 되었을 것 같은 여인이다. 『삼국사기』 권 제9 「신라본기 제9」 「효성왕」 조에는 (1)과 같은 기록이 있다.

> (1) a. (효성왕) 2년[738년] 봄 2월 --- 당은 사신을 보내어 조칙으로 <u>왕비 박 씨</u>를 책봉하였다. *[이와 같은 것은 당서에 의거했으나 아래 문장과 합치하지 않는다.]*[二年 春二月 --- 唐遣使詔冊 王妃朴氏*[似是據於唐書 而與下文不合]*].
>
> b. 3년[739년] <u>3월 이찬 순원의 딸 혜명을 들여 비로 삼았다</u> [三

月 納伊飡順元女惠明爲妃].

c. 4년[740년] 봄 3월 당이 사신을 보내어 부인 김 씨를 책봉하여
왕비로 삼았다 [四年 春三月 唐遣使冊夫人金氏爲王妃]. 〈『삼
국사기』 권 제9 「신라본기 제9」 「효성왕」〉

(1a)에 따르면 효성왕은 즉위할 때 이미 혼인한 상태였다. 아마도 태
자로 책봉될 때 혼인하여 태자비 출신의 박 씨 왕비가 있었고, 그 왕비
를 738년 2월에 당나라에서 책봉한 것으로 보인다.[1] 그런데 (1b)는 그
왕비의 거취에 관하여 아무 언급 없이, 박 씨 왕비 책봉 1년 1개월 뒤
에 새로 왕비를 들인 것으로 증언하고 있다. 박 씨 왕비는 어떻게 되었
는지, 어떤 사정으로 새 왕비를 들여야 했는지, 효성왕의 시대는 오리무
중에 빠져 있다. (1c)는 혼인한 지 1년 뒤에 당나라에서 책봉하는 이 혜
명왕비가 김 씨임을 말해 준다. 따라서 그 왕비의 아버지로 적힌 '이찬
[2등관위명] 순원'도 김 씨인 것이 분명하다. 이제 김순원이라는 인물이
주목의 대상이 된다. 그는 누구일까?

『삼국유사』 권 제5 「피은 제8」 「신충 괘관」 조의 「원가」를 이해하려
면 그 배경 시대를 알아야 한다. 그런데 그 시의 배경인 효성왕의 시대
는 이렇게 수상한 혼인으로 열리고 있다. 제5장은, (1b)의 순원이 정말
로 '순원'이 맞는가 하는 의문에서 시작되었다. 혹시 『삼국사기』의 편자

---

1) 이 문제는 효성왕의 생모가 누구인지, 출생년도는 언제인지, 효성왕이 성덕왕의 몇 번
째 아들인지, 당 현종은 언제 효성왕과 그 왕비를 책봉하였는지 등 여러 문제와 관련
되어 있다. 이 가운데 생모 문제는 제4장에서 상세히 논증하였다. 여기서는 효성왕의
생모는 이찬 순원의 딸 소덕왕후가 아니고, 아간 김원태의 딸 엄정왕후임과 효성왕 승
경이 성덕왕과 엄정왕후 사이에서 태어난 세 번째 아들임을 전제로 한다. 서정목
(2016a: 제7장)이 이에 해당하는 논의를 일부 담고 있다. 이 책의 제5장의 내용은 서정
목(2016b)를 거의 그대로 가져온 것이다.

김부식의 오기나 각수의 오각이 개입된 것은 아닐까? 왜냐하면 (2)에서 보듯이 순원은 효성왕의 아버지 성덕왕의 장인이기 때문이다.

(2) 성덕왕 19년[720년] 3월 <u>이찬 순원의 딸을 들여 왕비로 삼았다</u>
   [三月 納伊湌順元之女爲王妃]. 〈『삼국사기』 권 제8 「신라본기
   제8」 「성덕왕」〉

어떻게 하여 효성왕에게는 아버지의 장인의 딸[이모]와 혼인하는 희한한 일이 생겼단 말인가? 이모는 외할아버지의 막내딸이고 효성왕은 성덕왕의 맏아들일까? 그런데 효성왕은 성덕왕의 맏아들이 아니다. 그는 '성덕왕의 원자'라고 적힌 적이 없다. 그리고 그의 형인 전 태자 중경은 717년 6월에 사망하였다. 그런데 그 중경도 '원자'라 적힌 적이 없다. 그도 맏아들이 아니다. 셋째 아들쯤 되는 새 태자 승경이 어떻게 선비 박 씨를 폐하고 이모와 혼인한다는 말일까? 혜명왕비가 김순원의 딸이라는 (1b)는 아무래도 의심스럽다. 다른 데도 그렇게 되어 있을까?

『삼국유사』의 기록이 옳다

그러나 그렇지 않다. (3)에서 보는 대로 『삼국유사』에는 효성왕의 왕비 혜명왕후의 아버지가 '각간[1등관위명] 진종'이라고 되어 있다.

(3) 제34 효성왕[第三十四 孝成王]. 김 씨이고 이름은 승경이다[金氏
   名承慶]. 아버지는 성덕왕이고 어머니는 소덕태후이다[父聖德王
   母炤德大后]. 왕비는 혜명왕후인데 <u>진종 각간의 딸이다</u>[妃惠明
   王后 眞宗角干之女也]. 〈『삼국유사』 권 제1 「왕력」 「효성왕」〉

그러면 『삼국유사』는 '이찬 순원'을 '진종 각간'으로 적는 것일까? '순원'이 '진종'으로 개명한 것일까? 그리하여 이찬 순원과 진종 각간이 동일인일까? 필자는 다시 성덕왕의 장인이 진종 각간으로 되어 있는지 『삼국유사』를 볼 수밖에 없었다. 그런데 그것은 (4)에서 보는 바와 같다.

(4) 제33 성덕왕, 이름은 흥광이다 [第三十三 聖德王 名興光]. 본명은 융기이다 [本名 隆基]. 효소왕의 동모제이다 [孝昭之母弟也]. 선비는 배소왕후이다 [先妃陪昭王后]. 시호는 엄정이다 [諡嚴貞]. 원태 아간의 딸이다 [元大阿干之女也]. 후비는 점물왕후이다 [後妃占勿王后]. 시호는 소덕이다 [諡炤德]. 순원 각간의 딸이다 [順元角干之女]. 〈『삼국유사』 권 제1 「왕력」 「성덕왕」〉

(4)에는 성덕왕의 후비 소덕왕후의 아버지가 '순원 각간'이라고 되어 있다. 『삼국유사』는 '진종 각간'과 '순원 각간'을 분명하게 구분하여 적고 있다. 『삼국유사』가 '이찬 순원'을 '각간 진종'으로 적는 것은 아님이 분명하다. 순원이 진종으로 개명하지 않은 것도 분명하다. 이찬 순원과 각간 진종, 그 두 이름이 동일인을 가리키는 것이 아님은 확실하다.

『삼국유사』가 (3)에서 혜명왕비가 '진종 각간의 딸'이라고 한 것은 (1b)에서 '이찬 순원의 딸 혜명을 들여 왕비로 삼았다.'는 『삼국사기』의 기록과 정면 배치된다. 이 두 기록, 『삼국사기』의 '이찬 순원'과 『삼국유사』의 '진종 각간'을 그대로 두고도 통일 신라 시대 왕 중에서 가장 비참한 삶을 산 효성왕을 제대로 이해할 수 있을 것인가? 이것을 해명하지 않고도 『삼국유사』의 14수 향가 가운데 가장 정치성이 농후하고 음모의 냄새가 물씬 풍기는, 효성왕 즉위 시에 지어진 「원가」에 대한 설명이 제대로 이루어질 수 있을까? 불가능한 일이다.

국사편찬위원회(1998), 『한국사 9』「통일신라」에는 (5)와 같은 기술이 있다. 그러나 이러한 기술은 역사적 진실의 근방에도 못 간 것이다.

(5) 김순원은 이제 성덕왕・효성왕의 父子 兩代에 걸쳐서 이중적인 혼인을 맺은 셈이다. 또한 이때 효성왕의 혼인은 姨母와 혼인하는 전형적인 族內婚이라고 할 수 있다.

〈국사편찬위원회(1998:103)〉

왜 이렇게 되었을까? 그것은 문헌 비평(Textual Criticism)을 거치지 않고 기록을 있는 그대로 읽어서 나온 결과이다. 효성왕이 이모와 혼인하였다는 (5)는 (1b)의 오기, 또는 오각을 발견하지 못한 사서 잘못 읽기의 전형적인 예이다.

『삼국유사』의 '각간 진종'이 옳으면 혜명왕비의 아버지는 '이찬 순원'이 아니다. 『삼국사기』의 '이찬 순원'이 옳으면 혜명왕비의 아버지는 '진종 각간'이 아니다. 이 문제를 해결하고 신라 중대사를 연구해야 한다. 어떻게 해결할 것인가? 상식에 따라 해결하면 된다. 이 장은 혜명왕비의 아버지는 『삼국유사』의 '각간 진종'이 옳고 『삼국사기』의 '이찬 순원'이 그르다는 것을 증명하고자 한다. 이 문제에 관한 한 『삼국유사』가 옳은 사서이고, 『삼국사기』가 그른 사서이다.

다음에서 '혜명왕비의 아버지는 이찬 순원이 아니다.'는 역사적 진실을 증명하고, (5)의 '효성왕이 이모와 혼인하였다.'는 역사 기술이 옳지 않음을 논증하기로 한다. 그 증거는 다음과 같은 세 가지를 들 수 있다.

2. 증거 제1: 19년 동안이나 이찬인 사람은 없다

김순원의 관등

'혜명왕비가 김순원의 딸이 아니라는 제1의 증거'는 김순원의 관등으로부터 온다. (2)에서 본 대로 720년 3월에 소덕왕후가 성덕왕과 혼인하였다. 그 720년 3월에 소덕왕후의 아버지 순원의 관등은 '이찬'이다. 그 성덕왕의 아들인 효성왕이 (1b)에서 보듯이 739년 3월에 혜명왕비와 혼인한다. 그런데 그 739년 3월에도 순원은 여전히 '이찬'이다. 그 두 혼인의 간격은 19년이다. 그 19년 동안에 이 두 왕비의 아버지인 김순원은 내내 이찬인 것이다.

김순원이 19살 차이 나는 두 딸을 두지 말라는 법은 없다. 소덕왕후는 맏딸이고 혜명왕비는 막내딸이라면 그런 일이 있을 수도 있다. 20세에 첫 아이를 낳고 40세에 막내 아이를 낳으면 얼마든지 가능한 일이다.

그러나 김순원이 19년 동안 동일한 관등에 머물러 있었다는 것은 정상이 아니다. '이찬에서 각간으로 관등이 오르는 데에 얼마나 시간이 걸릴까?' 그리고 어떤 사람들이 이찬이 되고 각간이 되는 것일까? 이찬이었다가 각간이 된 사람들 몇몇의 관등 변화를 조사해 보았다. 이 시기 왕실을 중심으로 한 귀족들 가운데에서 내로라 하는 사람이 '이찬으로부터 각간으로 승진하는 데에는 대략 10년 정도의 시일이 걸리는 것'으로 보인다.

(6a)는 668년 6월 21일에 고구려 정벌을 위하여 편성한 부대 지휘관들에 관한 기록이다. 여기에 등장하는 지휘관들이 거의 그대로 그 후 통일 신라의 정치 지도자로 활약한다. 당대 고위 지도층의 대부분이 등

장한 명단은 이것이 유일하다. (6b)는 고구려를 멸한 후 668년 10월 22일에 모든 사람에게 관등을 한 등급씩 올려 주는 포상 기록이다. 이런 기록은 훗날의 관등을 소급하여 적을 수가 없다. 관등도 그 당시의 관등을 정확하게 적은 것으로 보아야 한다. 통일 신라의 인사 문제를 논의하는 사람은 무조건 668년의 이 기록으로부터 출발하여야 한다.

(6) a. 668년[문무왕 8년] 6월 21일 대각간 김유신을 대당대총관으로 삼고[以大角干 金庾信 大幢爲*/信과 大 사이에 있어야 함: 필재*大摠管], 각간 김인문, 흠순, 천존, 문충, 잡찬 진복, 파진찬 지경, 대아찬 양도, 개원, 흠돌을 대당총관으로 삼고[角干 金仁問 欽純 天存 文忠 迊飡 眞福 波珍飡 智鏡 大阿飡 良圖 愷元 欽突 爲大幢摠管], --- 이찬 품일, 잡찬 문훈, 대아찬 천품을 귀당총관으로 삼고[伊飡 品日 迊飡 文訓 大阿飡 天品 爲貴幢摠管], 이찬 인태를 비열도총관으로 삼고[伊飡 仁泰 爲卑列道摠管], 잡찬 군관, 대아찬 도유, 아찬 용장을 한성주행군총관으로 삼고[迊飡 軍官 大阿飡 都儒 阿飡 龍長 爲漢城州行軍摠管] -- 대아찬 문영-- [-- 大阿飡 文穎--], -- 아찬 일원, 흥원을 계금당총관으로 삼고[--阿飡 日原 興元 爲罽衿幢摠管] --

b. 668년[문무왕 8년] 겨울 10월 22일 (왕은) 유신에게 태대각간을, 인문에게 대각간을, 그 밖에 이찬, 장군 등은 각간을, 소판 이하는 모두 관등을 일급씩 올려 주었다[冬十月二十二日 賜 庾信 太大角干 仁問 大角干 已外 伊飡 將軍 等 並爲角干 蘇判 已下 並增位一級]. 〈『삼국사기』 권 제6 「신라본기 제6」 「문무왕 상」〉

(7a)를 보면 655년 지조공주가 법적 외삼촌 김유신에게 출가할 때의 김유신의 관등은 대각간이다. 그가 큰 공을 세워 이찬, 각간, 대각간을 거쳐 태대각간까지 되었다는 것을 염두에 두고 조사한 것인데 어이없게도 (7b)에서는 660년에 상대등이 될 때 그의 관등이 이찬이라고 한다.

(7) a. 655년[태종무열왕 2년] 겨울 10월 --- 왕녀 지조를 대각찬 김유신에게 하가시켰다[冬十月 --- 王女 智照 下嫁 大角湌 金庾信].
   b. 660년[동 7년] 봄 정월 이찬 김유신을 제수하여 상대등으로 삼았다[春正月 拜伊湌 金庾信 爲上大等]. 〈『삼국사기』 권 제5 「신라본기 제5」 「태종무열왕」〉
   c. 667년[문무왕 7년] 가을 8월 왕은 대각간 김유신 등 30명의 장군들을 거느리고 서라벌을 출발하여 9월에 한성정에 이르러 영공을 기다렸다[秋八月 王領 大角干 金庾信 等三十將軍 出京 九月 至漢城停 以待英公]. 〈『삼국사기』 권 제6 「신라본기 제6」 「문무왕 상」〉

(7a)에서 보듯이 5년 전인 655년에 각간이 부족하여 더 높인 대각간이었던 김유신이 (7b)의 660년에는 강등되어 이찬이 되었다는 말일까? 그러나 그 5년 사이에 그런 기록이 없다. (7b)를 보면 김유신은 백제를 멸하던 660년에는 이찬으로서 상대등이었고, (7c)를 보면 고구려를 침공하던 667년에는 다시 대각간, (6a)를 보면 668년 고구려를 멸할 때에도 대각간, 그리고 668년 10월 22일 일괄 승진 시에 대각간에다가 태대각간을 얹어 준 것임을 알 수 있다. 그러면 (7a)의 대각간은 오기인가? 그렇게 단순하지 않다. (7b)의 이찬은 그 당시의 관등으로서 옳은 것이

고, (7a)의 대각간은 훗날의 관등을 소급하여 적은 것으로 해석된다.

김유신은 660년 이찬에서 667년 대각간이 되는 그 사이에 각간이 되었을 것이다. 언제 각간이 되었을까? 기록에 없다. 그러나 대각간이 되기 전에 각간이 된 것은 틀림없다. 그러니 그는 이찬에서 각간에 이르는 데에 7년도 안 걸렸다. 그렇지만 김유신은 공이 너무나 큰 특별한 경우이다. 그의 승진에 소요된 기간은 다른 사람의 그것과 비교할 기준이 될 수 없다.

(6a)는 진복이 668년에 잡찬[＝소판]으로서 대당총관에 임명되었음을 보여준다. 그런데 (8a)에서 보듯이 진복은 665년에 이찬으로서 중시가 되었다. 이 (7a)와 (8a)의 진복이 동일인이라면 그는 665년에 이찬이었다가 다시 3년 뒤인 668년에는 잡찬으로 강등된 것이다. 그 3년 사이에 특별한 기록도 없다.

(8) a. 665년[문무왕 5년] 봄 2월 중시 문훈이 치사하므로 이찬 진복으로 중시를 삼았다 [春二月中侍文訓致仕伊湌眞福爲中侍].

   b. 667년[동 7년] 12월에 중시 문훈이 죽었다 [十二月 中侍 文訓卒].

   c. 668년[동 8년] 3월 파진찬 지경을 제수하여 중시로 삼았다 [三月 拜波珍湌智鏡爲中侍]. 〈『삼국사기』 권 제6 「신라본기 제6」 「문무왕 상」〉

그러나 그가 강등되었다고 보는 것은 옳지 않다. 중시가 될 때의 진복의 관등은 이찬이 아니고 잡찬이었다. 그렇다면 (8a)의 이찬은 훗날의 관등을 소급하여 적은 것이다. 진복은 668년 6월에 사실은 잡찬이었다. 잡찬[＝소판] 진복은 (7b)에 따르면 모두 일괄적으로 특진한 668년

10월 22일에 이찬으로 승진하였다. 이제 이찬 승진 일자가 밝혀진 사람이 나타났다. 그런데 그 진복이 (9)에서 보듯이 681년 8월에 서불한[=각간]으로서 상대등이 된다.

> (9) 681년[신문왕 원년] 8월에 서불한 진복을 제수하여 상대등으로
> 삼았다 [八月 拜舒弗邯眞福爲上大等].〈『삼국사기』 권 제8 「신
> 라본기 제8」 「신문왕」〉

진복은 668년 10월 22일에 이찬이 된 후 681년 8월 이전의 어느 시점에 각간으로 승진하였을 것이다. 681년 8월에 각간으로 승진하였다고 최대한으로 잡아도 진복이 이찬에서 각간으로 되는 데에는 13년 정도가 소요되었다. 아마도 그는 681년 8월보다 더 앞선 시기에 각간이 되었을 것이다. 그러므로 이 13년이라는 기간은 더 줄어들 수 있다. 이 진복의 경우가 가장 정확하게 이찬에서 각간으로 오르는 데 소요되는 기간을 산정할 수 있는 경우이다. 아마도 이찬에서 각간이 되는 데에는 10년 정도의 기간이 소요되었을 것이다.

(8)은 또 다른 문제를 제기한다. (8a)에서 보듯이 665년에 문훈이 중시를 그만 두어 진복을 중시로 삼았다. 그 문훈이 (8b)에서 보듯이 667년에 사망하는데 그때 관직이 중시라고 되어 있다. 그리고 (8c)에서 보듯이 문무왕은 668년 3월 동생인 파진찬 지경을 중시로 임명하였다. 이를 글자 그대로 해석하면, '문훈이 665년 2월 중시를 사양하여 이찬 진복을 중시로 삼았고, 그 후 다시 문훈을 중시로 삼았으며, 667년 12월에 문훈이 사망하여 668년 3월에 파진찬 지경을 중시로 삼았다.'가 된다.

이것은 사서를 올바로 읽은 것이 아니다. 665년 2월부터 667년 12월 사이에 중시 진복을 면한 기록이 없고, 문훈을 다시 중시로 삼은 기록도 없다. (9b)의 '중시 문훈의 죽음'은 '전 중시 문훈의 죽음'으로 이해해야 한다. 그러면 역사적 사실은, '665년 2월에 중시 문훈이 치사하여 진복을 중시로 삼았고, 667년 12월 전 중시 문훈이 사망하였으며, 668년 3월 진복이 중시에서 면직되고 파진찬 지경이 중시가 되었다.'가 된다. 사서 읽기가 얼마나 섬세하고 면밀하게 이루어져야 하는지 보여준다.

(10)도 참으로 이상한 기록이다. (10a)에서 태종무열왕은 655년에 이미 왕자 인태를 각찬으로 삼고, 왕자 지경과 개원을 이찬으로 삼았다. 그런데 (10b)에서 문무왕은 그보다 12년 뒤인 667년에 지경을 파진찬[4등관위명], 개원을 대아찬[5등관위명]으로 삼고 있다. 인태는 이미 본 (7a)에서 668년에 이찬으로 적히고 있다.

(10) a. 655년[태종무열왕 2년] 3월 --인태를 각찬으로 삼고 지경, 개원을 각각 이찬으로 삼았다[仁泰 爲角飡 智鏡 愷元 各爲伊飡]. 〈『삼국사기』 권 제5 「신라본기 제5」 「태종무열왕」〉

b. 667년[문무왕 7년] 7월 -- 이때 당제는 칙령을 내려 지경, 개원을 장군으로 삼아 요동 전역에 나가게 하므로, 왕은 곧 지경을 파진찬으로 삼고 개원을 대아찬으로 삼았다[唐皇帝勅 以智鏡 愷元 爲將軍 赴遼東之役 王卽 以智鏡 爲波珍飡 愷元 爲大阿飡].

c. 668년[문무왕 8년] 3월 파진찬 지경을 제수하여 중시로 삼았다[三月 拜波珍飡 智鏡 爲中侍]. --6월 21일 -- 파진찬 지경, 대아찬 양도, 개원, 흠돌을 대당총관으로 삼고[波珍飡 智鏡 大阿飡 良圖, 愷元, 欽突 爲大幢摠管] -- 〈『삼국사기』 권 제6

「신라본기 제6」「문무왕 상」)

아마도 (10a)가 문제가 있는 기록으로 판단된다. 인태가 655년에 각찬이 되고, 지경과 개원이 그 해에 이찬이 되었을 리가 없다. 문무왕 법민이 654년[태종무열왕 원년]에 파진찬으로 병부령을 맡았고 그 이듬해인 655년에 태자로 책봉되었다. 그 655년에 법민의 아우인 인태가 각찬이 되고 지경과 개원이 이찬이 될 수는 없는 일이다. 아무리 왕자라도 너무 높은 관등이다. 태종무열왕이 즉위 2년에 원자 법민을 태사로 삼고 아들들에게 관등을 내릴 때인 655년의 아들들의 관등은 이상한 것이다. 훗날의 관등을 소급하여 적었을 것이다.

그러나 667년[문무왕 7년] 7월에 지경이 파진찬, 개원이 대아찬이 되었다는 것은 매우 중요하다. 이들은 그 뒤 (6b)에서 보았듯이 고구려 멸망 후 668년 10월 22일에 모두 일괄적으로 한 등급씩 특진하여 인태는 각간, 지경은 잡찬, 개원은 파진찬이 되었다. 개원은 뒤에 이찬이 되고 상대등이 된다. 개원의 관등 승진 과정은 어느 정도 표준적인 케이스가 될 것이다. 그러나 개원은 태종무열왕의 아들이고 문무왕의 아우이다. 승진이 다른 사람들보다는 빨랐을 수 있다. 객관적인 기준이 된다고 할 수는 없다. 그러나 그가 파진찬에서 이찬이 되는 데에 얼마의 시일이 소요되었는지도 참고할 기준은 될 것이다.

(11a)에는 683년 5월에 개원이 이찬이 되어 있음을 볼 수 있다. 668년 10월 22일에 파진찬이 되었으니 그 후 소판[=잡찬, 3등관위명]을 거쳐 이찬이 된 이 시점까지 15년이 걸렸다. 반으로 잡아도 파진찬에서 소판까지 7년, 소판에서 이찬까지 8년으로 계산할 수 있다. 그리고 683년으로부터 12년 뒤인 695년에 상대등이 되었다. 이때는 관등이 적히

지 않았다. 이때쯤 그는 각간이 되어 있었을 것이다. 이찬에서 각간까지 가는 데에 10여년 걸렸다. 그리고 (11c)에서 보듯이 상대등이 인품으로 교체되었다. 개원의 관등은 더 이상 볼 수 없다.

(11) a. 683년[신문왕 3년] 5월 7일 <u>이찬 문영, 개원</u>을 그 집으로 보내 어 부인으로 책봉하고[五月七日 遣伊湌 文穎 愷元 抵其宅 冊爲夫人] 〈『삼국사기』 권 제8 「신라본기 제8」 「신문왕」〉

   b. 695년[효소왕 4년] <u>개원을 제수하여 상대등으로 삼았다</u>[拜愷元 爲上大等]. 〈『삼국사기』 권 제8 「신라본기 제8」 「효소왕」〉

   c. 706년[성덕왕 5년] 봄 정월 <u>이찬 인품</u>을 상대등으로 삼았다 [春正月 伊湌 仁品 爲上大等]. 〈『삼국사기』 권 제8 「신라본기 제8」 「성덕왕」〉

(12)에서 보는 천존은 664년에 이찬이다. 그런데 (6a)에서는 668년에 각간 천존으로 나온다. 그 두 일의 사이에는 약 4년이 경과하였다. 664 년에 천존이 금방 이찬이 된 것은 아닐 것이다. 그가 언제 이찬이 되었 는지, 언제 각간이 되었는지 알 수 없으므로 이찬에서 각간이 되는 데 소요된 기간을 산정할 수는 없다. 그러나 664년에 이찬이던 천존이 적 어도 4년 뒤에는 각간이 되어 있는 것은 틀림없다. 이찬에서 각간으로 승진하는 데 소요된 기간을 대략 짐작할 수 있다.

(12) 664년[문무왕 4년] 각간 김인문과 <u>이찬 천존</u>이 당나라 칙사 유인 원과 더불어 백제의 부여 융과 웅진에서 동맹을 맺었다[角干 金 仁問 伊湌 天存 與唐勅使劉仁願 百濟夫餘隆 同盟于熊津].

(12)에서 보면 천존은 664년에 이찬이었다. 그리고 668년 6월 21일의 고구려 정벌 부대 편성에서는 각간으로 적혀 있다. 운 나쁘게도 그는 668년 10월 22일 일괄 승진 시에 각간에서 더 올라갈 관등이 없었다. 김인문처럼 대각간을 주었어야 하는데 이 일괄 특진의 영예를 입지는 못하였다. 그리고 (13)에서 보듯이 679년 정월에 서불한[=각간]으로 적혀 있다.[2] 11년 정도 각간의 관등이었고, 8개월 정도 중시의 관직을 가졌다가 679년 8월에 이승을 떠난 것이다.

(13) 679년 [문무왕 19] 정월 중시 춘장이 병으로 인하여 면직하자 <u>서불한 천존</u>을 중시로 삼았다[春正月 中侍春長病免 舒弗邯天存爲中侍]. -- 가을 8월 -- <u>각간 천존</u>이 사망하였다[秋八月 -- 角干天存卒].

(6a)에서 668년 6월 21일에 잡찬이었던 비운의 장군 군관이 (14)에서 680년에 이찬으로서 상대등에 올랐다. 그도 668년 10월 22일 일괄 승진 때 이찬이 되었다. 12년 동안 이찬으로 있은 것이다. 김군관은 681

---

2) '서불한'과 '각간'은 같은 말을 표기를 달리 한 것이다. 각간은 중세 한국어로 '쓸칸'이다. '쓸'은 신라 시대에는 '스블'이었을 것으로 추정된다. '舒弗邯'은 '스블칸'을 한자의 음을 이용하여 적은 것이다. '角'은 훈이 '뿔'이다. 신라 시대 말로는 '스블'이다. '角干'의 '角'은 한자의 훈을 이용하여 우리말 '스블'을 적은 것이다. '干'은 음을 이용하여 '칸'을 적은 것이다. 각간을 초기인 지마님금 때에는 '酒多'로 적기도 하였다. '酒'는 '술'이다. 중세 한국어에서는 '스블', 신라 시대에는 '스블'이었을 것으로 본다. '多'는 '많다, 하다'이다. 훈['하다'의 관형형 '한']을 이용하여 '칸'을 적은 것이다. '酒'도 훈독자이고 '多'도 훈독자이다. 신라의 제1관등명은 '뿔칸'인 것이다. 뿔을 붙인 투구를 쓰는 장군들이 '뿔칸'이다. 박혁거세와 남해왕 때는 왕을 '居西干'이라고 적었다. '居'는 '깃들다'이다. '西'는 'ㅅ'을 적었다. '居西干(거서간)'은 '깃칸'을 적은 것이다. 독수리 깃털로 장식한 관을 쓴 사람, 그들은 아메리카 원주민 인디언 추장이다. 유목민 흉노족의 부족장도 그런 독수리 깃으로 만든 관을 썼을 것이다. 신라 금관은 신목과 독수리 깃을 융합하여 형상화한 것이다.

년 8월 28일 자진 당할 때 병부령이라고 적힌 것으로 보아 문무왕 말기부터 신문왕 즉위 시까지의 문명왕후 시대에 병부령 겸 상대등으로 최고의 권세를 누린 것으로 보인다.

> (14) 680년 [문무왕 20년] 봄 2월 이찬 김군관을 제수하여 상대등으로 삼았다 [春二月拜伊湌金軍官爲上大等]. 〈『삼국사기』 권 제7 「신라본기 제7」 「문무왕 하」〉

(15)에는 신라 중대 최대의 내란인 '김흠돌의 모반'이 적혀 있다. 김흠돌은 (6a)의 668년 6월 21일의 고구려 정벌 부대 편성에서는 대아찬[5등관위명]이었다. 그도 (6b)의 668년 10월 22일의 일괄 승진 때 파진찬[4등관위명]이 되었다. 그로부터 언젠가 소판[3등관위명]이 되었을 것이다. 10년 이상 파진찬으로 있었을 것 같지는 않다. 김유신의 사위이고 정명태자의 장인이었으므로 관등이 빨리 올랐을 가능성도 있다.

> (15) 681년[신문왕 원년] 8월 8일 소판 김흠돌, 파진찬 흥원, 대아찬 진공 등이 모반하여 목 베어 죽였다 [蘇判 金欽突 波珍湌 興元 大阿湌 眞功 等 謀叛 伏誅]. 〈『삼국사기』 권 제8 「신라본기 제8」 「신문왕」〉

(15)의 파진찬 흥원은 (6a)의 668년 6월 21일에는 아찬[6등관위명]이었다. 그리고 668년 10월 22일 대아찬이 되었다. 그리고 681년 8월 이전에 파진찬이 되었을 것이다. 그가 대아찬으로 10년 이상 있었을 것 같지는 않다.

668년 10월 22일 고구려 멸망 후 문무왕의 명에 의하여 전원 1등급씩 승진한 특진이 있는 이 자료들은 신라의 관등이 아찬 이상에서 한 등급 오르는 데에 소요되는 기간을 짐작할 수 있는 귀중한 자료들이다. 요약하면 한 등급이 오르는 데에 대체로 10여년의 시일이 소요된다고 할 수 있다.

8세기 초반의 기록인 (16a)를 보면 중시 윤충이 725년에 이찬이었는데 (16c)를 보면 7년 후인 732년 12월에도 아직 이찬으로 그대로 있다. 이에 비하여 (16b)의 상대등 사공은 이찬이었는데 4년 뒤인 (16c)에서는 각간 사공으로 되어 있다. 아마도 상대등 사공이 중시 윤충보다 먼저 이찬이 되었을 것이고 나이도 더 많았던 것으로 해석된다.

(16) a. 725년 [성덕왕 24년] 이찬 윤충을 중시로 삼았다 [伊湌允忠爲 中侍].

　　b. 728년 [동 27년] 이찬 사공으로 상대등을 삼았다 [以伊湌思恭 爲上大等].

　　c. 732년 [동 31년] 겨울 12월에 각간 사공, 이찬 정종, 윤충, 사인으로 각각 장군을 삼았다 [冬十二月 以角干思恭 伊湌貞宗 允忠思仁各爲將軍]. 〈『삼국사기』 권 제8 「신라본기 제8」 「성덕왕」〉

　　d. 737년 [효성왕 원년] 3월 아찬 의충을 중시로 삼았다 [阿湌義 忠爲中侍].

　　e. 739년 [동 3년] 봄 정월 --- 중시 의충이 죽어 이찬 신충을 중시로 삼았다 [春正月 --- 中侍義忠卒 以伊湌信忠爲中侍]. 〈『삼국사기』 권 제9 「신라본기 제9」 「효성왕」〉

　　f. 743년 [경덕왕 2년] 여름 4월 서불한 의충의 딸을 맞아 왕비로 삼았다 [夏四月 納舒弗邯金義忠女爲王妃]. 〈『삼국사기』 권 제9 「신라본기 제9」 「경덕왕」〉

(16d)에서는 737년에 중시 의충이 아찬이었다. 그런데 6년 뒤인 743년에는 서불한으로 되어 있다. 이것은 특별한 경우이다. 의충은 739년 [효성왕 3년]에 사망하였다. 그를 이어서 「원가」를 지은 신충이 중시가 되었다. 그 후 효성왕이 승하하고, 경덕왕이 즉위하여 선비를 무자하다고 폐하고 새 왕비로 만월부인을 들일 때의 왕비의 아버지가 의충인 것이다. 그러므로 그는 정상적으로 승진하여 각간이 된 것이 아니라 사후에 추증된 관등이 각간인 것으로 보인다. 그렇지 않다면 (16d)의 아찬이 이찬의 오기라고 볼 수밖에 없다.

위에서 살펴본 모든 경우를 감안하면 이찬에서 각간으로 승진하는 데에 10여년의 기간이 소요되었다고 할 수 있다. 그러므로 720년 성덕왕과 소덕왕후의 혼인 시에 '이찬'으로 기록된 소덕왕후의 아버지 순원이 19년이나 지난 739년 효성왕과 혜명왕비가 혼인하는 시점에도 여전히 '이찬'으로 기록되어 있는 것은 의아한 일이라 아니 할 수 없다.

그는 적어도 세 왕의 왕비를 배출하는 최고의 권세를 누린 집안의 중심인물이다. 성덕왕의 장인으로 있은 기간이 소덕왕후의 왕비 재임 기간인 720년 3월부터 724년 12월까지로 만 5년이다. 그리고 그 뒤에 그 집안에서 다시 성덕왕의 아들 효성왕의 혜명왕비까지 배출하였다. 그런 사람이 그 기간 내내 이찬으로 있었다는 것은 있을 수 없는 일이다.

그러면 혜명왕비가 효성왕과 혼인하는 것은 순원이 죽은 뒤에 그의 자손들이 누이 혜명을 왕비로 들이는 것일까? 그러면 순원은 죽은 뒤에도 내내 이찬이어야 한다. 그러나 그렇지가 않다. 앞에서 본 『삼국유사』의 (4')에는 순원의 관등이 '각간'으로 되어 있다. 그렇다면 순원이 이찬에서 각간이 되는 데에 소요된 기간은 19년 이상이라는 말이 된다.

(4') 제33 성덕왕, 이름은 흥광이다[第三十三 聖德王 名興光]. 본명
은 융기이다[本名 隆基]. 효소왕의 동모제이다[孝昭之母弟也].
선비는 배소왕후이다[先妃陪昭王后]. 시호는 엄정이다[諡嚴貞].
원태 아간의 딸이다[元大阿干之女也]. 후비는 점물왕후이다[後
妃占勿王后]. 시호는 소덕이다[諡炤德]. <u>순원 각간의 딸이다</u>[順
元角干之女]. 〈『삼국유사』 권 제1 「왕력」 「성덕왕」〉

　　효성왕이 승하한 후에는 소덕왕후의 아들 경덕왕이 즉위하였다. 순원
의 외손자가 왕이 된 것이다. 순원은 그 집안의 중심 어른으로서 그 당
시의 권력 실세 중의 실세이다. 19년의 세월이면 충분히 순원의 관등이
이찬에서 한 등급 더 올라가서 각간이 될 만한 세월이다. 진복이 최대
로 잡아야 13년 미만에 이찬에서 각간이 된 것과 비교해 보면 이 기록
은 전혀 상식에 맞지 않는 기록이다.

　　『삼국유사』의 (4')에 있는 '순원 각간'이 중요한 기록이다. 『삼국사기』
의 각 연도별 월별에 등장하는 관등은 대체로 그 일이 일어나던 당시의
관등을 적은 경우가 많다. 경우에 따라 훗날의 관등을 소급하여 적은
것도 있다. 그리고 즉위 연도에 그 왕의 가족 관계, 당과의 외교 관계
등을 기록한 데에는 대체로 최종 관등과 관직을 적는 것이 일반적이다.
『삼국유사』의 「왕력」에 적힌 관등도 대체로 최종 관등일 경우가 많다.

　　김순원의 최종 관등은 '각간'이라고 보아야 한다. 언제 각간이 되었을
까? 720년 3월에 이찬으로 기록되어 739년 3월까지 만 19년 이상 동안
이찬이었던 순원이 언제 각간이 되었을까? 이 19년은 해명되지 않는 숫
자이다. 왜 설명할 수 없는 19년이 나왔는가?

　　여기에는 『삼국사기』가 범한 심각한 오기, 또는 오각이 관여한다. 『삼

국사기』의 (1′b)의 739년 3월 '이찬 순원의 딸'의 '순원'은 잘못된 것이다. '순원'이 잘못 들어간 것이다. 그 자리는 '순원'의 자리일 수가 없다. 이 '순원'의 자리에는 다른 사람의 이름이 들어가야 한다.

    (1′) b. 739년[효성왕 3년] <u>3월 이찬 순원의 딸 혜명을 들여 비로 삼았다</u>[三月 納伊飡順元女惠明爲妃].

그러면 누구의 이름이 들어가야 할까? 즉, 혜명왕비의 아버지는 누구일까? 『삼국유사』의 (3′)의 기록에 따르면 혜명왕비의 아버지는 '진종 각간'이다.

    (3′) 제34 효성왕[第三十四 孝成王]. 김 씨이고 이름은 승경이다[金氏名承慶]. 아버지는 성덕왕이고 어머니는 소덕태후이다[父聖德王母炤德大后]. 왕비는 혜명왕후로 <u>진종 각간의 딸이다</u>[妃惠明王后 眞宗角干之女也]. 〈『삼국유사』 권 제1 「왕력」 「효성왕」〉

혜명왕비의 아버지는 '순원'이 아니라 '진종'이 옳은 것이다. 혜명왕비가 순원의 딸이 아니라면 효성왕은 이모와 혼인한 것이 아니다.

왜 『삼국사기』가 이런 어이없는 오각을 내었을까? 그것은 (2′)과 관련된다. (2′)의 '三月 納伊飡順元之女爲王妃'와 (1′)의 '三月 納伊飡順元女惠明爲妃'에서 '三月 納伊飡順元(之)女'가 똑 같다.

    (2′) 720년[성덕왕 19년] <u>3월 이찬 순원의 딸을 들여 왕비로 삼았다</u>[三月 納伊飡順元之女爲王妃]. 〈『삼국사기』 권 제8 「신라본기 제8」 「성덕왕」〉

이런 경우 역사에 정통하지 않은 각수들은 실수를 하기 좋게 되어 있다. 그리고 순원의 딸이 계속 왕비로 들어오니 그게 맞다고 착각했을 수도 있다. 그러나 전문적으로 신라 중대 정치사를 전공한다는 현대 한국의 국사학자들이 이것을 놓치고 '효성왕이 이모와 혼인하였다.'는 말도 안 되는 이야기를 버젓이 쓰고 있는 것은 우스운 일이다.

3. 증거 제2: 74세에 딸을 낳은 사람은 없다

김순원의 나이

혜명왕비의 아버지가 김순원이 아님을 보여 주는 제2의 증거, 그러나 가장 강력한 증거는 김순원의 나이이다. 김순원은 효소왕 7년[698년] 2월 중시 당원의 퇴직에 따라 대아찬[5등관위명]으로서 중시 직을 맡았다. 그때 그는 몇 살이나 되었을까? 그에 앞서서 중시를 맡았던 (17b)의 대아찬 원선과 (17d)의 이찬 당원은 모두 늙어서 물러났다고 하였다. 그들을 이어서 중시가 된 대아찬 순원이 상당한 나이였을 것으로 짐작할 수 있다.

그런데 김순원은 늙어서 중시 직에서 물러난 것이 아니라, (17e)에서 보듯이 '경영의 모반'에 연좌되어 파면되었다. 그러므로 다른 중시의 면직과는 달리 그의 나이가 많다고 하기는 어렵다.

(17) a. 692년 [효소왕 원년] 8월 대아찬 원선으로 중시를 삼았다[元年 八月 以大阿飡元宣爲中侍].

b. 695년 [동 4년] 개원을 제수하여 상대등으로 삼았다[拜愷元爲 上大等]. 겨울 10월 -- 중시 원선이 늙어 은퇴하였다[中侍元 宣退老].

c. 696년 [동 5년] 봄 정월 이찬 당원을 중시로 삼았다[五年 春 正月 伊湌幢元爲中侍].

d. 698년 [동 7년] 2월 -- 중시 당원이 늙어 물러나고 대아찬 순 원을 중시로 삼았다[二月 -- 中侍幢元退老 大阿湌順元爲中 侍].

e. 700년[동 9년] -- 여름 5월 이찬 경영*/영은 현으로도 적는 다./*이 모반하여 복주하였다[-- 夏五月 伊湌慶永*/永一作 玄/謀叛 伏誅]. 중시 순원이 연좌되어 파면하였다[中侍順元 緣坐罷免].

f. 702년 [동 11년] 7월에 왕이 승하하였다[十一年 秋七月 王 薨]. 〈『삼국사기』 권 제8 「신라본기 제8」 「효소왕」〉

몇 살쯤에 중시가 되는 것이 정상적일까? 감을 잡을 수가 없다. 어림 잡아 그가 700년에 중시에서 파면될 때 50세로 보아도 될까? 더 적어 서 30대에도 중시가 될 수 있을까? 이 책에서는 48세쯤에 김순원이 중 시가 되었고 50세쯤인 700년에 중시에서 파면되었다고 보고 모든 계산 을 하기로 한다.

그러면 소덕왕후가 성덕왕과 혼인하던 720년에 그는 최소 70세쯤 된 다. 수긍이 된다. 70세의 원로 귀족의 딸 소덕왕후가 성덕왕의 계비로 들어오는 것이다. 이때 소덕왕후가 15세였다면 김순원이 55세에 낳은 딸이다. 좀 늦게 낳은 딸이기는 하지만 불가능한 일은 아니다.

그러면 효성왕이 혜명왕비와 재혼하는 739년에 김순원은 몇 살이나 되어야 하는가? 720년으로부터 19년이 흘렀다. 김순원은 89세이다. 89

세 된 김순원이 혜명왕비의 아버지일 수 있겠는가? 혜명왕비가 효성왕과 혼인하던 시점에 15세였다고 상정해 보자. 그러면 김순원은 이 딸 혜명을 74세에 낳았어야 한다. 가능할까? 김순원의 나이를 최소로 잡아 그가 50세에 중시에서 파면되었다고 쳐도 74세에 딸을 낳아 그 딸을 효성왕의 계비로 넣는다는 계산이 된다. 이것을 인정하는 것은 저자의 상식이 허용하지 않는다.

더욱이 나이 89세나 되던 739년까지 이찬이던 그가 (4)에서 보았듯이 언젠가는 '각간'이 되어야 하는데, 19년 동안 이찬이던 사람이 나이 89세가 넘어서야 이찬에서 각간으로 승진하였다는 것이 납득이 되는가? 납득하기 어렵다. 혜명왕비가 김순원의 딸이고 효성왕이 이모와 결혼하였다는 국사편찬위원회(1998), 『한국사 9』 「통일신라」의 내용 (5)는 납득할 수 없는 이야기이다.

그런데 김순원이 50대 중반에 중시가 되었다고 생각해 보라. 그러면 89세에서 최소 5살은 더 올려야 한다. 그럴 경우 94세까지 이찬으로 있다가 그 뒤에 각간이 된다. 이는 상상하기 어려운 일이다. 그리고 94세 된 노인의 딸이 효성왕의 계비로 혼인한다는 것은 불가능하다. 15세 정도 되어 갓 혼인하는 혜명왕비가 순원의 딸이라면 김순원은 79세에 이 딸을 낳았어야 한다. 상식에 어긋난다. 혜명왕비는 김순원의 딸이 아니다. 그러므로 혜명왕비를 '이찬 순원의 딸'이라고 적은 『삼국사기』의 (1b)의 '순원'은 오기이거나 오각임에 틀림없다.

김순원의 나이에 대한 이 모든 계산은, 혜명왕비가 김순원과 연관지어 이해되려면, 적어도 혜명왕비가 순원의 딸이 아니라 손녀가 되어야 함을 시사(示唆)한다. 그러려면 순원의 아들, 그리고 혜명왕비의 아버지를 설정하는 것이 필요하다. 그 인물, 혜명왕비의 아버지가 『삼국유사』 권 제1 「왕력」 「효성왕」 조에 '진종 각간'이라고 명시되어 있다.

이런 것들이 『삼국유사』의 진정한 가치이고, 저자가 '『삼국유사 다시 읽기』를 집필하는 까닭이다.

4. 증거 제3: 왕실 친인척들의 촌수

'효신(孝信)'의 정체

혜명왕비의 집안을 짐작할 수 있는 가장 중요한 기록은 『삼국사기』 의 (18)이다. 이 기록에는 740년 7월에 '조정의 정사를 비방하는 한 여 인이 '효신공(孝信公)'의 문 앞을 지나갔다.'고 적고 있다.

> (18) 740년[효성왕 4년] --- 가을 7월 붉은 비단 옷을 입은 한 여인이 예교 아래로부터 나와 조정의 정사를 비방하며 효신공의 문을 지나다가 홀연히 보이지 않았다 [四年 --- 秋七月 有一 衣女人 自隷橋下出 謗朝政 過孝信公門 忽不見]. 〈『삼국사기』 권 제9 「신라본기 제9」 「효성왕」〉

조정의 정사를 왜 효신공의 문을 지나면서 비방하였을까? 효신공이 조정과 무슨 상관이 있을까? '효신'은 잘못된 조정 정사에 책임을 져야 하는 사람일 가능성이 크다. 무슨 정사를 비방하였을까? 그것을 알기 위해서는 이 직전에 일어난 일들을 보아야 한다. 이 시점, 740년 7월은 (1b)에서 본 혜명왕비가 효성왕과 재혼한 739년 3월로부터 1년 4개월 뒤이다.

이제 이 시기의 정사의 흐름을 살펴볼 필요가 있다. 중복되는 일도 포함하여 『삼국사기』에 기록된 순서대로 보이면 (19)와 같다.

(19) a. 739년[효성왕 3년] 봄 정월 -- 중시 의충이 사망하여 이찬 신충을 중시로 삼았다[-- 中侍義忠卒 以伊飡信忠爲中侍].

b. 2월 왕제 헌영을 제수하여 파진찬으로 삼았다[二月 拜王弟憲英爲坡珍飡].

c. 3월 이찬 순원의 딸 혜명을 들여 왕비로 삼았다[三月 納伊飡順元女惠明爲妃].

d. 여름 5월 파진찬 헌영을 봉하여 태자로 삼았다[夏五月 封波珍飡憲英爲太子].

e. 가을 7월 붉은 비단 옷을 입은 한 여인이 예교 아래로부터 나와 조정의 정사를 비방하며 효신공의 문을 지나다가 홀연히 보이지 않았다[四年 --- 秋七月 有一緋衣女人 自隷橋下出 謗朝政 過孝信公門 忽不見].

f. 8월 파진찬 영종이 모반하였다[八月 波珍飡永宗謀叛]. 목 베어 죽였다[伏誅]. 이에 앞서 영종의 딸이 후궁에 들었는데 왕이 그녀를 지극히 사랑하여 은총을 쏟음이 날로 심하여 갔다[先是 永宗女入後宮 王絶愛之 恩渥日甚]. 왕비가 질투하여 족인들과 모의하여 그녀를 죽였다[王妃嫉妬 與族人謀殺之]. 영종이 왕비의 종당들을 원망하여 이로 인하여 모반하였다[永宗怨王妃宗黨 因此叛].

g. 6년[742년] 5월 --- 왕이 승하하였다[五月 --- 王薨]. 시호를 효성이라 하였다[諡曰孝成]. 유명으로 구를 법류사 남쪽에서 태우고 동해에 유골을 뿌렸다[以遺命 燒柩於法流寺南 散骨東海].〈『삼국사기』권 제9 「신라본기 제9」 「효성왕」〉

(19a)에서 739년 정월 이찬 신충이 중시가 되었다. (19b)에서 그 해 2월 효성왕의 아우 헌영을 파진찬으로 삼았다. 이 헌영은 어머니가 소덕왕후이다. 따라서 소덕왕후의 아버지 김순원은 헌영의 외할아버지이다. 그리고 헌영은 엄정왕후의 아들인 효성왕의 이복동생이다.[3]

(19c)에서 같은 해인 739년 3월 이찬 순원의 딸(?) 혜명을 왕비로 삼았다. 그런데 (19d)에서 혼인 후 2개월 뒤인 5월에 파진찬 헌영을 책봉하여 태자로 삼았다. 얼른 보아도 이 정사는 비방할 만하다. 젊은 왕이 금방 새 왕비를 들였는데 왜 그 아우를 태자로 책봉한다는 말인가? 새 왕비가 아들을 낳으면 그 원자를 태자로 책봉하는 것이 순리이다. 그러므로 얼른 보면 (18=19e)의 한 여인은 '헌영의 태자 책봉'이라는 이 조정의 정사를 비방한 것처럼 보일 수도 있다.

그러나 태자 책봉이라는 중대 정사를 비방할 여인이 어디에 있겠는가? 누가 태자가 되든 백성들이 무슨 상관이 있다고 감히 그런 것을 비방하겠는가? 진정한 비방의 대상은 (19f)에 들어 있다. '영종의 모반'이다. 이 (19f)에는 '이에 앞서[先是]'라는 말이 있다. '영종의 모반'에 앞서 있었던 일, 그것은 영종의 딸이 후궁에 들었고, 효성왕이 그 후궁을 총애하기를 날로 더하여, 새로 혼인한 왕비가 그 후궁을 질투하여, 집안사

---

3) 효성왕 승경은 엄정왕후의 아들이다. 그 근거는 두 가지이다. 첫째 증거는 승경이라는 이름이다. 승경에 앞서 태자가 되었다가 사망한 효상태자 중경은 엄정왕후의 아들이고 승경의 형이다. 重慶[거듭된 경사], 承慶[이어진 경사]이 성덕왕과 선비 엄정왕후 사이에 태어난 아들들이다. 憲英은 성덕왕과 후비 소덕왕후 사이에서 태어났다. 효성왕과 경덕왕은 어머니가 서로 다르다. 둘째 증거는 소덕왕후가 왕비로 있는 기간이 720년 3월에서 724년 12월까지 4년 9개월밖에 안 된다는 것이다. 그 4년 9개월 동안에 소덕왕후는 최대로 잡을 경우 헌영, 743년 12월에 당나라에 하정사로 갔다가 온 경덕왕의 왕제, 선덕왕의 어머니 사소부인 등을 낳은 것으로 보인다. 이 셋이 모두 소덕왕후 소생이라는 보장은 없다. 그러나 확실한 것은 경덕왕의 형 효성왕을 소덕왕후가 낳을 수는 없다는 사실이다. 제4장에서 논의하였다.

람들과 모의하여 그 후궁을 죽이는 사건이 있었다는 것이다.[4] 그래서 후궁의 아버지 영종이 왕비의 집안사람들을 원망하여 모반한 것이다.

이 '혜명왕비의, 혜명왕비에 의한, 혜명왕비를 위한 후궁 살해 사건'은 언제쯤 일어난 일일까? 8월에 '영종의 모반 사건'이 있었으니 그 앞이다. 7월일까? 6월일까? 한 여인이 비방한 조정의 정사에는 이 '후궁 살해 사건'이 포함되는 것일까 되지 않는 것일까? '이에 앞서'라는 말은 참 교묘한 말이다. 8월보다 앞서는데 그것이 언제인지 적지 않았다. 7월에 한 여인이 소성의 정사를 비방하며 효신공의 문을 지날 때보다 더 먼저 '후궁 살해 사건'이 있었다면 이 여인의 비방은 이 '혜명왕비의 후궁 살해 사건'을 포함한다고 보아야 한다. 사실 그런 일 아니면 조정의

----

4) 이에 대한 현대 한국 국사학계의 인식은 다음과 같다. 효성왕이 계비 혜명왕비와 혼인한 뒤에 선비 박 씨 왕비가 후궁이 되었다. 그 박 씨 왕비를 혜명왕비가 죽였다. 영종은 박 씨 왕비의 아버지이다. 이 영종을 『삼국유사』 권 제1 「왕력」, 「효성왕」 조가 혜명왕비의 아버지 '진종 각간'이라고 잘못 적었다. 이것이 오늘날 이 나라 신라 중대 정치사 연구의 중심 흐름인 모양이다. 적어도 이현주(2015:254)를 따르면 그렇다. 이 논문의 247면부터 255면을 보면 이 분야 연구가 얼마나 어지럽게 서로 다른 학설들로 난마같이 얽혀 있는지 알 수 있다. 이 속에서나마 이현주(2015:255)는 영종이 파진찬이므로 박 씨이기 어렵다는 조심스러운 견해를 제시하고 있다. 그러나 그것은 옳지 않다. 『삼국유사』 권 제2 「기이 제2」, 「만파식적」 조에는 海官 波珍湌 朴夙淸이라고 뚜렷이 나와 있다. 박 씨도 파진찬이 될 수는 있다. 그러나 '영종'이 박 씨라는 보장은 없다. 여기서 가장 중요한 것은, 왜 혜명왕비의 아버지가 『삼국유사』에는 '진종 각간'이라고 되어 있는데 『삼국사기』에는 '이찬 순원'이라고 되어 있는가 하는 점이다. 이것을 따지지 못하고, 『삼국사기』를 과신하여 혜명왕비의 아버지가 '이찬 순원'인 것이 확실하다고 하고 나서 다른 논의를 진행하려니 전혀 사리에 맞지 않는 글이 되고 말았다. '파진찬 영종'이 739년 8월에 모반으로 죽었는데, 어찌 그를 '각간 진종'이라고 일연선사가 잘못 적을 수 있겠는가. 그리고 왕비가 후궁이 된다는 것이 어디에 있는가? 새 왕비를 들이기 위하여 전 왕비를 비궁에 유폐했다는 것은 진지왕과 도화녀의 사랑을 보면 이해할 수 있는 일이지만, 왕비가 후궁이 된다는 주장을 하려면 증거가 필요하다. 기록에 따라, 상식에 따라 올바른 역사를 쓰고 후세들에게 그것을 가르쳐서 교훈을 얻게 해야지. 여기에 더하여 동일한 역사적 사건도 현재적 요구에 의하여 그 가치가 다르게 해석될 수도 있다는 말을 입에 달고 있으니 그들이 써 둔 역사를 누가 진실한 역사라고 하겠는가?

정사를 비방할 여인이 있기 어렵다. 이 여인이 비방한 조정 정사는 바로 이 일이라 보아야 한다. 그러면 효신은 이 '후궁 살해 사건에 책임'이 있다. 그로 하여 '한 여인의 비방을 받은 것'이라 보아야 한다. 한 여인은 누구일까? '죽은 후궁의 어머니'이거나 가까운 가족일 것이다. 그 여인이 홀연히 사라졌다는 것은 증발하였다는 뜻이다. 그 어머니도 피랍되어 살해되었거나 비궁에 유폐되었을 가능성이 크다.

'김효신(金孝信)'은 혜명왕비와 후궁 살해를 모의한 족인에 들어갈 것이다. 효신은 영종이 원망한 혜명왕비의 종당에 들어갈 것이다. 이제 이 시기에 혜명왕비를 효성왕의 계비로 들이밀고, 효성왕의 이복동생 헌영을 태자로 책봉하게 하고, 효성왕의 총애를 입고 있는 후궁을 살해하는 것 등등의 조정 정사를 실행하고 있는 책임자가 '김효신'이라고 추정할 수 있다. 그런데 그 혜명왕비를 『삼국사기』는 '순원(?)의 딸'이라고 했으니 김효신은 김순원의 집안사람일 수밖에 없다. 일단 김효신과 김순원을 '후궁 살해 사건'을 행한 공동정범으로 얽어 묶는 것, 이것이 가장 중요한 일이다.

『삼국사기』가 혜명왕비의 아버지가 김순원이라고 하였으므로 김효신이 혜명의 아버지는 아니다. 삼촌일까? 오빠일까? 조카일까? 오빠일 가능성이 크다. 만약 김효신이 혜명왕비의 오빠라면, 『삼국사기』의 믿을 수 없는 그 기사대로 하면 김효신은 김순원의 아들이어야 한다. 그런데 김순원의 나이가 문제가 된다.

김순원의 나이는, 혜명왕비가 효성왕과 혼인하는 739년에 89세로 추정되므로 김효신이 김순원의 아들이라면 60~70대일 것이다. 60~70대의 원로 고관이 이런 일에 얽혀들어 한 여인의 비방을 받고 있는 것일까? 60~70대의 고관이 여동생을 왕비로 들이고 그 왕비의 치정 살해 행위의 모의 대상이 되었을까? 60~70대 나이의 오빠를 둔 혜명왕비가 지금 이 시점에 효성왕과 혼인한다는 것은 이상한 일이다. 상식적으로 는 납득되지 않는다. 아무리 생각해도 김효신, 김혜명은 남매라야 하는 데 그들이 김순원의 자녀가 되려면 나이가 너무 많아져서 지금 효성왕 과 혼인하는 혜명왕비와는 안 맞다.

그러면 김효신이 김순원의 손자일까? 김효신이 김순원의 손자이면 40~50대일 것이다. 얼른 보아도 (16)의 일들은 60~70대의 노년이 할 수 있는 일이 아니고 40~50대의 장년이 할 수 있는 일이라는 느낌이 든다. 그러나 느낌은 느낌일 뿐이다. 김효신이 김순원의 '아들'인가 '손 자'인가를 가릴 증거가 있어야 한다.

왕질 김지렴: 김충신의 종질

(20)은 성덕왕 때의 중요 외교 사항에 대한 기록을 모아 놓은 것이다. (20a, d)에는 '김충신'이 있다. (20a)에는 성덕왕의 아우 '김근*{『책부원 구』에는 흠*질', (20b)에는 성덕왕의 아우 '김사종', (20c)에는 성덕왕의 조카 '김지렴', (20d)에는 성덕왕의 사위 '김효방' 등이 등장한다. 이들이 모두 당나라에 사신으로 갔다. 이를 보면 이 시기 당나라에 숙위가거나 사신으로 가는 사람들의 지위를 어느 정도 짐작할 수 있다. 왕의 아우 이거나 사위이거나 조카이거나, 등등 왕의 지근거리에 있는 친인척들이 라 할 수 있다.

(20) a. 726년 [성덕왕 25년] 여름 4월 김충신을 당에 파견하여 하정

하였다[二十五年 夏四月 遣金忠臣入唐賀正]. 5월 왕의 아우 김근*[『책부원구』에는 흠이다.]*질을 당으로 파견하여 조공하니, 당에서는 낭장 벼슬을 주어 돌려보내었다[五月 遣王弟金釿*[冊府元龜作欽]*質入唐朝貢 授郎將還之].

b. 728년 [동 27년] 가을 7월 왕의 아우 김사종을 당에 보내어 방물을 바치고 겸하여 자제가 국학에 입학할 것을 청하는 표를 올렸다[二十七年 秋七月 遣王弟金嗣宗 入唐獻方物 兼表請子弟入國學]. (당 현종은) 조칙을 내려 허락하고, 사종에게 과의 벼슬을 주어 머물러 숙위하게 하였다[詔許之 授嗣宗果毅 仍留宿衛].

c. 733년 [동 32년] 겨울 12월 왕의 조카 지렴을 당에 파견하여 사은하였다[冬十二月 遣王姪志廉朝唐謝恩]. --- (당 현종은) 지렴을 내전으로 불러 향연을 베풀고 속백을 하사하였다[詔饗志廉內殿 賜以束帛].

d. 734년 [동 33년] 정월 --- 입당 숙위하는 좌령군위원외장군 김충신이 (당제에게) 표문을 올려 말하기를[入唐宿衛左領軍衛員外將軍金忠信上表曰], 신이 받들고자 하는 처분은 신으로 하여금 옥절을 가지고 본국으로 돌아가서 병마를 출발시켜 말갈을 토벌하여 없애는 것이옵니다[臣所奉進止 令臣執節本國 發兵馬 討除鞨鞨]. --- 이때를 당하여 교체할 사람인 김효방이 죽어 편의상 신이 그대로 숙위로 머물렀습니다[當此之時爲替人金孝方身亡 便留臣宿衛]. 신의 본국 왕은 신이 오래도록 당나라 조정에 모시고 머물게 되었으므로 종질 지렴을 파견하여 신과 교대하도록 하여 지금 여기 왔사오니 신은 즉시 돌아가는 것이 합당할 것입니다[臣本國王 以臣久侍天庭 遣使從姪志廉 代臣 今已到訖 臣卽合還].

e. 이때에 이르러 지렴에게도 홍려소경원외치라는 벼슬을 주었다[及是 授志廉鴻臚少卿員外置].

f. 735년 [동 34년] 정월 --- <u>김의충을 파견하여 당에 들어가 하</u>
<u>정하였다</u> [三十四年春正月 --- 遣金義忠入唐賀正]. 2월 부
사 김영이 당나라에서 몸이 죽으므로 광록소경을 추증하였다
[二月副使金榮在唐身死贈光祿少卿]. --- <u>의충이 돌아올 때</u>
<u>에 칙령으로 패강 이남의 땅을 주었다</u> [義忠廻勅賜浿江以南
地]. 〈『삼국사기』 권 제8 「신라본기 제8」 「성덕왕」〉

그런데 성덕왕과의 친인척 여부가 적히지 않은 '김충신'이 (20) 기사
의 중심에 있다. 이 이름 '김충신'이 어떤 암시를 주는가? 이 '김충신'은
저자에게 '김효신'이라는 이름을 우선적으로 떠올렸다. 그러나 이름이야
우연히 비슷할 수도 있으니 무슨 증거가 되겠는가? 그런 것을 넘어서서
진정한 증거를 찾아 이들의 관계를 논의해 보기로 한다.

(20a)의 '金忠臣'과 (20d)의 '金忠信'이 다른 사람일까? 이 문맥에서
이 두 사람을 다른 사람으로 보는 것은 상식에 어긋난다. (20a)에서 726
년에 '金忠臣'이 숙위로 왔다. 그리고 (20d)에서 보듯이 교대할 사람인
김효방이 죽어서 너무 오래(8년이나) 숙위하고 있다가 733년 12월에 지
렴이 교대하러 와서 734년 정월에 '金忠信'이 귀국하는 표문을 올린다.
그런데 이 '信'과 저 '臣'이 글자가 달라서 이 둘이 다른 사람이고 두 사
람의 '충신'이 숙위를 갔다고 하면 상식에 어긋난다. 그러려면 '忠臣'이
돌아가고 새로 다른 '忠信'이 오는 기사가 있어야 한다. 그런데 그런 기
록은 없다. (20a)의 '臣'은 '信'의 오기이다. '臣'은 '信'을 잘못 적은 것임
에 틀림없다.[5]

---

5) 이 '忠臣(충신)'과 '忠信(충신)'을 같은 사람으로 본 것은 전덕재(1997:34)에도 있다. 이
점에서는 필자와 국사학계가 인식을 같이 한다. 『삼국사기』는 믿을 수 있는 책이 못
된다. 수많은 오기와 오각이 있고 사실 관계도 틀린 것이 많다. 그 이유는 당나라 측

그런데 (20d)에서는 그 김충신이 당나라 황제에게 올린 표문에서 왕의 조카[王姪] 지렴을 종질이라고 지칭하고 있다. 종질은 사촌의 아들로서 원래 5촌 조카를 말한다. 그런데 7촌 조카[재종질]도 종질이라고 부를 수 있다. 성덕왕의 조카 지렴은 김충신의 5촌 조카 또는 7촌 조카인 것이다. 그러면 성덕왕과 김충신은 4촌이거나 6촌이다.

김충신에 대하여 당나라 기록인 『책부원구(冊府元龜)』에는 실제로 (21)과 같이 성덕왕의 종제라고 적고 있다(김종복(2016:27) 참조).

(21) 734년[당 현종 개원 22년] 2월 신라왕 흥광의 종제인 좌령군위원
외장군 충신이 표를 올려 이르기를 [二月 新羅王 興光 從弟 左
領軍衛員外將軍 忠信上表曰---]. 〈『책부원구(冊府元龜)』, 開
元 22년〉

성덕왕의 4촌은 친가로는 신문왕의 형제의 아들이다. 있을 것 같지 않다. 외가로는 신목왕후의 형제의 아들이다. 거기도 없다.

그러면 김충신은 성덕왕의 6촌일 가능성이 크다. 성덕왕의 6촌은 문무왕의 형제의 손자일 수 있다. 개원, 인문, 지경 등의 손자일 것을 배제할 수 없다. 그리고 자의왕후의 친정 형제의 손자들일 수 있다. 김충신은 신문왕의 외가, 성덕왕의 진외가의 6촌일 가능성이 크다.[6]

기록과 신라 측 기록이 한자를 달리 쓴 경우가 있고 서로 다른 내용도 있었을 터인데 그것을 『삼국사기』는 그대로 옮겨놓았기 때문이다. 신라 측 기록과 중국 측 기록이 차이가 나서 『삼국사기』가 둘 다 적어 둔 경우도 있다. 『삼국사기』 권 제9 「신라본기 제9」 「성덕왕」, 22년[723년] 3월에 포정(抱貞)과 정원(貞苑)의 두 미녀를 당나라에 보냈는데 당 현종이 돌려보냈다는 기록을 하고 나서, "정원의 비에 말하기를 '효성왕 6년[742년] 당 천보 원년에 귀당하였다.'고 하였으니 어느 것이 옳은지 알지 못하겠다."고 적고 있다. 이렇게 그대로 옮겨 놓는 것이 옳다. 다만 충실한 주석이 필요하고 후세 연구자의 예리한 감식안이 필요하다.

지렴은 성덕왕의 조카이니 성덕왕의 형제의 아들이다. 성덕왕의 형은 효소왕과 봇내[寶川, 寶叱徒] 태자이다. 효소왕과 성정왕후의 아들은 김수충으로 추정된다(서정목(2016a:276-87) 참고). 봇내는 오대산에서 스님이 되었으니 아들이 없었을 것으로 보인다. 그러니 이들의 아들은 아닐 것이다.

성덕왕의 아우는 둘이 기록에 남아 있다. (20)에 성덕왕의 아우가 둘 등장하는 것이다. 하나는 (20a)의 726년 5월에 당나라에 간 김근{흠}질이다. 다른 하나는 (20b)의 728년 7월에 당나라에 간 김사종이다. 이들은 모두 신문왕의 아들들이다. 그런데 『삼국사기』는 687년 2월에 '원자생(元子生)'이라고 적었다. 이 원자는 신목왕후가 683년 5월 7일 신문왕과 정식으로 혼인한 뒤에 낳은 적통 맏아들이다. 이 둘 속에 이 '원자'가 들어 있다.

여기가 신라 중대 왕자들의 실상을 파악하기 가장 어려운 대목이다.[7] 어떻게 생각해도 이 김근{흠}질과 김사종 가운데 하나가 687년 2월에 태어난 원자가 되어야 하고 그 둘 중 어느 하나의 아들이 김지렴이어야

---

6) 여기서의 종제는 6촌을 가리킨다. 신문왕의 어머니 자의왕후와 충신의 할아버지 순원이 남매이다. 그러면 성덕왕의 아버지 신문왕과 충신의 아버지 김진종이 사촌이다. 그러면 성덕왕과 충신은 6촌인 것이다.

7) 여기서부터는 초고가 완전히 바뀌었다. 2016년 9월 16일 여성구(1998)에서 757년~758년 경 당나라 숙종이 영주(靈州)에서 '안사의 난'을 진압하기 위하여 연 백고좌 강회에 초청된 신라 왕자 출신 석(釋) 무루(無漏)에 대한 기록들을 보았기 때문이다. 아무도 누구인지 몰라서, 모두가 헤매고 있는 이 스님이, 그 기록들을 분석한 결과 바로 이 김근{흠}질이라고 저자는 판단하였다. 그가 687년 2월 출생한 신문왕의 원자이다. 형 사종이 700년 5월의 경영의 모반에 연루되어 부군에서 폐위된 후 신문왕의 적자는 근{흠}질밖에 없다. 이제 통일 신라 정치사에서 남은 수수께끼가 거의 없어졌다. 『삼국사기』만 보면 아무 것도 알 수 없는 여러 일들이 『삼국유사』와 송나라가 당나라에 관하여 남긴 기록들을 참고하면 다 알 수 있을 것이야 불을 보듯 훤한 것이다. 이 내용을 정리한 논문이 서정목(2016d)이다. 그리고 이 사연이 『삼국유사 다시 읽기 11』의 주제가 될 것이다.

한다. 그런데 김사종이 당 현종에게 자제의 당나라 국학 입학을 요청하였다. 현종이 이를 허락하였다. 733년 12월 성덕왕은 조카 지렴을 당나라에 보낼 수밖에 없었다. 그러면 지렴은 김사종의 아들이어야 한다.

서정목(2016a)가 인쇄된 2016년 4월 19일까지도, 서정목(2016b)를 투고하여 심사가 끝난 2016년 6월 10일까지도, 그리고 이 책의 초고를 출판사에 넘긴 2016년 7월까지도 저자는 687년 2월생 '원자'가 김사종인지 김근{흠}질인지 확실하게 정하지 못하였다.[8] 그래서 신문왕의 원자는 이름으로 보아 김사종이 확실하다. 그런데 김사종은 684년생이라고 하니 687년 2월은 김근{흠}질의 출생월인데『삼국사기』가 실수로 형 김사종의 출생월을 아우 김근{흠}질의 출생월에 적었다고 하였다.

그런데 687년 2월생 원자인지 아니면 또 다른 신문왕의 아들인지 모르겠지만 효소왕 때에 효소왕의 아우가 부군으로 책봉되어 있다가 형과 쟁위하여 '부군에서 폐위'되었다는 기록이『삼국유사』에 있다.[9] 효소왕 때의 반란은 700년 5월의 '경영의 모반'밖에 없다. 그 반란에서 다쳐서 신목왕후가 700년 6월 1일에 사망하였고 효소왕이 702년 7월에 승하하

---

8) 이 책은 초고를 넘긴 지 1년이 지난 아직까지 편집이 다 끝난 상태에서 수정에 수정을 거듭하고 있다. 그러는 가운데에 첫 원자가 폐자가 되고 두 번째로 원자가 된 사람이 김근{흠}질이라는 것도 생각하게 되었다. 그리하여 687년 2월이 진짜로 두 번째 원자 근{흠}질의 출생월이라는 것도 상상하게 되었다. 그리고 2016년 추석 다음날에는 그 근질이 당 숙종이 연 백고좌 강회에 초대받은 석 무루라는 것도 알게 되었다. 생각이 생각을 낳고, 가설이 또 새 가설을 낳으며 신라 중대 정치사는 내 머리 속에서 그렇게, 그렇게 체계를 세워 나갔다. 밤낮 없이 공부하지 않으면 좋은 공부를 할 수 없다. 우연히 좋은 자료가 나타나기를 기다리면 아무 것도 못 얻는다. 노력 없는 행운으로 이런 결과를 얻었다고 생각하지 말라.

9) 이 사실은『삼국유사』권 제3 「탑상 제4」의 「대산 오만 진신」과 「명주 오대산 봇내태자 전기」에 자세하게 나와 있다. 이 기록에 대한 정확한 번역과 올바른 해석은 서정목(2015a, 2016a:제6장)을 참고하기 바란다. 여러 번역서와 국사학계의 연구 결과(특히 신종원(1987))은 오류가 많다.

였다. 이 반란에 중시 김순원이 연좌되어 파면되었다. 이것이 저자로 하여금 신라 중대의 후기를 요석공주와 자의왕후의 동생 김순원의 권력 싸움으로 규정하게 한 근본 이유였다.[10]

이로부터 혹시 이 폐위된 부군이 김사종이 아닐까 하는 생각을 하였다. 김사종이 부군으로 책봉된 것은 그가 원자이기 때문이었을 것이다. 그리고 김사종이 부군이었다가 700년 5월의 '경영의 모반'에 연루되어 폐위될 때 원자의 자격도 잃지 않았을까 하는 생각을 하였다.

그 다음에 700년 5월의 경영의 모반 후에 김사종이 부군, 원자에서

---

10) 이것은 서정목(2016a)를 집필하게 한 근본 동인이기도 하다. 시누이 요석공주와 올케 자의왕후의 싸움, 문무왕의 처지에서는 누이동생과 마누라의 싸움, 신문왕에게는 고모 겸 장모와 어머니의 싸움, 그의 아들 효소왕과, 성덕왕에게는 외할머니와 할머니의 싸움, 성덕왕의 아들 효성왕에게는 진외가의 진외증조모와 증조모의 싸움이었다. 그리고 성덕왕의 계비가 자의왕후의 친정 조카딸 소덕왕후이고, 효성왕의 계비 혜명왕비가 또 소덕왕후의 친정 조카딸이니, 소덕왕후의 아들인 경덕왕에 와서는 어머니의 친정이 완승을 거둔 상태였다. 이 과정에서 희생된 왕이 요석공주가 간택한 엄정왕후의 아들 효성왕이었고 그 권력 다툼의 핵심에 「원가」의 작가 신충이 떡어 버티고 있었다. 그러면 「원가」가 어떻게 해석되어야 할 것인가? 그런데 그 신충은 또 김의충의 딸을 경덕왕의 계비로 들이고 있다. 그래서 신충, 의충이 형제이고 충신, 효신이 형제이며 이들은 모두 자의왕후의 친정 집안사람들로서 효소왕, 봇내, 성덕왕, 사종, 근{흠}질 등과 6촌 관계를 맺는다. 자의왕후의 남동생은 순원이고 그 아들은 진종이다. 그리고 그 진종의 아들들이 충신, 효신이다. 자의왕후의 여동생은 운명이고 운명의 남편은 김오기이며 김오기의 아들이 김대문이다. 그러니 신충, 김의충은 김대문의 아들들일 가능성이 가장 크다. 김오기와 김대문이 2대에 걸쳐서 진서(眞書) 『화랑세기』를 지었다. 김오기는 鄕音[향찰을 의미한다.]으로 쓰고 김대문은 한문으로 썼다. 아마도 북원 소경[원주]의 김오기 부대가 서라벌로 와서 '김흠돌의 모반'을 진압하고 김군관을 죽인 후에 거칠부 이래로 김군관 집안이 경영하던 한산주를 김대문 집안이 빼앗아 경영한 것으로 보인다. 그러니 김대문이 『한산기』를 지었다고 『삼국사기』 권 제47 「열전 제7」이 「김흠운」 조에서 적고 있지. 모반으로 몰려서 역적으로 죽으면 그의 모든 재산은 몰수되고 처자식은 노비가 된다. 딸과 아내는 정적의 성적 노리개가 된다. 이러면 왕에게는 모반이 많을수록 나누어 줄 재산이 많아지고 실권자들은 모반하는 자를 적발만 하면 재산과 여자가 굴러들어 온다. 이제 전통 시대 봉건 왕국의 역사에 왜 그렇게 많은 모반들이 기록되어 있는지 알 수 있을 것이다.

폐하여졌으면 누가 '새 원자'가 될 것인가 하는 생각이 떠올랐다. 신문
왕의 남은 아들은 김근{흠}질밖에 없다. 그가 새 원자가 되었을 것이다.
가장 왕위 계승 서열이 높은 원자가 혼외 동복형에게 왕위를 빼앗겼다
가 그 왕위를 탈취하려는 모반에 연루되어 원자 자격을 잃고 그의 아우
가 새로 원자가 되는 희한한 일이 벌어진 것이다. 아마도 이런 일은 이
세상에서 이것 하나뿐일지도 모른다.[11]

정명태자가 물건 하나 잘못 놀려 왕위 계승 질서가 일순간에 무너진
것이다. 그러니 '남자는 세 가지 뿌리를 조심해야 한다.'고 하였지. 첫째
가 남근이다. 이거 잘못 놀리면 패가망신한다. 둘째는 설근(舌根)이다.
이것 잘못 놀리면 제 목이 달아난다. 셋째는 수근(手根)이다. 잘못 놀리
면 살인자가 될 수도 있다.

700년 5월 그날 이후로는 신문왕의 원자는 김사종이 아니고 김근
{흠}질이 된다. 그렇다면 687년 2월은 '새 원자'의 출생년월이 되고 그

---

11) 이 김사종과 중국 정중종의 창시자 무상선사가 동일인이라는 것을 서정목(2016a:제6
장)에서 주장하였다. 그런데 김재식(2015)에 의하면, 중국 측 기록 『역대법보기』, 『속
고승전』에는 이 무상선사가 728년 45세 때 당나라에 왔다고 되어 있다 한다. 그러면
그는 684년생이다. 728년에 당나라에 간 사신은 김사종이다. 684년은 신문왕과 신목
왕후가 정식으로 혼인한 683년 5월 7일의 다음 해이다. 이 684년생 아들이 신목왕후
의 친아들이라면 그가 '신문왕의 원자'가 되어야 한다. 그러나 『삼국사기』 권 제8 「신
라본기 제8」의 「신문왕」에는 687년 2월에 '원자 생'이라 기록되어 있다. 김사종과 김
근{흠}질, 둘 다 당나라에 사신으로 간 성덕왕의 왕제이다. 근{흠}질은 726년 5월에
갔다. 사종은 728년 7월에 갔다. 이 둘 중에 하나가 신문왕의 원자이다. 이름의 뜻으
로는 사종이 더 가능성이 크다. 그런데 왜 687년 2월에 '원자 생'이 적혀 있을까? 서
정목(2016a:427)은 687년 2월에 태어난 왕자는 근{흠}질이라고 보았다. 그리고 동생
의 생년월에 형 원자의 출생 기록을 잘못 적었다고 보았다. 이제 그 어렵던 수수께
끼가 다 해결되었다. 사종은 원자였으나 부군에서 폐위되었고 그 아우 근{흠}질이
새 원자가 된 것이다. 이제 통일 신라 신문왕에서 혜공왕 때까지의 기록에서 왕자들
에 관한 한 풀리지 않은 문제가 하나도 없다. 내 손으로 이 문제를 모두 해결할 수
있었던 행운이 거저 굴러 들어왔다고 생각하지는 않는다. 30년 이상 끊임없이 묻고
또 물은 결과 도달한 것이다(서정목(2017b) 참고).

것은 김근{흠}질의 출생년월이다. 그렇다면 702년 효소왕이 승하했을 때는 효소왕의 아들 김수충과 이 김근{흠}질이 왕위 계승 경쟁을 벌이게 된다. 그런데 그 '김근{흠}질'이 이렇게 김사종보다 더 앞인 726년 5월에 떡 하니 당나라에 조공사로 갔다.

이 김근{흠}질은 그 후에 어떻게 되었을까? 당 현종은 그에게 '낭장을 주어 돌려보냈다[授郎將還之]. 이 낭장은 당나라 정5품 상(上)의 관등이다. 김사종이 받은 종5품 하(下)인 과의보다 훨씬 높은 관등이다. 이로 보면 김근{흠}질에 대한 당나라의 대우가 김사종에 대한 그것보다 더 후하였음을 알 수 있다.

'환지(還之)'는 '돌려보냈다'인데 김근{흠}질이 과연 신라로 돌아왔을까? 그렇다면 왜 오대산에서 효명이 와서 성덕왕으로 즉위하였을까? 김근{흠}질은 신라로 돌아오지 않았다. 그는 서역, 천축으로 가려다가, 주변의 스님들에게서 거기에 가도 별 것 없다는 말을 듣고 영주(靈州)[현 영하회족자치구 은천 하란산 백초곡]으로 갔다. 거기에 가서 그는 석(釋) 무루(無漏)가 되었다.

그러면 이 성덕왕의 조카 김지렴은 누구의 아들이겠는가? 효소왕의 아들? 아니다. 봇내태자의 아들? 아니다. 김근{흠}질의 아들? 가능성이 있지만 확률은 낮다. 김사종의 아들? 매우 높은 확률로 옳을 가능성이 크다. 지렴은 김사종의 아들일 것이다. 김사종은 성덕왕의 아우이다.

그런 김지렴을 종질이라고 부르는 김충신은 성덕왕, 김사종, 김근{흠}질, 나아가 효소왕, 봇내태자 등 신문왕의 아들들과 몇 촌이 되어야 하는가? 4촌이나 6촌이 되어야 한다. 외척이어서 항렬은 논외로 하면, 김충신과 신문왕의 아들들은 형제 급이지 숙질 사이는 아니다.

그러면 효소왕, 성덕왕, 김사종, 김근{흠}질의 아버지인 신문왕은 김
충신과 몇 촌이 되어야 하는가? 신문왕이 김충신의 3촌숙이나 5촌숙이
되어야 한다. 이들은 숙질간인 것이다. 이것이 가장 중요한 사실이다.
그렇다고 김충신이 신문왕의 친동생의 아들일까? 아닐 것이다. 그러면
무조건 3촌숙은 아니다. 그러면 김충신은 문무왕의 그 많은 아우 중 어
느 누구의 손자일까? 그럴 가능성이 없는 것은 아니다. 그러나 그러면
김순원의 집안사람이 확실한 김효신과 여기서의 김충신을 관련짓기 어
렵다. 김충신이 신문왕의 친가 쪽의 조카일 가능성은 거의 없다.

신문왕의 처가 쪽도 뚜렷한 인물이 없다. 첫 왕비의 친정 김흠돌의
집안은 '김흠돌의 모반'으로 결딴이 났다. 둘째 왕비 신목왕후의 친정
김흠운의 집안은 따로 조카가 있을 것 같지 않다. 김흠운의 조카가 있
어도 김흠돌의 아들들이니 모두 죽었다고 보아야 한다.

그렇게 생각하면 김충신은 신문왕의 외가 쪽 조카일 가능성이 가장
크다. 신문왕의 어머니는 자의왕후이다. 그러므로 신문왕의 외가는 자
의왕후의 친정 집안이다. 자의왕후의 친정 집안은 (22a, b)에서 보듯이
파진찬 선품의 집안이다.

(22) a. [661년] 문무왕이 즉위하였다[文武王立]. 휘는 법민이다[諱
法敏]. 태종왕의 원자이다[太宗王之元子]. 어머니는 김 씨
문명왕후인데 소판 서현의 막내딸이고 유신의 누이동생이다
[母金氏 文明王后 蘇判舒玄之季女 庚信之妹也]. --- 왕비
는 자의왕후이다[妃慈儀王后]. 파진찬 선품의 딸이다[波珍
湌善品之女也]. 〈『삼국사기』 권 제6 「신라본기 제6」 「문무
왕 상」〉

b. 제30 문무왕[第三十文武王]. 이름은 법민이다[名法敏]. 태

종의 아들이다 [太宗之子也]. 어머니는 훈제부인이다 [母訓帝
夫人]. 왕비는 <u>자의*/의는 눌로 적기도 한다.</u>/*왕후이다 [妃慈
義*/一作訥/*王后]. <u>선품 해간의 딸이다</u> [善品海干之女]. 신유
년에 즉위하였다 [辛酉立]. 20년간 다스렸다[治二十年]. <u>능은
감은사 동쪽 바다에 있다</u> [陵在感恩寺東海中]. 〈『삼국유사』
권 제1 「왕력」 「문무왕」〉

(22a, b) 모두 자의왕후는 파진찬 선품의 딸이라고 한다. 이 자의왕후
의 친정 집안에서 신문왕의 조카인 김충신이 나올 확률이 가장 높다.
아니 김충신이 신문왕의 외가인 자의왕후의 친정집안 사람임에 틀림없
다. 그 밖에는 후보가 될 집안이 없다.
　전덕재(1997:34)는 (23)과 같이 적고 있다. 김충신이 김신충과 동일인
일 가능성이 크다는 말이다.

(23) 그런데 일반적으로 이 김충신이 바로 경덕왕 16년에 상대등에
　　　취임한 金信忠과 동일 인물이었을 것이라고 파악하고 있다(원
　　　논문의 주: 末松保和(1974), 金壽泰(1996:90), 權悳永(1996:117)).
　　　이렇다고 한다면, 金信忠은 당에 사신으로 파견된 다음에 장기
　　　간 거기에서 宿衛한 인물이었다고 할 수 있겠다. 특히 그가 상
　　　대등이었을 때 지명의 명칭을 漢式으로 개정한 바 있고, 또 관제
　　　의 명칭을 漢式으로 개정한 바 있기도 하다. 물론 漢化政策을
　　　그가 주도하였다고 단정하기 곤란하다 하여도 하여튼 김신충의
　　　경력을 감안할 때, 그 역시 한화정책에 적극적으로 동조하였을
　　　가능성이 매우 높다고 보인다.〈전덕재(1997:34)〉

그러나 이 '김충신'과 757년에 상대등이 되는 '신충'이 동일인이라는

이 일반적 주장은 절대로 진실이 아니다. 그 김충신이 '충신, 효신'으로 'O信'의 항렬을 가진 이름을 갑자기 글자를 뒤집은 '신충'으로 개명하였을 가능성은 조금도 없다. '신충'은 효성왕 즉위 직전의 잣나무 아래에서 태자에게 맹서를 받을 때[736년 가을에서 겨울 사이]와 「원가」 창작 시[737년 봄]에 등장하여, 739년[효성왕 3년] 정월 중시가 되고, 757년[경덕왕 16년] 정월 상대등이 되고, 763년[경덕왕 22년] 8월 상대등에서 면직될 때까지 내내 '신충'이다.

저자도 한때 '김충신'이 734년까지 기록에 나오고[734년 이전에 '신충'이 등장한 기록은 아직 발견되지 않았다.] 736년부터는 '신충'이 기록에 나오므로[736년 이후에 '김충신'이 등장하는 기록은 아직 발견되지 않았다.] 이 두 이름의 상보적 분포에 착안하여 이 둘이 동일인일 것이라는 생각을 하였다. 그리하여 견당파 신충이, 헌영이 아닌 그의 형 효성왕을 지지하여 즉위시킨 것이 당나라에서 몸에 익힌 장자 우선의 원칙을 적용한 것으로 보고, 김충신의 아우 국내파 '김효신'은 초원의 규칙대로 강자 우선의 원칙을 주장하는 것으로 보아, 이 두 형제 사이에 알력이 있었던 것으로 써 놓고 있었다. 그러면 형제 가운데 형 김충신은 형 승경[효성왕]을 밀고, 아우 김효신은 아우 헌영[경덕왕]을 밀어서 서로 대립하다가 형이 아우 편으로 정치적 스탠스를 바꾸었다고 설명할 수 있는 것이다.

참으로 그럴 듯한 구도였다. 그러나 온갖 자료를 다 찾아보고 갖은 생각을 다 하여도 이 '신충'이, 726년[성덕왕 25년] 4월에 당나라에 하정사로 가서 8년 이상이나 숙위하다가 돌아온(?) 그 '김충신'이 개명한 사람이라는 것을 증명할 길이 없었다.

언어학자는 '충신'과 '신충'은 소리와 글자[시니피앙]가 다르므로 뜻[시니피에]이 다르고, 가리키는 대상[referent]이 다르다고 할 수밖에 없다. 이것이 F. de Saussure(1916) 이래의 현대 언어학의 숙명이다. 당나라에 갔던 '김충신'이, 잣나무 아래에서 태자 김승경과 맹약을 하고 효성왕 즉위 후에 「원가」를 짓는 '신충'으로 개명했다는 호적등본이 발견되지 않는 한 언어학자는 이 두 사람을 동일인이라고 판정할 수 없다.

'충신과 신충이 동일인이다.'는 논증되지 않는 억측은, 736년부터 763년까지 「원가」의 작가 '신충'이 활약하던 기간에 당나라에서 돌아온 '김충신'이 '충신'이라는 이름으로 등장하는 기록 하나만 나오면 무너진다. 그런 위험한 억측과 함께 가다가는 30년 동안 애써 겨우겨우 구축한 서정목(2016), 『요석』마저 침몰할 우려가 있다. 저자는 결단코 상식에 어긋난 그런 말들을 아무렇지도 않게 내뱉고 있는 글들과 함께 갈 수 없었고 그 글들을 모두 수정할 때까지 싸우지 않을 수 없었다.

신문왕의 외사촌은 어디 갔는가

김충신의 형제로 보이는 김효신이 이 집안, 자의왕후의 친정 집안사람인 것도 확실하다. 김순원의 딸로 기록된 혜명왕비가 후궁 영종의 딸을 살해하는 데에 관련되어 어느 여인의 비방을 받은 효신공은 김순원 집안사람일 수밖에 없다. 그러면 김순원도 효신, 충신과 더불어 이 집안사람일 수밖에 없다. 이제 김선품, 김순원, 김충신, 김효신 등이 모두 한 집안사람들이고, 그들이 자의왕후의 친정집안 사람들이라는 것이 밝혀졌다.[12]

---

12) 이렇게 필사본 『화랑세기』를 전혀 고려하지 않고도 자의왕후와 김순원이 남매 사이

739년에 최소 89세로 추정되는 김순원은 자의왕후의 남자 형제일 가능성이 크다.[13] 그러면 그는 신문왕의 외3촌이다. 이 두 집안의 계보를 알기 쉽게 신문왕의 친가와 외가로 나누어 도식화하면 (24)와 같다. (ㄷ)은 4촌이고, (ㄹ)은 6촌이며, (ㅁ)은 8촌이다.

    (24) a. 친가: (ㄱ) 무열 (ㄴ) 문무/자의 (ㄷ) 신문 (ㄹ) 효소/성덕/사종
              (ㅁ) 효성/경덕/지렴
         b. 외가: (ㄱ) 선품 (ㄴ) 자의/순원 (ㄷ) ○○/소덕 (ㄹ) 충신/효신
             /혜명 (ㅁ) XX

(24a)에서 보듯이 지렴은 김사종의 아들이고 성덕왕의 조카이므로 (ㅁ)에 해당한다. 그러면 지렴을 종질이라고 부르는 김충신은 (ㄹ)에 해당한다. 그러니까 자의왕후의 친정 집안은 (ㄹ)이 김충신이고 자의왕후와 같은 항렬인 (ㄴ)이 김순원이다. 그러면 신문왕과 4촌이 되어야 할 (ㄷ)이 ○○으로 비게 된다. 이 (ㄷ)의 자리에 들어갈 김순원의 딸은 성덕왕의 계비 소덕왕후이다. 그런데 그 집안에 김충신, 김효신이 있으려면 소덕왕후의 남자 형제 ○○이 (ㄷ)에 있어야 한다. 즉, 신문왕의 외

라는 것을 증명할 수 있다. 그 필사본에는 진흥왕-구륜-선품-자의/운명/순원으로 이어지는 이 집안의 족보를 명백하게 밝히고 있다. 그리고 운명의 남편이 김오기이고 그 아들이 김대문이며 김오기가 북원 소경[원주]의 군대를 거느리고 와서 월성을 깨고 김흠돌의 모반을 진압하였다고 적고 있다. 그러나 이 논문에는 그 필사본에서 가져 온 논거가 하나도 없다. 그래도 결과는 필사본 『화랑세기』와 똑 같다.

13) 신문왕은 665년에 태자로 책봉될 때 혼인하였다(서정목(2016:167)). 그때 15세쯤 되었다고 보면 650년생이다. 즉위하던 681년에 31세쯤 된다. 692년에 사망할 때는 42세쯤 된다. 손자 효성왕이 혜명왕비와 재혼하는 739년에 살아 있었더라면 89세쯤 된다. 문무왕은 681년에 56세로 승하하였다. 625년생이다. 739년의 나이는 114세쯤 된다. 자의왕후도 그쯤 되었을 것이다. 김순원은 739년에 실제로는 96세쯤 된다. 그러니까 자의왕후는 순원보다 18세 정도 나이가 많다.

가에 (ㄷ)에 해당하는 남자가 있어야 하는 것이다. 그 ○○이 신문왕과 외4촌이 된다. 그리고 그 ○○이 김충신, 김효신, 혜명왕비의 아버지가 된다.

그 사람의 이름을 『삼국유사』 권 제1 「왕력」은 이미 (3)에서 본 대로 '진종 각간'이라고 적고 있다. 혜명왕비가 '이찬 순원의 딸'이라고 하는 『삼국사기』가 틀렸고, 혜명왕비가 '진종 각간의 딸'이라고 하는 『삼국유사』가 옳은 것이다. 『삼국사기』는 '이찬 진종'이라고 써야 할 것을 '이찬 순원'으로 잘못 쓴 것이다.

이제 신라 중대 정치사 연구의 혁명이 시작되었다. 서정목(2016a: 제7장)에서 필자는 '신충'과 '의충'이 형제라고 하였다. 증거는 두 가지이다. 하나는 '신의'라는 단어이다. 다른 하나는 신충이 중시일 때, 이미 그 전에 죽은 김의충의 딸 만월부인이 경덕왕의 계비가 되는 것이다. 이는 큰아버지가 조카딸을 왕비로 넣은 것이다. 그리고 서정목(2016a:제7장)은 또 '김충신'과 '김효신'이 형제라고 하였다. 그 첫째 증거는 '충효'라는 단어이다. 그 둘째 증거는 지금 논의하는 바대로 김충신이 성덕왕의 조카 지렴을 종질이라고 지칭하는 이들의 촌수이다.

또 서정목(2016a)는 자의왕후의 남동생 김순원의 아들이 김진종이고, 자의왕후의 여동생 운명의 아들이 김대문이라고 하였다. 운명의 남편은 김오기이다. 김순원의 아들 김진종과 자의왕후의 아들 신문왕이 내외종간[고종사촌, 외사촌 사이]이고, 김진종과 김오기의 아들 김대문이 내외종간이다. 그리고 자의왕후의 아들 신문왕과 운명의 아들 김대문은 이종사촌이다. 그 책은 김충신은 김순원의 손자[즉, 김진종의 아들], 김신충은 김오기의 손자[즉, 김대문의 아들]로 상정하였다. 그러면 '김충신'과 '김신충' 두 사람은 6촌 사이이다. 김대문의 외삼촌인 김순원의 손자 '김충신'은 김대문의 아들인 '김신충'에게 진외가의 6촌인 것이다. 김충신은 신문왕의 아들들인 효소왕, 성덕왕, 김사종과 6촌이다. 그러면 김사종의 아들인 지렴은 충신에게 7촌이다. 이 간단한 계촌(計寸)에 실패하면 신라 중대 신문왕 이후의 정치사가 제대로 파악되지 않는다.

지금까지의 연구 논저들이 만든 신라 중대 전제왕권 수립, 진골 귀족 세력 제거와 저항, 성덕왕 후반기의 전제왕권 극성기, 효성왕의 진골 귀족 거세에 대한 선비 박 씨[후궁으로 강등(?)]의 아버지 영종의 모반, 왕당파 신충과 외척 김순원의 대립 등등 신라 중대 정치사를 설명하는 틀은, 이 계촌을 해 볼 생각을 하지도 않고, 면밀하고도 섬세한 논증 없이 섣불리 수립된 엉터리 설명 틀이다. 이 엉터리 설명 틀을 깨트리지 않으면 김흠돌의 모반도, 효소왕의 즉위도, 경영의 모반도, 성덕왕의 즉위도, 신충의 「원가」도, 혜명왕비의 후궁 살해도, 영종의 모반도, 왕릉 없는 효성왕의 불행한 죽음도, 경덕왕의 즉위와 기자불사(祈子佛事)도, 혜공왕과 만월왕비의 다스림이 조리가 없어 도적이 벌떼처럼 일어나고 방어할 여유가 없었다[政條不理 盜賊蜂起 不遑備禦]도, 고종사촌 김양상의 혜공왕 시해도, 그리하여 통일 신라 망국사도 전혀 설명되지 않는다.

통일 신라 신문왕 이후는 그의 어머니 자의왕후 후계 세력과 그의 빙모 요석공주 후계 세력의 대립으로 파악해야 한다. 김충신, 김효신, 김신충, 김의충은 모두 김순원을 중심으로 하는 자의왕후 후계 세력이다. 이 세력이 자의왕후, 소덕왕후, 혜명왕비, 경수태후[만월부인] 등의 4명의 왕비를 배출하는 핵심 세력이다. 이에 비하여 효소왕비 성정왕후, 성덕왕 선비 엄정왕후, 효성왕 선비 박 씨 왕비 등 3명의 왕비는 이들과 대척점에 서 있는 신목왕후의 어머니[요석공주] 후계 세력이다.

이 두 세력의 왕위 다툼이 신라 중대 정치사의 중심 흐름이다. 그러면 위에 열거한 신라 중대의 모든 정치적 사건들이 단일한 원리에 의하여 깔끔하게 설명된다. 그뿐만 아니라 이 설명 틀은 득오(得烏)가 지은 만가(輓歌) 「모죽지랑가」, 충담사가 지은 제가(祭歌) 「찬기파랑가」, 충담사가 지은 경세가(經世歌) 「안민가」, 신충이 지은 정략가(政略歌) 「원가」 등의 성지, 사회, 문화사적인 의미를 모두 설명해 낼 수 있다.[14)]

5. 혜명왕비의 아버지는 진종 각간이다

여기서는 효성왕의 계비 혜명왕비의 아버지가 『삼국사기』 권 제9 「신라본기 제9」 효성왕 3년 조의 '이찬 순원'이 아니라, 『삼국유사』 권 제1 「왕력」의 '진종 각간'이라는 것을 증명하였다. 증거는 3가지였다.

첫째 증거는 김순원의 관등이다. 720년 소덕왕후가 성덕왕과 혼인할 때 이찬이었던 순원이 739년 혜명왕비가 효소왕과 혼인하는 때도 이찬

---

14) 그러나 한화 정책 추진의 주체가 김충신, 김신충 등일 가능성은 매우 높다. 김충신은 734년[성덕왕 33년] 정월 당나라 황제에게 올린 표문에서 '성덕왕에게 영해군대사 직을 가수하고 --- 부사의 직책을 신에게 주시어 천지를 신라에 선포하게 해 달라.' 는 청탁을 하고는 발해, 말갈 정벌의 총사령관을 맡겠다고 하고 있다. 그가 귀국하였을 가능성은 크다. 그가 귀국하여 어떤 직위에서 어떤 일을 하였는지를 어떤 사서도 말해 주지 않지만, 그가 한화 정책을 추진하였을 가능성은 크다. 중시를 역임한 상대 등 김신충이 6촌인 충신과 더불어 한화 정책을 실행하였을 가능성도 매우 크다. 그 러므로 전덕재(1997)은 큰 줄기가 옳은 훌륭한 논문이다. 옥의 티 하나가 '충신'이 '신충'과 동일 인물이라는 논증되지 않는 일반론을 받아들인 것이다. 자신이 검증하지 않은 남의 말, 그것도 수준 이하의 말을 믿는 것은 위험한 일이다.

이라는 것은 적절하지 않다. 왕비를 셋이나 배출한 최고 권력 실세 집안의 어른인 순원이 19년 동안 이찬으로 있었다는 것은 상식에 어긋난다. 89세로 추정되는 739년까지 이찬으로 있던 사람이 그 뒤에 각간이 되었다는 것도 어불성설이다. 『삼국유사』 권 제1 「왕력」 성덕왕 조에는 그의 관등이 각간으로 되어 있다.

둘째 증거는 김순원의 나이이다. 700년 순원이 중시에서 면직되었을 때 50세라고 쳐도 739년에는 적어도 89세이다. 89세나 된 노인의 딸이 왕과 혼인한다면 그 왕비는 아버지가 몇 살에 낳았어야 하는가? 그 딸이 15세에 혼인한다고 쳐도 74세에 낳았어야 한다. 불가능한 일이다.

셋째 증거는 성덕왕의 조카 지렴을 충신이 '종질'이라고 부른 것이다. 이 종질은 5촌 조카가 원래의 뜻이지만 여기서는 7촌 조카로 보인다. 충신이 지렴을 7촌 조카라 부르므로 충신은 지렴의 3촌 성덕왕과 6촌이다. 성덕왕의 아버지 신문왕은 충신에게 5촌숙이 된다. 김순원은 나이로 보아 자의왕후의 동생으로 판단된다. 신문왕의 외삼촌이다. 충신과 김순원 사이에 신문왕의 외사촌이 될 한 대가 필요하다. 그 한 대의 인물이 『삼국유사』 권 제1 「왕력」의 「효성왕」 조에 '진종 각간'으로 기록되어 있는 것이다.

『삼국사기』 권 제9 「신라본기 제9」의 효성왕의 재혼 기록에서는 이 자리에 '이찬 순원'을 적었다. 그러면 김순원은 소덕왕후의 아버지이면서 혜명왕비의 아버지가 되는 상황이 된다. 그리하여 국사편찬위원회 (1998)의 『한국사』 9, 「통일신라」, 103면이 소덕왕후와 혜명왕비가 자매인 것처럼 보고 효성왕이 이모와 혼인하였다고 쓰게 된 것이다. 『삼국사기』의 기록 (1b)가 오기나 오각을 범한 것이다. (1b)의 '이찬 순원'

의 자리에는 '이찬 진종'이 들어가야 한다.

그러면 왜 이런 오기나 오각이 생겼을까? 그것은 (2)에서 본 성덕왕의 재혼과 관련지어 설명할 수 있다. 720년 3월에 성덕왕은 '이찬 순원'의 딸을 들여 비로 삼았다. 이 두 기록 (1b)와 (2)의 '三月 納伊飡順元(之)女'가 똑 같다. '이찬 순원의 딸'이 이전에 한 번 왕비로 들어온 것을 기억하여 『삼국사기』는 그대로 오기 또는 오각한 것일까? 각수가 이런 실수를 하였을까? 단순한 오류는 아니고 무언가 이유가 있는 오류인 것으로 보인다. 김순원의 집안에서 연거푸 왕비가 배출되다 보니 그냥 순원의 딸이라고 썼을지도 모른다. 확실한 것은 (1b)의 '순원'은 오기나 오각이라는 것이다. 그 자리에 들어갈 사람은 '진종'이다. 김순원도, 김진종도 딸을 왕비로 넣을 때는 '이찬'이었고 후에 '각간'으로 올랐다.

이제 혜명왕비는 김순원의 딸이 아니라는 것이 밝혀졌다. 따라서 소덕왕후와 혜명왕비는 자매가 아니다. 그러므로 효성왕은 이모와 혼인한 것이 아니다. 그리고 아들 효성왕과 아버지 성덕왕은 당연히 동서가 아닌 것이다. 따라서 국사편찬위원회(1998:103)의 (25)는 전혀 역사적 사실[fact]이 아닌 허구[fiction]이다.

(25) 김순원은 이제 성덕왕·효성왕의 父子 兩代에 걸쳐서 이중적인 혼인을 맺은 셈이다. 또한 이때 효성왕의 혼인은 姨母와 혼인하는 전형적인 族內婚이라고 할 수 있다. 〈국사편찬위원회(1998), 『한국사』 9, 「통일신라」, 103면〉

'효성왕이 이모와 혼인하였다.'는 이 기술은 역사적 진실에 전혀 일치하지 않는다. 이렇게 적은 그 밖의 수많은 신라 중대 정치사 논저들도

다 틀린 것이다.

김순원의 딸인 소덕왕후는 순원의 손녀인 혜명왕비의 고모이다. 따라서 혜명왕비와 소덕왕후의 아들 헌영은 외사촌, 고종사촌으로 내외종간이다. 자의왕후는 소덕왕후의 고모이다. 그러면 신문왕과 소덕왕후도 내외종간이다. 그런데 신문왕의 아들 성덕왕이 소덕왕후와 혼인하였으니 5촌끼리 혼인한 것이다. 성덕왕이 아버지의 외사촌 여동생과 혼인한 것이다. 자의왕후[부: 김선품]-소덕왕후[부: 김순원]-혜명왕비[부: 김진종]으로 이 집안에서 3대에 걸쳐 딸을 왕에게 출가시켰다. 그래서 필자는 신라의 물실국혼(勿失國婚)을 몸으로 보여 준 집안이라 하였다(서정목 (2015e: 218)).

나아가 제4장에서 밝힌 대로 효성왕은 소덕왕후의 친아들이 아니다. 효성왕과 혜명왕비는 같은 피를 나눈 근친이 아니다. 효성왕은 어머니가 엄정왕후이므로 혜명왕비와 아무 관련이 없다. 효성왕이 이모와 혼인한 것으로 보고 이 혼인을 족내혼이라고 불렀다면 이제 (5)의 족내혼이라는 말도 틀린 말이 된다.[15]

그런데 신문왕의 친가는 태종무열왕-문무왕/자의왕후-신문왕-성덕왕-효성왕으로 이어지므로 효성왕에게는 자의왕후를 통하여 김선품의 피가 흐르고 있다. 신문왕의 외가도 김선품-김순원, 자의왕후-김진종,

---

15) 족내혼[endogamy]의 개념도 정확하게 정리해야 한다. 국어 사전에는 '미개 민족의 혼인 관습의 하나. 동일 집단, 곧 같은 종족, 씨족, 카스트(caste) 사이에서 행하는 혼인'이라고 되어 있다. 같은 성끼리 결혼하는 것이 족내혼이라면 성이 다른 이모와 혼인하는 것은 족내혼이라 할 수 없다. 성이 같은 고모와 달리 성이 다른 이모와 혼인하는 것은 족내혼이 아니다. 이종4촌, 고종4촌과 혼인하는 것도 남과 혼인하는 것이다. 동성동본 금혼은 족내혼을 금하는 것이다. 동성동본은 10촌, 20촌이 넘어도 혼인하면 안 되고, 외4촌, 고종4촌, 이종4촌은 성이 다르므로 금혼의 대상이 안 된다. '이모와 혼인한 것만'으로 족내혼이라 하는 것은 적절하지 않다.

소덕왕후-혜명왕비로 이어지므로 혜명왕비에게도 김선품의 피가 흐르고 있다. 그리고 더 윗대로 올라가면 진흥왕-진지왕 사륜-용수-태종무열왕으로 이어지고, 진흥왕-구륜-김선품-김순원으로 이어지므로 모두 진흥왕의 피가 흐르고 있다. 그러므로 이런 관점에서는 신라 왕실의 왕실 내 혼인은 전형적인 족내혼이라 할 수 있다.

제6장

「원가」 창작의
정치적 지형과 교훈

「원가」 창작의 정치적 지형과 교훈

1. 「원가」 창작의 정치적 지형

삶과 밀착된 시

신라의 향가는 1000년도 더 되는 세월을 견디며 살아남은 시이다. 세월의 무게를 견디며 고전의 반열에 오르는 시는 어떤 시들인가? 명작들이다. 높은 뜻을 지니고 많은 사람들의 사랑을 받으며 읽히고 또 읽히어야 살아남을 수 있다. 특히 『삼국유사』라는 역사서 속에 창작의 배경사연과 함께 실려 있으려면 그 내용이 예사로운 일은 아닐 것이다.

현전하는 향가는 두 가지 계통으로 나뉜다. 『균여전』의 보현시원가(普賢十願歌) 11수는 '찬불(讚佛)'이라는 공통된 주제를 지닌다. 특별한 시대적 배경을 지니지 않는다. 그러나 『삼국유사』의 향가 14수는 모두 배경 설화를 동반하고 있다. 이 시들에는 시대의 특징과 사람 삶의 실제 모습이 들어 있다. 이러한 시는 작품 그 자체만으로 이해하고 감상할 수 있는 그런 증류수 같은 시가 아니다.[1] 그 작품의 시대적 배경과 그 시대의 사람 삶의 실제를 모르고서는 단 한 단어의 상징적 의미도 제대로 파악할 수 없다.

옛날에는 전업 시인들이 없었다. 모든 선비들이, 지식인들이 시를 지을 수 있었고, 누구나 특별한 계기를 당하여 그 일을 소재로 자신의 소회를 읊었다. 사람이 죽으면 그 사람의 생시의 공덕을 찬양하고 추모하는 만사(輓詞)나 만가(輓歌)를 지어 휘장에 써서 장대 끝에 달아 휘날리며 장례를 치렀고, 제사가 다가오면 돌아가신 분을 추모하며 생시의 덕과 인품을 찬양하는 제가(祭歌)를 지어 그리워했다. 그런 것이 시이고 향가이다.2)

「모-죽지랑-가」는 죽지 장군의 장례를 당하여 그 죽음을 슬퍼하고 일생을 돌아보며 추모하는 만가이고, 「찬-기파랑-가」는 김군관 장군의 제삿날, 이러지도 저러지도 못하는 정치적 처지에서도 끝까지 전우들을 배신하지 않은 그의 지조를 찬양하고, 억울하게 죽은 그의 결백함을 돌아보며 눈물 흘리는 추모가(追慕歌)이다.

이 시들은 분명한 메시지를 담고 있다. 이런 시들은 그 시대의 사람 삶의 실제를 모르고서는 이해할 수 없다. 이렇게 개인의 삶이 들어 있고 시대적 배경이 분명하며 그 시대의 역사 기록에서 정확하게 확인되는 사건들을 배경으로 하는 서사적 배경을 가진 서정시는, 그 시가 지

---

1) 저자는 시의 문학적 미보다는 시의 역사적 교훈이 더 중요하다고 생각한다. 문학적 미는 그것을 연구하는 사람들에게 맡겨도 된다. 그러나 시의 역사적 교훈은 맡길 데가 없다. 저자는 역사를 논하는 것이고 그것도 인문학적 역사가 아니라 사회과학적 역사를 논하는 것이다.

2) '님을 위한 행진곡'을 1970년대 후반의 유신 체제와 그에 대한 타도 투쟁, 5.18 광주 사태와 무력 진압, 1980년대의 권위주의적 정권에 대한 타도 운동 등 그 노래 창작의 배경이 된 시대적 상황으로부터 떼어내어 서정시로 해석한다고 해 보아라. 세상이 웃을 것이다. 죽은 자가 '산 자여 따르라.'고 하지 않았는가? 신라 중대 암군들이 양장, 현신들을 마구 죽인 암울한 시대를 배경으로 하는 몇몇 향가도 이와 같다. 그것이 서정시만이 아닌 것은 '님을 위한 행진곡'이 그렇지 않은 것과 같다.

어진 시대의 역사적 실제를 알아야 그 뜻을 이해하고 가치를 평가할 수 있다.

해독을 제외하고, 지금까지의 70여 년에 걸친 「원가」나 이 시대의 다른 향가에 대한 문학적 연구는 성공하지 못하였다. 그 이유는 바로 그 시들의 창작 배경을 철저히 탐구하지 못했기 때문이다. 즉, 향가의 역사적 배경에 대한 연구가 충실히 이루어지지 않았기 때문이다. 신라 시대의 이 시들에 대한 연구는 불행히도 역사 기록에 밀착되지 못하고 사람 삶의 진실을 떠나 있었다.

「원가」의 내용과 의미

「원가」는 어떤 노래인가? 그 시의 내용은 신충이 효성왕을 원망하는 시이다. 효성왕을 버리고 왕의 배다른 아우 헌영을 지지하기로 마음을 바꾸었음을 읊은 시이다. 그 창작 동기는 고위 원로 정치인 신충이, 태자 승경이 약속을 지키지 않고 계속 후궁에게 빠져 자파의 세력을 꺾으려 하자 승경을 즉위시킨 것을 후회하여 왕을 원망하고, 효성왕의 이복 아우 헌영을 즉위시키는 방향으로 변심한 것을 표현한 것이다. 이 시는 헌영을 지지하는 세력에게 자신의 변심을 알리기 위하여 지은 정략가 (政略歌)이다.

「원가」의 창작 시기는 『삼국유사』의 기사 그대로 효성왕 즉위년[737년]이다. 「원가」의 창작 시기를 경덕왕 22년[763년] 이후 신충이 상대 등에서 면직된 후의 일이라고 보는 국사학계의 틀린 학설(이기백(1974)) 이 「원가」를 제대로 이해하는 데에 방해가 되었다.[3] 왜 효성왕을 원망

---

3) 이에 대한 비판은 박노준(1982:141-144)를 참고하기 바란다.

한 「원가」를 경덕왕을 원망한 시로 생각했는지 이해할 수가 없다. 『삼국유사』를 불신하고, 『삼국사기』의 신충이 중시가 된 후 효성왕을 죽이고 경덕왕을 즉위시키는 그 음모를 읽어내지 못하였기 때문이다.

태자 승경은 성덕왕의 선비 엄정왕후의 아들이다. 즉위하기 전 태자 승경은 후궁에게 빠져 있었다. 그는 새 어머니 소덕왕후의 친정붙이들인 현 집권 세력, 김충신, 효신, 김의충, 신충 등 증조할머니 자의왕후의 친정붙이들에게 위협을 느끼고 살았다. 언제든지 죽임을 당할 수 있는 아슬아슬한 삶 속에서 그가 위안을 찾을 수 있는 유일한 길은 후궁이었다. 영종의 딸인 그녀는 육체적 놀이의 대상이기도 하지만 아버지 영종을 통하여 현 집권 세력을 견제할 수 있는 유일한 숨구멍이었다. 태자 승경은 그렇게 후궁에 빠져서, 술에 취하여, 바둑이나 두면서 바보처럼 정치권력에는 뜻이 없는 듯이 살았다.

736년 가을 성덕왕의 병이 깊어졌다. 720년 이후 이때까지 권력을 독점하고 있던 성덕왕의 계비 소덕왕후의 친정붙이들은 위기를 느꼈다. 태자 승경이 왕이 되면 권력은 후궁의 아버지 영종에게 갈 것이 뻔하였다. 그대로 있다가는 영종 파에게 몰살당하게 되어 있다. 이에 신충은 736년 가을 태자 승경과 잣나무 아래서 바둑을 두며 담판을 벌였다.

태자 승경은 즉위하기 위해서는 조정의 요직을 독차지하고 있는 증조할머니 자의왕후의 친정붙이들과 타협할 수밖에 없었다. 그리하여 '훗날 경을 잊기 않기를 이 잣나무를 두고 맹서하리라[他日若忘卿 有如栢樹].'고 다짐하였다. 그것이 잣나무 아래의 맹약이다. 그러나 이런 우격다짐의 억지 맹약이 지켜지는 경우는 역사에 있을 수 없다.

이 다짐을 받고 신충은 대의명분상으로 왕이 되어야 하는 태자 승경의 즉위를 허여하였다. 그러나 737년 2월 즉위한 효성왕은 즉위 후 공신들을 상 줄 때 마음대로 할 수 없었다. 총애하는 후궁의 아버지 영종이 반대하여 신충을 공신록에 넣지 못하였다. 신충은 자파의 정치적 지위가 흔들리는 것을 알고 효성왕을 원망하는 시를 지어 잣나무에 붙이고 소금을 뿌렸다. 잣나무가 시들었다. 효성왕은 신충에게도 작록을 내리고 신충과 가까운 김의충을 중시로 임명하는 등 타협하였다. 물을 뿌려서 소금기를 제거하자 잣나무가 다시 살아났다.

효성왕 즉위로부터 2년 동안 팽팽한 세력 다툼이 전개되었다. 그러다가 급기야 즉위 초에 임명된 중시 김의충이 739년[즉위 3년] 1월에 사망하였다. 사인은 불명이다. 신충은 바로 김의충의 중시 자리를 맡았다. 그리고 그해 2월 효성왕은 이복동생 김헌영에게 파진찬의 관등을 주고, 3월 김순원의 손녀이고 김진종의 딸이며 김충신, 효신의 여동생인 혜명을 왕비로 들였다. 그리고 5월 효성왕은 헌영을 태자[부군]으로 책봉하였다. 740년 혜명은 오빠 효신 등과 모의하여 후궁을 죽였다. 740년 7월 후궁의 어머니가 효신의 집 앞에서 조정의 정사를 비방하다가 증발하였다. 8월 영종이 딸의 죽음과 아내의 증발에 항의하다 모반하였다. 영종을 죽였다. 이 기간 내내 신충은 김충신, 효신 등 6촌들과 협력하여 효성왕과 영종 세력을 옭죄어 갔다.

즉위 6년[742년] 5월 효성왕은 의문의 죽음을 당하였다. 시체는 법류사 남쪽에서 화장하여 뼈를 갈아 동해에 뿌렸다. 통일 신라 왕들 가운데 가장 비극적 삶을 산 왕, 효성왕은 이렇게 하여 사라졌다. 아버지 성덕왕의 외할머니 요석공주 세력인 김원태의 딸 엄정왕후의 아들인 죄이다. 어머니 엄정왕후가 704년에 혼인하였고 형 둘이 먼저 사망하였으므로 빨라야 710년생이다. 710년에 출생하였다면 누린 나이는 33세이다.

적대 세력은 증조할머니 자의왕후의 친정 조카딸인 새 어머니 소덕왕후의 친정 조카들인 김충신, 효신, 그리고 소덕왕후의 이종 사촌 김대문의 아들로 보이는 김신충, 의충 등의 연합 세력이다. 그 적대 세력에게 왕이 무릎을 꿇은 것이다. 이 세력은 '진흥왕-구륜-선품-자의, 순원, 운명-진종, 소덕-충신, 효신, 혜명'으로 가계가 이어진다. 운명의 남편인 '김오기-김대문-신충, 의충-만월부인'으로 이어지는 집안과 동맹 관계에 있다.

그 세력은 소덕왕후의 아들 김헌영[경덕왕]이 즉위하기를 원하였다. 김충신, 효신에게는 헌영이 그들의 고모가 낳은 친 고종사촌이기 때문이다. 누가 자신의 고모가 낳은 아들이 있는데 그 고종사촌을 뒤로 밀치고, 남인 고모부의 전처가 낳은 아들이 왕이 되는 것을 좋아하겠는가? 그러나 737년 2월 33대 성덕왕이 승하하였을 때 태자인 김승경의 즉위를 막을 도리도 없었다.

일단 대의명분은 태자인 승경에게 있었지만 생모가 아간 김원태의 딸 엄정왕후인 승경은 외가나 처가가 약하여 지지하는 세력이 너무 없었다. 이에 비하여 새 왕비 소덕왕후의 아들임이 분명한 헌영은, 외할아버지 김순원이 각간이고 외숙부 김진종이 각간이며 장인인 순정도 이찬이었다. 왕실 방계인 이 외가와 처가를 중심으로 한 강력한 세력이 헌영을 지지하고 있었다.4)

_____

4) 이는 마치 조선조 숙종 때의 후계자 경쟁과 비슷한 양상을 보인다. 장희빈의 아들 경종은, 어머니가 사사되고 남인이 실각한 고립무원의 상황에서, 처가[장인 달성부원군 서종제]가 영의정 달성 서 씨 서종태 집안인 아우 연잉군과 힘든 왕위 계승전을 벌였다. 경종은 즉위 후에 무자할 것으로 예측되어 아우 연잉군을 세제로 책봉할 수밖에

이에 맞서 왕실을 지켜내려는 노력은 미미하였다. '진흥왕–진지왕–용수–무열왕–문무왕, 요석공주–신문왕/신목왕후–효소왕/성정왕후, 성덕왕/엄정왕후–효성왕/박씨 왕비'로 분류되는 반대 세력은 요석공주를 제외하고는 제대로 된 권력을 행사하지 못하였다. 문무왕의 처가 자의왕후 친정 집안 세력의 힘 앞에 모두 무릎을 꿇었다.

681년 8월의 '김흠돌의 모반'으로 요석공주가 자의왕후와 손잡고 김유신의 후계 세력인 문명왕후 세력을 꺾은 데서부터 패착이 두어졌다. 특이하게 시누이와 올케가 손잡은 이 동맹은 692년 신문왕의 사후 후계 경쟁에서 파괴되었다. 처음 700년에는 김순원을 파면한 요석공주의 승리처럼 보였다. 그러나 720년 성덕왕의 계비로 김순원의 딸 소덕왕후를 들이면서부터 올케의 완승으로 끝났다. 올케의 친정은 대대로 왕비를 들이며 인재를 배출하였다. 이에 반하여 시누이 요석공주 집안은 남편 김흠운이 딸[신목왕후] 하나 남기고 일찍 전사한 상태에서 요석공주 스스로 김흠돌의 모반으로 시댁을 결단내고, 자신은 원효대사와의 사이에 설총 하나 낳은 것으로 끝났다. 요석공주 편은 인재를 배출하지 못하였다. 요석공주 자신의 권력을 유지하기 위하여 외손자들의 왕비를 힘없는 집안에서 데려온 것도 큰 패착이었다.

통일 신라의 패망 원인을 태종무열왕과 그의 딸 요석공주의 실수에 기인하는 것으로 보는 저자의 사관은 이러한 데에 토대를 두고 있다. 누구든 권력을 유지하려면 끝없이 자파의 인재를 늘리고 세력을 확대하여야 한다. 그리고 적대 세력을 씨도 남기지 않고 박멸해야 한다. 그것이 고금의 진리이다. 그런데 그것을 못한 것이다. 누구를 원망하겠는가?

없었다. 이 상황과 효성왕이 처했던 상황이 매우 비슷하다. 저자가 '역사는 반복된다.', 그리고 '역사는 이긴 자의 기록이다.'를 수없이 되뇌이는 까닭이다.

진골 귀족 거세가 아니다

화랑 출신 고위 귀족들이 왜 죽임을 당하고, 왜 축출되었는가? 왕권 강화를 위하여 진골 귀족 세력을 거세하였다고? 합당한 대답이 아니다. 진덕여왕을 마지막으로 이미 서라벌에 성골은 없다. 성골도 없는 세상에서 누가 진골 귀족 세력을 거세하겠는가? 육두품이 하겠는가? 왕당파가 한다고? 그 왕당파는 진골이 아니고 무엇인가?

통일 신라의 왕권이야 30대 문무왕 때 제일 강했다. 그 뒤로 제대로 된 왕권을 행사한 왕이 한 명이라도 있었는가? 세월이 갈수록 왕권은 약화되어 갔고 못난 왕만 배출되었다. 31대 신문왕은 형수가 될 예정이었던 고종사촌 누이와의 사이에서 태어난 혼외자 이홍, 봇내, 효명 때문에 왕비 김흠돌의 딸과 가정불화를 겪고 결국 장인 '김흠돌의 모반'으로 숱한 화랑 출신 장군들을 죽인 후 김흠돌의 딸인 왕비를 폐비시키고 683년 5월 7일에 김흠운의 딸을 새 왕비로 들였다. 그 683년 이래, 그의 혼외자들인 32대 효소왕, 33대 성덕왕이 제대로 된 왕권을 행사하기나 했는가? 성덕왕의 두 번에 걸친 혼인으로 생긴 이복형제 엄정왕후의 아들 34대 효성왕, 소덕왕후의 아들 35대 경덕왕이 제대로 된 왕권을 행사하였는가? 고종사촌 형에게 시해 당한 36대 혜공왕은 언급할 것도 없다. 그 많은 화랑 출신 장군들을 죽이고 강화한 왕권이 그 정도밖에 안 되었는가? '신문왕이 진골 귀족 세력을 거세하고 왕권을 강화하였다.' 정말? 그것은 당연히 의심할 수밖에 없는 명제이다.

백제와 고구려가 당나라에 의하여 멸망한 후 서라벌에서 일어난 일은, 전쟁이 끝났으니 무력을 걷어내고 문치가 꽃을 피우는 왕권 중심의 중앙 집권 국가로 가자는 것과는 전혀 관계없는 일이다.

모반의 역사 1: 김흠돌의 모반

681년[신문왕 즉위년] 8월 8일에 기록된 '김흠돌의 모반'은 진골 귀족이 진골 귀족 세력을 거세하는 것이다. 그러므로 거세한 주체와 거세된 대상을 밝혀야 한다. 거세한 주체는 신문왕과 김흠운의 딸 사이에서 677년[문무왕 17년]에 혼전, 혼외자로 태어난 5살짜리 이홍을 지지하는 세력이다. 즉, 김흠운의 딸을 지지하는 세력이다.

거세된 대상은 왕비 김흠돌의 딸과 인척 관계에 있어서 김흠돌과 함께 이홍이 왕위를 계승하는 것을 차단하려는 세력이다. 그 세력은 신문왕과 김흠운의 딸을 죽이려는 생각을 했을지도 모르는 신문왕의 장인제27세 풍월주 김흠돌 세력이다. 상대등 겸 병부령 제23세 풍월주 김군관, 제26세 풍월주 진공, 김흠돌의 매부 흥원, 제30세 풍월주 김흠돌의 사위 천관 등이 그들이다. 화랑단의 주축이라 할 수 있다. 그들은 신문왕의 첫 왕비 김흠돌의 딸을 지지하는 세력이다. 왕비에게는 태자비가 된 때로부터 16년 동안 아들이 없어서 이홍에 맞서 내세울 만한 태자후보는 없었다. 그러나 왕위가 김흠운의 딸이 낳은 혼외자에게 가는 것은 싫었다.

신문왕이 첫 왕비 김흠돌의 딸을 폐비시키고 김흠운의 딸을 새 왕비로 들이는 것은 김흠운의 딸이 이미 677년에 낳은 왕자 이홍의 존재 때문이다. 그것은 『삼국사기』 권 제8 신문왕 즉위년 기사와 687년[신문왕 7년] 2월의 '원자 출생', 691년 3월 1일의 '왕자 이홍 태자 책봉'에 암시되어 있다. 그리고 거기에 『삼국유사』의 682년 기사인 「만파식적」에 나오는 태자[효소대왕], 692년의 기사 「혜통항룡」에 나오는 효소왕의 왕녀, 692년의 기사 「효소왕대 죽지랑」에 나오는 모량리인 관직, 승직 불허 및 원측법사 승직 불수여를 고려하고, 성덕왕의 오대산 진여원 [지금의 상원사] 개창 기사인 「대산 오만 진신」의 '효소왕이 16세인 692년에 즉위하여 26세인 702년에 승하하였고, 성덕왕이 702년에 22세로 즉위하였다.'는 명시적인 기록을 더하면 이 시기의 왕실 내부 사정이 명백하게 파악된다.

이것을 가지고 '효소왕이 687년 2월에 출생한 신문왕의 원자로서 6세에 왕위에 올랐으며 16세에 승하하였고, 성덕왕이 효소왕의 이복형이거나[신종원(1987)] 12세에 즉위하였을 것이다[이기동(1998)].'고 하는 통설은 근거가 없는 주장이다. 사실이 아닌 것이다.

혼외자 이홍 때문에, 신문왕은 김흠운의 딸을 새 왕비로 들이기 위하여 김흠돌을 죽이고 아들이 없는 첫 왕비 김흠돌의 딸을 폐비시켰다. 이것이 681년 8월 8일 서라벌에서 벌어진 역사적 사건의 진실이다. 이 사건이 '김흠돌의 모반'으로 축출된 화랑 출신 고위 귀족 죽지(竹旨)의 장례식이나 소상 때 지어졌을 만가 「모죽지랑가」의 창작 배경이다. 이 것이 681년 8월 28일 자진당한 김군관의 제삿날인 8월 28일에 지어졌을 추모가 「찬기파랑가」의 창작 배경이다.

이제 신라 중대 정치사의 큰 의문점 하나가 해결되었다. 저자는 2013년에 「모죽지랑가」의 창작 배경을 추적하면서 이런 결론에 이르게 하는 자료를 『삼국사기』, 『삼국유사』에서 찾아내었다. 그것은 683년 5월 7일 신문왕이 김흠운의 딸과 혼인하기 전에 이미 김흠운의 딸과의 사이에 677년생 이홍, 679년(?)생 봇내, 681년생 효명의 세 아들을 낳았다는 사실이다. 김흠운의 딸은 정명태자의 형 소명전군의 약혼녀였다. 형이 죽어 정명태자는 형수가 될 예정이었던 김흠운의 딸을 형사취수하였다.

'김흠돌의 모반'은 가장 적나라하게 삼국통일 후의 서라벌의 진면목을 보여 준다. 신문왕은 즉위 3년인 683년 5월 7일 김흠운의 딸과 정식으로 혼인하였다. 그 이가 효소왕, 성덕왕의 어머니 신목왕후이다. 신목왕후의 어머니는 현재로서는 우리가 요석공주라 부르는 태종무열왕의 딸일 수밖에 없다.

효소왕과 성정왕후, 그리고 왕자 김수충

신문왕 즉위 시의 '김흠돌의 모반' 때에는 신목왕후의 어머니 요석공주가 자의왕후와 동맹 관계를 맺고 있었다. 그렇기 때문에 자의왕후의 아우인 김순원도 김흠돌의 딸인 신문왕의 첫 왕비를 내보내고, 683년[신문왕 3년] 5월 7일에 김흠운의 딸을 새 왕비로 들이는 데까지는 요석공주와 손잡고 있었을 것이다. 그러나 그런 이해관계에 토대를 둔 동맹은 오래 가지 않는 법이다. 더 큰 이익이 나타나면 언제든지 동맹은 깨어지기 마련이다.

691년[신문왕 11년] 3월 1일 '왕자 이홍'을 태자로 책봉할 때는 이 동맹 관계가 깨어진 것으로 보인다. 왜냐하면 684년에 신문왕과 신목왕후[정실 왕비] 사이에서 원자 사종이 출생하였기 때문이다. 이 상황에서 태자를 책봉할 때 요석공주는 신문왕과 신목왕후의 혼외자인 '왕자 이홍'을 지지하였다. 그러나 김순원은 법적 정통성이 확보된 원자 사종을 밀었다. 왜냐하면 누나 자의왕후가 사망한 후 요석공주, 신목왕후 쪽으로 급격히 기우는 권력의 쏠림 현상이 있었고, 그 속에서 김순원이 살아남기 위해서는 혼외자 이홍[효소왕]에게 전 생애의 명운을 걸었던 이 모녀를 견제할 필요가 있었기 때문이다.[5] 이때 김순원은 요석공주와 맞섰다.

효소왕이 원자인 아우 사종을 물리치고 태자로 책봉된 것은 그의 정통성에 문제를 제기한다. 그는 정명태자와 김흠운의 딸 사이에서 677년에 혼외로 태어났기 때문에 원자가 아니다. 그러니 효소왕은, 681년 아버지가 왕이 되고 683년에 어머니와 정식 혼인을 한 뒤인 684년에 태어난 원자 사종에게 왕위 계승 서열이 뒤지는 것이다.

692년 7월 효소왕이 즉위하였다. 효소왕이 즉위한 후 김순원 측은 요석공주 측과 타협점을 찾았다. 그것은 원자 김사종을 부군으로 삼을 것을 요청하는 것이다. 『삼국유사』 권 제3 「탑상 제4」의 「대산 오만 진신」과 「명주 오대산 봇내태자 전기」에는 '효소왕이 아우인 부군과 왕위를 다투다가 사망하였다.'는 기사가 나온다. 그리고 국인은 그 아우를 부군에서 폐위하였다고 되어 있다. 이를 보면 효소왕 대에 신문왕의 원자가 부군으로 책봉되어 있었음을 알 수 있다. 이로써 효소왕 이후의 왕위는 사종에게로 가는 것으로 정해졌다.

왕이 아들이 없을 때 태자 역할을 하는 부군 사종이 동궁[월지궁]에 자리 잡자 신문왕과 신목왕후의 혼외자인 두 번째 아들 봇내와 세 번째 아들 효명은 693년 8월 5일 오대산으로 입산하였다.[6] 그로부터 태화

---

5) 김순원의 처지에서는, 이홍이 왕이 되면 자형 김오기가 자의왕후와 더불어 목숨을 걸고 '김흠돌의 모반'으로 뒤집은 김유신 후계 세력, 김흠돌의 세력을 꺾은 것이 수포로 돌아갈 우려가 있었다. 김유신 후계 세력의 대표 문명왕후는 요석공주에게는 법적 어머니이고 자의왕후에게는 시어머니이다. 어차피 문무왕 사후에는 문명왕후, 김흠돌 세력은 자의왕후 세력에게 꺾이게 되어 있다. 이를 이용한 것이 요석공주이다. 요석공주와 신목왕후의 영향을 강하게 받는 이홍은 김순원이 뜻대로 할 수 없는 사람이다. 아무래도 요석공주의 영향을 덜 받은 원자가 왕위에 오르는 것이 요석공주 세력을 견제하는 데 도움이 될 것이었다.

6) 『삼국유사』 권 제3 「탑상 제4」 「명주 오대산 봇내 태자 전기」에서 '태화 원년[648년] 8월 5일 입산하였다.'는 기사에서 입산 연도는 자장법사의 오대산 게식 시기와 관련하

원년인 진덕여왕 즉위 2년[648년, 정관 22년]은 정확하게 45년 전이다. 그러므로 일연선사가 『삼국유사』 권 제3 「탑상 제4」의 「대산 오만 진신」 조에서 말한 '태화 원년[648년]은 태종문무왕지세로 효소왕이 즉위한 692년으로부터 45년 전이다.'는 계산은 정확한 것이다. 이 '태종문무왕지세'의 '태종문무왕'에 대하여 모든 번역서와 연구 논저가 신라의 태종무열왕이나 문무왕을 가리킨다고 하고 있다. 그러나 그것은 틀린 것이다. 이 '태종문무왕'은 신라 왕을 가리키는 말이 아니다. 그것은 당 태종문무대성황제 이세민을 가리킨다. 그의 치세 정관 22년이 648년[진덕여왕 즉위 2년, 태화 원년]이다.

효소왕은 아마도 691년 태자로 책봉될 때 혼인한 것으로 보인다. 그 태자비가 692년 효소왕 즉위와 동시에 왕비가 되었다. 그 왕비가 성정왕후이다. 효소왕은 696년[즉위 5년] 20세에 성정왕후와의 사이에서 왕자 김수충을 낳았다. 성정왕후는 당연히 요석공주가 간택한 외손부이다. 그리고 700년 김수충이 5살쯤 되었을 때, 요석공주, 신목왕후, 효소왕은 김수충을 태자로 책봉하려는 움직임을 보였다.

모반의 역사 2: 경영의 모반

700년 5월에 일어난 '경영의 모반'에 대해서 『삼국사기』는 거의 기록을 남기지 않았다. 그러나 앞에서 본 대로 효소왕대에 효소왕의 아우가 부군으로 책봉되어 있었다는 『삼국유사』의 기술은 사실이다. 이 효소왕의 아우는 원자 김사종이다. 김수충을 태자로 책봉하려는 움직임에 원

여 오산된 것으로 틀린 것이다. 두 왕자가 입산한 해는 648년으로부터 45년 후인 693년이다. 8월 5일이라는 날짜는 다른 이유가 없는 한 믿어도 되는 날짜이다.

자 사종을 지지하는 경영과 김순원은 항의하였을 것이다. 684년에 출생한 신문왕의 원자 김사종은 700년에 17세이다. 경영은 원자 김사종의 장인일 것으로 추측된다. 이에 700년 5월 경영과 김순원은 효소왕과 신목왕후에 반대하여 반란을 모의하였다.

이것이 '경영의 모반'이다. 경영은 목 베이어 죽임을 당하였다. 중시 김순원은 파면되었다. 이 사건으로 요석공주는 김순원의 정적이 되었다. 자의왕후[올케] 후계 세력과 요석공주[시누이] 세력이 틀어진 것이다. 이 반란으로 700년 6월 1일 신목왕후가 사망하였다. 딸을 잃은 요석공주는 넷째 외손자 김사종을 부군에서 폐위하고 원자 자격을 박탈하여 궁에서 쫓아내어 군남사(群南寺)라는 절로 보내었다.

성덕왕의 즉위

요석공주는 다섯째 외손자 687년 2월생 김근{흠}질을 부군으로 책봉하려 하였다. 왕위를 둘러싼 정쟁에 질린 김근{흠}질은 극구 사양하고 도망쳤다. 이 반란으로부터 2년 후 즉위 10년 만인 702년에 효소왕은 원인 없이 승하하였다. 702년 7월 효소왕이 26세로 승하하자 요석공주는 김근{흠}질을 즉위시키려 하였다. 그러나 김근{흠}질은 왕위를 오대산의 형들에게 미루고 도망쳤다. 그도 절로 가서 승려가 된 것으로 보인다. 요석공주는 정쟁의 핵이 되었던 효소왕의 아들 5살짜리 김수충을 제치고 오대산에 가서 승려가 되어 있던 셋째 외손자 효명을 데려와서 즉위시켰다. 이 이가 33대 성덕왕이다. 이것이 요석공주의 또 하나의 실책이었다. 삼촌이 왕이 되고 나면 5살짜리 수충은 어찌 될 것인가? 삼촌의 아들이 태어나면 그 후의 왕위는 누구에게 가야 하는가?

이 역사적 사실을, 성덕왕의 오대산 진여원[상원사] 개창 사실을 기록한 『삼국유사』 권 제3 「탑상 제4」의 「대산 오만 진신」과 「명주 오대산 봇내태자 전기」 조가 이 세상에서 유일하게 보여 준다. 이 두 기록은 부군이 형의 왕위에 도전하였다가 폐위된 사실, 효소왕의 사망 사건과 그 후 성덕왕의 왕위 계승 과정을 다 정확하게 적고 있다. 이 역사적 사실에 대한 둘도 없는 명시적 기록이다.7) 『삼국사기』의 효소왕 사후 성덕왕 즉위 시[702년]의 기록은 '효소왕이 승하하였다. 무자하여 국인이 (성덕왕을) 즉위시켰다[孝昭王薨 無子 國人立之].'는 말 외에는 성덕왕의 즉위 사연에 대하여 아무 것도 적지 않았다.

효명이 오대산에서 서라벌로 와서 성덕왕으로 즉위하였을 때 월성의 대궁에는 26세로 승하한 형 효소왕의 왕비 성정왕후와 그의 아들 김수충이 살고 있었다. 성덕왕에게는 형수와 조카이다. 외할머니 요석공주는 성덕왕에게 형수와 조카를 책임지게 하였다. 그 관계는 형수는 정확하지 않지만, 조카는 자신의 아들처럼 현대식으로 표현하면 입양하여

---

7) 이 기록은 그동안 신빙성이 없는 것으로 취급되어 역사 연구 자료로서의 가치를 인정받지 못하고 철저히 외면되어 왔다. 그러나 서정목(2013, 2014a, b, 2015a, e, 2017b 등)에서 밝혀진 대로 이 두 기록은 글자의 결락과 사소한 혼동만 제외하면 이 시대의 왕위 계승 과정과 정치적 상황에 대하여 완벽하게 증언하고 있다. 특히 '정신태자(淨神太子)'를 '정신의 태자'로 번역하고, 일연선사가 효소(孝昭)와 효명(孝明)을 혼동하고 있다는 것을 알고, '與(여)' 자와 '太子(태자)'가 결락된 것만 보충하면, 성덕왕의 즉위와 관련된 『삼국사기』의 다른 여러 사항과 조금도 어긋나지 않는다. 특히 '효소왕이 16세에 즉위하여 26세에 승하하였다.'는 기록은 그가 677년생이어서 신문왕과 신목왕후가 혼인한 683년 5월 7일보다 6년 전에 태어난 혼외자임을 명백히 보여 주고 있다. 그런 경우 『삼국사기』는 절대로 '원자(元子)'로 기록하지 않는다(서정목(2015e) 참고). 그리하여 684년에 태어난 신문왕과 신목왕후의 넷째 아들 사종(嗣宗)이 '원자'가 되어 부군이 되었다. 그가 700년 5월 부군에서 폐위된 뒤에 새로 원자가 된 다섯째 아들 근{흠}질의 출생년월인 687년 2월에 '元子生(원자생)'이 기록되었다. 신문왕과 신목왕후의 이 두 아들이 모두 당나라로 갔다. 그리고 효소왕의 아들 수충과 사종의 아들 지렴(志廉)도 당나라 귀신이 되었다. 예나 지금이나 정쟁에서 패하면 그 나라를 떠나야 목숨을 건질 수 있다.

양자로 키우는 것이다. 형이 죽으면 아우가 형수와 조카를 책임지는 것이 신라의 풍습이었다. 동이족 고구려, 부여에 형사취수라는 제도가 있었음은 널리 알려진 일이다. 서융(西戎)에 속하는 흉노족의 후예 신라 왕실에 그런 제도가 있었을 것은 당연히 짐작할 수 있다. 그것은 중앙아시아 유목민의 전통이기도 하다. 성덕왕은 김수충을 양자로 하여 형수와 함께 외할머니 요석공주의 영향 아래 월성 대궁에서 살았다. 그리고 신문왕과 신목왕후 사이에서 태어난 적통 원자인 김사종과 김근{흠}질 두 명이 절로 들어가 승려가 되어 있었다.

이 성덕왕의 즉위 과정은 신라 중대 어떤 왕의 즉위 과정보다 정통성이 결여된 것으로 판단된다. 신라 중대에서 태자로 책봉된 적이 없는 왕자가 왕위에 오른 것은 성덕왕이 유일하다. 왕위 계승 서열이 뒤지는 스님이 왕이 된 것이다. 아이러니컬하게도 왕위 계승 서열이 그보다 앞섰던 세 왕자, 32대 효소왕의 장자 696년생 김수충[지장보살 김교각, 794년 99세로 입적]과 31대 신문왕의 첫째 원자 684년생 김사종[500 나한의 455번째 나한 정중종의 무상선사], 둘째 원자 687년 2월생 김근{흠}질[은천 하란산 백초곡의 석 무루]의 세 명은 불교사에서 영원히 살아남을 훌륭한 스님이 되었다.[8]

성덕왕의 1차 혼인: 엄정왕후와 중경, 승경

성덕왕은 704년[성덕왕 3년] 봄 국인의 절대적 영향 아래 그 당시에는 아간이었으나 나중에는 소판으로 승부령을 맡았던 김원태의 딸과 혼인하였다. 이 왕비가 엄정왕후이다. 이 집안은 그렇게 강한 세력을 지니

---

8) 승려가 된 이 세 왕자에 대해서는 서정목(2016d), 서정목(2017a)를 참고하기 바란다.

고 있지는 않았던 것으로 보인다. 문명왕후 친정인 김유신의 집안은 681년 8월의 사위 김흠돌의 모반 이후 아들 김삼광, 김원정은 건재하였지만 왕비를 배출하는 데까지는 나아가지 못하였다. 자의왕후의 친정 집안 동생인 김순원은 700년 5월의 경영의 모반에 연좌되어 실제로 왕비를 배출하기 어려운 상황이었다. 그러므로 아간 김원태의 집안은 이보다는 세력이 약하였을 것이다.

오대산으로 출가한 승려이었다가 22세에 속세로 돌아와 왕이 되어 24세에 꽃다운 엄정왕후를 맞이한 성덕왕은 언제쯤 첫아들을 낳았을까? '바로'라고 보아야 정상적이다. 704년 성덕왕과 혼인한 엄정왕후는 705년쯤 맏아들을 낳았을 것이다. 그 맏아들 '원자'는 7세 이하의 무복지상(無服之殤)으로 조졸한 것으로 보인다. 성덕왕의 원자가 기록에 남지 못한 까닭이다. 그리고 성덕왕과 엄정왕후는 707년경 둘째 아들 중경, 710년 경 셋째 아들 승경을 낳았을 것이다. 중경은 성덕왕의 맏아들이 아니다. '왕자 중경'으로 적혔지 '원자 중경'으로 적히지 않았다. 무엇보다도 그의 이름이 그가 맏아들이 아님을 웅변하고 있다. '다시, 거듭 重', '경사 慶', 그는 '다시 온 경사'이다. 첫 번째 경사가 있었다. 맏아들이 이미 출생하였다는 말이다. 그의 이름은 아마도 '원경(元慶)'이었을 것이다.

성덕왕은 아버지 신문왕의 첫 번째 원자인 아우 김사종, 두 번째 원자인 김근{흠}질, 형 효소왕의 아들인 양자 김수충과 자신의 아들들인 김중경, 승경의 왕위 계승권 때문에 머리가 아팠다. 이 경우 누가 가장 정통성이 있는 것일까? 아버지의 원자들을 무시할 수 없다. 성덕왕 자신은 혼전, 혼외자인데 이 아우 원자 둘은 부모가 정식 혼인한 후에 태어난 정실 왕비 소생이다. 만만하지 않다. 그런데 이미 그 적자 아우 둘을 제치고 혼전, 혼외자인 형 효소왕이 왕이 되었었다. 과거는 흘러갔다고 보면 그 원자들은 왕위 계승권을 상실한 것이고 효소왕의 아들인 김수충이 효소왕 사후 왕위 계승의 제1 후보이다. 더욱이 외할머니인 그 당시의 실세 요석공주는, 신문왕과 자신의 딸 신목왕후의 장손인 김수충이 태자가 되어 왕위를 이어받기를 바랐는지도 모른다.

그러나 엄정왕후는 이를 용납할 수 없었다. 지금은 자신의 남편이 왕이고 사신의 아들 김중경과 승경이 있다. 요석공주와 엄정왕후 세력이 쪼개어지지 않을 수 없다. 한때 같은 세력이고 요석공주가 간택한 왕비이지만 이들은 더 이상 같은 배를 탈 수 없었다. 할 수 없이 성덕왕은 714년 2월 장조카 김수충을 당나라로 숙위 보내었다. 자신의 조카인 김수충에게 왕자라는 타이틀을 붙여서. 사실 수충은 효소왕의 왕자이므로 이 '왕자'는 '성덕왕의 왕자'가 아니라 '효소왕의 왕자'로 해석해야 한다. 물론 원자라는 단어를 사용하지는 못하였을 것이다. 역사 기록에 그가 '왕자 김수충'이라고 남은 이유이다. 당나라 현종은 장차 신라의 왕이 될 가능성이 큰 김수충을 융숭하게 대우하였다.

사촌동생 중경이 태자로 책봉되고 어머니 성정왕후가 궁에서 쫓겨나자 당나라에 가 있던 김수충은 717년 9월에 귀국하였다. 와서 보니 717년 6월 태자 중경이 사망하였다. 그의 시호가 효상(孝殤)이다. 殤은 '일찍 죽을 상'이다. 많아야 10살 정도에 죽은 하상(下殤)이었다. 이 상황에서 수충은 큰 소리를 낼 수도 없었을 것이다. 성정왕후와 32대 효소왕 사이의 아들인 수충은 이렇게 왕위를 삼촌에게 빼앗기고 이제 태자 자리마저 차지할 수 없는 옹색한 처지에 놓였다. 아버지 효소왕이 죽었기 때문이다. 아버지가 죽은 후 남겨진 아들은 외롭다. 수충에게 이제 남은 경쟁자는 엄정왕후와 성덕왕 사이의 셋째 아들인 승경이다. 수충은 승경과 더불어 후속될 태자 책봉 과정을 지켜보며 팽팽하게 경쟁하고 있었다.

김수충이 당나라로부터 귀국한 뒤 2년 정도 지난 719년 말에 성덕왕의 재혼 문제가 논의되기 시작하였다. 상대는 김순원의 딸이었다. 김순원은 자의왕후의 동생으로 요석공주의 정적이었다.[9] 새 왕비가 아들을 낳으면 또 그 아들도 경쟁 대상이 될 수밖에 없다. 이 왕위 계승전에서 수충이 이길 가능성은 거의 없어졌다. 서라벌에 있으면 언젠가는 모반의 주동 인물로 지목받아 복주되게 되어 있다.

그런데 그에게는 황제 현종을 위시하여 숙위 가 있던 당나라에서 사귄 친구들이 있었다. 719년 24세에 수충은 고국을 등지고 당나라로 떠났다. 그가 지장보살의 화신 김교각이 되어 75년 동안 수도하고 99세에 열반하였다. 사후 3년, 썩지 않은 그의 육신에 제자들이 금을 발라 세계 최초의 육신불로 만들어 안휘성 지주시 청양현의 구화산 '육신보전'에 안치하였다. 그 등신불이 지금까지 보전되어 거기에 있고 그의 99세 열반을 기념하는 99미터 동상이 그곳에 서 있다.

성덕왕의 2차 혼인: 소덕왕후와 현영

원비 엄정왕후의 거취가 불분명한 채로 성덕왕은 720년[성덕왕 19년] 3월 김순원의 딸 소덕왕후와 혼인하였다. 성덕왕의 새 처가는 할머

---

9) 김순원은 700년[효소왕 9년] 5월의 '경영의 모반' 때 중시에서 파면되었다. 성덕왕의 외할머니 요석공주와 대립하고 있었을 것이다. 신문왕비 신목왕후가 700년 6월 1일 사망하였다. 이 반란으로 죽었을 것이다. 효소왕도 702년 7월에 승하하였다.

니 자의왕후의 친정 집안이다. 성덕왕은 이 두 번째 혼인으로 자의왕후 친정의 사위가 되었다. 이때는 이미 국인들의 핵심인 신목왕후의 어머니[요석공주]가 사망하였을 것이다. 요석공주가 살아 있었다면 김순원의 딸이 왕비가 되는 것을 막았을 가능성이 크다. 남편 김흠운이 전사한 655년 정월에 20세였다고 보면 요석공주는 719년에 85세쯤 된다.

721년 경에 소덕왕후가 김헌영을 낳았을 것이다. 724년 봄에 김승경이 태자로 책봉되었다. 그 해 12월 소덕왕후가 사망하였다. 승경은 기록상으로는 소덕왕후의 아들로 되어 있지만 그것은 법적 어머니를 적은 것이고 생모는 엄정왕후이다. 엄정왕후는 요석공주가 간택한 아간 김원태의 딸이다. 이름과 나이 등 모든 것이 승경이 소덕왕후의 아들이 아님을 증명해 준다. 소덕왕후는 겨우 4년 10개월 동안 왕비의 자리에 있었다. 그녀의 아들임이 확실한 왕자는 헌영[경덕왕]이다. 그런데 헌영에게는 743년[경덕왕 2년] 12월 당나라에 사신으로 파견되는 왕제가 있다. 그리고 성덕왕의 딸로는 나중에 37대 선덕왕이 되는 김양상의 어머니 사소부인이 있다. 이들이 소덕왕후의 소생이라면 헌영의 형인 승경은 절대로 소덕왕후의 아들일 수 없다.

태자 승경의 이름은 '이을 承, 경사 慶'으로 '중경이 태어난 뒤에 이어진 경사'이다. 이 이름과 소덕왕후가 4년 10개월밖에 왕비의 지위에 있지 않았다는 것이 승경이 소덕왕후의 아들이 아니라 엄정왕후의 아들임을 명백하게 증명한다. 태자 승경을 지지하는 세력은 엄정왕후 세력으로 범요석공주 세력이다. 효성왕이 된 승경은 요석공주 후계 세력이다.

이에 비하여 경덕왕이 된 헌영은 소덕왕후의 아들이다. 소덕왕후는 김순원의 딸이다. 경덕왕 헌영은 김순원의 외손자로서 자의왕후의 후계 세력이다. 헌영을 지지하는 세력은 소덕왕후의 아버지 김순원의 세력으로 범자의왕후 세력이다. 성덕왕의 아들로서 왕이 된 이 두 사람의 왕자는 이복형제이고 정치적 세력권이 서로 다르다.

이러한 상황에서 성덕왕 이후의 왕위 쟁탈전은 요석공주 후계 세력을 잇는 승경[요석공주가 선택한 김원태의 딸 엄정왕후의 아들, 그러나 김수충 때문에 요석공주와 엄정왕후는 이미 결별했을 것이다.] 대 자의왕후 후계 세력을 잇는 헌영[김순원의 딸 소덕왕후의 아들] 사이의 골육상쟁으로 전개된다. 736년 가을에 태자 승경은 적대 세력인 신충에게 맹서를 하고 즉위를 허여받았다. 737년 2월 성덕왕이 승하하고 승경이 34대 효성왕으로 즉위하였다. 그러나 효성왕은 신충과의 맹서를 지키지 못하였다. 후궁의 아버지 영종이 자의왕후 친정붙이들의 권력 독점을 막으려 하였기 때문이다. 이에 신충은 효성왕을 제거하고 헌영을 즉위시키려는 계획을 세운다. 이것이 신충이 「원가」를 창작한 근원적 정치 지형이다.

김대문의 아들 신충

736년 가을 성덕왕의 병환이 위중해졌을 때 신충은 태자 승경에게 '훗날 경을 잊지 않기를 이 잣나무를 걸고 맹서한다.'는 다짐을 받고 즉위를 허여하였다. 실제로 그 당시에는 승경이 태자이므로 그가 즉위하는 것은 당연한 일이다. 그러나 후궁의 아버지 영종 세력의 반대로 효성왕은 신충을 공신록에 넣지 못하였다. 신충 세력은 위기를 느꼈다. 이로 하여 신충의 「원가」가 창작되었다. 신충이 효성왕의 즉위를 허여하였다가, '아차' 하고 제거하기로 마음먹은 이유이다.

신충이 분명 헌영의 편인데 승경의 즉위를 허여하였다가 다시 헌영의 편으로 간 것이 제일 흥미롭고 섬세한 관찰이 필요한 부분이다. 치열한 당파 싸움에서 형제나 친인척이 노론, 소론으로 나뉘어 가문을 유지하기 위한 보험을 들던 것과 같은 방식인가 하고 상상해 보았지만 그러기엔 왕권이 너무 약하였다. 아니 왕권이라 할 것도 없었다. 신라 중대는 그 시대를 전제 왕권의 시대라고 보는 현대 한국의 국사학계의 통설이 통하지 않는 세상이다. 왕권이 작동한 흔적도 없다.

여러 가지 정황으로 보아 신충은 김의충과 형제로서 김대문의 아들일 것이다. 그들은 '김예원-오기/운명-대문-신충, 의충'으로 이어지는 집안으로 자의왕후의 여동생 운명의 시댁이다. 김오기는 681년 8월 북원소경의 군대를 거느리고 서라벌로 와서 '김흠돌의 모반'을 진압하였다. 신문왕의 이모집 사람들이다.

운명의 후손 김의충, 신충과 순원의 후손 김충신, 효신이 헌영[경덕왕]의 편에 섰다. 그들은, 어차피 태자로 책봉된 승경이니 즉위 후에 순원의 손녀 혜명과 혼인시켜서 말을 잘 들으면 그대로 가고, 말을 안 듣고 뜻대로 되지 않으면 효성왕을 시해하고 헌영을 즉위시키겠다는 이중 전략을 쓴 것일지도 모른다.

혜명, 김충신, 효신이 아버지 김진종의 고모 운명의 손자인 신충과 손잡고 요석공주 후계 세력인 효성왕을 제거하고 자기들의 고모 소덕왕후의 아들인 헌영을 경덕왕으로 즉위시켰다. 신충의 처지에서는 아버지 김대문의 외가, 즉 진외가의 6촌인 김충신, 효신, 혜명과 손잡고 효성왕을 제거하고 아버지의 외사촌 누이 소덕왕후의 아들 헌영을 경덕왕으로 즉위시킨 셈이다.

그 경덕왕의 후비 만월부인은 죽은 김의충의 딸이다. 김의충은 신충의 형제일 것이다. 이제 이 혼인으로 왕실의 안방 권력은 김오기-대문-신충의 집안으로 돌아갔다. 만월부인은 신충의 조카딸일 것이다. 만월부인의 아들인 혜공왕은 김의충의 외손자이다. 신충은 혜공왕의 외종조부일 것이다.[10]

은천 하란산 백초곡의 석 무루

신문왕과 신목왕후의 다섯째 아들, 두 번째 원자 김근{흠}질은 687년 2월에 태어났다. 그는 691년 5살에 첫째 형 이홍이 태자로 책봉될 때 요석공주가 넷째 형 사종을 지지하는 세력과 실랑이를 벌이는 것을 보았다. 692년 7월 효소왕이 즉위하고 사종이 부군으로 책봉되었다. 696년 조카 수충이 태어나고 다시 왕실은 후계 구도가 복잡해졌다. 700년 5월 넷째 형 사종의 인척 경영이 모반으로 죽었다. 할머니의 친정 동생인 진외가의 진외종조부 김순원이 파면되었다. 이 소용돌이 속에서 어머니 신목왕후가 죽었다. 외할머니 요석공주는 형 사종을 부군에서 폐위하고 원자의 지위도 박탈하였다.

김근{흠}질이 원자가 되었다. 부군으로 책봉하려는 외할머니 요석공주의 뜻을 거스르고 그는 왕궁을 나갔다. 2년 뒤인 702년 7월 효소왕이 사망하였다. 이제 왕위를 이을 사람은 근{흠}질뿐이었다. 그러나 그는

---

10) 김순원은 효성왕의 계비 혜명왕비의 아버지가 아니고 할아버지이다. 김순원의 아우가 이찬 김순정(金順貞)이라면 경덕왕의 선비 삼모부인은 김순정의 딸이기는 어렵다. 「헌화가」가 실려 있는 『삼국유사』 권 제2 「기이 제2」 「수로부인」 조에는 성덕왕 때 강릉태수로 부임하는 '순정공(純貞公)'이 있다. 이름을 純貞으로 써서 동일인인지 아닌지 알기 어렵다. 김순원과 김순정이 형제라는 것은 증명하기 어렵다.

이미 왕위 쟁탈전에 물러서 왕위에 오를 생각이 전혀 없었다. 그는 왕위를 오대산의 형들에게 미루고 출가하였다. 그러자 요석공주는 오대산에 사람을 보내어 효명을 데려와서 성덕왕으로 즉위시켰다.

726년 5월 성덕왕은 아우 근{흠}질을 당나라에 조공사로 보내었다. 김순원 세력은 강력한 왕위 쟁탈 후보인 근{흠}질을 서라벌에 두고 싶어 하지 않았다. 근{흠}질은 영하 회족자치구 하란산 백초곡에서 무루(無漏: 번뇌가 없다.)라는 이름으로 보승불을 외며 수도하여 해탈하였다. 757년에서 758년 사이 당 숙종은 '안사의 난'을 진압하기 위한 백고좌 강회를 열었다. 석 무루는 그 백고좌 강회에 황제로부터 초빙되어 참석하였다. 그 후 758년 72세로 이승을 떠났다.

정중종의 무상선사

성덕왕은 728년[성덕왕 27년] 7월에 아우 김사종을 당나라에 사신으로 보내었다. 이 사종은 신문왕과 신목왕후의 혼인 후인 684년에 태어난 첫 번째 원자로 그들의 넷째 아들이다. 그는 효소왕 때에 부군으로 있다가 700년 '경영의 모반' 때 부군에서 폐위되었다. 그리고 24살 때 경주의 군남사로 출가하여 승려가 되어 있었다. 728년에는 숙위 보낼 마땅한 왕자가 없었다. 성덕왕의 왕자는 태자 승경과 7살 정도의 헌영이 있었다. 여기서 성덕왕은 45세 정도의 아우 사종을 숙위로 보내었다. 그가 사천성 성도의 정중사에서 수행하여 선종의 일파인 정중종을 창시한 무상선사(無相禪師)가 되었다.

〈**무상선사:** 신문왕과 신목왕후의 넷째 아들이면서 첫 번째 원자인 김사종(金嗣宗)이다. 728년 당
나라 조정에서 현종을 만난 그는 사천성 성도에서 수도하고 있다가 '안사의 난'을 피해온 현종을
다시 만났다. 그가 762년에 79세로 열반하였다는 기록이 없었으면 그가 684년생이라는 것도,
687년 2월생 원자가 그가 아니라는 것도 밝히기 어려웠을 것이다. 서정목(2016a), 『요석』 440면
에는 사진이 바뀌어 들어갔다.〉

중국의 기록에는 무상선사가 762년에 79세로 앉은 채 열반하였다고 한다. 그러면 그는 684년생이다. 중국에서는 이 무상선사를 500 나한의 455번째 나한으로 꼽는다. 중국의 무상선사에 관한 기록에는 그가 사천성 성도로 안사의 난을 피해 온 당 현종을 다시 만났다고 하고, 『삼국사기』 권 제9 성덕왕 27년[728년]의 기록에 김사종이 당 현종을 만나 자제[아들 지렴]의 국학 입학을 청하였다고 하니 무상선사와 사종이 동일 인물임에 틀림없다.

할머니 측천무후의 딸들인 고모 태평공주, 안락공주 등을 죽이고 권력을 차지한 당 현종. 외할머니 요석공주 때문에 두 번씩이나 부모의 혼외자인 형 효소왕과 성덕왕에게 왕위를 빼앗긴 신문왕의 첫 번째 원자인 이 스님. 왕자 출신인 이 두 인물은 권력의 무상함과 골육상쟁의 피비린내 나는 권력투쟁의 쓰고 단 맛에 동병상련한 것일까?

그리고 733년[성덕왕 32년] 왕의 조카 지렴이 당나라로 숙위를 떠났다. 신문왕의 첫 번째 원자, 그리고 그의 아들 지렴, 신문왕의 두 번째 원자 근{흠}질, 그리고 효소왕의 아들 수충, 모두 왕위 계승 서열이 성덕왕보다 앞서는 인물들이다. 그들이 결국 왕위를 계승하지 못하고 당나라로 망명한 것이다.

모반의 역사 3: 영종의 모반

효성왕도 원비 박 씨의 거취가 불분명한 채로 새 어머니인 소덕왕후의 친정 조카딸 혜명왕비와 혼인하여 그 집안의 사위가 되었다. 그러나 효성왕은 이 혜명왕비와 틀어졌고 그로부터 그의 불행이 시작되었다. 그는 혜명왕비와 혼인한 후 2개월 만에 이복동생 헌영을 태자로 책봉해야 하는 치욕적 곤경에 몰린다. 영종의 딸인 후궁에게 빠져 혜명왕비를 소박하였기 때문이다.

혜명왕비는 친정 족인들과 모의하여 그 후궁을 죽였다. 왕비의 친정 족인들은 왕비의 오라버니 김충신, 효신이다. 이에 후궁의 아버지 영종이 왕비의 종당들을 원망하여 모반하였다. 그리고는 죽임을 당하였다.

결국 혜명왕비의 투기에 의하여 효성왕은 33세 정도의 나이에 죽음을 맞이하고 화장당하여 뼛가루가 되어 동해에 뿌려졌다. 신라 중대에서 왕릉이 없는 유일한 왕이다. 그가 후궁을 총애하여 불러들인 자업자득일까? 첫째 왕비 박 씨의 거취가 불분명한 채, 이복 아우의 외사촌 누이를 새 왕비로 맞아야 했던 효성왕의 처지를 생각해 보면 꼭 그런 것만도 아니다. 그는 억울한 죽음을 당하였을 수도 있다. 즉위 후 5년만에 효성왕은 헌영을 지지하는 김순원 집안 세력에게 거세[시해?]되고 결국 김순원의 친외손자인 이복 아우 헌영이 즉위하였다. 헌영이 바로 제35대 경덕왕이다.

경덕왕과 혜공왕, 그리고 통일 신라의 멸망

경덕왕의 아들 혜공왕 건운은 여자로 태어날 운명이었지만 왕자로 둔갑한 사람이다. 그와 그의 어머니 만월부인[경수태후]가 정사를 그르쳐 상대등 고종사촌 김양상에게 시해되었다. 그 김양상이 즉위하여 37대 선덕왕이 되었다. 선덕왕은 성덕왕의 외손자로서 그의 어머니는 성덕왕의 딸 사소부인이고 아버지는 김효방이다. 사소부인의 어머니가 소덕왕후일 가능성이 있다. 김효방은 당나라 사신으로 가서 김충신과 숙위[인질]살이를 교대하려 했으나 죽었다. 그를 대신하여 숙위 간 성덕왕의 조카가 김사종의 아들인 김지렴이다. 선덕왕이 즉위함으로써 다시 외손자가 즉위하는 경우가 되었지만, 그것은 죽은 외할머니[소덕왕후]가 선택한 경우가 아니라 찬탈한 경우이다.

이렇게 신라 중대 왕실 사정이 향가 「원가」 때문에 그 속살을 드러내고 말았다. 그 시대 그 세상은, '성덕왕이 진골 귀족 세력을 거세하고 전제 왕권의 극성기를 누렸다. <국사편찬위원회(1998), 『한국사 9』, 「통일신라」, 110-111면.>'고 할 수 있는 세상이 아니다.

그 시대는 부당한 권력 승세로 통치의 정당성을 상실하고 먼 친척인 김순원의 아들, 손자, 생질, 생질의 아들들을 중심으로 하는 신하들의 세력에 짓눌리어 김유신, 태종무열왕, 문무왕이 이룩한 동방의 거대 제국 통일 신라를 말아먹고 있는 신문왕과 그 아들들 효소왕, 성덕왕, 그리고 성덕왕의 아들들 효성왕, 경덕왕, 경덕왕의 아들 혜공왕의 시대이다.

이런 사실에 대한 암시가 『삼국유사』에 남아 있고, 신라 왕자 출신의 당나라 세 스님, 정중종의 무상선사와 석 무루, 그리고 지장보살의 화신 김교각에 대한 기록이 중국의 불교 사서에 남아 있다. 그리고 『삼국사기』에도 왕자 김수충과 성덕왕의 왕제 김사종, 김근{흠}질, 왕질 김지렴이라는 이름이 해당 시기에 정확하게 기록되어 있다.

그러나 『삼국사기』는 성덕왕의 즉위 과정에 대해서 직접적으로는 한마디도 기록하지 않았다. 왜 그랬을까? 신라의 『국사』 그 자체가 이긴 자의 기록이기 때문에 성덕왕의 왕위 계승의 부당성에 대한 암시가 될 만한 기록은 남을 수 없다. 그 기록의 주체는 김대문 집안으로 파악된다. 김대문은, 김흠돌의 모반을 진압한 신문왕의 친위 쿠데타 군이었던 북원소경 군의 사령관 김오기의 아들이다. 최종적으로 신라 중대 마지막 왕 혜공왕은 김오기의 손자로 보이는 김의충의 외손자이다.

2. 「원가」의 교훈

「각궁」은 후궁에 빠짐과 골육상쟁을 상징한다

신충은 성덕왕 사후 태자 승경이 왕위에 오르는 것을 두려워하고 있다. 최고 권력을 누리는 세력의 핵심 인물이 왜 태자가 왕이 되는 것을 두려워하는 것일까? 태자 승경이 왕위를 계승하면 자신들이 권력을 잃게 되어 있다. 왜 그럴까? 태자를 받쳐주는 강력한 라이벌 세력이 있기 때문이다.

성덕왕은 704년[즉위 3년] 봄 아간 김원태의 딸과 혼인하였다. 이 왕비는 배소왕비이고 시호가 엄정왕후이다. 그런데 성덕왕은 719년[성덕왕 20년] 3월, 김순원의 딸과 새로 혼인하였다. 그 왕비는 점물왕비이고 시호가 소덕왕후이다. 권력의 중심은 소덕왕후의 친정붙이들이 되었다.

그런데 그 권력 집단이 위기를 느끼고 있다. 724년[성덕왕 23년] 봄에 태자로 책봉된 승경이 후궁에게 빠져 있었다. 후궁의 아버지 영종이 간단치 않은 인물이었다. 거기에다 소덕왕후가 724년[성덕왕 23년] 12월에 사망하여 궁중에 성덕왕 사후의 권세를 보장해 줄 인물이 없었다.

『삼국사기』 효성왕 즉위 시[737년 2월]의 기록대로 효성왕이 성덕왕의 두 번째 왕비 소덕왕후의 아들이라면 있을 수 없는 일이다. 경덕왕 즉위 시[742년 5월]의 기록대로 경덕왕이 효성왕의 동모제라면 이렇게까지 되지는 않았을 것이다. 태자 승경은 소덕왕후의 아들이 아니고 성덕왕의 첫 번째 왕비 엄정왕후의 아들이다. 따라서 김순원의 외손자가 아니라 김원태의 외손자이다.

그렇다면 승경에게는 강력한 라이벌이 있다. 누가 라이벌인가? 아우이다. 승경에게는 헌영이라는 아우가 있다. 그의 동생 헌영은 어머니가 분명히 소덕왕후이다. 친형제도 무섭지만, 왕위 쟁탈전의 경우 이복형제가 더욱 두렵다.

소덕왕후는 당대 최고의 권력 실세 김순원 집안의 딸이다. 헌영의 외할아버지가 김순원이다. 김순원은 자의왕후의 남동생이다. 자의왕후의 여동생은 운명이고 그녀의 남편은 김오기이다.

헌영의 외삼촌, 외사촌들은 할아버지와 아버지를 이어 권력 실세로 군림하고 있었다. 이 집안은 자의왕후의 친정 집안으로 진흥왕의 아들 구륜, 그 아들 김선품, 그 아들 순원, 그 아들 진종으로 이어져 왔다. 그리고 지금은 김순원의 손자인 충신, 효신이 그 대표 인물이다.

자의왕후의 여동생은 운명이다. 그녀의 남편은 김오기이다. 김오기는 681년 8월 '김흠돌의 모반' 때 호성장군 진공의 군대를 쳐부수고 월성에 유혈 입성한 신문왕의 친위 쿠데타 군의 총사령관이다. '김흠돌의 모반'을 진압한 일등 공신이라 할 것이다. 김오기의 아들 김대문, 손자 김의충, 신충도 덩달아 외가와 진외가 사람들과 어울려 강력한 파워 집단을 형성하고 있었다. 헌영의 혼인 후로는 그의 처가도 이찬 순정의 집안으로 고위 귀족 집안이다.

승경이 아우 헌영에게 불안을 느낄 수밖에 없게 되어 있다. 어머니 엄정왕후를 지원하였던 아버지의 외할머니 요석공주가 사망하고 외가인 김원태의 집안도 인물이 없었다. 왕비 박 씨도 세력이 없었다. 그가 태자가 되는 데에는 아버지 성덕왕의 뜻이 많이 작용한 것으로 보인다. 그런데 그 아버지가 지금 숨이 턱에 차서 오늘, 내일 하고 있다. 그는 이 힘든 태자 시절을 후궁에게 의지하여 술과 섹스와 바둑으로 살았다. 후궁의 아버지 영종이 그나마 힘을 쓸 수 있는 위치에 있었다. 태자 승경은 영종 아니라 어느 누구의 도움이라도 청할 수밖에 없는 곤경에 몰려 있었다.

(1a)에서 보듯이 잣나무가 시들었다. (1b)에서 왕의 말은 '정사에 바빠 각궁(角弓)을 잊을 뻔하였다.'이다. 잊은 핑계 치고는 어색하다. 그리고 '각궁[물소 뿔로 만든, 길이 잘 든 활]'이라는 말도 의미심장하다. (1c)는 공신 등급에 넣고 작록을 더 얹어 주었더니 잣나무가 되살아났다고 하였다.

> (1) a. <u>신충이 원망하여 노래를 지어 잣나무에 붙였더니 나무가 갑자기 시들었다</u> [忠怨而作歌 帖於栢樹 樹忽黃悴]. 왕이 이상히 여겨 사람을 시켜 조사하게 하였더니 노래를 가져 와서 바쳤다 [王怪使審之 得歌獻之].
> b. 크게 놀라 말하기를 [大驚曰], 만기를 앙장하느라 <u>각궁을 잊을 뻔하였구나</u> [萬機鞅掌幾忘乎角弓].
> c. 이에 그를 불러 <u>작록을 주니 잣나무가 다시 살아났다</u> [乃召之 賜爵祿 栢樹乃蘇]. 〈『삼국유사』 권 제5 「신충 괘관」〉

(2)의 『삼국사기』 「효성왕」 3년 조에는 중시 '김의충'이 사망하여 '이찬 신충'을 중시로 삼았다고 하였다. 김의충과 신충은 형제이다. 살벌한

궁중 권력 암투가 진행되고 있었다.

    (2) 효성왕 3년[739년] 봄 정월 할아버지, 아버지 묘를 참배하였다
      [三年 春正月拜祖考廟]. <u>중시 의충이 사망하였다</u> [中侍義忠卒].
      <u>이찬 신충으로 중시를 삼았다</u> [以伊湌信忠爲中侍]. 〈『삼국사기』
      권 제9 「신라본기 제9」 「효성왕」〉

    그러므로 효성왕 즉위 직후인 이 시를 지을 때에는 신충이 당연히
'이찬'보다 낮은 관등인 '소판(蘇判)'이었을 가능성이 있고, 관직은 병부
령, 승부령과 같은 장관급의 자리에 있었을 것이다. 그렇다면 효성왕은
왜, 즉위한 뒤에 공신들에게 상을 줄 때 신충을 빠뜨렸을까?

    그것은 '각궁'이라는 말에서 단서를 찾을 수 있다. 이 「신충 괘관」 조
의 핵심 내용은 '각궁'이라는 말에 압축되어 있다. 이 말을 자세히 아는
것, 그것이 효성왕 승경과 경덕왕 헌영의 관계를 알기 위한 요체이다.

    「각궁(角弓)」은 『시경(詩經)』 「소아(小雅)」 편의 부(賻)의 이름이다.[11]
이 시는 주나라 말기의 유왕이 주나라에 망한 포나라 출신의 후궁 포사
에게 빠져 원비의 아들 의구를 태자에서 폐하고 포사의 아들 백복을 태
자로 함으로써 주나라를 망친 행위를 비판한 것이다.

    원비의 아버지 신후는 흉노족[犬戎]을 끌어들여 유왕과 백복을 죽였
다. 포사는 북으로 끌려가서 흉노족의 노리개가 되었다. 신후는 외손자
의구를 데리고 낙양으로 가서 동주를 세웠다. 옛 서울 호경 터에는 괵
공 한이 여신을 옹립하여 서주를 세웠다. 동주와 서주가 반목하여 싸우

---

11) 제1장을 참고하기 바란다. 반복하여 실어 두는 것은 이 '각궁'이라는 단어가 「원가」
    스토리의 핵심 단어라고 보기 때문이다.

느라 여러 공경들이 갈피를 잡지 못하여 인륜이 무너졌다. 이렇게 망조
가 든 나라 상황을 풍자한 시가 「각궁(角弓)」이다.

시의 내용은 제2장에서 전문을 본 바 있다. 중요한 일부만 보면 (3)과
같다 [번역 필자].

  (3) 騂騂角弓 [길 잘 든 뿔활도]
      翩其反矣 [줄 늦추면 뒤집어지네]
      兄弟昏姻 [형제 친인척]
      無胥遠矣 [멀리하지 말지어다]/
      ─중략─
      此令兄弟 [이 의좋은 형제들]
      綽綽有裕 [너그럽고 겨르롭게 지내지만]
      不令兄弟 [우애 없는 형제들은]
      交相爲癒 [서로가 배 아파하네]
      ─중략─
      老馬反爲駒 [늙은 말 도로 망아지 되어]
      不顧其後 [뒷일 생각 않고]
      如食宜饇 [남보다 배 불리 먹으려 하고]
      如酌孔取 [더 많이 마시려 하네]/
      無敎猱升木 [잔나비에게 나무 타는 법 가르치지 말라]
      如塗塗附 [진흙에 진흙 바르는 꼴이리니]
      君子有徽猷 [군자 빛나는 도 지녔으면]
      小人與屬 [소인들 이를 따르리]
      ─중략─
      雨雪浮浮 [눈비 펄펄 내리지만]
      見晛曰流 [햇빛 보면 녹아 흐르는데]
      如蠻如髦 [그대 오랑캐 같이 하니]

我是用憂 [나는 늘 이것이 근심이라네].

이 시는 기원 전 771년 주나라 말에 지어졌다. 10여 년 계속된 이왕병립(二王並立)으로 형제 사이에 싸우느라 신하들도 싸우고 백성들도 본받을 모범이 없어 인륜이 무너졌다. 원인은 주나라 유왕의 후궁 포사 총애에 있었다. 모함과 거짓이 판치고 아무도 믿을 수 없으며 피의 복수와 원한이 쌓이는 세태를 풍자한 시이다.

신라의 「각궁」

'각궁을 잊을 뻔하였다.'는 아버지가 후궁에게 빠져 배다른 형제 사이에 싸우고, 그에 따라 신하들이 편을 갈라 서로 싸우는 '각궁(의 교훈)을 잊고 있었다.'는 의미이다. 이왕병립까지는 아니더라고 왕의 눈치를 보아야 할지, 왕의 아우나 그 아우의 외사촌들의 눈치를 보아야 할지, 신라의 신하들은 형제 사이인 동주의 평왕과 서주의 휴왕이 대립하여 이러지도 저러지도 못하는 주나라 신하들과 같은 상황에 놓였던 것이다.

736년[성덕왕 35년] 경 성덕왕 만년에, 부왕 사후의 왕위 계승을 두고 성덕왕의 배다른 아들 둘이 목숨을 건 싸움을 벌였다. 이복형 태자 승경으로 대표되는 세력과 이복동생 왕자 헌영으로 대표되는 두 세력의 대립이 성덕왕 말년의 정치 구도였다.

효성왕은 후궁을 조심하라는 「각궁」의 교훈을 잊었다고 말한 것이다. 김대문의 아들 신충은, 태자 승경에게 집권 세력인 새 어머니의 친정 세력을 잊지 않겠다는 맹서를 받고 즉위를 허여하였다. 그리하여 효성왕은 즉위 후 신충의 형제로 보이는 김의충을 중시에 임명하는 등 유화적 태도를 취하였다. 그러나 곧 후궁의 아버지 영종이 실권을 장악하여 구 집권세력을 박대하기 시작하였다. 이것이 「원가」가 지어진 직접적 정치 지형이다.

신충은 (4)와 같은 시를 지어, 누군가를 시켜서 궁정의 잣나무에 붙이고 뿌리에 소금을 뿌려서 잣나무를 시들게 하였을 것이다. 공신의 등급에 들지 못하여 상을 받지 못한 처지에서 효성왕 즉위를 허여한 것을 후회하고 효성왕을 원망함으로써 정치적 전략의 전환을 꾀하겠다는 심정을 암시하는 시를 쓴 것이다.

(4) 갓 됴ᄒᆞᆫ 자시이   질 좋은 잣나무가
    ᄀᆞ슬 안들 ᄆᆞᄅᆞ디매   가을에 아니 말라 떨어지매
    너를 아름다비 너겨 녀리로다 너를 아름다이 여겨 가겠다
    ᄒᆞ시ᄆᆞ론 울월던 ᄂᆞ치 가싀시온 하시므로 우러르던 낯이 변하신
    겨ᅀᅳ레여.   겨울에여.
    즈시사 ᄇᆞ라나   모습이야 바라보나
    누리 모ᄃᆞᆫ 갓 일흔 ᄃᆡ여. 세상 모든 것 잃어버린 처지여.

    ○○○ ○○○   ○○○ ○○○
    ○○○○ ○○○○   ○○○○ ○○○○
    ᄃᆞ라리 그르메   달이 그림자
    ᄂᆞ린 못ᄀᆞᆺ 흐르는 믌결의 내린 못가의 흐르는 물결의
    몰개로다.   모래로다.
    즈시사 ᄇᆞ라나   모습이야 바라보나
    누리 모ᄃᆞᆫ 갓 일흔 ᄃᆡ여. 세상 모든 것 잃어버린 처지여.

신충은 이를 왕에 대한 원성으로 포장하여 영종 파로부터 양보를 얻

어 내었을 것이다. 그리하여 737년 효성왕은 신충을 공신 등급에 넣고 아마도 소판이던 작을 이찬으로 높였을 것이고, 녹을 더 올려 주었다. 신충은 잣나무 아래 소금을 걷어내고 물을 흠뻑 주었다. 시들던 잣나무가 되살아나는 경우는 이런 경우밖에 없다.

신충은 이 노래로써 승경의 즉위를 허여하였던 것을 후회하고 전략적 전환을 꾀하여 헌영을 지지하는 김충신, 효신 세력과 의견을 모았다. 그 합의의 내용은, 순원의 손녀 혜명을 효성왕의 왕비로 들이고, 헌영을 태자[부군]으로 책봉하여 유고 시에 왕위를 승계하는 정략이었다. 이제 어차피 효성왕은 언젠가는 이복 아우에게 왕위를 넘길 수밖에 없게 되었다. 그런데 그것은 그의 죽음을 전제로 하는 것이다.

신충이 공신으로 등급을 받고 녹을 올려 받은 때로부터 2년 후인 효성왕 3년[739년] 1월에 공교롭게도 신충의 형제로 보이는 중시 김의충이 죽었다. 궁중 암투가 치열하였음을 알 수 있다. 형제의 죽음을 본 신충은 '이것은 아니라'는 판단을 하고 진외가의 6촌 충신, 효신 등과 더불어 효성왕을 제거할 계획을 세웠다. 그리고 그 해 1월 신충이 이찬으로서 중시가 되어 효성왕을 제거하고 헌영을 즉위시키기 위한 모든 수단을 동원한다. 신충은 이후 744년[경덕왕 3년] 1월까지 만 5년간 중시로 재임한다.

이복동생 헌영을 미는 김순원 집안 사람들, 충신, 효신, 신충 등과의 치열한 싸움 끝에, 혜명왕비의 후궁 살해, 후궁의 아버지 영종의 모반 등 여러 사건을 겪고 효성왕은 742년 5월에 승하하였다. 시해일 가능성이 배제되지 않는다. 신충은 효성왕과 태자[부군] 헌영의 이 싸움에서 이겨서 경덕왕 즉위 후에도 중시 직을 유지하였고, 경덕왕 16년[757년]

1월 상대등까지 되었다. 그리고 6년이나 최고위직인 상대등으로 있다가 경덕왕 22년[763년] 8월 기상 이변에 대한 책임을 지고 면직되었다.

그는 결코 스스로 벼슬을 버리고 세상을 피하여 은둔한 사람이 아니다. 그는 후궁에게 빠져 있는 태자 승경을 겁박하여 자신의 파벌에게 계속 권세를 누릴 수 있도록 할 것을 강요하였다. 그리고 「원가」와 '잣나무 황체'의 정치 공작으로 공신 등급에 들었으며 효성왕을 시해하고 진외가의 외손인 헌영을 경덕왕으로 즉위시킴으로써 이름, 신충(信忠[믿음직스럽고 충성스럽다는 말])을 부끄럽게 한 사람이다. 그는 '불충'의 상징적 인물로 역사에 이름을 남긴 것이다. 이를 보여 주는 것이 (5)의 일연선사의 따끔한 일침이다.

(5) 이로 하여 <u>두 조정에서 총애가 현저하였다</u> [由是寵現於兩朝].
〈『삼국유사』 권 제5 「피은 제8」 「신충 괘관」〉

이복형제 사이에 서로 대립하고 있던 두 조정에서 총애가 현저하였던 사나이 신충. 사이좋게 아버지와 아들이 승계한 두 조정에서 벼슬사는 것도 선왕에 대한 충(忠)에 어긋난다고 사직하는 것이 조선조 선비들의 기품이었는데, 어찌 이복형제 사이에 피투성이 싸움을 벌이며 왕위 승계가 이루어진 두 조정에서 총애가 두드러질 수 있었다는 말인가? 변절하지 않고서야 어찌 그런 영달을 누릴 수 있었겠는가?

신충을 조선조의 피세한 선비들에 비견하는 것은 부끄러운 일이다. 그리고 (6)처럼 「원가」를 백면서생 신충이 처음 관직에 나가려고 몸부림쳐 본 흔적이라고 설명하는 국문학계가 한심하고 참담하다.

(6) a. 애당초 왕이 신충을 즉위 즉시로 발탁치 못한 이유는 신충을 반대하는 세력 때문이라고 봄이 어떨까. 이 노래 가사에 의하면 신충이 흔들리는 물결 때문에 왕의 모습을 보지 못함을 한탄하고 있는데, 이로 보면 신충 그도 자기가 관직에 오르지 못하는 원인을 왕의 소홀이나 불찰에다 돌리지 않고 세사의 불여의에 돌리고 있는 인상을 강하게 풍겨 주고 있다(146면).

b. 신충은 정치적으로 많은 기복을 겪은 인물이다. 처음에 관로에 발을 들여놓을 때도 그러하였고, 후에 경덕왕 말년 관직에서 면직당할 때 또한 반대파에 의해서 물러나게 되었다. 원가는 그러한 인물이 처음 관직에 오르기 위해서 몸부림쳐 본 흔적으로서 의의가 있는 노래로 해석되어야 할 것이다(156면).

c. 요컨대 이 노래는 조선조의 사림파 선비의 기품을 연상하게 하는 작품이라고 보았다(161면). 〈박노준(1982), 『신라가요 연구』, 열화당.〉

결국 통일 신라는 인척 세도에 끝없이 시달린 왕국이다. 대부분의 국인은, 나라의 주인인 권력 실세로서 왕의 할머니나 어머니, 외할머니 그리고 그와 아주 가까운 친인척들이다. 그 결과 왕이 아들이 없거나 못난 아들만 둔 채 승하하여, 그 사위나 자형이 왕위를 이은 것이 석탈해 임금과 미추 임금, 실성 임금이며, 그 결과 외손자가 왕위를 잇게 된 것이 눌지마립간의 외손자 법흥왕, 법흥왕의 외손자 진흥왕, 진평왕의 외손자 태종무열왕인 것이다.

그런데 이러한 제도는, '왕이 죽으면 왕의 어머니가 자신의 직계비속인 아들, 손자, 외손자, 사위 가운데에서 가장 뛰어난 자를 후계자로 정한다.'는 유목 민족의 초원의 원리를 따르고 있는 것으로 해석된다. 이때 형 왕이 죽어서 아우 왕이 그 권력을 승계하게 되면 형수와 조카를 책임져야 한다는 것이 이른바 '형사취수'의 풍습이다. 그것이 뭐 이상한 일인가? 형수를 아내로 삼는 것이야 이상하지만, 그것만 빼고 현대 한국 사회에서도 얼마 전까지 웬만한 집안에서는 형이 죽으면 아우가 조카와 재가하지 않은 형수를 보살피는 것이 미덕이지 않았는가?

이때 아우의 아들이 그 다음 대를 잇는 것이 옳은가, 아니면 죽은 형의 맏아들인 종손이 그 다음 대를 책임지는 것이 옳은가 하는 문제가 제기된다.[12] 주공처럼 중국식 유교의 가르침을 따르면 아예 아우가 나서서는 안 되고 장손인 조카가 모든 것을 책임져야 한다. 장손이 못났으면 그 대에서 말아먹으면 그만이다. 그러나 초원의 룰을 따르면 항상 힘센 자가 책임을 져야 하니 만인 대 만인의 투쟁만 있을 따름이지 망할 일은 안 생긴다. 이 두 문화가 교차하는 지점, 전통적인 초원의 룰과 새로 들어온 농경 사회의 유교의 가르침 사이에서 통일 신라가 괴로움을 당한 것이다.

그러나 중국도 별 수 없었다. 여러 제국의 흥망성쇠가 정통성을 가진 통치권에 힘센 자가 도전하여 뒤집어엎는 것으로 요약된다. 인간이 탐욕의 동물이라는 것을 인정하는 한 이것이 인간 삶의 본 모습이다. 나라든, 단체든, 개인이든 힘을 길러야 하는 까닭이다. 힘없는 자는 정당할 수 없다. 정당한 자들은 모두 힘이 있는 자들이었다.

이것이 통일 신라, 즉 신라 중대에 대한 가장 정상적이고 합리적인 역사 해석이고, 향가에 대한 문학적 이해이며, 그 노래들에 대한 국어학의 가장 합리적인 해독 결과와 합치하는 정치사적 해석이다.

---

12) 솔직히 말하여 봉제사, 할머니 모시기 등 의무에 관한 것은 죽은 형의 맏아들인 장손 조카에게 떠맡기고, 재산과 집안 대소사에 대한 발언권은 삼촌이 갖는 것이 돼먹지 않은 현대 한국 사회의 실상이었다. 그래서 사촌 형제 사이에 원수가 되어 피투성이 싸움을 벌이다가 남 좋은 일만 시킨 기업, 집안도 수다하다. 망하는 수밖에 없다.

이런 세력 다툼은 어떻게 귀결되는가? 인간의 역사에서 그 수많은 세력 다툼의 결과는 결국 누가 좋은 후계자를 잘 길렀는가에 의하여 판가름 난다. 후계자를 잘 선택하여 후계자들의 경쟁에서 이긴 편이 모든 것을 차지하고, 자신들의 불의, 부도덕, 신의 없음 그런 모든 것을 덮고, 진 자를 불의하고 부도덕하고 믿을 수 없는 자로 적게 된다. 우리가 보는 모든 모반, 반역의 역사 기록은 그런 것이다. 그래서 절대로 이 비열한 인간의 권력 싸움에서는 지면 안 된다. 진 자는 흔적 없이, 아무리 억울해도 그 사연은 가슴에 품고 효성왕처럼 무덤도 없이 사라진다.

요석공주의 후계 세력은 누구였을까? 설총? 알 수 없다. 그가 무슨 힘을 발휘하였는지. 김 씨도 아닌 설 씨이고, 무사도 아니고, 화랑도 아닌 것 같고, 기껏 이두, 향찰이나 만지작거린 그가 어머니를 뒤이어, 누나를 뒤이어, 생질들인 효소왕, 성덕왕, 그리고 성덕왕의 아들들인 중경, 효성왕 승경을 위하여 무슨 힘을 쓸 수 있었을지 알 수가 없다. 속수무책의 백면서생이었을 것이다. 그렇다고 요석공주의 형제들, 인문, 문왕, 인태, 지경, 개원, 노단, 마득, 거득 등이 무슨 후계자들을 남겨 누이의 후손들을 보살펴 주기나 했겠는가? 그들의 후손들이 신라 왕실에서 무슨 역할을 했는지 기록이 없다. 그것은 그들이 패배하였기 때문이다.

그런데 자의왕후의 후계 세력은 어떻게 되었는가? 자의왕후의 동생 김순원은 700년 5월의 '경영의 모반'으로 한 번 꺾인 뒤 와신상담하여, 20여 년이 지나서 성덕왕의 원비 엄정왕후를 어떻게 하고, 720년[성덕왕 19년] 3월에 자신의 딸 소덕왕후를 성덕왕의 계비로 들인다. 그뿐만 아니다. 성덕왕이 엄정왕후의 아들 승경을 태자로 책봉하고, 그 후 소덕왕후가 왕비가 된 지 5년 만에 사망하자, 다시 그들은 소덕왕후의 아들 헌영을 왕위에 올리기 위한 계책을 세운다. 그 중심에 신충이 있고 「원가」가 있다.

737년 엄정왕후와 소덕왕후라는 두 왕비를 두었던 성덕왕이 위독하여 왕자들 가운데 누가 다음 왕위를 이을지가 초미의 문제가 되었다. 성덕왕은 살아 있는 아들 가운데 가장 어른 아들[長子]인 승경을 태자로 책봉하여 두었다. 그러나 엄정왕후의 아들인 태자 승경은 태자비 박씨 집안과 외가 김원태 집안의 힘이 너무 약하였다. 거기에 후궁에게 빠져 있어 후궁의 아버지 영종의 영향권에 들어 있었다.

이에 비하여 소덕왕후의 아들인 헌영은 외가가 막강한 자의왕후의 친정 김순원 집안이었다. 김순원의 딸인 소덕왕후는 720년 3월에 성덕왕의 후비가 되었다. 소덕왕후는 헌영을 낳고 불과 4년 10개월만인 724년 12월에 사망하였다. 그 후 성덕왕이 재혼하였다는 기록이 없다. 아마도 소덕왕후의 친정 집안에서 새로운 왕비가 들어오는 것을 견제하였기 때문일 것이다. 안 그랬다면 702년 22세로 즉위하여 724년에 44세밖에 되지 않은 성덕왕이 왕비를 새로 들이지 않았을 리가 없다. 아무리 후궁이 많았다 하더라도 왕비 없이 737년까지 살았을 리는 만무하다.13) 그만큼 성덕왕은 후처의 친정인 김순원 집안이 세가 강하였고 따라서 헌영도 외가가 강한 세력을 보유하고 있었다.

김순원 집안의 손자 효신은, 왕비 박 씨가 어떻게 되었는지 아무 기록이 없지만 왕비를 어떻게(?) 하고, 739년[효성왕 3년] 3월 김순원의 아들 진종의 딸인 혜명을 효성왕의 계비로 넣는다. 그리고 바로 그 해

13) 양물(陽物)이 너무 커서 배우자를 구하지 못했던 지증마립간이 모량리의 큰 대변녀를 구하여 왕비로 삼은 것이 61세 때였고 거기에서 법흥왕이 태어났다(?)고 생각하면 그 후손인 성덕왕이 44세부터 왕비 없이 산다는 것은 상식을 벗어난다.

5월에 소덕왕후의 아들 헌영을 효성왕의 태자[부군]으로 책봉하게 한다. 그들은 원대한 계책을 세운 것이다. 언제든 왕을 시해하고 그 동생을 즉위시킬 준비가 된 것이다. 김충신은 당나라에 가서 오랫동안 황제 곁에서 숙위하면서 국제적 감각을 익히고 우군을 확보하였다.

그리고 자의왕후의 여동생 운명의 집안, 김오기의 집안은 아들 김대문이 아버지를 이어서 『화랑세기』를 저술하고 『한산기』를 저술하여 자신들의 거사가 정당하고 그 공으로 김군관 집안으로부터 한산주 경영을 넘겨받은 것이 정당함을 말하였다. 거기에다 김대문의 아들 신충이 중시, 상대등을 지내면서 세력을 키웠고 김의충의 딸 만월부인을 경덕왕의 계비로 넣기까지 하였다.

이러려면 사람도 많아야 하고, 권세도 세어야 하며, 재력도 있어야 한다. 무엇보다 출중한 인재들이 필요하다. 그 인재는 문무를 겸한 장수들이어야 하지 설총 같은 책상물림이어서는 안 된다. 김충신, 효신이 그러한 인물로 보이고 거기에 김의충, 신충이 가세하였다.

요석공주가 사망한 후로는 신라 천하에 김순원, 그의 자형 김오기의 후계 세력을 견제할 집안이 사실상 없었다. 그들은 자의왕후의 친정 집안으로 681년 8월의 신문왕 즉위 시의 '김흠돌의 모반'을 진압한 공으로 40여 년 권력의 핵심에 있었다.

이 책은 신라 중대 왕실을 중심으로 하는 현대 한국의 신라 중대 정치사 연구 결과가 역사적 진실과는 전혀 다르다는 것을 밝히고 그 원인이 『삼국유사』의 상징화된 기사들을 역사 연구 자료로 이용하지 않은 데 있다는 진단을 하였다. 그리고 『삼국유사』에 대한 편견은 연구자들이 문헌 자료를 올바로 해석하지 못한 데서 초래된 것으로 판정하였다.

나아가 현재의 신라 중대 정치사 연구물들은 『삼국사기』조차 제대로 해석하지 못하여 논의가 난마같이 얽혀 있는 것으로 판결하였다.

그리하여 이 책은 그 병에 대한 처방으로, 『삼국사기』의 기사를 면밀하게 읽고 그에 토대를 두고 역사의 세부 사항들(details)을 점검하면서, 『삼국유사』와 중국 측 사서들의 기사들을 유기적으로 연결하여 창의적 상상력으로 해석함으로써 역사적 진실에 더 가까이 다가갈 수 있음을 보였다. 특별히 왕과 왕비, 그리고 왕자들, 등장인물들의 나이를 정확하게 계산하는 것이 중요하고, 원자와 장자, 왕자, 태자, 원비, 차비, 선비, 후비, 부군 등등 인물들을 가리키는 용어들의 개념을 가다듬는 것이 긴요한 일임을 강조하였다.

세상에 돌아다니는 온갖 초원의 정보들을 다 수렵, 활용하여 재현해 낸 이 책의 신라 중대사는, 광복 후 70여 년 동안 『삼국사기』에만 갇혀서 『삼국유사』를 불신하는 기존의 신라 중대사와 매우 다르다. 이 책은 『삼국사기』와 『삼국유사』의 기록이 서로 다른 경우 대부분 『삼국유사』의 기록이 옳고 『삼국사기』의 기록이 그르다는 것을 증명하였다. 그리고 그 『삼국유사』의 기록으로부터 통일 신라의 정치적 갈등의 실상을 새롭게 밝혀내어 여러 정치적 사건들을 하나의 원리, 즉 올케 자의왕후 후계 세력과 시누이 요석공주 후계 세력의 왕위 다툼으로 설명해 내었다. 저자의 이 시도로 말미암아 통일 신라 왕실 중심의 정치사에 대한 연구가 손가락 끝만 보는 연구가 아니라 손가락이 가리키는 달을 바라보는 사람 삶에 대한 진정하고 진실한 연구로 승화될 수 있기를 바란다.

이 「원가」 한 수만 읽어도, 왕과 신하 사이의 충, 불충, 선비와 후비의 자식들 사이의 갈등, 왕비와 후궁 사이의 투기, 형 왕자와 아우 왕자 사이의 경쟁, 시기와 반목, 신하들과 왕실 사이의 눈치 보기, 신하들끼리의 세력 다툼, 왕실 구성원이기도 하고 신하이기도 한 먼 촌수의 아저씨와 할아버지, 그리고 할아버지 왕의 처가, 아버지 왕의 처가, 왕자의 외가와 처가 등 친인척 관계가 얼마나 관리하기 힘든 일인지 알 수 있다. 이것은 오늘날도 마찬가지로서 사가에서도 두루 볼 수 있는 일이다. 제왕적으로 군림하던 집안 어른이 돌아가시고 나면 왜 형제들이, 친인척들이 등을 돌리고 재산 다툼의 골육상쟁에 빠져 드는지를 이보다 더 분명하게 설명해 줄 수 있는 사례가 따로 없다. '내 자식들만은 안 그러리라.' '내 형제들은 우애가 있을 것이다.' '내 인척들은 점잖을 것이다.'고 착각하지 말라. 어떤 경우에도 예외가 없다.

이 노래가 우리에게 주는 역사적 교훈은 『시경』의 「각궁」이 주는 교훈과 같다. 왕이 성 생활이 문란하여 후궁에 빠져서 왕위 계승 서열이 흐트러지면 나라가 망한다는 것이다. 그리고 아버지가 두 아내를 두어 이복의 형과 아우가 싸우면 그 집안은 망한다는 것이다. 주나라가 그로 하여 망하였고, 통일 신라가 그로 하여 망하였다. 형 승경과 아우 헌영의 배후에는 각각 다른 어머니 엄정왕후와 소덕왕후가 있었고, 그 어머니들의 뒤에는 또 시누이 요석공주와 올케 자의왕후가 있었다.

우리 주변에도 이로 하여 망하고 있는 집단이 도처에 있다. 알면서도 어쩔 수 없이 싸우게 되어 있다. 『향가 모죽지랑가 연구』에서 말하였듯이 모든 것은 탐욕에서 출발한다. 인간은 끝없는 탐욕을 가진 동물이다. 그 탐욕이 인간의 본성이라는 것을 인정하고 싸우더라도 잘 싸우는 사람들이 사는 이 세상에는 없는 그런 세상을 꿈꾼다.

김사종과 김근{흠}질, 그리고 김수충, 아니 무상선사와 석 무루, 그리고 김교각 지장보살이 간 세상이 그 세상이다. 그러나 현대 한국에는 당나라가 없고 미국, 캐나다가 있다. 미국이 지장보살의 연하(煙霞)를 마련해 주겠는가? 캐나다가 무상선사의 '무억, 무념, 막망'을 깨닫게 해 주겠는가? 석 무루의 보승불을 어디에서 찾을 것인가? 바다 건너 먼 나라의, 자유, 진리, 정의, 법치가 살아 있고 국제적 기준이 통하는 사회에서 살고 싶다는 염원이, 나날이 멸망의 강도가 높아가는 우리 사회에 만연해 있다.

이 책의 시대에 등장한 '국인(國人)', 즉 이 시대의 나라의 주인은 누구일까? 요석공주였음에 틀림없다. 그러나 그에 대한 기록은 아무 것도 없다. 그것은 요석공주와 대척점에 섰던 김대문과 그의 후손들에 의하여 정리되어 전해졌을 이 시대의 역사, 통일 신라의 역사가 철저히 이긴 자의 관점에서, 그리고 남자들의 관점에서 자기들에게 불리한 사연인 요석공주 관련 기록은 모두 지우고 기록되었기 때문이다. 특히 『삼국사기』가 그러한 기록에서 벗어나지 못하였다. 『삼국사기』는 왜곡된 신라의 기록, 그리고 신라 조정이 보낸 윤색된 보고를 적어 둔 당나라 기록 『구당서』, 『신당서』, 『책부원구』, 또 그것을 보고 적은 『자치통감』 등의 기록에 의존하여 편찬되었기 때문이다.

그러나 『삼국유사』는 이와는 다르다. 『삼국유사』는 그 인멸된 사연들을 넌지시 내보이고 있다. 「효소왕대 죽지랑」이 '조정 화주'라는 이름 아래 자의왕후의 여동생 운명의 위력을 보여 주었으며, 「대산 오만 진신」이 '국인'이라는 이름 아래 요석공주와 그 형제들의 역할을 명백하게 기록하였고, 「원효불기」에서 요석궁에 홀로 된 공주가 있었다고 말하고 있다. 그리고 『삼국사기』는 「열전」 「설총조」에 「화왕계」를 실어 둠으로써 신문왕과 설총이 매우 가까운 관계였음을 보여 주었다. '문무왕의 맏아들이 백제와의 전쟁에서 전사하였을 것이라.'는 것을 알 수 있게 하는 기록은 『삼국사기』 권 제7 「문무왕 하」에 있다.

그러나 '그 문무왕의 맏아들 소명전군이 조졸하여 둘째 이하 아들 정명이 소명궁과의 사이에 이공전군을 낳았으며, 자의왕후의 명에 의하여 북원소경[원주]의 김오기 군대가 서라벌에 와서 김흠돌의 모반을 진압하였다.'는 기록은 필사본 『화랑세기』에만 있다. 『화랑세기』는 681년 8월 김흠돌의 모반을 진압한 김오기의 친위 군사 쿠데타를 정당화하기 위한 김오기와 김대문의 공동 집필서이다.

통일 신라 역사 기술의 주체는 성덕왕의 이모 할머니 운명의 남편 김오기, 그리고 그의 아들 김대문, 또 그의 아들 신충으로 이어졌다. 그들이, 자신들이 자행한 '김흠돌의 모반'의 진압, 성덕왕과 소덕왕후의 두 번째 혼인, 효성왕과 혜명왕비의 두 번째 혼인, 혜명왕비가 살해한 후궁의 아버지 '영종의 모반'의 진압, 효성왕의 의혹에 쌓인 죽음과 화장 및 동해 산골 등 헌영을 즉위시키기 위한 온갖 공작, 소덕왕후의 외손자 김양상의 혜공왕 시해와 선덕왕으로의 즉위 등을 진실하게 기록하였을 리가 없다. 그 조작된 역사 기록에 토대를 두고 기술된 것이 오늘날 우리가 보는 통일 신라 정치사이다.

왜 김수충, 김사종, 김근{흠}질 세 왕자의 인생은 잊히어져야 했었고, 성덕왕의 즉위 과정은 오리무중으로 빠져들었을까? 그것은 역사가 이긴 자의 기록이기 때문이다. 진 자는 누구이고, 이긴 자는 누구인가? 진 자는 이 세 왕자이고, 이긴 자는 성덕왕이다. 이후 신라의 모든 역사 기록은 성덕왕의 정통성 결여를 드러내지 않는 방향으로 기술되었다. 『삼국사기』에 그의 즉위 과정이 한 마디도 적히지 않은 것이 그것을 보여 준다. 이 인멸되고 누락된 역사를 일연선사는 『삼국유사』 권 제3 「탑상 제4」 「대산 오만 진신」과 「명주 오대산 봇내태자 전기」에 보일 듯 말 듯 하게 실어 두었다. 『『삼국유사』 다시 읽기 11』은 이 두 기록에 대한 '다시 바로 읽기'이다.

제5장의 주 12)와 관련하여 서정목(2016b, c)의 두 논문을 심사할 때 제기되었던 박창화의 『화랑세기』(필사본 『화랑세기』라고 하면 진본을 보고 필사한 것임을 전제하므로 중립적인 표현인 김대문의 진본 『화랑세기』와 박창화의 『화랑세기』로 구분하여 부르기로 한다.)의 사료적 가치에 관하여 보충적으로 언급하여야 할 필요성을 느낀다. 필자는 통일 신라 시대에 관한 모든 저작에서 박창화의 『화랑세기』로부터 가져온 정보를 논증의 주된 사료로 사용하지는 않았지만, 『삼국사기』와 『삼국유사』에서 볼 수 없는 정보가 그 책에 있을 때 그것을 소홀히 하거나 무시한 적이 없다. 그만큼 박창화의 『화랑세기』의 정보에 대한 필자의 신뢰의 수준은 높다 할 것이다.

김순원이 波珍湌[바돌칸=海干] 김선품(善品)의 아들이라는 것은 현재로서는 박창화의 『화랑세기』에만 있다. 자의왕후가 파진찬 김선품의 딸이라는 것은 『삼국사기』, 『삼국유사』가 동일하다. 그러므로 자의왕후와 김순원이 남매 사이라는 추정은 위서 논란이 있는 박창화의 『화랑세기』를 통해서만 성립된다. 필자는 95% 이상의 확률로 이 추정이 옳을 것으로 보고 있다.

이 주에 주목하였던지, 심사 의견 중에 '필사본 『화랑세기』의 사료적 가치에 대한 입장을 밝히라.'는 의견이 있었다. 필자는 아직 그 책이 진서를 필사한 것인지, 위서인지의 논의에 참여할 만한 수준은 못 된다. 다만 통일 신라 시대 '김흠돌의 모반'의 원인인 효소왕 이공의 혼전, 혼외 출생과 그 후의 일들, 그리고 왕실과 풍월주의 족보는 대체로 『삼국사기』, 『삼국유사』의 기록과 어긋나지 않는다고 본다.

이 책뿐만이 아니고 필자의 통일 신라 시대에 관한 모든 논저에는 김순원이 자의왕후의 동생이고, 김오기가 자의왕후의 언니(필자가 과거에 여동생이라 한 것은 오해) 김운명(雲明)의 남편이라는 것이 기본으로 깔려 있다. 그런데 보학(譜學)이라 할 것도 없는 김충신이 김지렴을 종질이라고 지칭한 것으로부터 나오는 이 간단한 계촌(計寸)으로도 김순원과 자의왕후가 오누이라는 것이 증명된다. 그렇다면 『삼국사기』, 『삼국유사』가 자의왕후가 파진찬 김선품의 딸이라고 한 것과 연결시키면 자동적으로 김순원이 김선품의 아들이라는 것이 나온다.

그런데 박창화의 『화랑세기』는 김순원이 김선품의 아들이고, 자의왕후와 김운명이 김선품의 딸이며, 김오기가 김운명의 남편이고, 김오기와 김운명의 아들이 김대문이라고 되어 있다. 나아가 김오기가 자의왕후의 명으로 호성장군이 되어 북원 소경[원주]의 군대를 이끌고 서라벌로 회군하여 와서 호성장군 김진공과 맞서 싸워 월성을 깨고 '김흠돌의 모반'을 진압하였다고 되어 있다.

이 싸움에서 김흠돌, 김진공, 흥원 나아가 김군관이 이겼으면 김오기는 역적이 되고 이 싸움은 '김오기의 모반'이 되었을 것이다. 신라의 왕위는 신문왕 아닌 다른 왕으로 넘어가고 통일 신라는 여기서 끝났을지도 모른다. 신라의 역사는 김흠돌의 처지에서 김오기 일당을 악독한 무리로 모는 방향으로 기록되었을 것이다. 그러나 지금의 역사는 김흠돌이 졌기 때문에 모든 역사 기록이 김오기, 김순원, 심지어 성덕왕, 경덕왕 중심으로 되어 있다. 이것이 필자의 역사관이다. 권력 다툼에서 지면 역적이 되고 반란을 일으킨 것이 된다. 마치 516에서 박정희가 성공하여 군사 혁명이 되고, 1026에서 김재규가 실패하여 반역이 되었듯이. 이런 면에서 박창화의 『화랑세기』 내용의 사료적 가치를 필자는 인정하는 것이다.

박창화의 『화랑세기』의 진서 필사설(眞書 筆寫說) 대 창작 위서설(創作 僞書說) 논란의 논저들을 읽고 필자는 그 토론이 학문적 토론이라 하기에는 너무 허전하다는 생각이 들었다. 아니 학문적 토론이라고 할 것도 못 되었다.

진서 필사라고 주장하는 측의 증거는 미실(美室)이 사다함(斯多含)을 전송하면서 지었다는 향가 한 수와 구지(溝池)라는 말 뿐이었다. 그 향가의 표기를 정밀 검토한 후 필자는, '-奴'[의문 어미 '-노] 때문에 이 표기가 중세[15세기 경] 이후의 경상도 방언을 반영한 것이 아닌가 하는 생각을 가지고 있다. 구지라는 말은 중국문학 교수에게 문의하였더니 『예기(禮記)』에서부터 전거(典據)를 찾아주었다. 박창화가 『예기』를 안 보았을 리가 없다. 이 둘은 진서를 필사했다는 확실한 증거가 되지 못한다.

위서라고 주장하는 측은 그 증거로 이 향가가 후대의 위작이라는 것, 박창화가 우리나라 역사서로는 『삼국사기』와 『삼국유사』밖에 없다고 했다는 것, 그가 비슷한 성격의 여러 역사 소설들을 썼다는 것을 들고 있다. 이 향가는 위작이 아니라는 학자도 있으므로 증거가 안 된다. 우리나라 역사서로는 『삼국사기』와 『삼국유사』밖에 없다고 했다는 말은, 『화랑세기』는 역사서가 아니고 풍월주의 계보를 적은 것이니 그렇게 말할 수도 있는 것이다. 역사 소설 쓴 것과 필사본 『화랑세기』가 진서를 보고 필사한 것이 아니라는 것은 아무 관계가 없다. 필자도 소설을 썼다. 그러나 그 소설 때문에 필자의 저작이 모두 위서일 수는 없지 않겠는가? 이런 것들은 증거라 할 수 없다.

필자는 그런 것보다는 더 구체적인 논거들로 이 책의 진서 필사, 창작 위서 여부를 따져보고자 하였다. 그것은 박창화의 『화랑세기』의 내용과 『삼국사기』, 『삼국유사』의 관련 내용을 비교하는 일이다. 그런데 비교하면 할수록 그 책의 내용이 『삼국사기』와 『삼국유사』가 전해 주는 그 시대 역사의 실상에 가깝다는 생각에 이르렀다. 그러나 그 것도 그 책이 진서를 필사했다는 증거가 될 수는 없다. 왜냐하면 교묘하게 위작된 문 서일수록 더욱 진실에 가깝게 보일 수도 있기 때문이다. 그러므로 현 단계에서 위서 여부를 논하는 것은 아무 의미가 없는 일이다.

그 책이 위서라 하더라도 그 속에 든 문장 하나하나는 신중한 검토를 거쳐 박창화 의 학설로 인정해 주든가, 파기하든가 학계가 정해야 한다. 이 논문에서는 '김순원이 파진찬 김선품의 아들인지 아닌지, 그리하여 자의왕후의 동생인지 아닌지'를 판정해야 하는 것이다. 필자는 '김순원이 김선품의 아들이라는 것은 옳다.'고 논증하여 판정하였 다. 이것은 그 책의 위서 여부와 관계없이 변하지 않는 진리이다. 앞으로 그 책이 위서 라는 것이 증명된다고 하더라도 그 속에 든 문장 하나하나를 다, 박창화가 먼저 말했 다는 이유만으로, 가짜라고 해서는 안 된다.

박창화가 쓴 소설 가운데 신목왕후의 어머니는 김춘추가 당나라에 가서 낳은 당나 라 여인의 딸이라는 허구를 설정한 것이 있다. 김춘추는 648년에 당 나라에 갔다. 그 공주는 빨라야 649년생이다. 김흠운은 655년 정월에 전사하였다. 김흠운과 김춘추의 그 공주 사이에서 신목왕후가 태어나려면 그 공주는 몇 살에 신목왕후를 낳았어야 하 는가? 신목왕후가 유복녀라 하더라도 7살에 낳았어야 한다. 아니면 그 소설은 김춘추 가 648년보다 훨씬 더 전에도 당나라에 갔다는 설정을 하여야 한다. 이런 것이 그 소설의 내용 가운데 진실이 아닌 것도 있음을 증명하는 것이다. 그러나 신목왕후의 어 머니가 당나라 여인의 딸이 아니라는 것이, 김흠운이 태종무열왕의 공주와 혼인하였다 는 것까지 부정하는 것은 아니다. 김흠운이 태종무열왕의 공주와 혼인하였다는 사실은 『삼국사기』 권 제47 「열전 제7」 「김흠운」 조에 명백하게 기록되어 있다.

필자는 아직 그 책에서 이런 사례를 발견하지 못하였다. 다만 약간 의심스러운 것 하나는, 김춘추의 생부(生父) 김용수의 사망 시의 나이가 70여세로 계산된다는 점이다. 박창화의 『화랑세기』에는 "용수전군이 죽기 전에 아내[천명공주]와 아들[김춘추]를 용 춘공에게 맡겼다."고 되어 있다. 그리고 김춘추의 숙부이자 양부인 김용춘에 대해서 '용 춘은 선덕여왕의 사신에서 물러나 천명공주를 처로 삼고 태종을 아들로 삼았다. 그리고 진덕여왕 2년[648년]에 70세로 이승을 떠났다.'고 적었다. 여기서 김용수가 "젊어서 죽었고" 그 아내와 아들을 젊은 동생 용춘에게 맡겼다고 "착각하면" 다음의 기록과 모순이 된다.

1964년에 도굴되었다가 1966년 도굴범들이 잡혀서 발견된 '황룡사 구층목탑(黃龍寺九層木塔) 금동찰주본기(金銅利柱本記)'에 용수(龍樹)의 이름이 나온다. 그 내용은 다음과 같다. "643년[선덕여왕 12년]에 자장(慈藏)이 중국에서 돌아오고자 하여 남산의 원향선사(圓香禪師)에게 머리를 조아리니 원향이 '내가 관심(觀心)으로 그대의 나라를 보매 황룡사에 9층의 탑을 세우면 해동의 여러 나라가 모두 그대의 나라에 항복할 것이다.'고 하였다. 자장이 귀국하여[643년 3월 귀국] 선덕여왕에게 이 말을 아뢰니 왕이 듣고 이간(伊干) 용수(龍樹)를 감군(監君)으로 하여 대장(大匠)인 백제의 아비○(阿非○)와 소장(小匠) 200인을 거느리고 이 탑을 만들도록 하였다. 선덕여왕 14년[645년]에 시작하여 이듬해에 모두 마쳤다*{ 필자 주: 『삼국사기』에는 645년에 완성되었다고 하였다. '아비○'는 『삼국유사』의 권 제3 「탑상 제4」 「황룡사구층탑」에는 '아비지(知)'로 되어 있다.}*."

박창화는 '황룡사 구층목탑 금동찰주본기'가 발견되기 전에 사망하였다. 박창화는 이 기록의 김용수를 보지 못하였다. 만약 박창화가 "김용수가 젊어서 죽었고, 젊은 김용춘에게 젊은 아내와 어린 아들을 맡겼다."고 썼다면 여기에 딱 걸린다. 그러면 박창화의 『화랑세기』는 위서일 가능성이 커진다. 그러나 박창화는 그렇게 쓰지 않았다. 박창화의 『화랑세기』에는 김용수가 "젊어서" 사망했다는 말도, "젊은" 김용춘이 "젊은" 천명공주와 "어린" 김춘추를 맡았다는 기록도 없다. 저 기록을 보고 김용수가 "젊어서" 사망하였다고 할 수 있을까? 아니 언제 사망하였는지 알 수 있을까? 불가능하다.

그런데 김용수가 몇 살에 사망하였는지 추리할 수 있는 근거는 있다. 648년 70세로 사망한 김용춘은 579년생으로 황룡사 9층 목탑 창건 시기인 645년에 67세이다. 김용수가 김용춘보다 2살 많았다고 보면 김용수는 577년생쯤이고 645년에 69세쯤이다. 645년 황룡사 9층 목탑을 완성한 후인 646년에 김용수가 사망했다면 그는 70세쯤에 사망한 것이 된다. 천명공주는 68세 정도 될 것이다.

태종무열왕은 661년 59세로 승하하였으니 603년생이다. (이하의 나이 계산이 서정목(2016c:157)에는 틀려 있다. 『삼국유사』의 태종무열왕의 몰년(661년), 나이(59세)를 참고하지 않았기 때문이었다. 이 책으로써 이를 바로 잡는다.) 603년에 김용수는 27세이다. 646년에 죽은 김용수가 44세쯤의 아들 김춘추와 68세쯤의 아내 천명공주를 68세쯤의 아우 김용춘에게 맡긴 것으로 볼 수 있다. 천명공주는 처녀 때 김용춘을 김용수보다 더 사랑했다고 한다. 어머니 마야왕후가 잘못 판단하고, 진평왕이 김용수를 사위로 삼아 왕위를 물려주려고 하여 양보한 것처럼 되어 있다. 태종무열왕은 654년 즉위했을 때 52세다. 이때 김법민은 19세이다. 문무왕은 681년에 56세로 승하하였다. 김춘추와 김문희 사이에서 김법민이 태어났을 때는 626년이고 김춘추는 그때 24세이다. 김법민의 할아버지 김용수는 50세쯤이다. 김춘추는 642년 8월 딸 김고타소를 대야성에서 잃었다. 그의 나이 40세 되어서이다. 김춘추가 김고타소를 15세에 낳았다고 보면 김고타소는 618년생쯤이고 642년에 25세쯤으로 사망한 것이다. 642년에 김법민은 17세이다. 문무왕보다 김고타소가 8살쯤 많은 것으로 보인다. 김품석도 30여세로 사망하였을 것이다.

이 여러 인물들의 나이를 보면 여기서 추정한 김용수, 김용춘, 천명공주, 김춘추, 김법민의 나이가 사실에 가깝다고 할 수 있다. 박창화도 이 나이 계산을 다 했던 것으로 보인다. 안 그러고는 이렇게 정확할 수가 없다. 만약 나이 계산을 안 했다면 그는 진서(眞書)를 보고 그대로 쓴 것이다.

그러므로 '황룡사 구층목탑 금동찰주본기'에 그 목탑을 처음 만들 때의 감군(監君)이 이간(伊干) 용수(龍樹)로 기록되어 있다고 해서 박창화의 『화랑세기』가 위서라고 주장할 수는 없다. 다만, 70세쯤에 사망하는 김용수가 68세쯤의 아내 천명공주와 44세의 아들 김춘추를 68세의 동생 김용춘에게 맡겼다는 것과 김용춘이 68세 할머니 천명공주를 아내로 삼았다는 것이 현대적 감각으로는 이상하기는 하다. 그러나 필자도 70이 내일 모레인 지금 그 마지막 순간을 맞이한다면 나보다 2살, 4살 적은 내 아우들을 불러 놓고 67세인 내 아내와 40이 넘은 내 자식들을 보살펴 달라고 부탁할 수밖에 없을 것이다. 형수를 아내로 삼는 것만 빼면 저 신라 시대의 일도 현대적 감각으로 보아 큰 문제가 없다.

'황룡사 구층목탑 금동찰주본기'는 645년 창건으로부터 226년 뒤인 경문왕 11년[871년]에 동북쪽으로 기울어진 탑을 개수하면서 872년에 박거물(朴居勿)이 작성한 것이다. 이간(伊干) 김위홍(金魏弘)이 책임을 맡았다고 되어 있다. 『삼국사기』에는 경문왕이 871년 정월에 유사에게 개조하라는 명을 내리고, 873년 9월에 9층 22丈의 탑이 이룩되었다고 적고 있다.

박창화의 『화랑세기』는 태종무열왕의 원손(元孫) 소명전군의 조졸과 그의 약혼녀 김흠운의 딸이 정명태자와의 사이에서 이공전군(효소왕)을 낳았음을 명시적으로 적고 있다. 소명전군의 조졸은 『삼국사기』 권 제7 「신라본기 제7」 「문무왕 하」의 '문무왕의 유조(遺詔)'에 있는 "上慰宗祧之遺顧 下報父子之宿寃(위로는 선조들이 남긴 돌아봄을 위로하고, 아래로는 아버지와 아들의 오랜 억울함을 갚았다)."로써 증명된다. 소명전군의 존재로부터 정명태자가 원자로 적히지 않고 장자로 적힌 점, 김흠돌의 딸과 혼인하고도 형의 약혼녀 김흠운의 딸을 책임져야 했던 점, 나아가 677년생 효소왕이 원자가 아니고 683년 5월 신문왕과 정식으로 혼인한 신목왕후의 첫아들 김사종이 부군이었다가 폐위되고 687년 2월생 김근{흠}질이 '원자생'이라는 기록을 남긴 점 등도 해명된다.

박창화의『화랑세기』의 '김흠돌의 모반'의 진행 과정과 김군관과 그의 아들 김천관의 자진은『삼국사기』권 제8「신라본기 제8」,「신문왕」즉위 시와 원년 8월 8일의 기록, 8월 26일의 기록과 꼭 맞아 떨어진다. 이 '김흠돌의 모반'으로부터『삼국사기』권 제8「신라본기 제8」,「신문왕」즉위 시의 신문왕의 첫왕비 김흠돌의 딸 폐비,『삼국유사』권 제3「탑상 제4」「대산 오만 진신」,「명주 오대산 봇내태자 전기」의 정명태자와 김흠운의 딸 사이의 혼외자 효소왕의 즉위, 왕자 보천과 효명의 오대산 잠적, 효소왕 사후『삼국사기』권 제8「신라본기 제8」,「성덕왕」조의 느닷없는 성덕왕의 즉위, 성덕왕 대의 왕자 김수충, 왕제 김사종, 왕제 김근{흠}질 등이 중국 불교사에서 말하는 지장보살 김교각, 정중종의 창시자 무상선사, 백초곡 하란산의 석 무루가 된 사실 등의 통일 신라 정치사의 비운도 모두 말끔하게 설명된다.

필자의 오랜 관심의 대상이 되었던 것 하나는『삼국유사』권 제2「기이 제2」의「도화녀(桃花女) 비형랑(鼻荊郎)」조의 진지왕의 귀신 아들 문제이다. 일찍부터 필자는 진지왕이『삼국사기』의 기록과는 달리 죽지 않고 살아서『삼국유사』의 기록대로 도화녀와의 사이에 아들을 낳았을 것이라고 주장해 왔다. 그런데 이 설화도 박창화의『화랑세기』의 진지왕의 폐위와 3년간의 비궁 유폐라는 기록으로 말끔히 의아심을 해소하게 되었다. 필자는 진흥왕비 사도태후가 마음에 안 드는 둘째 아들 진지왕을 황음에 빠진 사람으로 몰아 비궁에 유폐시키고 아버지 동륜태자가 일찍 죽어 사촌동생 김용수, 김용춘에게 밀리고 있는 종손 진평왕을 보위에 올리는 정치적 행위로 해석한다. 이러한 일은 우리 전통 사회에서 할머니들이 죽은 첫아들이 남겨놓은 종손을 보호하기 위하여 둘째 이하의 아들을 핍박하고 타지로 보내는 것을 통하여 짐작할 수 있는 일이었다.

그 외에도 숱하게 많은 박창화의『화랑세기』의 구체적 이야기들이『삼국사기』「신라본기」가 누락시켰으나『삼국사기』「열전」과『삼국유사』가 암시적으로 적고 있는 이야기들과 연결되어 통일 신라 정치사의 빈 부분을 채우고, 오류가 많은 현대 한국의 신라 중대 정치사 학계의 연구 결과들을 수정할 수 있을 것이다. 누가 고양이 목에 방울을 달 것인지만 문제이지, 그것이 이루어지는 것은 시간문제이다. 다만, 필자는 이 일이 외국인들의 손이 아닌 우리 학계의 젊은 손으로 이루어지기를 간절히 바란다.

이런 것을 모두 고려하는 것이 기록을 읽는 온당한 태도이다. 현 단계에서 박창화의 『화랑세기』가 진서를 필사한 것인가, 위서인가는 논의하기 어렵다. 위서(僞書)라면 필자 정도 수준의 독자가 모순을 찾아내기에는 버거운, 매우 정교하게 조립된 위서이다. 위서라 하더라도 그 속에 들어 있는 내용 가운데는 『삼국사기』, 『삼국유사』가 보여 주지 않는 역사적 진실을 담고 있을 수 있다. 필자는 '김순원이 김선품의 아들이고, 그의 누이들이 자의왕후와 김운명이며, 김운명의 남편이 북원 소경[원주]의 전방 부대를 이끌고 서라벌로 회군하여 김흠돌의 모반을 진압한 신문왕의 친위 쿠데타 군의 총사령관 김오기이며, 그 아들이 김대문이라.'는 것은 사료적 가치가 있는 역사적 진실이라고 판단한다.

거기에 더하여 다음과 같은 필자의 역사적 상상도 거의 98% 이상의 확률로 옳을 것이다. 「원가」의 작자이자 효성왕, 경덕왕 대의 중시이고, 경덕왕 대의 상대등 김신충, 만월부인의 아버지 김의충은 김대문의 아들들이고, 이들이 운명의 친정 김순원 집안의 손자 김충신, 김효신과 6촌이며, 자의왕후의 손자 효소왕, 성덕왕, 김사종과 6촌이다. 『삼국사기』는 김충신이 성덕왕의 조카[王姪] 김지렴을 從姪[7촌 조카]라고 지칭한 것을 적었다. 그러면 김충신은 성덕왕의 從兄弟[4촌, 또는 6촌]이다. 『삼국사기』가 (성덕왕의) '王弟'라고 적은 김사종은 신문왕의 원자로서 성덕왕의 아우이다. 그는 자제의 국학 입학을 요청하는 것으로 보아 김지렴의 아버지이다.

최근(2018년 6월 9일)에 필자는 서울대 언어학과의 이승재 교수를 만나서 이 문제를 논의한 적이 있다. 이 교수는 금석문의 관명 표기들과 박창화의 『화랑세기』의 표기를 비교한 결과 위서일 가능성이 크다고 하였다. 필자는 저 위의 향가 표기를 향찰 표기라고 할 때 의문 어미 '-奴'가 문제가 있고, '잡은 손을[執音乎手乙]'이 「서동요」의 그것과 너무 닮아 문제가 있다고 하였다.

이 교수는 박창화의 『화랑세기』에 나오는 '伊飡(이찬)'과 '級飡(급찬)'을 문제 삼았다. 그의 주장은 다음과 같다. 6, 7세기의 금석문에서는 이 관명의 '-干'은 '-干支'로도 적힌다. 김대문의 진서 『화랑세기』에는 6, 7세기 인물의 이 관명이 '伊干', '伊干支' 등으로 적혀 있었을 가능성이 크다. 만약 박창화가 진서를 보고 필사한 것이라면 그 필사본에도 6~7세기 인물의 관명일 경우 '-干支'가 나올 가능성이 있다. 그런데 '-干支'는 한 번도 보이지 않고 '-干'은 '角干'에만 사용되고 있다. 그 외에는 '-飡'으로 되어 있다. 그리고 6세기의 금석문 등에는 '급간'을 '及干(支)'으로 적고 있다. '級飡'은 8세기 후반에 와서야 나타난다. 그런데 박창화의 『화랑세기』에는 '級飡'이 나오고 있다. '及'을 '級'으로 바꾼 것이다. 이 두 가지를 근거로 이 교수는 박창화의 『화랑세기』는 김대문의 진본 『화랑세기』를 보고 필사한 것이 아니라고 하였다. 즉, 이 교수는 박창화가 『삼국사기』, 『삼국유사』의 내용을 참고하여 위서를 창작한 후에 이들 관명은 6, 7세기의 것이 아닌 『삼국사기』, 『삼국유사』에 나오는 대로 소급하여 적었다고 보는 것이다.

앞에서 본 대로 '황룡사 구층목탑 금동찰주본기' 등의 금석문에는 伊干이라 적고 있다. 그러나 박창화의 『화랑세기』는 위화랑(魏花郎)이 '遂居伊飡之位[드디어 이찬의 위에 올랐다].'라 하였고 예원공(禮元公)이 '品至伊飡[품계가 이찬에 이르렀다].'라 하였다. 아간(阿干)도 아찬(阿飡)이라고 적고 있다. '級飡'도 '及'으로 적지 않고 '級'으로 적었다. 그런데 '生禮元角干', '角干眞福' 등에서 '각간'은 '角干'으로 적었다. 더 깊은 논의가 필요하지만 박창화는 '-干'도 알고 있고 '-飡'도 알고 있다. 심지어 '舒弗邯'도 알고 있다.

이것이 박창화가 진본 『화랑세기』를 필사한 것이 아니라는 논의의 증거가 되려면 적어도 다음의 두 가지 가능성이 배제되어야 한다. 첫째, 관명의 뒤에 오는 '-干(支), -飡, -澣, -邯' 등으로 적히는 이 접사의 표기가 통일 신라 신문왕(재위 681년~692년)-효소왕(재위 692년~702년)-성덕왕(재위 702년~737년)을 거치는 기간에 생존했을 것으로 보이는 김대문의 시대에 '-干(支)'으로도, '-飡'으로도 적힐 수 있다. 즉, 김대문의 진본 『화랑세기』에도 이미 '-干(支)'과 '-飡'은 통용되어 적힐 수 있다. 둘째, 김대문의 진본 『화랑세기』에는 '-干(支)'로 적혀 있다고 하더라도 그것을 보고 필사하는 박창화의 머릿속에는 이미 『삼국사기』, 『삼국유사』를 통하여 익숙해진 '-飡'이 들어 있으니 '-飡'으로 적을 수도 있다. '及飡'의 '及'을 '級'으로 적은 것도, 김대문의 진본 『화랑세기』에는 '及'으로 되어 있었다 하더라도 박창화는 『삼국사기』, 『삼국유사』를 통하여 익숙해진 '級飡'으로 적을 수도 있다. 이 두 가지 가능성이 배제되지 않는 한, 필자는 박창화의 『화랑세기』에 '-干支'가 없고 '-干'과 '-飡'만 있고, '及飡'이 없고 '級飡'만 있다 하더라도, 그것이 곧 박창화의 『화랑세기』가 김대문의 진본 『화랑세기』를 보고 필사한 것이 아니라는 근거가 된다고는 인정하지 않는다. 872년에 박거물이 지은 황룡사 구층목탑 찰주본기에 그 당시의 감군이 '이간(伊干) 김위홍'으로 되어 있고 '이찬(伊飡) 김위홍'이라고 되어 있지 않는 것을 보면 '-干'과 '-飡'은 오랜 기간 Khagan을 적는 음차자로 통용된 것으로 보인다. 요컨대 이 표기법상의 특징은 박창화의 『화랑세기』가 김대문의 진본 『화랑세기』를 보고 필사한 것이 아니라는 것을 보증하는 확고한 증거가 되지 못한다.

그렇긴 하지만 이렇게 6세기로부터 8세기에 이르기까지의 이두에 사용된 한자의 변천을 통하여 박창화의 『화랑세기』가 진서를 필사한 것인지 창작 위서인지를 밝히려 하는 것은 객관적 자료를 근거로 한 학문적 토론의 길을 연 것이다. 그것은 표면적 근거로서 앞의 두 가지 유보를 안고 있다. 앞으로는 내용을 중심으로 하는 논거를 찾아 진본 필사와 창작 위서의 시비가 논의되었으면 한다.

이 교수는 박창화의 『화랑세기』의 주인공 '미실(美室)'이 역사서에 전혀 등장하지 않는 허구의 인물이므로 그 책이 통째로 허구라고 말하고 있다. 그러나 그것도 그렇게 쉬이 말할 수 있는 것이 아니다. 김흠운의 아내도 역사서에 나오지 않는다. 그러나 『삼국사기』, 『삼국유사』가 공히 말하는 대로 김흠운의 딸이 신목왕후가 되려면 그 어머니가 있어야 된다. 그리고 그 여인은 동일 신라의 권력 실세로 판단된다. 그 여인이 『삼국유사』에는 홀로 된 요석궁의 공주로 나온다. 이로 미루어 보면 미실이 전혀 허구의 인물이라는 것도 말하기 어렵다. 실존한 인물이라 하더라도 그런 역할을 한 여인이 역사서에 이름을 남기기는 어렵다.

지금 단계에서 박창화의 『화랑세기』가 진서 필사인가 아니면 창작 위서인가를 논의하는 것은 장님 코끼리 다리 만지기이다. 그 논의는 현대 한국의 얄팍한 지식으로는 절대로 끝낼 수 없는 논제이다. 누구든 자기 분야에서 볼 때 진서 필사인지 창작 위서인지 면밀하게 따져 보고 보고서를 내는 것이다. 그런 면에서 이승재 교수의, 관명 표기로 볼 때 진서 필사가 아니라 후대의 기록을 참고하여 지어낸 위서라는 결론은 국어학계에서 내어 놓은 하나의 논의로서의 가치를 지닌다. 그리고 그것은 지금까지 나온 그 어떤 논의보다 실증적이고 객관적이다.

문제는 박창화의 『화랑세기』를 위서라고 했을 때, 그 속에 들어 있는 정보들이 과연 어떻게 창작될 수 있었을까 하는 점을 설명하는 일이다. 『삼국사기』, 『삼국유사』에는 없지만 다른 여러 책들에는 들어 있었을까? 1930년대 일본에는 삼국 시대에 관한 책들이 더 많이 있었을까? 왜 박창화의 『화랑세기』는 32세 풍월주 신공(信功)에서 뚝 끊어지고, '김흠돌의 모반'으로 '三徒以此誅戮者甚多[삼도가 이 일로써 주륙된 자가 매우 많았다.]'라 하고 '花郎之風於是大變[화랑의 풍모가 이때에 크게 변하였다.]'라고 끝내고 발문을 붙였을까? 창작이라면 그 뒤의 효소왕, 성덕왕 대의 일들도 쓸 수 있었을 텐데 ----. 최대한 양보하여 『삼국사기』, 『삼국유사』만 잘 읽어도 그 속에 암시된 바를 따라가면 저런 내용을 창작할 수 있는 것일까?

그런데 왜 한 사람이 길지도 않은 세월에 창작해 내었을 것 같은 그 짤막한 위서 하나를 감당할 만한 연구 결과가 이 땅에는 하나도 없는가? 광복 후 70년 하고도 수 년, 한국사 연구로 밥 벌어먹은 이들이 그렇게 많은 현대 한국에서, 박창화의『화랑세기』에 들어 있는 소명전군의 사망, 정명태자와 김흠운의 딸 사이에서 혼인 전에 태어난 이공전군의 존재, 김흠돌의 모반의 진행 과정 등에 관한 내용을 찾아볼 책은 왜 하나도 없는가?

왜 국사편찬위원회(1998)은 효소왕이 687년 2월에 출생한 신문왕과 신목왕후의 원자이고 6세에 즉위하여 16세에 승하하였다고 적고 있는 것일까? 왜 '김흠돌의 모반'을 신문왕이 진골 귀족을 거세하려 하여 김흠돌이 모반한 것이라고 설명할까? 또 다른 논저들은 왜 성덕왕이 효소왕의 이복형이거나 12세에 즉위하였다고 적고 있는 것일까?

만약 박창화가 여러 사서들을 참고하여 이『화랑세기』를 지어 내었다면 그는 천재적 역사가임에 틀림없다. 현대 한국의 수많은 신라 중대 정치사 연구자들이 꿈도 꾸지 못한 역사적 사실들을 그는 아무렇지도 않게 이 책 속에서 담담하게 적고 있다. 박사학위를 받기 위하여 억지로 쓴 글도 아니고, 어떤 이를 지도교수로 하여 온갖 참고 사항을 다 받아 적어 가며 작성하여 5회에 걸쳐 심사를 받은 논문도 아니다. 그런데 그렇게 철저하게 대학, 대학원 석사, 박사 과정에서 엄격한 지도를 받고 사료 읽는 훈련을 거친 이들이 쓴 어떤 논저보다 더『삼국사기』,『삼국유사』의 내용에 가까이 다가가 있다. 아니 박창화의『화랑세기』의 내용은『삼국사기』,『삼국유사』의 내용과 비교할 때 한 치의 어긋남도 없고 더 자세하다. 신라 중대 정치사 연구물들에서 이상하다 싶어 확인해 본 몇 가지 사항들에서 필사본『화랑세기』의 기술들은『삼국사기』,『삼국유사』의 내용과 거의 다르지 않다. 그러나 현대 한국의 신라 중대 정치사 논저들은 이세 사서의 내용과 매우 다르다. 어느 것이 진실이겠는가?

그러하니 현대 한국의 신라 중대 정치사 논저들을 읽느니 차라리 박창화의『화랑세기』를 읽어라. 그 책은 그만큼 이상의 가치는 가진다. (2018년 7월 17일)

국사편찬위원회(1998), 『한국사 9』 「통일신라」, 탐구당.

권중달 옮김(2009), 『자치통감』 22, 도서출판 삼화.

김성기(1992), 「원가의 해석」, 『한국고전시가작품론 1』 백영 정병욱 선생 10주기 추모 논문집, 집문당.

김성규(2016), 「향가의 구성 형식에 대한 새로운 해석」, 『국어국문학』 제176호, 국어국문학회, 177~208.

김수태(1996), 『신라 중대 정치사 연구』, 일조각

김열규(1957), 「원가의 수목(栢) 상징」, 『국어국문학』 18호, 국어국문학회.

김열규, 정연찬, 이재선(1972), 『향가의 어문학적 연구』, 서강대 인문과학연구소

김완진(1972), 『15세기국어 성조의 연구』, 서울대 박사학위논문.

_____(1977), 「삼구육명에 대한 한 가설」, 『심악 이숭녕 선생 고희기념 국어국문학논총』, 탑출판사.

_____(1980), 『향가 해독법 연구』, 서울대 출판부.

_____(2000), 『향가와 고려 가요』, 서울대 출판부.

김원중 옮김(2002), 『삼국유사』, 을유문화사.

김재식(블로그), http://blog.naver.com/kjschina

김종우(1971), 『향가문학론』, 연학사.

김종권 역(1975), 『삼국사기』, 대양서적.

김준영(1979), 『향가문학』 개정판, 형설출판사.

김태식(2011), 「'모왕'으로서의 신라 신목태후」, 『신라사학보』 22호, 신라사학회, 61~98쪽.

김희만(2015), 「신라의 관등명 '잡간(찬)'에 대한 검토」, 『한국고대사탐구』 19집, 한국고대사탐구학회, 209~234.

노덕현(2014), 정혜(正慧)의 세상 사는 이야기, 7. 무상선사 : 사천 땅에서 동북아 불교 법맥을 지키다, 현대 불교 2014. 3. 28.

박노준(1982), 『신라 가요의 연구』, 열화당.

박정진(2011), 「박정진의 차맥, 23. 불교의 길, 차의 길 1. 한국 문화 영웅 혜외수출 1호, 정중무상선사」, 세계일보 2011. 10. 24.

박해현(2003), 『신라 중대 정치사 연구』, 국학자료원.

백두현(1988),「영남 동부 지역의 속지명고 -향가의 해독과 관련하여-」,『어문학』 49집, 한국
　　어문학회, 1988.

서재극(1972),「백수가 연구」,『국어국문학』 55~57 합병호, 국어국문학회.

서재극(1975),『신라 향가의 어휘 연구』, 계명대 출판부.

서정목(2013a),「모죽지랑가의 새 해독과 창작 시기」,『언어와 정보사회』 20호, 서강대 언어
　　정보연구소, 93~159쪽.

＿＿＿(2013b),「모죽지랑가의 시대적 배경 재론」,『한국고대사탐구』 15호, 한국고대사탐구
　　학회, 35~93쪽.

＿＿＿(2014a),『향가 모죽지랑가 연구』, 서강학술총서 062, 서강대 출판부, 367쪽.

＿＿＿(2014b),「문말앞 형태소의 통사적 지위에 대하여」,『어미의 문법』, 역락, 13~52쪽.

＿＿＿(2014c),「효소왕의 출생 시기 관련 기록 검토」,『진단학보』 122, 진단학회, 25~48쪽.

＿＿＿(2014d),「찬기파랑가의 단락 구성과 해독」,『시학과 언어학』 27, 시학과언어학회.

＿＿＿(2014e),「찬기파랑가 해독의 검토」,『서강인문논총』 40, 서강대 인문과학연구소,
　　327~377쪽.

＿＿＿(2015a),「『삼국유사』의 '정신왕', '정신태자'에 대한 재해석」,『한국고대사탐구』 19호,
　　한국고대사탐구학회, 319~366쪽.

＿＿＿(2015b),「찬기파랑가에 대한 새로운 생각」,『제49회 구결학회 전국 학술대회 발표논
　　집』, 구결학회.

＿＿＿(2015c),「『삼국유사』 소재「대산 오만 진신」과「명주 오대산 보ㅅ내 태자 전기」에 대
　　한 검토」,『제24회 시학과 언어학회 전국 학술대회 발표논집』, 시학과 언어학회.

＿＿＿(2015d),「「원가」의 창작 배경과 효성왕의 정치적 처지」,『시학과언어학』 30호, 시학
　　과언어학회, 29~67쪽.

＿＿＿(2015e),「『삼국사기』의 '원자'의 용법과 신라 중대 왕자들」,『한국고대사탐구』 21호,
　　한국고대사탐구학회, 121~238쪽.

＿＿＿(2016a),『요석』, 글누림출판사, 700쪽.

＿＿＿(2016b),「신라 제34대 효성왕의 계비 혜명왕비의 아버지에 관하여」,『진단학보』 126,
　　진단학회, 41~68쪽.

＿＿＿(2016c),「신라 제34대 효성왕의 생모에 관하여」,『한국고대사탐구』 23, 한국고대사탐
　　구학회, 105~162쪽.

＿＿＿(2016d),「입당 구법승 교각[지장], 무상, 무루의 정체와 출가계기」,『서강인문논총』
　　47, 서강대 인문과학연구소

＿＿＿(2017a),『한국어의 문장 구조』, 역락.

＿＿＿(2017b),『삼국 시대의 원자들』, 역락.

성호경(2008), 『신라 향가 연구』, 태학사.

신동하(1997), 「신라 오대산 신앙의 구조」, 『인문과학연구』 제5집, 동덕여대 인문과학연구소

신종원(1987), 「신라 오대산 사적과 성덕왕의 즉위 배경」, 『최영희선생 화갑기념 한국사학논
　　　　총』, 탐구당, 91~131쪽.

안병희(1987), 「국어사 자료로서의 「삼국유사」」, 『『삼국유사』의 종합적 검토』, 한국정신문화
　　　　연구원.

＿＿＿＿(1992), 『국어사 자료 연구』, 문학과지성사.

양주동(1942/1981), 『증정 고가연구』, 일조각.

양희철(1997), 『삼국유사 향가 연구』, 태학사.

여성구(1998), 「입당 구법승 무루의 생애와 사상」, 『선사와 고대』 제10호, 한국고대학회, 161
　　　　~178쪽.

유창균(1994), 『향가비해』, 형설출판사.

이기동(1998), 「신라 성덕왕대의 정치와 사회-'군자국'의 내부 사정」, 『역사학보』 160. 역사
　　　　학회.

이기문(1961), 『국어사 개설』, 민중서관.

＿＿＿＿(1970), 「신라어의 '복」(동)에 대하여」, 『국어국문학』 49-50 합병호, 국어국문학회,
　　　　201~210쪽.

＿＿＿＿(1971), 「어원 수제」, 『해암 김형규 박사 송수기념 논총』, 일조각.

＿＿＿＿(1972), 『개정 국어사 개설』, 민중서관.

＿＿＿＿(1998), 『신정판 국어사 개설』, 태학사.

이기백(1974), 「경덕왕과 단속사, 원가」, 『신라 정치사회사 연구』, 일조각.

＿＿＿＿(1986), 「신라 골품체제하의 유교적 정치이념」, 『신라 사상사 연구』, 일조각.

＿＿＿＿(1987), 「삼국유사 탑상편의 의의」, 『두계 이병도 선생 구순기념 사학논총』, 지식산업
　　　　사.

이병도 역(1975), 『삼국유사』, 대양서적.

이병도, 김재원(1959/1977), 『한국사, 고대편』, 진단학회, 을유문화사.

이숭녕(1955/1978), 「신라시대의 표기법체계에 관한 시론」, 『서울대 논문집』 2. 『국어학연구
　　　　선서』 1, 탑출판사.

이영호(2003), 「신라의 왕권과 귀족사회」, 『신라문화』 22, 동국대 신라문화연구소

＿＿＿＿(2011), 「통일신라시대의 왕과 왕비」, 『신라사학보』 22, 신라사학회, 5~60쪽.

이임수(1992), 「'찬기파랑가'에 대한 새로운 접근」, 『동국논집』 11, 동국대 경주캠퍼스

＿＿＿＿(1998), 「찬기파랑가」, 『새로 읽는 향가문학』, 아시아문화사.

이재선 편저(1979), 『향가의 이해』, 삼성미술문화재단.

이재호 역(1993), 『삼국유사』, 광신출판사.

이현주(2015), 「신라 중대 효성왕대 혜명왕후와 '정비'의 위상」, 『한국고대사탐구』 21호, 한국고대사탐구학회, 239~266쪽.

이종욱(1999), 『역주해, 화랑세기』, 소나무.

전덕재(1997), 「신라 중대 대일 외교의 추이와 진골귀족의 동향-성덕왕~혜공왕 대를 중심으로-」, 『한국사론』 37.

정렬모(1947), 「새로 읽은 향가」, 『한글』 99., 한글학회.

_____(1965), 『향가연구』, 사회과학원출판사.

정 운(2009), 「무상, 마조 선사의 발자취를 찾아서, 2. 사천성 성도 정중사지와 문수원」, 『법보 신문』 2009. 11. 09.

조범환(2008), 「신라 중고기 낭도와 화랑」, 『한국고대사연구』 52. 한국고대사연구회.

_____(2010), 「신목태후」, 『서강인문논총』 제29집, 서강대 인문과학연구소

_____(2011a), 「신라 중대 성덕왕대의 정치적 동향과 왕비의 교체」, 『신라사학보』 22집, 신라사학회, 99~133쪽.

_____(2011b), 「왕비의 교체를 통해 본 효성왕대의 정치적 동향」, 『한국사연구』 154집, 한국사연구회.

_____(2012), 「화랑도와 승려」, 『서강인문논총』 제33집, 서강대 인문과학연구소

_____(2015), 「신라 중대 성덕왕의 왕위 계승 재고」, 『서강인문논총』 제43집, 서강대 인문과학연구소, 87~119쪽.

지헌영(1947), 『향가여요신석』, 정음사.

홍기문(1956), 『향가해석』, 조선민주주의인민공화국 과학원.

小倉進平(1929), 『향가 급 이두의 연구』, 경성제국대학.

ㄱ

서기	신라왕 연 월 일	일어난 일
540	진흥왕 원년	법흥왕 승하/진흥왕(7세, 법흥왕 외손자(부 : 입종갈문왕) 즉위
545	6. 7부터	거칠부 등이 국사 편찬 시작
553	14. 7	신주 설치(현 경기도 광주, 군주 김무력)
554	15. 7	백제 성왕 전사
562	23. 9	이사부, 사다함 가야 반란 진압
566	27. 2	왕자 동륜을 태자로 책봉
572	33. 3	왕태자 동륜 사망
576	37. 봄	원화[화랑의 시초] 창설
	37. 7	진흥왕 승하
576	진지왕 원년	진지왕(진흥왕 차자 사륜(또는 금륜)) 즉위
579	4. 7. 17	진지왕 승하(비궁 유폐로 추정). '도화녀 비형랑' 설화
579	진평왕 원년	진평왕(동륜태자 자, 진흥왕 장손) 즉위
595	17	김유신 출생
622	44. 2.	이찬 김용수(진지왕 왕자)를 내성사신으로 삼음
625	47	김법민(문무왕, 부 김춘추, 모 문희) 출생
629	51. 8	대장군 김춘추(진지왕 왕자), 김서현, 부장군 김유신 고구려 낭비성 공격
632	54. 1	진평왕 승하
미상		천명공주 김용수와 혼인
미상		서동 '서동요' 창작
미상		선화공주 백제 서동(무왕)에게 출가, 의자왕의 모는 미상
미상		융천사 '혜성가' 창작
632	선덕여왕 원년	선덕여왕(진평왕 장녀(천명공주 출가 후 가장 어른 딸) 즉위
635		요석공주(부 김춘추, 모 보희(?)) 출생 추정
636	5. 5	옥문곡(여근곡)에 잠복한 백제군 격살
	5	자장법사 입당
640	9. 5	자제들을 당나라 국학에 입학시킴

671		11. 1	김예원(김오기의 부)를 중시로 삼음
673		13. 7. 1	김유신 사망
674		14. 1	당 고종 김인문을 신라왕으로 삼고 신라 공격
676		16. 2	의상대사 부석사 창건
677		17	효소왕(왕자 김이홍(부 정명태자, 모 김흠운과 요석공주의 딸)) 출생
678		18. 1	북원 소경(원주) 설치, 김오기(부 김예원, 자의왕후 여동생 운명 남편)을 진수시킴
679		19. 8	동궁(월지궁) 창건
		19	왕자 보천(보ㅅ내태자(부 정명태자, 모 김흠운과 요석공주의 딸)) 출생 추정
680		20. 2	이찬 김군관(거칠부 증손자)을 상대등으로 삼음
681		21	성덕왕(효명태자(부 정명태자, 모 김흠운과 요석공주의 딸), 융기, 흥광) 출생
		21. 7. 1	문무왕(56세) 승하, 대왕암에 장례
미상			광덕 '원왕생가' 창작
681	신문왕 원년	7. 7	신문왕(31세 추정, 정명태자, 문무왕 태자, 차자, 장남) 즉위
		8	김군관 상대등 겸 병부령 면직 추정, 진복을 상대등으로 삼음
		8. 8	김흠돌의 모반, 흠돌, 진공, 흥원 복주, 왕비(김흠돌의 딸) 폐비
		8. 28	김군관, 천관 자진 시킴
682		2. 5. 2	'만파식적' 설화 시작, 신문왕 이견대에서 용을 봄
		2. 5. 16	만파식적과 흑옥대 얻음
		2. 5. 17	태자 이홍(6세) 말을 타고 기림사 뒤 용연에 옴
683		3. 5. 7	신문왕과 신목왕후(김흠운과 요석공주의 딸) 혼인
684		4	첫 번째 원자 김사종 출생
687		7. 2	두 번째 원자 김근{흠}질 출생
689		9	달구벌 천도 계획 세움(미실행)
691		11. 3. 1	왕자 이홍(15세) 태자 책봉
692		12. 7	신문왕(42세 추정) 승하
692	효소왕 원년	7	효소왕(16세, 신문왕의 태자, 이홍(이공), 원자 아님, 부모 혼인 전 출생) 즉위
			당 측천무후 효소왕을 신라왕으로 책봉
			효소왕과 성정왕후 혼인 추정, 원자 김사종 부군 책립 추정
		가을	'효소왕대 죽지랑', 부산성에서 익선의 죽지랑 모욕 사건 발생
		11월경	원측법사 제자 도증 귀국 천문도 바침

	미상	'혜통항룡' 조의 정공의 버드나무 절단 반대 사건 발생
693	2. 8. 5	보ㅅ내, 효명 두 왕자(신문왕과 신목왕후의 아들들) 오대산 입산 추정
		'대산 오만 진신', '명주 오대산 보ㅅ내 태자 전기' 조 배경 시대 시작
694	3. 1	김인문 사망(66세)
695	4. 1	월력을 하력에서 주력으로 바꿈(당 측천무후 따름), 개원(태종 무열왕 왕자) 상대등 삼음
696		왕자 김수충(지장보살 김교각, 부 효소왕, 모 성정왕후) 출생
697	6. 9	임해전 대잔치(왕자 김수충의 돌 잔치로 추정)
698	7. 2	대아찬 김순원(부 김선품, 자의왕후 동생) 중시 삼음
700	9. 1	월력을 주력에서 하력으로 도로 돌림(당 측천무후 따름)
	9. 5	경영(첫 번째 원자(17세) 사종의 장인으로 추정) 모반하여 복주, 모반에 연좌된 중시 김순원 파면, 사종을 원자와 부군에서 폐위
	9. 6. 1	신목왕후(김흠운과 요석공주의 딸) 사망
702	11. 7	효소왕(26세) 승하
미상		득오 '모죽지랑가' 창작
702	성덕왕 원년	성덕왕(22세, 신문왕 셋째 왕자, 모 신목왕후, 오대산에서 옴, 융기, 흥광, 김지성) 즉위
704	3. 봄	성덕왕 엄정왕후(아간 김원태(후에 소판이 됨)의 딸)과 혼인
705	4. 3. 4	오대산 진여원 개창, '대산 오만 진신', '명주 오대산 보ㅅ내 태자 전기' 조 배경 시대 끝
	4	원자 김원경(?, 조졸) 출생 추정
707	6	둘째 왕자 김중경(효상(孝殤)태자) 출생 추정
710	9	셋째 왕자 김승경(효성왕) 출생 추정
713	12. 10	당 현종 성덕왕을 신라왕으로 책봉
714	13. 2	김수충(19세, 효소왕과 성정왕후의 왕자) 당나라 숙위 보냄
715	14. 12	왕자 김중경(9세, 성덕왕과 엄정왕후의 왕자) 태자 책봉
716	15. 3	성정왕후(효소왕비) 내어쫓음, 위자료 줌
717	16. 6	태자 김중경(11세 추정, 효상태자) 사망
	16. 9	김수충(김교각) 당에서 귀국, 공자, 10철, 72 제자 도상 바침
719		김수충(김교각) 다시 당나라로 가서 안휘성 지주 청양의 구화산 화성사에서 수도.
	미상	요석공주(85세 추정) 사망 추정

1. 통일 신라[총 127년] 왕위 계승표

29태종무열[7년]-30문무[20]-31신문[12]-32효소[10]

                         33성덕[35]-34효성[5]

                               35경덕[23]-36혜공[15]

2. 통일 신라 왕의 자녀들

29태종무열-30문무[법민]-소명

인문	31신문[정명]-32효소[이홍]	-수충[김교각]
문왕	인명	봇내[보천]
노단		33성덕[효명] -원경(?)
개원		중경[효상태자]
마득		34효성[승경]
거득		35경덕[헌영]-36혜공
개지문		왕제
고타소/품석		사소/효방--37선덕
요석/김흠운	사종[무상]--지렴	
지조/김유신	흠근질[무루]	

3. 통일 신라 왕과 배우자

29태종무열/??-고타소

   무열/문명-30문무/자의-31신문/흠돌의 딸

   무열/보희-요석/흠운--신목/31신문-32효소/성정 -수충

                    33성덕/엄정-원경(?)

                          중경

                      34효성/박씨

                      34효성/혜명

              33성덕/소덕-35경덕/삼모

                  35경덕/만월-36혜공/신보

                          36혜공/창사

4. 통일 신라 왕비 집안

가야 구형--무력--서현/만명--유신---진광, 신광, 삼광, 원술, 원정, 원망, 장이
　　　　　　　　　　정희/달복-흠돌/진광-신문 첫왕비/31신문
　　　　　　　　　　　　흠운/요석-신목/31신문-32효소-수충
　　　　　　　　　　　　　　　　　　　　　33성덕-34효성
　　　　　　　　　　　　　　　　　　　　　봇내
　　　　　　　　　　　　　　　　　　　　　사종-지렴
　　　　　　　　　　　　　　　　　　　　　근(흠)질

　　　　　　　　문명/29무열-30문무-자의/신광
　　　　　　　　보희/29무열-요석/흠운-신목/31신문-32효소-수충

24진흥-구륜-선품-자의/30문무-31신문
　　　　　　순원----진종---충신
　　　　　　　　　　　　효신
　　　　　　　　　　　　혜명/34효성
　　　　　　　　　　소덕/33성덕--35경덕/만월--36혜공
　　　　　　　　　　　　　　　왕제
　　　　　　　　　　　　　　　사소/효방--37선덕
　　　　　　운명/오기-- 대문----의충-만월/35경덕--36혜공
　　　　　　　　　　　　신충

달복/정희-흠돌/진광--신문 첫왕비/31신문
　　흠운/요석--신목/31신문-32효소
　　　　　　　　　　　봇내
　　　　　　　　　　33성덕
　　　　　　　　　　사종[부군, 무상선사]--지렴
　　　　　　　　　　근(흠)질[원자, 석 무루]
???　--------------성정/32효소-----수충[김교각]
원태--------------엄정/33성덕------원경(?)
　　　　　　　　　　　　　　　　중경[효상태자]
　　　　　　　　　　　　　　　　34효성[승경]

???-----------------박씨/34효성
김순정------------------삼모/35경덕
김의충------------------만월/35경덕--36혜공
　?유성------------------신보/36혜공
김 장------------------창사/36혜공

발문(跋文)

학문의 경계를 넘나드는 것은 위험한 일이다. 그러면 연구 내용이 부실해진다. 국어학 안에서도 통사론 전공자는 음운론이나 형태론에 관하여 언급하기를 꺼린다. 그 분야 사람들이 통사론에 관하여 이상한 말을 하면, 알지도 못하면서 남의 분야에 관하여 언급한다고 가치 없이 쏘아붙이던 것이 저자의 평소의 태도였다. 그러므로 문학이나 역사에 관하여 용훼(容喙[참견하다])할 생각은 원래부터 없었다.

그러나 어쩌리오. 30여년 향가를 가르치면서, 그 시(詩)들이 창작된 시대적 배경이 전혀 밝혀져 있지 않고, 그 시들에 대한 문학적 해석이 올바로 이루어져 있지 않다는 것을 알아버렸는데 어찌하겠는가? 그리고 신라 중대 정치사를 연구한 논저들은 중요한 대목에서 역사적 진실과 다른 역사를 서술하고 있으니 이를 못 본 체하고 그냥 덮어 둘 수야 없지 않은가? '임금님 귀는 당나귀 귀'라는 것을 알고 나면 대나무 밭이라도 찾아야 하는 것이 인간의 본성이다. 그리하여 이 책에서도 최소한의 인간의 본성이 드러나서, 저자가 알게 된 정치사의 비밀과 그것이 반영된 시의 내용을 아무도 안 듣는 골방에서나마 중얼거리며 쓰게 되는 것을 어쩔 수 없었다.

인문학의 통섭을 강조하는 이 시대에, 한국어 전공자가 한국 시의 내용, 한국 고대 정치사의 비밀에 관하여 언급할 수 없다면 다른 무슨 분야에 대하여 언급하겠는가? N. Chomsky는 언어학과 국제 정치학, 두 분야를 휘젓고 다녔다. 한국의 언어와 시, 그리고 신라 시대 정치사 세 분야를 휘젓고 다니는 돈 키호테가 하나쯤 있어도 무슨 큰일이 나겠는가? 그곳이 한국학이라는 하나의 분야인 것을.

통일 신라 시대와 향가들을 둘러싼 여러 정치적 비밀에 관하여 이 책과 전혀 다른 주장을 한 논저들이 많이 있다. '역사적 진실은 하나뿐'이기 때문에, 필연적으로 어느 주장이 옳은지에 대한 학문적 논쟁이 벌어질 수밖에 없다. 어차피 학문적 활동은, 그것이 창의적인 것인 한 남과 나의 싸움이다. 그러나 이 책에서는 그 시비를 가리는 일을 가급적 피하였다. 『요석』에서 저자의 주장과 대립되는 주장들에 대하여 심하게 비판하였으니 그곳으로 미루고, 선조들이 남긴 『삼국사기』, 『삼국유사』를 존중하는 면밀한 사료 읽기를 통하여 새로운 통일 신라 정치사를 쓰는 데에 집중하였다.

2016년 7월에 출판사로 원고를 보내었다. 여러 사정으로 편집이 늦어졌다. 『요석』437면에서 저자는 "이 신문왕의 원자 김사종이 무상공존자(無相空尊者)가 되었을 가능성이 가장 높다. 그런데 중국 기록에 그 무상선사가 684년 생이라 하니 저 믿을 수 없는 사서 『삼국사기』가 또 실수를 한 것으로 보인다."고 썼다. 그 실수는 『삼국사기』권 제8 「신문왕」, 7년[687년] 2월 조의 '元子生'이라는 기록이었다. 저자는 내내 저 글의 둘째 문장이 마음에 걸렸다. 아무리 『삼국사기』에 틀린 기록이 많다 하더라도 이런 것까지 틀릴 리야 없지 않겠는가? 김사종은 700년 '경영의 모반'에 연루되어 부군에서 폐위될 때 원자 지위도 잃었을 것이다. 그러면 새 원자는 그의 아우 김근{흠}질이 된다. 이 687년 2월은 새 원자 김근{흠}질의 출생월이겠구나. 그렇다면 저 기록은 틀린 것이 아니라 옳은 것이다. 내가 틀렸다. 그렇게 써 두고 추석을 맞았다.

2016년 9월 16일 3시에 중국서 명절 쇠러 온 김재식 선생을 만났다. 김 선생으로부터 당나라 고승(高僧) 무루(無漏)에 대하여 처음 들었다. 무루와 관련된 기록에 '무루는 신라 땅에 적장(嫡長) 형이 있었지만 자신을 저부(儲副, 태자)로 책봉하려 하여 형에게 사양하고 당나라로 왔다.'고 되어 있었다. 무루가 신문왕의 다섯째 아들 김근{흠}질이었다. 아! 그러했구나! 김사종은 모반에 연루되어 부군의 지위도, 원자의 지위도 잃었고, 그 뒤에는 김근{흠}질이 원자가 되었구나! 요석공주는 700년 근{흠}질을 부군으로 책봉하려 했으나 도망가서 못하였고 702년 효소왕이 승하하자 또 그를 즉위시키려 하였으나 사양하여 못하고 오대산 중대에서 수도하고 있던 효명을 모셔와서 성덕왕으로 즉위시켰구나! 이 정보를 반영하느라 원고의 상당량이 교정 시에 수정되고 추가되었다.

이제 내 나이 고희(古稀)가 되었다. '종심소욕불유구(從心所慾不踰矩)'는 커니와 모든 일에 미혹되기만 하는 귀 엷고 철 덜난 노추이다. 그러나 30년 이상을 가르치고 고민했던 『삼국유사』에 관한 생각들을 이렇게나마 표출하지 않고 죽기에는 그동안 투여한 시간이 너무 아까웠다. 앞으로도 계속해서 생각을 발전시켜 가는 기회가 오기를 바란다.

쉽고 간략하게 쓰려고 애썼지만 내용 사체가 전문가 아닌 일반 독자들이 접근하기 어려운 것이라 여전히 읽기 어려운 데가 많다. 그러나 외국의 전문 서적들의 번역서들에 대한 국내의 독서 수요가 크고 독자들의 이해도가 매우 높은 점을 고려하면, 우리나라 전문 서적들이 일반 독자들로부터 외면당하는 이유가 따로 있을 것이라고 나는 생각한다. 역시 자기 것은 저속하고 남루한 것으로 보일 것이다. 다시 자기 것을 잃은 후에 또 다시 그것을 찾으러 천신만고를 해 보아야 못나도 제 것이 소중함을 알 것이다. 이 책이 교양인들이 통일 신라 정치사의 비밀과 향가의 내용에 다가가는 데에 이바지하기 바란다.

2016년 11월 23일
서정목 적음

저자
소개

서정목

1948.11.15.[음력 10.15.]	경남 창원 화산 남녘 성흥사 마을 출생
1965.3.-1968.2.	마산고등학교
1968.3.-1987.8.	서울대학교 국어국문학과 문학사, 문학석사, 문학박사(1987)
1979.4.-1983.2.	강원대학교 전임강사, 고려대학교 조치원분교 전임강사
1983.3.-2014.2.	서강대학교 조교수, 부교수, 교수, 현재 명예교수
1989.7.-1990.8.	미국 Harvard Yenching Institute 방문교수
1991.2.-1994.10.	국립국어연구원 어문실태연구부장 겸직
2009.3.-2011.2.	국어학회 회장
2013.10.- 현재	문화체육관광부 국어심의회 위원장
2017.3. - 현재	한국 하버드옌칭학회 회장
2017.6.	제15회 일석 국어학상(일석학술재단) 수상

저서 : 1987. 국어 의문문 연구(서울대 박사학위 논문 '경남방언의 의문문에 대한 연구'와 동), 탑출
　　　판사.
　　　1998. 문법의 모형과 핵 계층 이론, 태학사.
　　　2000. 변형과 제약, 태학사.
　　　2014. 향가 모죽지랑가 연구, 서강대학교 출판부, 368면.
　　　2016. 요석, 글누림, 700면.
　　　2017. 한국어의 문장 구조, 역락, 570면.
　　　2017. 삼국 시대의 원자들, 역락, 380면.
역서 : 1984. 변형문법이란 무엇인가(이광호, 임홍빈 공역), 을유문화사.
　　　1990. 변형문법((이광호, 임홍빈 공역), 을유문화사.
　　　1992. GB 통사론 강의, 한신문화사.

『삼국유사』 다시 읽기 12
「원가」: 효성왕의 후궁 스캔들

초판 1쇄 인쇄 2018년 10월 5일
초판 1쇄 발행 2018년 10월 15일

지 은 이 서정목
펴 낸 이 최종숙

책임편집 이태곤
편   집 권분옥 홍혜정 박윤정 문선희 임애정 백초혜
디 자 인 안혜진 홍성권
마 케 팅 박태훈 안현진

펴 낸 곳 글누림출판사/ 서울시 서초구 동광로46길 6-6 문창빌딩 2층(우-06589)
전   화 02-3409-2055 FAX 02-3409-2059
이 메 일 nurim3888@hanmail.net
홈페이지 www.geulnurim.co.kr
블 로 그 blog.naver.com/geulnurim
북트레블러 post.naver.com/geulnurim
등   록 2005년 10월 5일 제303-2005-000038호

ISBN 978-89-6327-525-3 94800
      978-89-6327-351-8(세트)
정가 30,000원